사할린은 눈물도 믿지 않는다

사할린은 눈물도 믿지 않는다

신중신(慎重信)

1941년 경남 거창에서 출생. 1962년 서라벌예술대학 졸업. 그 해에 '사상계 신인 문학상' 시 부문 당선으로 등단. 장편소설로 재소한인의 강제이주 실상을 다룬 『까리아인』(전3권)이 있으며 중편 「코르사코프 추상(追想)」 등을 발표. 시집으로 『투창』 『낮은 목소리』 『바이칼호에 와서』 『카프카의 집』 등과 『한국인의 마음』 『문학의 아름다움과 뿌리 찾기』 『나의 세계명작 순례기』(전2권) 외에 저서 다수. 대한민국문학상, 한국시협상, 가톨릭문학상 수상.

사할린은 눈물도 믿지 않는다 ❶

2001년 3월 1일 1판 1쇄 인쇄 / 2001년 3월 10일 1판 1쇄 발행

지은이 신중신 / 펴낸이 임은주
펴낸곳 도서출판 청동거울 / 출판등록 1998년 5월 14일 제13-532호
주소 (135-080) 서울 강남구 역삼동 832-52 상봉빌딩 301호 / 전화 02)564-1091~2
팩스 02)569-9889 / 하이텔I.D. 청동 / 전자우편 cheong21@freechal.com

편집장 조태림 / 편집 문해경, 조은정 / 북디자인 우성남 / 영업관리 정덕호

값 8,500원

청동거울 신작소설

사할린은 눈물도 믿지 않는다

1

신중신 장편소설

청동거울

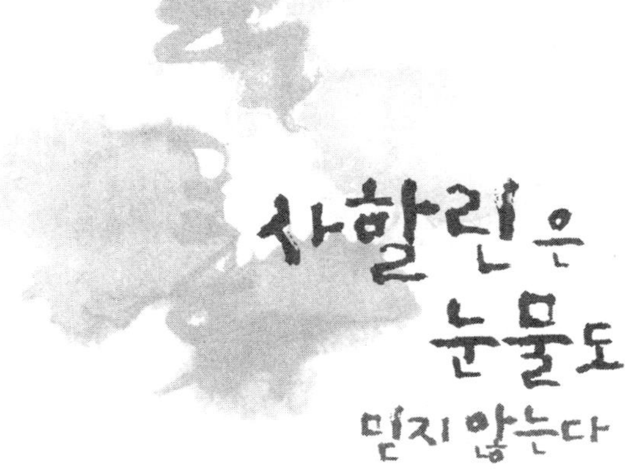

제1권

차 례

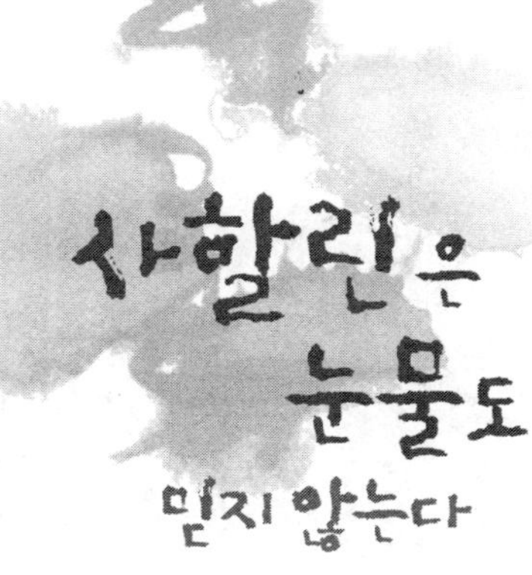

제2권

차 례

사할린은
눈물도
믿지 않는다

1

　그 묘한 사람은, 종이학을 만드노라면 예외 없이 깊은 삼매경에 빠져들어 신들린 것처럼 선학(仙鶴)을 접었던 모양이다. 그의 기벽은 여기에 그치지 않아 멀리 날아가지 못한다는 걸 뻔히 알면서도 허구한 날 일삼아 허공을 향해 날려 보냈다고 했다. 하지만 종이학은, 다침에 동쪽에서 해가 뜨는 것과 마찬가지로 공중에서 회전을 하고서는 가까이로 돌아와 곤두박질쳐질 따름이었다.

　그런 종이학이 햇빛 잘 드는 방 한 켠에 어지러이 널려 있던 어느 저녁 나절, 그것도 소나기가 한 줄금 쏟아진 뒤 산 위로 무지개가 선연히 걸렸을 때 예사롭지 않은 일이 벌어졌다. 접힌 채 흩어져 있던 종이학들이 마치 그들을 손짓하는 걸 느끼기라도 한 양 모두 날개를 펴 무지개 쪽으로 날아갔다는 것이다.

　아마도 가라후도 땅을 일본이 러시아로부터 할양 받은 후 이곳에 정착하게 된 일본인 누군가가 지어낸 얘기이리라.

비슷한 시간대여서일까. 훈(薰)은 모도마치(元町)를 지나면서 무심코 이 민담을 떠올리게 되었다. 어깨를 나란히 해서 걷던 동식은 밝은 빛이 여전함에도 성급하게 전등불을 켜기 시작한 일본인 상점의 쇼윈도로 눈길을 보내는 데 여념이 없었다. 종이학에 대한 얘기가 불쑥 머리에 떠오른 건 오늘따라 달빛처럼 새하얗다 싶었던 치에코양의 어깨에 곁눈을 팔았던 탓일는지도 몰랐다. 훈은 실없는 생각이다 싶어 무심결에 눈살을 찌푸렸다.

6월도 하순께로 접어들었지만 높은 산등성이에는 군데군데 흰 눈이 쌓여 찬 기운이 접해졌다. 훈은 쓰메에리 국민복의 밑단을 잡아당겨 옷 매무새를 단정히 했다. 그때, 천변 쪽에서 모퉁이를 돌아 한 패의 일본인이 느직한 걸음으로 마주 보며 오는 게 시야에 들어왔다. 그들은 대개 사냥총을 어깨에 걸었고 무릎 아래로 각반을 매어 느린 걸음이었음에도 매우 위압적이었다. 그 중 몸집이 비만한 중년 사내부터 누구인지를 알아차렸다. 모도마치 3가(三町目)에 자리잡은 송옥미곡상회 주인인 야마다였다. 그가 사냥 차림으로 거리를 지나다니는 건 심심찮게 보아왔더랬다. 미곡상회가 조선인 부락 마스라조오(武士町)에서 가까운 거리였으므로 안면이 깊을 뿐만 아니라, 훈의 직장인 왕자제지 직원의 양곡 배급소를 맡고 있는 터여서 늘 신세를 지고 있다고쯤 셈하는 게 속 편할 그런 위인이었다. 그 옆으로 뻣뻣한 자세로 걷는 사람은 성격이 불칼 같기로 소문난 사노 오사무이리라.

서로의 간격이 가까워지자 둘은 걸음을 멈추고 야마다를 향해서 꾸벅 절을 했다. 그들의 위세에 주눅이 든 대로, 그렇게 하는 게 최소한의 예의를 나타내는 것이겠기에 훈이 인사말을 보냈다.

"야마다상, 수확은 괜찮았습니까?"

불쑥 말해 놓고선 이 인사말이 적절치 못했다는 걸 금세 깨달은 참이었다. 곁눈질만 주고 지나치려던 작자의 굳게 다문 입술꼬리가 한 차례 꿈틀했다.

"군은 지금 사냥의 결과를 물었나? 그렇지?"

훈은 담임 선생으로부터 야단을 맞는 소학생 꼴이 되고 말았다.

"사냥 다니시는 걸 종종 보았던 터라…… 좋은 일을 하고 오신다
는 건 알고 있었습니다만 실언이 되었습니다."

"바보 녀석! 지금이 한가하게 사냥놀이나 할 때라고 생각하는가?
정신차리라구. 지금이 어떤 시국인지 직시하란 말이야! 곰은 응당
너 같은 머저리를 채 갔어야 하는 건데……."

야마다는 오늘 수색에 허탕을 치고 만 터라 심기가 뒤틀려 있었으
므로 그 분풀이를 이 조센진에게 쏟아붓고 싶었을 게다. 하지만 몇
걸음 지나쳐서 고개를 돌리는 동료에 생각이 미쳤던가 보다. 어쩌면
하루내 산 속을 헤집고 다니느라 그 자신이 피로에 절은 탓인지 한껏
모멸에 찬 시선을 던지고는 몸을 홱 돌렸다. 그 낯짝에서는 저 돼먹
잖은 조센진들은 하나같이 멍텅구리 소리나 늘어놓는 족속이지 뭐야
라는 뜻이 풍겨났다. 그들의 발자국 소리가 멀어져 갔다.

"저 치들은 기회만 있으면 들볶으려 드니까 창피스러워할 건 없어.
기분이야 잡쳤겠지만, 그렇잖아?"

"언제나 그 모양이지."

훈은 애매하게 대꾸했다. 야마다의 표독스런 태도가 늘상 그렇다
는 뜻인지, 아니면 화를 자초한 자신의 사려 깊지 못함을 자책하는
말인지 분간키 어려웠다. 무안함을 털어내 버리려는 듯이 훈이 이내
화제를 바꾸었다.

"동식아, 넌 어떻게 생각해? 정말 일본 여자가 곰한테 잡혀 먹힌
걸까?"

"그렇게 생각할밖에…… 그게 아니고서야 무슨 해답이 있겠어?
아까도 치에코양이 말했잖아. 그제라던가, 도로(塔路)로 가는 쪽 산
속에서 그 여편네의 보자기만 찾았다고. 곰한텐 보자기가 필요 없을

테니까…… 안 그래?"

　동식은 평소의 단순한 성미대로 의문의 여지를 없애 버렸다. 거 참 알 수 없는 노릇이야. 별달리 다른 의견을 내놓는 데 궁색해진 훈이 혼자말을 뇌까렸다.

　가라후도의 서부 해안도시인 에스토르(惠順取)에선 며칠 전 심상찮은 소식이 나돌았다. 50대 중반의 일본 여자가 혼자 산으로 버섯을 따러 가서는 실종되었다는 거다. 시기가 좀 지나긴 했으나 이즘에도 늦사리로 돋아나는 버섯이 드물게나마 보일 철이긴 하다. 부식거리가 넉넉치 못한 데다가 일본인들은 버섯을 좋아해 마땅한 길벗이 없으면 혼자서도 산행에 나서곤 했다.

　실종 첫 이삼 일간은 가족이나 일가붙이가 산 속을 헤집고 다녔으나 찾지 못하자 경찰서에 실종 신고를 하기에 이르렀다. 경찰에선 여러 정황으로 보아 이건 필시 산짐승에게 변을 당한 것이라 여기고 무장 순사들이 수색에 나섰다. 그러니까 평소에 사냥을 즐겼던 민간인까지 엽총을 들고 뒷북을 치게 되었을 게다. 야마다는 상대가 비록 곰일지라도 일본인을 해쳤다는 말을 듣고서는 가만히 앉아 있을 작자가 아니었다.

　무용 파트의 일원인 시모모토 치에코(下元千惠子)는 오늘 연습 중간의 휴식 시간에 이런 얘기를 들려주었었다. 곰이 한 짓에 틀림없다고들 그래요. 우리 이웃집의 마짱구락부 아저씨가 얘기해 주었답니다. 어제 수색대가 그 아주머니가 산에 갈 때 가지고 다니던 천 주머니를 찾아냈다구요. 곰은 미련스럽다고들 하지만 실제로는 여간 영악스러운 게 아니어서 사람을 해쳐 놓고선 엉큼하게 땅 속에 묻어 둔답니다. 이런 말 하기는 뭣하지만…… 배고플 때를 대비해서라나요?—깊은 산 속이 아니더라도 곰의 출현이 이따금씩 사람의 입질에 오르내리곤 했었다. 그래서 조선인들도 5월 들어 후끼(조선의 머위와 비슷한 야생식물)나 고사리, 고비 따위를 따러 산에 가게 되면,

곰이 먼저 피해 달라는 신호로 공연히 고함소리를 쳐대곤 했다. 물론 이로써 간격이 떨어진 동행들에게 자기의 소재를 알리는 이중의 효과를 노린 것이기도 하리라.

치에코의 수다는 아폴로 악단의 조선인 멤버에겐 듣기 좋은 소리였다. 왜냐하면 이 사건이 생기자, 일본인들 사이에선 노역장에서 탈출한 조선인 다꼬베아(강제 노역자)가 산 속에서 굶주린 끝에 인육거리로 삼았을 거라던가, 외딴채 조선인 홀아비를 눈여겨 살펴야 할 일이라는 등 엽기적인 풍문이 무성해서 이를 귀동냥해 듣는 조선인들로선 모골이 송연해질밖에 없던 참이였으니까. 애띤 티가 나는 치에코는 이런 점에서는 인정이 무르든지, 아니면 조선인을 멸시하는 습성이 아직 몸에 배지 않았든지 그 중 하나일 게다.

"그따윈 잊어버려. 별 대순가."

"어떻든 수색을 나간 대원들이 곰을 잡아서 돌아오지 않았는데두 사냥 운운 했으니 비아냥을 늘어놓은 꼴밖에. 내가 침착치를 못했어. 만일 깡다구 센 사노에게 걸렸더라면 결코 무사하지 못했을걸."

훈은 그들 패거리 중에 카이젤 수염을 기른 산림관리원 사노의 얼굴을 되살리고는 불현듯 뺨이 후끈 달아올랐다. 바른손에 쥐고 있던 아코디언을 어깨에 걸며 마른침을 삼켰다.

여름 낮은 길고도 길었다. 저녁 열 시가 가까운 시간이었는데도 하늘은 좀체 캄캄해질 기색이 아니었다. 흐렸다 개었다 하기가 일쑤인 하늘은 어둑서니한 회색빛을 띠고 있었다. 집에 돌아가면 잡곡밥을 얹은 소반상이 기다리고 있을 줄은 알지만 기분을 잡친 탓에 외식 생각이 났다. 나주집에선 여직 문을 닫지 않았을 게다.

"이봐, 우리 국밥집에 들르자. 괜찮겠지?"

뻗댈 이유가 없는 제안이었다.

"그것도 나쁘진 않아. 난 언제나 네 의견을 존중하는 편이니까."

"쳇! 어쩐지 인심을 쓰겠다는 투로군."

공연히 빈정거려 보았다.

"억지로 악단에 떠밀어 넣은 게 누군데? 재미를 붙이게 될 때까진 네가 날 좀더 위해 줘야 할걸."

"과연 그럴까? 속으론 저 혼자 안달을 하고선 시치미를 떼다니."

훈은 짓궂은 눈으로 친구를 바라보았다. 하리모또 도오쇼쿠(張本東植), 셈이 빠르고 손해 볼 일은 거들떠보지도 않지. 하지만 한편으론 의리가 있고 어리무던한 심성이기도 해. 나이는 두 살이나 아래였지만 이곳 소학교의 동창이자 한 동네에서 오래 함께 살아왔기에 친구가 되어 버린 사이였다. 직장도 부서가 다를 뿐이지 같은 경리부에서 돈을 타 먹는 신세들이다.

신작로에서 내처 곧장 가면 조선인 60~70가호가 붙어 사는 마스라조오 한 켠에 이르게 될 것이다. 하지만 모도마치 끝에서 공지를 한 블록 지나 오른쪽 왕자제지 야적장으로 가는 샛길로 접어들면 판자로 엉성하게 집 흉내를 낸 '나주집'에 들어서게 된다. 주로 왕자제지에 목줄을 대고 있는 조선인이나 어떻게 알고 찾아드는 뜨내기에게 국밥을 말아 파는, 그래도 드물게 보는 조선 음식집이었다. 눈에 띄지 않을 정도의 손바닥만한 간판이 매달려 있다지만, 그것으로 옥호가 알려진 게 아니고 중늙은이 내외 중 안댁이 전라도 나주 사람이라 해서 이런 이름으로 통했다. 그래도 꼴을 갖춘 배추김치며, 채소 겉절이 한 가지가 붙어 나오는 데다가 쇠고기 내음만 풍긴다는 장국밥 맛이 신통하기도 했다.

문짝 대용의 포장을 젖히고 들어서자 국솥 곁에서 멍하니 앉아 있던 나주댁이 알은 체를 했다.

"도련님네가 무슨 바람이 불어 이런 늦은 시간엘 다 오셨나?"

가라후도로 돈 벌러 나온 지가 다섯 해 지났다는데도 그녀의 일본말은 서툴다. 훈은 나지막한 널빤지 식탁을 앞에 하고, 무르팍을 위로 솟구치며 꺾어 앉아야 하는 더 낮은 판자 조각에 엉덩이를 붙이며 국밥 두 그릇을 주문했다. 그제서야 안쪽에 두 남정네가 음식을 먹는 데에 눈길이 갔다.

한 사람은 필시 일본인일 게고, 몹시 남루한 인부 차림의 사내는 조선인임에 분명했다. 평소의 그답지 않게 주문을 덧붙였다.

"아주머니, 혹시 술이 있을까요? 작은 정종병 하나요."

국밥을 떠놓고 반찬을 챙기던 나주댁이 고개를 돌리며 시큰둥하게 말을 받았다.

"술이야 청루로 가야지. 여긴 밥집이라우."

그럴 것 같았다. 동식이가 능글맞은 웃음을 지었다. "야마다한테 야단을 맞아 여태 목이 타는가 보다. 이러다간 요릿집 가자겠구나. 아서라, 진정하라구."

"술은 꼭 요릿집에서만 마시는가?"

"그렇잖구. 오늘따라 번번이 헛발질하는 것 같애."

훈은 그냥 픽 웃고 말았다. 차라리 감자밭에서 미역을 따지…… 이날따라 치에코양의 하얀 목덜미며 두 가닥으로 곱게 땋은 머릿결을 가까이서 보게 되었고, 가당찮게 가슴까지 울렁이지 않았던가. 그게 화근이었어.

에스토르 시내에 거주하는 아마추어들로 구성된 아폴로 악단은 네 명의 무용수를 포함하여 스물세 명의 멤버로 짜여졌다. 거기에는 악단 살림을 꾸려 나가는 회계 담당 가토오와, 직책을 섭외라 불리우지만 공연 뒷바라지 따위 궂은 일을 맡는 소년까지 헤아린 숫자였다. 에스토르는 이곳 산 쪽의 야마시가이(山市街)와, 4km 남짓 떨어진 해안의 하마시가이(濱市街)로 양분되어 하나의 도시를 이루었다. 탄과 목재, 종이 산지여서 노동 인력이 대거 몰려든 데다 황금 어장을 낀 수산업 전초 기지를 겸하고 있어서 이 무렵엔 가라후도 도청 소저지인 도요하라(豊原) 다음으로 큰 도시를 이루었다. 악단원 가운데 아홉 명은 해안 쪽 거주자였다.

이 섬의 남단에 위치한 오도마리(大泊)나 남서해안의 마오카(眞岡) 등의 항구가 번창한 것도 조선인 노무자를 비롯한 탄광부들이 다수 몰려든 것과 무관하지 않았다. 적어도 1943년과 올 한 해만 해도 연 수만 명의 인력이 배를 통해 부려졌다. 그 밖에 일본 해군의 주요 기지인 시스카가 동북 해안에 자리잡아 이로써 다섯 손가락을 꼽는 도시가 되었다.

악단의 출발은 우연히 이루어졌다. 처음엔 에스토르에서 악기 다루는 데에 취미를 가진 몇몇 동호인끼리의 친목모임으로 출발했었다. 소문이 남에 따라 인원이 불더니, 이태 전에 아시카가 선생이 악장으로 초빙되고부터 계절에 따라 극장 신토미자(新富座)에서 정기 공연을 갖는 변변한 악단의 꼴을 갖추기에 이르렀다. 아시카가는 이곳 중학교의 음악 교사였다. 나이에 이르게 앞머리가 벗겨졌으나 예술가풍의 장발이 그의 격조를 유감없이 드러냈는데, 엄격하기로 평판이 자자한 그 학교 교장도 이런 멋을 이해해 준다고 했다. 바이올린을 연주하는 기량이 출중해서 교사 가운데 이쯤의 연주자가 재직한다는 걸 큰 자랑거리로 여겼으니까. 단원 가운데 바이올린 주자는 두 명이 더 있었다. 한 사람은 50대의 영화관 직원이었다. 영화가 상영되면 무성영화 스크린의 화면에 맞춰 즉흥적으로 효과음을 덧붙이는 일을 맡았던 딴따라 출신이었다. 음악성을 따지기에는 뭣하지만 극중의 슬픈 대목에서 현을 자지러지게 쥐어짜는 특기는 알아줄 만하단다. 나머지 한 단원은 유치원 보모인 노처녀로 수준은 그렇고 그런 편이다.

아시카가 선생이 부임하기 전에는, 기타를 다룰 줄 알던 잡화상회 주인이 호의를 보여 자기네 집의 뒷방 하나를 연습장으로 쓰게 해주었었다. 그러다 악단으로 틀이 갖춰지자 공회당 지배인이 공회당 한

16

켠의 널찍한 공간을 악단 전용실로 배려를 했다. 훈과 동식이는 그 악단원으로서 오늘 저녁에 연습을 끝내고 돌아오던 길이었다. 동식이는 뒤늦게 타악기 파트의 연습원으로 들어와 드럼을 배우는 중이었다. 그가 조선인 부락에서 징과 꽹과리를 제법 두드리는 걸 훈이 잘 알던 터라 한편으로 부추기고 악단에 천거해서 그렇게 되었다. 그 후에 치에코도 무용수로 입단했던 것 같다.

둘이서 묵묵히 국밥을 먹고 있던 참에 동식이가 숟가락을 쥔 손의 집게손가락을 슬그머니 펴서 안쪽을 가리켰다. 훈은 그 방향을 따라 고개를 돌렸다. 마침 조선인 노무자가 마주 앉은 동행에게 애걸하는 듯한 눈빛을 보이던 중이었다. 그렇게 먹어 치우고도 모자란단 말인가? 식충이 같으니! 이미 늦었다는 걸 몰라, 오야가다(親方)가 알게 된다면 경을 칠 일이야. 좀더 몸차림이 나은 상대방의 말은 분명히 내지 쪽의 억양이었다. 사내는 입속말로 뭐라고 중얼거린 듯했는데, 무안스러워 외면해 버린 훈의 귓전에 한 그릇만 더 하는 간절한 목소리만 들렸다. 그쪽을 주시하던 동식이가 나지막하게 속삭였다.

"저런! 그릇 좀 보라구. 두세 그릇을 비우고서도 한 그릇 더 먹겠다고 사정을 하고 있어. 하긴 내 도시락도 양에 안 차긴 마찬가지일 테지만…… 저 사람 보나마나 다꼬베아일 거야. 여기서 구스나이(久春內)까지 철로를 놓는다는데 그 현장에 이들이 많이 동원되었다는 말을 들었거든."

훈도 금시 초문의 얘기는 아니었다. 다꼬베아라! 이마에 그런 걸 써 붙였을 리는 만무했지만 그럴 성싶다 해서 한 번 더 돌아보았다.

"그럴까? 거긴 형편이 말이 아니라고 하던데."

"생지옥이 따로 없다나 봐. 우리 팔자야 거기 비하면 천당이지. 허, 결국 한 그릇 더 시키는군."

나주댁이 국솥으로 돌아서며 조심스레 혀를 찼다. 아마도 그녀도 눈짐작이 가는가 보다. 이 노역자들은 일과가 끝나고도 함바(宿寮)

밖 출입이 엄하게 통제당하고 있다는 건 공공연한 사실이다. 무슨 일 인가로 에스토르에 나온 길에 굶주린 배를 채우려는 것일 게다 싶어 훈은 괜스레 가슴이 무지근해졌다. 곧장 집으로 갔다면 동족의 저런 참혹한 처지와 마주치지 않았을 터인데 싶었다.

국그릇을 비우자 훈이 물었다.

"오늘 연습은 잘 풀리든? 채를 잡은 지도 꽤 되었잖아?"

"그냥 눈치 코치로 두드려대는 거지. 야, 아시카가상이 나만 바라 보는 것 같아 오금이 저릴 지경이었어. 아랫배가 아픈 이 기분 알겠 어?"

허투로 하는 말이 아니라는 듯 그는 아랫배에 손을 얹어 보였다. 저런 시늉까지 하는 걸로 보아 어지간히 긴장했던 모양이다.

"엄살 떨긴. 세상에 쉬운 일이란 건 없지. 하지만 좋은 기회야. 기 다니가 마침 고향엘 다녀와야 하게 되었으니……."

"기회라구, 쑥스러운 말이지만." 동식이답지 않게 심각한 표정을 지었다. "악보를 읽을 줄 모르니 아무래도 장님 코끼리 다리 만지는 격이야. 조선 농악이라면 그저 신명껏 두들겨대기만 해도 누가 뭐 래? 그리고, 늘 통나무와 씨름을 해야 하는 이 팔도 문제거든. 굳은 살에다 팔뚝은 뻐근하고……."

푸념을 넘어서서 자조어린 말투였다. 하루내 근육을 불끈 세웠던 팔로 북채를 신명나게 두드려대기란 미상불 어려운 노릇이겠다. 동 식이가 악단에 대해 선망을 품었고, 드럼 치는 장단에 열정을 갖고 있음을 모르진 않았다. 더구나 다음달 순회 공연은 에스토르 군내에 서 조선인이 그중 밀집된 광산촌 도로에서 연주하기로 되어 있잖은 가. 북잡이 기다니가 마침 집안의 혼사로 귀향하게 되어, 이 연주회 는 동식에게 있어서 데뷔 공연이나 다름없었다.

"넌 잘하고 있어. 연습 기회가 몇 번 더 남았기도 하고. 당장은 악 보를 볼 줄 몰라 곤란하겠지만 정신을 바짝 차리면 박자를 놓치지 않게 될 거야."

"그렇게 되었으면 오죽이나…… 어, 저쪽도 일어서는데 우리도 나가야지?"

늦은 시간이었다. 훈은 바지 호주머니에서 일 원짜리를 가려 들고 나주댁한테로 다가서려니까 저쪽 조선인 노무자가 한 발 앞서 지폐를 건네 주고 있었다. 그들이 지나가도록 비켜 주면서 훈은 그 사내와 눈이 마주쳤다. 서른 후반으로 보임직한 나이이지만 어쩌면 그보다 훨씬 적을는지 모른다.

무심코 마주친 눈길―깊이 가라앉았고, 짓눌린 슬픔이랄까 공포랄까 그런 감정이 화석이 되어 버린 침울한 눈빛이었다. 훈은 이 순간적인 해후에서 숨이 막힐 듯한 이상한 충격을 받았다. 뭐라고 지나치는 인사말이라도 건넸으면 했지만 입술이 떨어지질 않았다. 사내가 포장을 젖히며 나간 뒤에 나주댁한테 돈을 내밀며 물었다.

"저 조선인, 왠지 아주 혼이 빠져 나가 버린 사람 같아요. 더러 오는 분인가요?"

"웬걸…… 두 번 다시 보긴 힘들걸. 불쌍하게도."

"어디서 일하는 사람일까. 이 친구 말로는 다꼬베아 같다고 했거든요."

"물어보지 못했으니 낸들 알겠수."

나주댁의 얼굴에 일순 처연한 그림자가 스쳐 갔다. 모른 체하면 그뿐일 테지만 말이 이어졌다.

"돈을 벌고자 자원해서 몸을 판 사람들이라면서요?"

"그렇다고들 하지. 처음엔 시러배 같은 망나니들이 제 버릇 개 못 준다고 청루에서 계집 품고 진탕 놀고자 그런다더니만 그렇지만도 않은가 보우. 감옥소에 있던 죄수, 쇠고랑을 차야 할 신세거나 하는 그런 잡종들을 끌어다 모았는데, 요즘엔 징용자로 채우기도 한다니까. 아무것도 모르고 고삐 매어 온 조선인이 어디에 하소연을 해. 저네들이야 법대로 한다고 하거든……."

나주댁은 조선말과 일본말을 섞어 가며 했기에 말이 길었다. 듣던 대로 지금은 다꼬베아 바닥도 달라졌으리라. 도요하라에서 마오카에 이르는 철로를 건설할 때 굽이굽이 산자락마다 터널을 뚫었다. 그 공사가 어떻게나 지난했던지 거기 동원된 노역자들이 숱하게 죽어 갔단다. 침목 하나 하나마다 목숨이 하나씩 포개 누웠다고들 했다.

훈은 나주집을 나서면서 중키에 얼굴이 까맣게 타고 깡마른, 왼쪽 볼에 화상 자국인 듯 상채기가 난 그 인상을 쉬 잊지 못할 거라는 생각을 했다.

밖에는 어둑발이 발치에 감겨들었다. 낮에 소나기가 내리치고 간 탓인지 기온이 차가왔고 바람마저 불고 있었다. 길가에는 야습한 땅에 총생하는 우엉잎이 바람결에 따라 그 널따랗고 허연 뒷등을 보이며 한 켠으로 쏠려졌다. 가라후도의 어디랄 것 없이 민들레와 함께 길 가장자리나 들녘에는 야생 우엉이 지천으로 자라났다. 바람이 해안 쪽에서 불어 오고 있으나 소금기 따위는 느껴지지 않았다.

큰길로 나서자 조선 부락 반대편인 모도마치에는 불빛이 밝았다. 한결 화안한 곳은 요정과 카페들이 줄줄이 늘어선 뒷골목일 것이다. 어디서 일본 노랫가락이 들려오는 것 같기도 했다. 둘은 그 불빛을 등 뒤로 하고 어둑서니한 부락 쪽으로 향해 걸어 나갔다.

"알 수 없는 일이야."

훈이 불쑥 내뱉었다. 동식은 곰이 사람을 채 갔다는 게 드문 일도 아니잖아 했다. 그건 벌써 잊어버렸던 일이다. 그 측은하고 전율스런 눈빛을 두고 한 말이었지만 굳이 화제를 바로잡을 필요도 느끼지 않아 대꾸를 하지 않았다.

헤어져야 할 지점이었다. 훈은 어머니와 둘이 사는 집 골목길 앞에서 걸음을 멈추었다. 동식이는 좀더 내려가 훈의 형인 정준네 네 식구의 목조 오두막집을 지나 마스라조오에서도 끄트머리에 그들 다섯

20

가족이 옹기종기 숨쉬는 집에 다다를 것이다. 그의 아버지는 도로 공사나 탄 운반 등 수시 일용 잡부를 구하는 현장을 전전하는 품꾼이었고, 누이 다카코는 과자 공장에 나갔다. 늦둥이 여동생이 하나 더 있어 소학교에 적을 두었다. 고등소학교만 나온 뒤 왕자제지 목재 하치장의 단순 노동자로 일하는 동식이는 어깨의 짐이 무거웠다. 세 식구가 돈벌이를 했으므로 수입이 짭짤할 것이나 아버지가 앞가림을 못했다. 사흘 일하고는 번 돈을 노름이나 술집에 쏟아붓기 일쑤였기 때문이다.

"들어가 쉬라구."

"쉴 시간이 어디 있어. 새벽 다섯 시엔 일어나야 하니까 늘 잠이 부족해. 아, 잠이나 푹 자 보았으면…… 그런데도 북채만 잡으면 잠이 달아나 버리고 마니."

동식이가 어둠 속에서 흰 이를 드러내며 웃었다.

"훈아, 네 장가 가는 걸 언제 보게 될까? 떠꺼머리총각 신세를 면해야 할 텐데……."

어머니가 물을 뿜어서 채곡채곡 포갠 여름 옷가지들을 한 켠으로 밀치며 심란하게 말했다. 올봄 들어 부쩍 입버릇이 된 것이어서 귀흘려 들어도 무방했지만 채근하는 말이 따르자 어정쩡한 대로 대꾸를 할밖에 없다.

"급할 게 뭐 있다구요?"

"그런 게 아니다. 다 때가 있는 법인데 혼인은 더욱 그렇지. 네 인물이야 어디 내놓아도 번듯하지, 게다가 공부를 남보다 못 했나? 다들 너를 두고 나무랄 데 없는 신랑감이라고들 하지만."

"그나저나 조선 처녀는 눈 씻고 찾아보아도 띄기나 해야지요. 조선에서나 데려오면 몰라도."

저녁을 먹고 들른 형 정준(正俊)이가 방 벽에 등을 기댄 채 퉁명스레 뱉었다. 에스토르에 관한 한, 결혼 적령기의 조선 남녀 비율은 심한 불균형을 이루는 형편이다. 여성 노동자가 요구되는 생산업체가 들어서지 않고서야 해결될 일이 아니었다.

"그래서 하는 말이지. 훈이만 짝을 지어 주면 내 할 일은 다했다. 너희 아버지를 저승에서 만난대두 일 없다. 에그 그 양반, 눈을 감으면서도 네들 걱정이 태산 같더니만."

어머니는 언제나 한꺼번에 두 가지 일을 하지 않고는 못 배기는 성미대로 옷가지 위로 헝겊을 덮고는 발로 다질 양으로 올라섰다. 슬하의 자식들은 신장이 웬만들 했으나 박씨는 작달막했다. 짧은 그림자가 방바닥에 일렁거렸다.

"말이야, 넌 들은 귀가 있겠지? 전쟁이 마냥 오래 끌기만 할 건가? 쉬 끝나지 않고선 막내의 혼사도 가망이 없을 듯싶으니까."

"저놈들 말로는 늘 대승을 거둔다지요. 그 말대로라면 지금쯤은 미국놈들 군함이며 전투기가 한 대도 남아 있지 않아야 마땅한데 남양에선 여전히 전투가 치열한가 봐요. 낌새가 이상하지 않아? 어떻다든?"

형이 되물어 왔다. 훈이라고 전세를 알 까닭이 없었다. 아침 조회에서 기미 가요를 열심히 부르고 야스쿠시 신사 참배와 '귀축(鬼畜) 미·영 격멸'만 외쳐대면 전쟁은 기필코 승리할 것으로 믿는 그로서는 들은 대로 대답할밖에 없었다.

"여전히 승승장구하는 게 아녜요? 근래만 해도 중국에서는 대륙소통작전이 성공했다 하고, 남양 전선에서도 제국 육해군이 전세를 압도하고 있다던데요."

"전쟁이 시작된 이래 늘 그런 식이었지. 일각을 지체치 않고 곧 깨부술 거라고…… 그게 언젯적이냐?"

"형님은 달리 알고 있는 게 있어요?"

"가구점은 세도 부리는 집과 거래가 많다. 주로 기모노를 입은 아줌마들이긴 하지만……." 정준은 잠시 말을 끊고 뭔가를 곱씹어 보는 듯한 눈치였다. "어째 신통찮다는 감이 들어. 올해 들어 긴급 국민동원령이 실시되지 않나, 게다가 전선은 뒷걸음치고 있는 게 분명하거든. 작전이라지만…… 코가 연합함대 사령관이 전사한 게 왠지 불길해. 쪽바리들 눈초리가 더 살벌허졌지 않든?"

그 말에 빨랫감을 밟고 있던 어머니가 위기가 코앞에 닥친 양 흠칫 놀라며 내려앉았다.

"아서라, 생각만 해도……." 말을 이으면 재앙이라도 붙을 것 같아 우려하는 빛이었으나 그래도 계속했다. "우리집에도 징집이 미칠라. 시 서기놈이 순사를 대동하고 호구 조사라며 집집을 돌았거든. 많이야 거느린 가족이 있으니까 괜찮겠지만 훈이는 나이가 있어서…… 어떻든 처자를 물색해야지."

우스꽝스런 노릇이지만 어머니의 말끝에 훈은 치에코의 모습을 떠올렸다. 지난 주말의 연습날, 그녀는 바이올린의 반주에 맞춰 남자 무용수와 커플이 되어 왈츠를 추고서는 흰 무용복을 맵시 있게 치켜들고 의자로 돌아왔었다. 마침 훈의 옆 의자가 비어 있었기에 그녀는 애교가 깃든 미소를 살짝 지어 보이며 앉았다. 가쁜 숨을 몰아쉬느라 동그란 어깨가 크게 들먹거렸다. 숙맥처럼 그냥 있기도 뭣해서, 그가 볼을 붉히며 치에코양은 요정을 연상시킨다고 대담하게 치렛말을 했다. 그녀는 의례적인 찬사를 들은 사람이 흔히 그러듯 '감사합니다' 하며 고개를 까딱했다. 잠시 동안 어깨를 숙이고 옷자락을 가지런히 펴다가는 생기에 넘치는 얼굴을 치켜들었다.

"혹시 삿포로에 계셨다던 분 아니세요? 아시카가 선생님께서 언젠가…… 이런 실례, 이름을 들었는데……."

"가네히라 가오루(金平薰)입니다. 그런데 삿포로는 왜?"

"내 고향이 거기랍니다. 맞아요?"

"네, 잠시 공부했더랬습니다."

그러는데 아시카가 선생이 모이라는 손짓을 해서 대화는 끊어져 버렸다. 특별히 자신에게 호의를 표시했다고 믿을 근거는 없었다. 그녀는 나이도 어리고 늦게 입단한 신참자이어선지 누구에게나 상냥하고 다감하게 굴었다. 다만 훈이나 동식이와 같은 조선인이자 나이 차가 많지 않은 몇몇만 어렵게 여긴 탓인지 말을 걸지 않았으므로 서로가 데면데면하게 지내 오던 터였다. 물론 그날 연습이 끝나고서도 그녀와 삿포로 얘기는 더 이어지질 못했다. 어머니가 처녀를 물색해 봐야 하지 않겠느냐는 중얼거림에 어쩌자고 치에코의 모습이 떠오르게 되었는지, 하여간 맹랑한 노릇이었다.

"훈이한텐 손색이 없는 배필을 찾아 줘야지요. 쟤는 우리 가족이 합심해서 공부를 시켜냈으니까요." 정준은 집안의 가장답게 어머니를 향해 맞장구를 쳐 주고는 아우에게 고개를 돌렸다. "네 나이도 스물넷이 되었으니 어정쩡하게 보낼 때가 아니야. 징집은 설마…… 넌 기술자니까. 그렇잖아도 일본인이 전선으로 출정한 판에 기계를 멈추게 할 순 없어 너까지 데려가진 못할 거다. 하지만 악단에 빠져드는 건 실익이 없어. 이제 생각해 보면 그때 아코디언을 사준 것도 후회가 된다."

훈은 형의 타이름을 새겨 들을밖에 없었다. 아우한테 그토록 지성껏 돌봐준 형은 없을 터였다. 일찌감치 돈을 벌겠다고 조선을 떠나온 아버지는 고향에서 산판 일을 한 적이 있어 손에 익은 일거리를 찾아 이곳 에스토르로 찾아들었었다. 가라후도의 기업체 중에서 굴지의 규모를 자랑하는 왕자제지 공장이 있어서 일자리가 많고 돈을 벌 수 있다는 소문이 널리 퍼졌기도 했다.

도쿄에 본사를 둔 왕자제지는 이곳과 도요하라에 일찍이 공장을 세웠다. 오래 전에 본사에서 파견된 사람이 탄광과 강, 그리고 삼림지대를 끼고 있는 이곳이 공장 적지라고 판단하여 공장을 건설한 건 탁월한 판단이었다. 타이헤이 탄광 쪽에서 벌목한 목재들은 마스라 강(武土川)을 타고 내려와 공장의 야적장에 산더미처럼 쌓인다. 강에서 목재를 건져 올리고 껍질을 벗긴 뒤 콘베이어에 싣는 일이 주로 조선인 노동자들의 몫이었다.

그들 아버지는 여기서 일하던 중 장남인 정준이가 열여섯 살이 되자 부자가 함께 돈벌이를 했다.

이제는 살 만하다고 여겨졌던 무렵에 쌓인 목재가 굴러 떨어지는 날벼락에 아버지는 허리를 몹시 다쳐 일 년여 병석에 누웠다가 그예 숨지고 말았다. 훈이 고등소학교 졸업을 앞둔 육 년 전의 일이었다. 그후, 회사로부터 지급된 산재 배상금도 병 구완에 야금야금 녹아 버려서 또 생활이 어려워졌다.

정준이는 강원도 통천에서 서당 공부를 하다가 뒤늦게 소학교에 갔지만 아버지가 솔가해서 이 섬으로 건너오게 됨으로 학업은 끝이 났다. 이래 오늘에 이르기까지 죽어라고 일만 해왔다. 둘째인 화자(和子)도 열심히 가계를 도우다가 시집을 간 뒤, 도로의 탄광에서 밥장사로 돈푼깨나 만지게 된 모양이었다. 그렇더라도 박씨의 억척스러움은 언제나 자식들을 한 발 앞섰다. 혼자몸으로 감자와 수수 농사를 짓는 한편, 기회가 닿으면 품을 팔았다. 때문에 맏이가 장가를 들 무렵에는 형편이 되돌아섰다.

훈은 제2심상고등소학교를 다닐 적에 풍금을 치는 시간을 가장 좋아했다. 학급마다 풍금이 있는 데다, 재주를 나타내기 시작하자 어렵잖게 피아노도 두드릴 수가 있었다. 학교를 졸업했을 땐 그의 학업 성적과 품행을 가상히 여긴 교장이 추천장을 써 주어 왕자제지 성산부에 취직이 될 판이었으나 마음은 매양 음악에 쏠려졌다. 정준이가 그 당시에 아우한테 아코디언을 사주었던 건 놀라운 우애이자 배려였다.

아코디언을 손에 잡게 되고부터 훈의 음악에 대한 열정은 날이 갈수록 더해서 마침내는 가출을 결심하기에 이르렀다. 음악 공부를 하고 싶은 절대 절명의 욕구에 못 이겨 집에 간수해 둔 돈을 몰래 챙겨 갖고는 쪽지 한 장만 남겨 놓은 채 바다 건너 삿포로로 건너갔던 것이다. 단기 양성 음악 학원에 적을 두고 반 년을 뭉그적거렸을 때 학비도 떨어지고, 그보다 배고픔을 견딜 수가 없었다. 하는 수 없이 집으로 도움을 청하는 편지를 띄우자 정준이가 벼락같이 달려왔다. 화풀이로는 등짝을 두어 번 때린 것만으로 충분했다. 형의 나무람이 섞인 설득은 이러했다.

넌 우리 형제 중에서 가장 인물이 잘나고 머리도 좋다. 집안에서 한 사람만 출세를 해도 가족 전체가 빛이 나는 법이다. 음악이 밥 먹여 준다더냐? 네가 그렇게 좋아한다면 생활의 기반을 닦아 놓고 천천히 해도 늦지 않다. 어머니나 우리 남매는 너를 위해선 어떤 고생도 견뎌낼 각오가 되어 있다. 기왕에 여기에 왔으니까 이 참에 기술학교로 진학해라, 일체의 학비는 걱정하지 않도록 해주마. 달리 길을 택할 수 없어서 훈은 전기기술학교에 입학했다. 모든 가족의 희생과 기대를 한몸에 받고서. 그 사이 정준이는 목수 기술을 배워서 가구점 종업원으로 직장을 옮겼다.

정준이가 돌아가겠다며 일어서다가는 힐끔 아코디언에다 시선을 던졌다. 훈아, 이게 쌀 몇 가마니 값인 줄이나 알아? 라는 말은 하지 않았다. 훈의 아코디언 솜씨가 여간 아니라는 주위의 칭찬도 싫지 않으려니와, 그보다 쌀타령은 하지 않을 만큼 구차함을 면한 탓이리라. 배급 양곡이 양에 차는 건 아니다. 남은 어떻거나 간에, 이들 형제간의 집으로는 탄광의 누이가 수시로 백미를 보태 주고 있었기 때문이다. 떳떳한 양식이 아닌 줄은 알지만 서로 모른 체하고 받아 먹어야만 했던 시절이었다.

도로 공회당에서 공연이 끝나자 악단원들은 무대 정리를 서둘렀다. 그것이 마무리되자 단원들은 트럭에다 잡다한 소도구와 간수하기에 버거운 악기들을 챙겨 싣느라 그 주위를 맴돌았다. 짐칸 위에 올라선 악단 살림꾼 가토오가 어떤 짐을 올리라면 단원들이 합심해서 거들었다. 여자 무용수 셋은 평상복으로 갈아 입었지만 공연의 흥분이 가시지 않은지 얼굴이 상기된 채 한쪽 켠에 몰려 서서는 속삭이기에 여념이 없었다.

치에코는 한 마리 흰 나비 같았다. 삿포로에서 중학교를 졸업하고 일 년간 무용 학원에서 춤을 배웠다고 했다. 어느 만큼의 수준을 보여 주는지는 다들 문외한들인지라 알 길이 없었다. 어떻든 오늘 선보인 왈츠는 관중의 눈길을 끌기에 족했다. 가냘픈 몸매, 애띤 나이에서 오는 민첩한 율동, 그리고 무엇보다 조명이 던져진 원 속에서의 하얀 드레스 차림은 순결한 한 송이 꽃이거나 종이학을 연상시켜 주었다. 손을 뒤로 치켜들며 내뻗을 때의 목께, 어깨며 등허리를 거쳐 활처럼 휘어지는 선은 훈의 눈에도 환상적이었다.

그녀는 훈을 향해 혹시 삿포로에 계셨다던 분 아니세요 하고 물어 준 이래, 어쩐 셈인지 개인적인 관심을 거두어들이고 말았다. 훈으로서도 때로 난초꽃 향내가 코끝을 간지럽힌다는 정도의 사소한, 혹은 아련한 기미를 느끼곤 했으나 일과성의 그것이었다. 강 건너 대안의 아스라한 등불 같은 것, 더 이상의 관심거리일 순 없다고 스스로에게 다짐을 두었다.

아시카가 선생이 무덤덤한 표정으로 서성거리다가, 마침 조명등을 트럭 위로 올려 주고 물러서서는 또 뭔가 할 일이 없을까 하며 두리번거리던 훈의 옆으로 천천히 다가왔다. 눈이 마주치자 가벼운 미소를 띠었다.

"잘했어, 가네히라군. 자넨 피아노를 정식으로 교습 받지 않았는데도 매끄럽게 반주를 해주었어. 아코디언 주자로 썩기에는 재능이 아까워."

"과분한 칭찬입니다. 아시카가 선생님."

훈이 겸양을 나타냈다.

"아닐세. 그렇잖아도 군을 눈여겨보아 오던 참인데…… 괜찮아. 알레그로에서 아주 경쾌했어. 더구나 현악기에 하모니를 이루기란 쉬운 일이 아니거든. 정규 음악 학교에서 공부했더라면 대성할 자질인데, 그쯤만 해도……."

"좋게 들어 주셔서 감사합니다. 혹시 터치가 강해서 바이올린 쪽에서 불만을 가질까봐 걱정스러웠습니다."

"허허, 그 사람들은…… 그만해 두지. 기대를 갖는 것도 무리일 테니까. 음악이란 게 흥만이 아니거든. 자넨 리듬 감각을 제대로 갖추고 있어. 내가 언제까지 악단에 머물게 될는지 모르나 하여간 군이 있어서 마음이 든든하이."

오늘은 어쩐 일일까, 남을 치켜세우는 데 인색하기 짝이 없는 그가 턱없이 인심을 쓰고 있지 않은가. 훈은 이 기회를 놓칠 수가 없어서 전부터 별러 오던 말을 꺼냈다.

"아시카가 선생님, 그렇잖아도 어려운 청을 드리고 싶었습니다. 지금 해주신 말씀은 격려로 새겨 두겠습니다만…… 저…… 전 작곡법에 아주 미숙합니다. 어떻게든 지도를 받아 편곡이라도 할 수 있어야 하는데, 선생님께서 지도해 주신다면 더없는 영광이겠습니다."

"좋은 생각이야. 군의 뜻이 그렇다면 기꺼이…… 그 문제는 나중에 얘기하세."

짐을 다 실었는지 가토오가 작별 인사를 할 양으로 아시카가한테로 왔으므로 훈은 한 걸음 뒤로 물러섰다. 그가 출발하겠다는 걸 알리면서, 청중이 많이 모여 흑자가 났다고 기꺼움을 나타냈다. 덧붙여서 이렇게 인구가 밀집되어 있으나 별다른 공연을 접할 기회가 없는 데선 앞으로도 재미를 볼 거라고 했다.

오후 일찍이 짐을 싣고 온 가토오와 코찌 소년은 트럭으로 당일 돌아가야만 했다. 나머지 단원들은 여관에서 하룻밤 묵은 후 내일 정기 노선 버스편으로 돌아갈 작정이었다. 방을 여덟 개 잡아 두었는데, 아시카가만 독방을 쓰고 그 외는 두 명, 혹은 세 명이 방 하나를 쓰게 되어 있었다.

트럭이 엔진 소리를 요란스럽게 울리며 구르기 시작하자 단원들은 한 켠에 모아 두었던 악기 중 제가끔의 것을 챙겨 들었다. 그러자 저 쪽으로부터 화자 누나가 광부 차림의 젊은이와 함께 훈의 곁으로 다가오며 반색을 했다. 젊은이는 초봄에 잠시 대면한 적이 있었던 사돈 총각, 그러니까 자형의 아우되는 사람임을 쉬 알아보았다.

"잘 지냈어? 너 정말 대단하더구나. 아코디언 독주, 그게 '해당화 피는 모래톱'이었지? 박수가 터져서 어깨가 우쭐거려지던걸."

누나가 말하고 있는 중에 젊은이가 희벌쭉 웃으면서 고개를 숙였다. 훈도 그제서야 손을 내밀어 악수를 나누었다.

"시동생이야, 알지? 네가 온다니까 며칠 전부터 별러더니만 오늘 어지간히 반했다지 뭐야. 얘, 할 얘기가 많지만…… 우리 도련님이 꼭 너와 긴히 얘기하고 싶다면서 양해를 구해 달라고 떼를 쓰지 않겠어? 어때, 시간이 나겠어?"

"시간이야 뭐…… 공연이 끝났으니까 자유야. 상관 없어."

"네가 우리한테 들를 기회는 없을 테구…… 아직 살림집을 얻기에는 무리거든. 그러니까……."

알 만했다. 누나 내외는 조선인 모집 탄부들의 함바 한 귀퉁이에 식당을 차리고 그 옆에 방을 들여서 협소하게 지내는 형편이었다. 군대의 편성이나 다름없는 함바에는 외부인의 출입을 금했다.

민행이 한낱 탄부인 주제에, 이런 시간에 이곳 공연장까지 나타날 수 있었던 것도 자형이 손을 써 주었기 때문일 게다. 그가 머리를 긁적이며 막 청년티를 내는 얼굴에 수줍음을 띠고 끼어들었다.

"괜찮으시다면 이런 데서라도 얘기를 나누고 싶어요. 미야키 도시유키(宮木行)입니다. 사돈에 대한 얘기는 많이 들었는데도 기회를 얻지 못해서요. 오늘 아주 감격했답니다."

이들의 상봉을 곁에서 지켜 보던 동식이가 붙임성 있게 나섰다.

"그야 어려울 게 없지. 누님, 훈이와 나는 한 방에 들게 되었거든
요. 걱정하지 마십시오. 함께 여관으로 가지요. 다다미 여섯 장짜리
라지만 넷이 앉기에는 충분할 겁니다."

화자는 동식의 말을 듣고 고맙다는 표시를 한 후, 훈에게로 향했
다.

"아니, 난 곧장 돌아가야 해. 네 자형이 보통 사람이야? 훈아, 도련
님만 떼놓구 갈 테니 잘 대해 줘. 어떻든 널 만나고 싶어했으니까."

"혼자 돌아가겠다구?"

"그런 걱정은 하지 마. 거기서도 여럿이 왔어. 함께 가자고 저기서
날 기다리고 있어."

동식이가 그렇다면 아무 문제가 없다며 사돈 총각의 팔굽을 잡아
끌었다. 누나는 집안일을 이것저것 물었다. 돌아서기 전에 주의를 환
기시키듯 목소리를 낮춰서 귀띔을 한다.

"아직 철이 없어, 시동생은 자고시카(자유 노동자)나 자비로 온 한
산 인부가 아니야. 집안 아저씨가 뒤를 봐 준다지만, 어떻든 알선 인
부잖아?"

훈은 알아들었다는 듯 고개를 끄덕였다. 그녀는 동식이와 시동생
의 인사를 건성으로 받아넘기고는 훈을 한결 대견스럽게 바라본 후
발길을 돌렸다. 일이 고되서일까, 아기를 가졌기 때문일까, 한창 나
이임에도 누나의 얼굴에 기미가 옅게 깔린 게 눈에 스멀거렸다. 자형
이 이른바 살고잡이 억척이어서 한시도 틈을 주지 않을 게다. 함바의
밥장사라는 게 품을 팔아 끼니를 챙기는 정도이고, 돈이라도 만지자
면 불쌍한 인부 밥그릇을 줄이든가, 재간이 좋으면 유레이찡코(귀신
인원)라는 인원수 부풀리기로 식량을 착복하지 않으면 안 되었다.

악단원들은 벌써 여관으로 몰려들 갔는지 공회당 앞마당은 이내

조용해졌다. 동식이와 민행이가 앞장을 섰다. 서녘 하늘에는 붉은 빛살이 퍼져 올랐다. 이러고도 한동안 빛이 남게 될 터이다. 짧은 다리를 지나서 자작나무와 너도밤나무가 늘어선 길을 따라 여관으로 돌아오면서 훈은 혼자 생각에 잠겨 들었다. 배를 곯은 탄부들이 밤에 몰래 빠져 나와 일본인 사택에서 말리려고 널어 놓은 청어를 훔쳐 가는 일이 빈번하다고 했지. 만일 들통이라도 나면 린치가 심하단다.

"언제나 저토록 말이 없다구. 그게 병이지. 이런 사돈을 만나고서도⋯⋯"

동식이가 돌아보며 훈을 탓했다. 말수가 적은 것도 병이라면 이 세상은 병자투성이가 되어야 마땅하다. 하지만 그런 생각을 하면서도 훈은 자신이 지나치게 비사교적이란 걸 인정할 도리밖에 없었다. 그게 다 과묵한 데서 비롯된 것이리라. 말은 꼭 필요한 때에 하는 거라지만⋯⋯ 그래도 아시카가 선생한테 그 동안 품어 오던 말을 할 정도는 되지 않았느냐고 스스로를 위로하며 가만히 입꼬리를 치켜올렸다.

2

여관으로 찾아드니 먼저 도착한 단원들이 악기며 웃저고리들을 벗어 방에 디밀어 넣고는 펌프가로 몰려 물방울을 튀겨대고 있었다. 저녁 기온이라지만 한여름 밤이었다. 동식이가 앞장서 들어섰다가 어쩐지 마음이 편찮을 듯한지 돌아서서 밖으로 나가자고 양팔을 내저었다. 여관 앞에는 상수리나무 밑으로 나무 평상이 놓여 있어서 옳다구나 하며 자리를 잡았다. 산촌이어선지 주위는 호젓하기만 했다.

"조선서 살기가 어땠어요? 어떻거나 간에 숱한 사람들이 이리로 몰려오니까. 이 친구야 말할 것도 없지만 나도 여기 온 지가 십 년이 넘었거든."

열한 살에 고향을 떠나왔다는 동식이는, 자라난 마을에 대한 기억을 많이 갖고 있었기 때문에 고국에의 관심을 묻어 둘 수만은 없을 터이다. 그는 자기가 화제를 꿰찬 것이 미안했던지, 사돈 총각이 작년 십이월 초에 이곳으로 왔다거든 하고 묻지도 않은 말을 훈에게 했다.

"다들 여기 오겠다고 눈이 시뻘개진 판이에요. 전답이나 지니고 사는 사람이야 안 그렇겠지만……. 아, 하루 콩밭 매줘 봐야 이십 전, 삼십 전이라구요. 입에 풀칠하기가 예삿일이여야지요. 한 해 상머슴 질하는 사람이 먹고 자고 몇십 원이 손바닥에 떨어져요. 겨울 솜옷 한 벌 해주고…… 그나마 흰밥은 제삿날이나 먹을려나?"

"그렇게까지? 허! 일 년 일해 주고 그걸 노임이라고 받았다는 거지. 한심하기 짝이 없군."

일감이 계속해서 있는 이런 철에는 제법 노임을 받는다고 생각하는 동식의 얼굴에는 그 순간 자족의 빛을 숨기지 못했다. 민행은 그런 걸 눈치채기에는 너무나 순박한 것 같았다.

"어차피 강제 징용으로도 끌려갈 판이니 돈벌이 좋은 쪽이 누이 좋고 매부 좋은 게 아니겠어요? 우리 운봉 인근 몇 개 면에 오다 구미(太田組)로 백삼십 명이 할당되니까 그 숫자를 다 채웁디다요. 물론 면 서기놈들이 설친 탓도 있겠지만…… 그 서기놈들, 겉으로야 황국 신민으로 보국하는 일이라고 떠들어댔지만 뒷구멍으로 떡고물이 떨어졌으니까 그렇게 설쳐댔겠지요. 그때는 참으로 가관이었어요. 사람 모아 놓으면 별 희한한 일이 다 있습디다. 탄광에서 돈을 벌 수 있다니까 환장을 해서 쌍수를 들었던 사람이 막판에는 이런저런 핑계를 대며 꽁무니를 빼는가 하면, 턱도 없이 다리 하나를 못 쓰는 사람이 제발 데려가 달라고 사정하는 경우도 있었으니 말이오. 그렇고 그런 사정으로 가라후도 땅을 밟게 되었어요."

32

"그래서 형씨도 지원을 했던가?"

"내야 형님이 먼저 와 자리를 잡고 있으니 경우가 좀 다르잖아요? 어떻거나 운봉 바닥을 뜨고 싶은 마음이 고래 아니면 굴뚝이었거든요. 부모님은 막내 하나라도 곁에 두고 싶어했지만, 거기서는 태연히 농사 짓고 있을 수가 없어요. 게다가 여기만 오면 형님이 계시겠다, 고생이야 되지만 돈을 모을 수가 있으니까…… 잘 왔지요. 강제로 징용당해 오기보다는요."

동식이가 드럼을 치는 손놀림을 보이며 듣고 있다가, 형님은 고향에서 뭘 하시다 오셨오? 언제…… 하고 물었으므로 훈도 귀를 쫑긋 세웠다. 자형되는 사람에 대해 변변히 알고 있는 게 없었기 때문이었다. 누나가 돈 잘 벌고 착실한 청년이 있다는 중매쟁이의 권유로 시집을 갈 때도 그런가 보다고 했을 정도였다. 그때 훈이 알기로는 배경이 든든하고 실팍한 청년이라 했는데, 지금에 이르서도 그 뜻을 모르기는 매한가지이다.

"칠 년 전이었던가요? 그래, 쇼오와 십일 년이었지. 집에는 논밭이 좀 있어서 양식거리는 얻을 만했으나 공출이다 뭐다 해서 살림이 찌드니까 형님은 용전이나 보탠다고 자전거포를 내고 있었지요. 그런데 친척 아저씨뻘이 되는 오다상이—지금 나도 그 그늘에 있습니다만—그 무렵에 노다지를 잡았는지 고향 인근에다 사람을 시켜 논다랑이며 밭뙈기를 수시로 사들이니까 형님 마음이 붕 떠버렸지요. 매일같이 아버지를 조르고, 한편으로 아저씨한테 편지를 띄워 결국 소원 성취했지요. 그 아저씬 벌써부터 청부업을 했으니까."

"그렇다면 고향엔 사장어른 내외분만 계시겠소."

그때까지 그림자처럼 앉아서 얘기단 듣고 있던 훈이 화제에 끼어들었다.

"그런 집이 어디 한둘인가요. 우리집은 그나마 누나들이 남원과 임실에 시집 가 살고 있으니 울타리는 되지 못해도 덜 적적한 셈이지요.”

“탄광 일은 어때요? 생각했던 것보다는?”

“그야말로 군대식이지요. 전체 감독관으로 일본인 대대장이 있고, 그 밑에 함바별로 각 중대로 편성되어 작업이 할당되지요. 중대장과 소대장, 반 조장들은 다 조선인들입니다. 우리 함바는 4료까지 있는데, 모두 조선에서 모집해 온 인원들이지요. 난 처음에, 전북 쪽에서 모집해 온 제2료—제1료는 경남 사천을 중심으로 한 편이고, 제3료는 경북 쪽 그리고 4료가 충남북 사람들로 편성이 되었다지만 일부는 섞이기도 했지요—하여간 거기서 굉 속에 석축을 쌓는 2교대조로 일했는데 도무지 견뎌낼 수가 있어야죠. 이미 오는 비용은 다 공제한 터라 형님이 오다 아저씨한테 잘 얘기해서 지금은 식당번으로 바꾸었답니다. 당장에는 함바 밥집 고용인이지요.”

민행은 다변가이기도 했지만 쉽게 속을 다 털어 보이는 성미인가 싶었다. 아마도 믿을 만한 사람이다 해서 감출 것 없이 하고 싶었던 말을 다 쏟아내는 것이리라. 지금은 밥집 고용인이라니까, 아까 화자 누나가 어떻든 알선 인부잖아 하고 귀띔했던 뜻이 무슨 말인지 갈피를 잡을 수가 없었다. 그 차이가 의문스러웠지만 캐묻는 건 그만두었다. 얘기를 듣는 쪽에서 말이 없자 민행은 대답이 미진한 것으로 여겼던지 서둘러 말을 계속했다.

“일이야 고되기 짝이 없지요. 위험하기도 하고…… 그러나 탄부들은 작업이 끝난 시간이거나, 휴무인 일요일에도 외출을 못 하게 하는 것이 죽을 맛이라고 해요. 삼 개월간 수습기간의 노임으로 올 때의 비용은 다 갚은 셈인데도 탄부가 도망을 칠까봐 그러는 거겠지요. 그런데 이런 얘기가 들립디다. 도로에 있는 광부들을 나이부치(內淵)로 모두 데려갈 거라는 소문이 말이에요. 나이부치에 있던 미쓰비시나 미쓰이 광산 광부는 벌써 내지로 데려갔다잖아요. 지금 거기도 조선인 모집원만 있다거든요. 왜 그럴까요? 이건 대놓고 할 얘기는 아닙니다만, 구미 노무자들, 그러니까 모집해 온 조선인들을 혼깡(회사)으로 넘길 거라는 말이 있는데 무슨 궁꿍이속인지 모르겠어요.”

훈이나 동식으로서는 탄광 쪽에 관해서는 별로 아는 게 없어 뭐라고 대답해 줄 수가 없었다. 그러나 나이부치 탄부들을 내지로 옮기고, 이곳에 있는 탄부를 그 대신에 나이부치로 데려갈 거라는 얘기에는 뭔가 짚이는 게 있었다. 하지만 그건 어디까지나 짐작이며 감(感)에 지나지 않았다.

7월 하순이어선지 산으로 에워싸인 탄광촌도 그다지 시원한 편은 아니었다. 모기떼가 달려들어 드러난 팔뚝이며 양말 신은 발목께를 쏘아댔다. 그래도 옹색한 여관방보다는 이편이 마음이 편했다. 어둑서니한 하늘에 어느새 별이 몇 개 돋아나 있었다. 아무래도 전세가 여의치 못한가? 도로에서 조선인 모집 탄부의 입지가 달라진다면 에스토르의 조선인들도 영향을 받게 되지 않을까!

곰에게 물려 갔으리라는 일본 여자에 관한 뒷소식은 떠들썩했던 소란에 비해 싱겁게 끝이 났다. 실종된 지 열이틀 만엔가, 후미진 산 속에서 시체로 발견되었다고 했다. 아마도 길을 잃고 헤매다가 탈진한 끝에 숨이 졌을 것이다. 이 일을 듣고 찜찜해 했던 조선인들에겐 그나마 숨통이 트이는 소식이었다.

다행한 일이야. 훈은 그 동안 무언가 꼬집어 말할 수 없는 어떤 불안감이 뒷덜미에 스멀스멀 붙어다니는 듯한 느낌에서 헤어나지를 못했었다. 그가 속한 전기과엔 성격이 고약한 일본인이 드문 데다 동력부 통틀어도 제가끔의 작업 반경이 있어서 노골적인 사시안은 아직까지 접해지지 않았다. 주야 교대로 아홉 대의 기계가 돌아가는 생산부 직원들과는 마주칠 기회가 적어 그나마 다행이었다. 정황이 좋다면 이런 지엽적인 사건으로 신경 과민이 될 리 없을 텐데…….

민행은 자기 말이 옆길로 새어 버렸다는 걸 그제야 깨우쳤는지, 새삼스레 정색을 하며 훈에게 눈길을 주었다.

"참, 내 얘기는 이런 게 아니었는데…… 형수씨로부터 자주 얘기를 들어 진작부터 만나 보고 싶었습니다. 저도 한땐 소리깨나 했댔으니까요. 그런데 여기 와서 보니 삐까삐쩍한 악기들이며, 그 손풍금이 촌놈 기를 팍 죽여 놓습디다. 사돈한테 이런 말은 뭣하지만 아가씨들이 줄줄 따르겠어요. 젠장, 이런 좋은 세상이 있는 줄도 모르고 언감생심, 충용스런 황군(皇軍)이 되는 게 상책이다 싶어 지원을 했더랬으니…… 야마도 사무라이(大和武士)는 아무나 되는 게 아니잖겠어요?"

"아니, 나이가 어떻게 되길래, 언제 지원병으로 나가려 했단 말이오?"

훈의 이 반응이 화근이라면 화근이었다. 아직 자정이 되기에는 이른 시간이었으나 그래도 저녁이 깊은데, 이 되물음이 민행의 가려운 데를 긁어 놓은 꼴이 되고 말았다. 올해 겨우 열아홉 살입니다만, 참 미친 짓이었어요로 시작되는 그의 또 다른 내력은 시간 가는 줄을 모르게 했다.

1942년에 조선에서 지원병 제도가 실시되자 운봉에서도 더러 희망자가 생겼다는 것이다. 그러나 초기에는 선발시험과 과정이 까다로워 입대자가 나오지 못했다. 그때는 마을마다 지역 방위 임무를 띤 단체가 만들어져 젊은이들이 농사에 전념할 형편이 못 되었다. 소학교라도 나오고 조금의 지식을 갖춘 젊은이는 청년단에, 무식자는 특별 청년단에, 나이가 든 사람은 경방단(소방대)에라도 들어가야만 했다.

그런 무렵에, 남원에서 백정집의 한 청년이 입대가 좌절되자 혈서로써 제국에 대한 충성과 성전(聖戰)에 목숨을 초개같이 버리겠다는 각오를 호소한 결과, 당국에서는 그것이 좋은 선전 효과가 될 것이라 해서 받아들인 모양이었다. 그 백정 청년이 병영으로 떠나던 날, 남원역은 굉장한 환송식이 거행되었다. '무운 장구(武運長久)'라는 글자가 쓰인 어깨띠를 두르고 가족 친지들에게 에워싸여 있던 그의 곁으로 군수와 경찰서장이 다가와 어깨를 두드려 주며 장도를 축하해 주었다.

뿐만이 아니었다. 그의 집은 특별 배급의 대상이 되어 찌든 살림의 주름을 펴게 해주었고, 군내에 무슨 행사가 있을라치면 그 백정은 언제나 단상이나 상석에 앉혀서 위세를 드날리게 했다. 이제 어느 누구도 그를 향해 반말을 쓸 수 없게 되었으려니와, 아들이 제국 육군으로 출정했으므로 거들먹거리게까지 되었다.

상전이 벽해가 된 듯한 이런 변화를 보면서 관내 젊은이들 가운데 마음이 들뜬 자가 적지 않았다. 총칼로 무장을 하고 드넓은 곳에서 기개를 펴 보겠다는 허황된 허영심에 떠밀린 자도 있었지만 그보다는 대개 자기 한 사람의 희생으로 가족이 보다 떳떳하게 행세하고 융숭한 대접을 받게 할 양으로 군문으로 나가고자 했다.

형제 중에서 혼자 남았던 민행도 열여덟 살에 불과했으나 헛것이 씌어 버렸던가 보다. 그렇잖아도 남원 경찰서장이 운봉의 주재소 소장에게 그 면(面)에선 지원병 한 사람을 배출하지 못하느냐는 질책이 있자 소장과 조선인 면장이 발벗고 나섰다. 마을을 돌며 지원병이 된다면 일신의 광영이자 집안과 면의 명예라고 충동질을 했다.

소학교만 나와서 집안일을 거들고 있던 민행으로서는 앞날이 답답하기 짝이 없어 철부지 생각으로 부모 몰래 지원서를 내고 말았다. 남원에서 신체검사가 있다는 통보를 해주려 집으로 찾아왔던 조선인 순사보의 말을 듣고서야 이를 뒤늦게 안 아버지가 노발대발했지만 이미 엎질러진 물이었다. 떠나게 된 날 아침에 아버지는 이렇게 간곡하게 타일렀다.

"네놈이 귀신에 씌었어. 아무리 철이 들지 않았기로서니, 전쟁터란 게 어딘 줄이나 알고 천방지축이었던 게냐? 이제도 늦지 않았다. 신체검사를 할 때, 횟배를 앓고 어지럼증이 있다고 해라. 그도 아니면 등신같이 굴란 말이야. 그것만이 네가 살 길이다."

어머니는 아예 가서는 안 된다고 붙안은 채 울부짖었다. 그는 부모 앞에서는 그러마고 했지만 내심은 합격이 되기를 바라면서 집을 나섰다.

운봉에서 서른 명쯤의 지원자가 있어서 순사보의 인솔로 남원으로 나갔다. 순사보는 내일이 신체검사일이라고 전원 목욕을 시켜준 데다 불고기를 곁들인 저녁을 먹게 해주었다. 우리 면에서 많은 합격자가 나와야 소장님의 면목이 선단 말이야. 일차 관문에서 떨어져 버린다면 무슨 낯짝으로 돌아갈 텐가. 그러면서 순사보는 용전으로 쓰라고 일 원씩을 나누어 주기까지 했다.

이튿날 농업학교에서 지원 장정들의 신검이 시작되었는데. 운봉의 지원자 서른 명 가운데서 열여섯 명이 우수 합격이란 판정을 받았다. 이만하면 체면을 세웠다고 순사보가 희색을 띠었다. 학과 시험이 며칠 후에 있을 것이라는 통보만 받고 일단은 귀가했다.

학과 시험은 국어(일본어)와 산수에 대한 시험지가 나왔는데, 소학교 4학년 정도라면 누구나 답안지를 메꿀 수 있는 수준이었다. 여기서 두 명이 탈락했지만 민행은 열네 명 중에 끼여 오후의 시험장에 들어갈 수가 있었다. 일본말로 문답하는 과정과 일어로 받아쓰기가 계속되었다. 드디어 판정관인 육군 중위가 민행의 등을 쳐주며 합격, 하고 격려를 해주었다. 탈락자는 나가고, 남은 열 명의 합격자는 그날 밤 정종까지 마셔 가면서 성찬을 대접받았다.

아직도 관문이 두 차례 더 남았다고 했다. 제국의 무적 육군이 되기 위해선 더 철저한 시험을 거쳐 최정예만을 선발한다는 취지였다. 3차, 4차 시험은 전북 일원에서 뽑혀 온 장정들이 전주에 모여 시행한다고 했다.

전주로 떠나오기 전에 면에서는 열 명 전원에게 국민복 한 벌을 사

입혔다. 번지르르한 새 옷은 칼라에 두 개의 훅이 달렸고, 앞섶으로
는 다섯 개의 반짝이는 단추가 붙었다. 민행은 새 옷을 입고 우쭐거
릴수록 부모의 애간장이 더욱 녹아내린다는 걸 모르진 않았으나 우
선은 득의만면했다. 그들이 다시 남원으로 나와 역에서 전주로 떠나
갈 때는 또 한 번 고을이 왁자지껄했다. 대대적인 환송을 하느라 학
생들이 나와 일장기를 흔들어댔고, 농부들까지 동원되어 꽹과리를
두드려서 흥분을 고조시켰다.

　전주의 시험에서는 네 명이 통과하여 최종 면접을 앞두게 되었다.
민행은 그중 나이가 어렸으나 타고난 골격이 억세어 체격으로는 조
금도 뒤떨어지지 않았다. 성적이야 내세울 게 못 되나 그것은 그다지
중요하지 않고 자세, 걸음걸이, 문답에서의 활달성 따위가 잣대가 되
는가 싶었다. 운봉에서 전주까지 따라와 뒷바라지를 해주던 순사보
는 용돈으로 쓰라고 몇 닢 나눠 주었고, 최종심을 앞두고선 흡사 장
가를 보내는 아들에게 그 어버이가 정성을 들이듯 사소한 데까지 마
음을 썼다.

　드디어 전북도 모병소 병영의 징병 사령관 앞에서 최종 판정을 받
는 순간을 맞았다. 면접실 앞 대기실에서 순사보는 긴장된 얼굴로 지
원자의 복장을 마지막으로 점검해 주었다. 그런데 이상한 일이지만,
민행은 그 마지막 문턱에서 마음을 바꾸어 버렸단다. 지금까지 노심
초사하며 관문을 거칠 때마다 쾌재를 불렀던 것도 진실이겠지만, 여
기에 이르러 변심한 것도 진실이었다. 갑자기 두려움이 솟구쳤던가
보다.

　"내 이름이 호명되어 면접실로 들어설 때 순간적으로 난 훅 한 개
를 끌러 버렸지요. 안으로 들어서자 어떻게나 으리으리한지 기절할
정돕디다. 붉은 융단이 깔려 있고, 중앙의 큰 책상에 별 둘인가를 단,
하여튼 높은 사람이 버티고 앉았습디다. 글쎄 그게 소장인지 소좌인
지 알 길은 없지만요. 옆으로 또 두 명의 장교가 배석해 앉았고, 명단

을 들고 서 있는 사람은 아마도 고참 상사겠지요. 난 그 사령관 앞으로 뚜벅뚜벅 걸어가 오른쪽 발을 왼발에다 척 붙이며 교육 받은 대로, 육군 지원병 미야키 도시유키 신고합니다 하고 크게 복창했습니다.”

사령관은 뚫어지게 바라보기만 할 뿐 말이 없었다. 그러자 상사가 미야키 도시유키 다시 신고하라고 고함을 질렀다. 그가 되돌아 나오자 순사보는 어떻게 됐냐고 다그쳐 물었다. 다시 신고하라는 명을 받았다니까 순사보는 대답을 잘 못한 걸로 짐작하고는 침착이 제일이니 아랫배에다 힘을 주라고 했다. 다시 호명이 되어 들어갔다가 첫 번째와 마찬가지로 퇴짜를 받고, 세 번째 불려 들어가자, 사령관은 여전히 말이 없는데 고릴라같이 생긴 상사가 나서서 다짜고짜로 그의 뺨을 세차게 너댓 번 갈겨댔다. 말이 귀쌈이지, 작심하고 후려 부치는 것이어서 벼락맞은 듯 정신이 아찔했다. 그제야 사령관이 한 손을 들어 제지를 한 다음, 민행의 신상명세서를 들춰 보다가 나지막하나 근엄하게 말했다는 것이다.

“미야키군. 군은 나이가 어리다. 내년에 다시 지원해 주길 바란다.”

그것으로써 민행의 입대는 무산되고 말았다. 인솔했던 조선인 순사보는 주재소장을 볼 면목이 없다고 낙담하는 듯했으나, 그나마 운봉에서 2명이 최종 합격하여 지원병이 없다는 오명만은 씻게 되었다고 위안을 삼는가 보았다.

민행이 뺨이 부은 얼굴로 집에 돌아오자, 아버지는 바깥채에서 횟병이 나 누워 있던 중 불합격을 맞았다는 얘기를 듣고서야 반색을 하며 버선걸음으로 쫓아나왔다. 누구로부터 전해 들었던지 친척이며 이웃들이 마치 경사가 난 듯이 찾아와 안방을 채웠다고 했다.

민행은 이쯤에서 한숨을 돌렸다.

“그것이 작년 봄이란 말이지? 거 희한한 얘기도 다 듣게 되었군. 형씨는 허우대만 컸지 정말 철이 덜 들었던 거구려.”

　동식이가 감탄해서 하는 말이었다. 훈도 별나다 싶어 그의 얼굴을 한 번 더 바라보지 않을 수 없었다. 어쩔 수 없이 몸에 밴 촌티에도 불구하고 허우대며 입심만은 어지간하다는 생각을 하며.

　"아무래도 내겐 역마살이 끼었나 봐요. 그런 난리를 겪고도 그해어 또 이리로 오게 되었으니 말이지요. 재미가 있다면 그것도 마저 할까요? 사돈을 만나서 이런 얘기 하리라곤 꿈에도 생각지 않았지만……."

　"그래 마저 해요."

　동식이가 맞장구를 쳤다.

　"집을 떠나자고 한번 마음을 정했던 뒤끝이니 집에서 뭉그적대는 게 영 가시방석에 앉은 것 같습디다요. 게다가 여름방학이 되자 전주 사범으로 진학했던 내 외사촌이 돌아오자 공연히 부끄럽고 창피해서 피해 다닐 정도였거든요. 눈만 감으면 지원병에 합격되어 경성으로 올라간 운봉 장정의 얼굴이 떠오르고요. 그 사람들은 용산에 있는 지원병 훈련소에서 육 주간인가 삼 개월인가 훈련을 받고서는 부대로 배속되어 간다거든요. 주재소장이 걸핏하면 이제 그들은 제국 육군으로 전공을 세워 부모 형제를 기쁘게 만들고 한또오진(반도인)의 명예를 높일 거라고 떠들어댔으니 정말 코가 석 자나 빠져 있었지요. 자연, 형님한테 편지를 띄워 나 좀 데려가 달라고 졸랐답니다. 그런 참에, 그러니까 가을걷이가 끝난 쯤해서 오다 모집꾼이 온 게 아니겠어요?"

　마침 모집꾼으로 온 이가 오다 아저씨 밑에서 조바(대리) 일을 하는 사람으로 안면이 있던 이웃 마을 과림 태생이었다. 민행은 이 기회를 놓칠 수 없다 싶어 애꿎은 어머니만 들볶았다. 어느 마을에서만도 마흔 명이 신청했다느니 어쩌니 하는 풍문이 들려와 더욱 조바심을 낼 무렵에, 화태의 형이 아버지한테 민행을 이번 구미에 딸려 보내는 게 좋겠다는 편지를 보내 주었다. 그 편지가 결정적으로 아버지

의 마음을 움직였지만, 그래도 순순히 허락지 않고 관상쟁이를 불러
들였다.

관상쟁이는 불길한 말만 늘어놓았다. 죽을 고비를 두 번 넘기게 될
상이라며 그것만 잘 넘기면 장수할 거라고 했다. 거기에 더해 스물일
곱 살까지 돌아오지 못하면 평생 고향과 등질 운세라고 덧붙였다. 어
느 모로 보나 막둥이의 앞길이 순탄치 않을 것 같았지만 그때에는 벌
써 징병이니 강제 징용을 보낸다는 소문이 돌아 아버지의 결심을 채
근했다. 허락을 하면서 이런 말을 했다.

"아들 둘을 건져 장성시켰더니 한 놈도 집에 붙어 있지 않는구나.
다 팔자 소관인 게지. 어차피 전쟁터라도 끌려갈 형세니 형 밑에서
지내도록 해라. 민언이는 그래도 제 앞가림을 할 놈이니 형한테서 떨
어지지 않는다면 개밥 신세는 면할 게다."

민행은 아버지의 승낙이 떨어지자 기성을 지르며 마루에서 마당으
로 훌쩍 뛰어내렸다. 그만큼 기뻤지만 지금 생각하면 참으로 철없고
불효 막급한 짓이었다고 후회하는 빛을 보였다. 그렇게 하여 1943년
11월 말에 많은 장정 무리에 섞여 고향인 남원 운봉을 떠나오게 되
었다.

"두 분은 여기서 오래 살았다니까 우리 차림새를 상상하기 어려울
거예요."

훈은 그때 고개를 끄덕였는데 그것은 짐작할 수 없다는 동의의 뜻
이 아니라 잘 알고 있다는 표시였다. 올 2월이었던가, 눈이 많이 쌓
인 버스 주차장 공터에 많은 조선인이 웅크리고 있는 걸 본 적이 있
었다. 훈으로서는 그들이 강제 징용으로 왔는지, 알선 인부(구미)로
왔는지 헤아려 볼 길이 없었으나 하얀 눈 위로 웅크린 희한한 복색들
이 조선에서 곧바로 건너온 인부들임을 쉬 알아차릴 수 있었다. 아마
도 그들은 제대로 먹지도 못하고 눈길 위를 걸어서 탄광으로 갔을 터
이다.

"나만 해도 핫바지 위에 부대자루를 물들여 지은 양복 웃도리를 입고 있었지요. 그래도 센또보(일본군의 전투모)를 쓰고 가슴에는 한문 명찰을 턱 붙인 데다, 팔에는 오다 구미 팔십사 번(太田組 八十四番)이란 완장을 차고 있으니 흡사 벼슬을 한 것 같습디다. 남원역에는 어머니며 누나들이 나와 있었지만, 들뜬 기분에 고향을 등진다는 착잡함도 없습디다. 더러는 심란한 얼굴을 감추지 못하는 사람도 있었지만서도."

오다 구미는 조바와 그의 친척되는 또 한 사람의 인솔 아래 남원역을 떠나 대전을 거쳐 부산역에 내렸다. 부산에선 여인숙 몇 개를 잡아 목욕도 하며 하룻밤을 묵었는데 그때 본 부산 거리는 잊을 수가 없었다. 운봉에서 보았던 작은 일본인 주택과는 규모가 엄청나게 다른 목조 건물들이 대로변에 즐비하고, 때마침 완전 군장(軍裝)을 한 일본 군대의 행진을 보게 된 것은 경이감을 더하기에 충분했다. 신국 불패(神國不敗)의 정예군 카키복이 보무도 당당하게 대오를 지어 가자 노변의 행인들은 만세를 외쳐댔다. 그런 광경과 마주치자 민행은 자신의 초라한 외양이 너무도 부끄러워서 숨을 내쉬기도 어려웠다고 했다.

그러나 그날 밤에 이런 수치심을 웬단큼 희석시키는 일이 일어났다. 인솔자가 구미조 모두에게 외투와 방한화 한 켤레씩을 나누어 주었기 때문이다.

"각자 오버를 잘 간수해야 한다. 가라후도가 얼마나 추운 곳인가를 알게 되면 생명처럼 여기지 않을 수 없을 게다. 오버만 해두 육십 원이라구. 열심히 일해서 갚아야 할 선불금이다. 까짓것, 일만 잘하면 그런 돈이야 아무것도 아니지만……."

거금 60원을 대수롭잖게 여기는 조바의 말은 상당히 고무적인 것이었다. 떼돈을 벌게 되리란 건 의문의 여지가 없었기 때문이었다.

부산에선 관부연락선을 타고 현해탄을 건너 시모노세키에 내렸다. 지금까지는 그런 대로 단체 행동에 차질이 없었는데 이 항구 도시에서 그만 두 명이 도망치는 변고가 발생했다. 그러자 인솔자는 지급했던 오버를 모두 회수해 버린 데다 감시와 인원 단속이 심해졌다. 기차를 타고 도쿄까지 와 하룻밤을 유숙한 후 다시 기차로 혼슈의 저 북쪽 끝인 아오모리 항구에 도착했다. 아오모리에 오기 전에 눈보라가 치기 시작해서 누구의 입에서 나온지는 모르겠으나 이제부터는 흙을 못 보게 될 거라고 했다. 이때쯤엔 들떴던 마음도 많이 가셔져 이국만리 땅에서 어찌 지낼까 하는 걱정에 사로잡히기 시작했다. 오버마저 거두어 가 찬바람이 뼛속까지 스며들었다.

하지만 정작 시련은 이튿날 아침, 연락선인 큰 배를 타고 아오모리를 출항하면서 시작되었다. 홋카이도의 남쪽 항구인 하코다테는 지도상으로 보자면 넘어져 코 닿일 데같이 보이나 집채만한 파도가 덮치자 너나없이 배멀미를 하여 똥물까지 다 토해내지 않으면 안 되었다. 거기서 또 쓰가루 해협을 돌아 서해안의 오타루로 갔다가 배를 바꿔 타고 목적지인 에스토르를 향했다. 여기까지만 해도, 남원 땅 비탈밭에서 기음이나 매던 농투성이들인지라 추위와 멀미로 인해서 생지옥의 고초를 겪어야만 했다. 장정들은 비로소 흔들림이 없는 토지, 속엣것을 게워내게 하지 않는 세월에 대해 깊은 애정을 되돌이킬 수가 있었다. 내가 눈깔이 멀어도 유분수지…… 죽으려고 환장했던 게지…… 입술을 달싹거릴 힘만 있으면 이런 자탄이었다.

여러 날 걸려 마침내 도착지라는 에스토르의 불빛을 보게 되었으나 앞바다가 얼어붙은 데다 그 항만에는 이런 큰 배의 접안 시설이 없어 속수무책이었다. 작은 배가 나와서 인부들을 번차례로 날라야 한다는데 그것이 불가능하다고 했다. 옴짝달싹도 할 수 없게 된 배는 일 주일 동안을 마냥 흔들려야만 했다. 드디어 식수가 동이 날 판이어서 도로 오타루로 되돌아가야 한다는 말이 돌았을 때, 다행히도 역시 노무자를 태운 소형 짐배를 만났다. 서로 양해가 되었는지 커다란 꼴망태 같은 망에 다섯 사람씩을 넣어 짐배로 옮겨 태우고 해서 가까스로 에스토르에 발을 디딜 수가 있었다. 뭍에 집결이 완료되자 그동안 매정스럽게 거둬 두었던 오버를 되돌려 주었다. 그것은 이제 너희들은 도망갈래야 어느 구석에도 도망갈 수 없는 신세가 되었다는 무언의 표시였다. 조바는 이렇게 엄포를 놓았다.

"나도 당신네들과 한 동향인이오. 그간 서운해 할 점도 있었겠으나 단체의 질서를 위해서 어쩔 수 없었던 것이니 양해하오. 기왕의 고생은 다 과거지사요. 돈 벌어서 고향에 돌아가면 그까짓 거야 다 잊게 된단 말이오. 한번 더 동향인의 충정으로 주의를 해주겠소. 어떤 경우도 이탈할 생각은 마시오. 여러분은 통행증이 없으니 이 섬 밖 어디에도 갈 수가 없어요. 탄광이란 게 아시다시피 국책사업이오. 개인적인 이권을 다투는 데가 아니란 말이오. 게다가 여러분은 여기까지 오는 경비로 많은 선수금을 빚지고 있단 말입니다. 만일 도망을 친다면 사기, 배임, 횡령 등의 범죄자가 되는 건 말할 것도 없고, 대일본 제국의 반역자가 된다는 걸 명심해야 합니다."

에스토르에서 오버를 입게 된 장정들은 눈길을 걷기 위해 저마다 방한화를 천 조각으로 둘둘 감았다. 눈은 처마에 닿을 정도로 내려 있었다. 탄광촌 도로까지는 40리 길이라고 했다. 그들은 눈물과 콧김으로 눈썹이며 콧잔등에 고드름이 맺히는 강추위 속에서 16km를 걸어 탄광의 함바에 도착했다. 어느덧 12월 초순이 된 때였다.

"함바에 드니 아, 밥사발 위토 수북한 잇밥에다 김치, 청어 한 마리씩이 나옵디다. 옆에서 사람이 숨 넘어간대도 나 몰라라 했을 겁니다. 그 꿀맛 같은 맛이라니…… 그렇게 뱃속을 채우며 닷새를 쉬었지요. 말이야 올 때 고생을 했으니까 휴식을 시켜 준다지만 작업에 투입하기까지엔 준비해야 할 것도 적지 않겠거든요."

민행의 얘기가 대충 마무리되었는지, 접고 앉았던 무릎을 펴서 평

상 끝으로 내려뜨렸다. 동식이는 저으기 감동했는지 눈만 껌벅거렸
다.

"나도 홋카이도를 여러 차례 왕래했지만 그런 변은 못 당해 봤지.
왓카나이로 나와 연락선으로 소오야 해협만 건너면 오도마리거든.
거기선 기차도 타고 버스길이 있으니…… 사돈, 고생이 여간 아니었
소. 이젠 형님과 함께 있으니 따뜻한 밥 먹게 되겠지요."

훈이 위로를 겸해서 듣기 좋게 말해 주었다. 민행은 얘기는 그렇게
했으면서도 그런 것 다 잊어버렸다는 듯 밝은 목소리로 받았다.

"모두 함께 겪었던 일인데요. 그게 다 약이지요. 형수씨가 잘해 주
니 뭐 걱정 같은 건 없어요. 아버진 개밥 신세나 면하라 했지만, 어떤
형님인데요."

여관은 불이 꺼진 채 조용했다. 새벽 두 시쯤은 되지 않았을까 싶
었다.

3

훈은 나카지마조오(中島町)에 면한 천리교 건물 옆골목으로 들어
섰다. 그 다음이 자잘한 부엌 용품을 파는 가게가 있고, 그리로부터
경사진 길을 오르면 일본식 주택가가 자리잡았다. 첫번째 골목에서
오른쪽으로 꺾어 두 번째 집이 아시카가 선생 댁이라 했다. 과연 아
담한 가옥 문에는 선생의 명패가 붙어 있었다.

초인종이 달려 있어서 눌렀더니 젊은 부인네가 문을 열고는 의아
한 눈빛을 보냈다.

"저어, 아시카가 선생님 댁이지요? 오늘 찾아오라고 하셨습니다.
계신지요?"

"아직 돌아오지 않았는데요. 누구신가요?"

친척 여인이리라 싶었다. 누이동생이 함께 살고 있다는 얘기는 듣지 못했으니까.

"네, 가네히라 가오루입니다. 악단 단원이지요. 지난 토요일에 아시카가 선생님이 저녁 여덟 시에 찾아오라고 하셨습니다."

"어머, 이이가 약속을 잊을 분이 아닌데…… 미안하게 되었습니다. 이를 어쩌나, 곧 오실 듯하니 들어와 기다리세요."

여인이 상냥하게 미소를 지으며, 허리를 굽혀 손짓으로 들어오라는 응대를 했다. 훈은 무심코 현관으로 따라 들어가다간, '이이'라고 했으면 부인이란 말인가 하는 당혹감이 뇌리를 스쳤다. 30대를 갓 올랐을까? 오동통한 몸매에다 머리 뒤쪽을 말아 올려 한결 단정해 보이는 용모였다. 아시카가 선생의 대머리와 장발, 그리고 두드러진 나이 차이는 부부로서 미묘한 부조화가 아닐 수 없었다. 현관에서 오른쪽으로 화단에 면한 다다밋방은 응접실을 겸한 선생의 거처인가 보았다.

방 가운데에 까만 칠이 고운 찻상이 뎅그라니 놓였고, 그 밑으로 악보인가 싶은 얇은 책자가 몇 권 포개져 있었다. 부인이 잠시 앉아 기다리라며 차를 내오겠다고 했다.

"선생님도 안 계신데 실례가 되었습니다. 저, 부인되시는지요?"

"그렇답니다."

대답을 해놓고선 뭐가 겸연쩍은지 여인은 수줍게 웃었다.

"우리집에 처음 오시는 분들은…… 뭐랄까, 왜 다들 그렇게 어리둥절해 하는지 모르겠어요. 가네히라씨랬죠? 거기도 예외가 아니군요."

훈이 당황해서 얼굴을 붉혔다.

"제가 그랬습니까? 본의가 아닌데…… 성격 탓일 겁니다."

"괜찮아요. 그냥 우스갯말로 한 거니까. 오래 걸리진 않을 거예요."

훈의 얼굴이 많이 붉어졌던지, 부인은 문을 닫기 전에 한 번 더 시선을 보냈다가 미소를 머금은 얼굴을 얼른 돌렸다. 그녀는 금세 찻잔을 가져와 훈의 잔에 차를 따르고는 다소곳이 상 건너편에 무릎을 꿇고 앉았다. 일본 여인의 저런 앉음새가 낯선 것은 아니었으나 두 손을 무릎 위에 얌전히 포갠 자세는 그림자 같다는 느낌이 얼핏 들었다.

"이이가 자상한 데가 없어서 미처 손님이 오실 거라는 귀띔을 해주지 않았답니다. 악단에 함께 계신다니 무슨 악기를?"

"아코디언을…… 피아노도 조금 두드립니다만." 훈은 또 얼굴이 붉어지는 듯해 어금니를 지그시 깨물며 말을 이었다. "실은 오늘부터 아시카가 선생님한테 작곡법을 배우기로 약속이 되었던 겁니다."

"오라, 이런 정신 좀 봐. 얘기를 들은 적이 있어요. 조선인이랬는데, 사시는 데는 가까운가요?"

훈은 정작 이 대목에서 얼굴이 화끈 달아올랐다.

"마스라조오이지만…… 결코 머달 수는 없지요."

순식간에 목덜미까지 화끈거리는 데에 심한 역증이 솟구쳤지만 내색을 할 수는 없었다.

부인은 이런 기미를 알아챘는지 어땠는지 거기에는 입을 다물어 버렸다. 잠시 어색한 침묵이 가로놓였다. 훈의 찻잔이 빈 걸 보고는 사양하는데도 그녀가 한 잔을 더 따라 주었다. 훈이 막 찻잔을 드는데 초인종이 울렸다. 부인이 사뿐히 일어나 현관께로 나가며 '여보, 손님을 오시라 해놓고 당신이 늦으면 어떡해요'라고 말하는 음성이 들려왔다. 훈은 그녀의 입에서 나온 '아리따(당신)'란 말을 듣자, 어떤 한마디로 형용할 길이 없는 상냥함, 가정 한 귀퉁이의 행복, 따스함이 가슴에 번지는 듯함을 느꼈다.

아시카가 선생은 들어서는 길로 편히 앉으라는 시늉을 했다.

"미안하게 되었네. 군과의 약속을 잊지 않았는데 출정하게 된 동료

48

교사의 송별연이 있어서…… 젊은 사람을 이처럼 다 데려간다
면…… 거 참, 국가야 때에 따라 흥망을 거듭하게 마련이지만 민족
이야 영원해야 할 거 아닌가?"

훈은 그가 말하는 뜻이 얼른 이해가 되지 않는 바는 아니나 뭐라고
대꾸할 수가 없었다. 아시카가 선생이 저다지 반전주의자였던가. 다
른 데에서 이런 말을 했다가는 '혼까지 좀먹힌 회색분자'로 몰려 매
장당하고 말 것이다. 그때, 열린 문짝을 잡은 채 마루 쪽에 서 있던
부인이 나무라듯이 말을 받았다.

"못 마시는 술이 들어간 탓인가 봐. 우스워요. 당신이 민족이니 영
원이니 하는 말을 다 쓰시다니……."

"술은 딱 두 잔, 시늉만 냈을 뿐이야. 이께다 녀석, 좋은 인간이었
다구. 그런데 고작 총알받이가 되어야 해?"

"어쩐 일로 당신이……."

"모두 알고 있어야 해. 남방전선이 무너지고 있어. 괌도를 뺏기고,
사이판 주둔군도 전멸당했다는 거야. 이렇게 속속들이 터지고 있는
데 이께다를 데려간다고? 흥! 죽음은 홍모(鴻毛)의 가벼움이
라……."

"안 되겠어요. 당신, 어서 세수하시고 옷 갈아 입으세요."

부인이 끌어당겼으므로 아시카가 선생은 못 이긴 채 마루로 나갔
다. 원체 술을 대지 않는 체질이라 취기가 받쳤는지는 모르나 드물게
도 흥분이 된 모양이었다. 저런 면도 있었던가? 사적인 자리에서 대
화를 가져본 적이 없었던 훈으로서는 어안이 벙벙해져 버렸다. 혹시
이께다라는 교사와 두터운 인간적 교분이 격정을 일으켜 놓았는지도
모를 일이었다.

그날은 첫 자리였기 때문인지 작곡법 교습은 언저리만 빙빙 돌았
다. 악곡 형식에 대해 이것저것 생각나는 대로 말했을 뿐이었다. "음
악은 형식이 존중되는 예술 장르이지만 그러나 그런 격식보다 개성

이 중요하다네. 첫 입문 과정에서는 모방이 피치 못할 테지만 자기의 목소리를 갖지 못하면 무의미하지. 자기의 목소리란 창의력의 또 다른 말이네. 군은 체계적인 공부를 못 했지만 음악에 대해 센스를 갖고 있네. 따라가게 될 거야.”

아시카가 선생은 부인이 옆에 앉은 자리에서 오늘처럼 매주 화요일 여덟 시에 집으로 오라고 했다. 아내의 동의를 구하려는 건지, 아니면 미리 의논을 하지 않고 혼자 결정한 것에 대해 미안해 한다는 뜻인지, 괜찮겠지 하는 뜻으로 그녀의 무릎을 한 번 툭 쳤다. 그것은 극히 자연스런 동작이었다. 함께 살아온 서로를 신뢰하며 묵시적으로 양해가 된 교감의 일종인 것 같았다. 훈은 막연히, 저런 의사 소통도 다 있구나 싶은 감동에 젖어들었다.

그가 일어설 때, 선생의 부인인 가요(加代)는 특유의 미소를 머금은 채 말했다.

“가네히라씨. 조금도 어렵게 생각지 말고 오세요. 화요일이랬지요? 전시여선지 찾아오는 손님도 드물어 적적했더랬는데…….”

훈은 현관에서 작별 인사를 하고 나왔다. 천리교 건물에서 꺾어져서 큰 거리로 나와 정육점과 정종 주조점, 시계 점포를 지나며 마스라조오로 향했다. 거리에는 ‘타도! 미영(米英) 비적’ ‘전시 동원체제에 만전을 기하자’라는 따위의 격문이 잔뜩 나붙은 사이에 승전보를 알리는 빛바랜 벽보가 너덜거리고 있었다. 적 전투기 몇 대 격추, 무슨 선단 섬멸, 뇌격기…… 그것은 찢어 발겨진 꼴대로 이미 부정되고, 전단의 위력이 곤두박질쳐진 가치였다. 그라운드의 함성이 사라진 뒤, 그를 회상할 때에 갖게 되는 적막과 비애가 곰팡이처럼 돋아났다.

그녀는 찾아오는 손님도 뜸해져 적적하다고 했다. 훈은 그 말이 상기되자 ‘아니따’라고 불렀을 때의 온기에도 불구하고 집안에 감도는 적막감 같은 걸 읽은 듯도 했다. 왜 그럴까? 참, 아이들의 기척이 들리지 않았다는 데에 생각이 미쳤다. 내지로 유학을 보냈단 말인가? 부인의 나이를 감안하면 그럴 리는 없다고 판단되었다. 소년단 따위의 하기 수련 캠프에 갔을 수도 있겠지만 지금의 비상체제하에서 이 역시 어울리지 않는 일이다. 아시카가 선생이 들려준 음악에 대한 얘기를 되새겨 보고자 했지만 어쩐 일인지 생각은 그 가정, 부부 사이의 어떤 끈끈함, 특히 가요 부인의 송곳니가 살짝 드러나는 웃음만이 눈앞에 어른거렸다.

가을 정기 공연을 준비하면서 아시카가 선생은 구색이 안 맞는 악기 파트로써나마 합주곡 연주를 시도해 보려 했으나 뜻대로 되지 않아 신경이 날카로워진 듯했다. 악단원을 필요에 따라 모은 것이 아니라 동호인끼리의 친목만으로 출발한 것이어서 편성이 애초부터 무리였던 셈이다. 더구나 악장이 뒤늦게 합류한 처지여서 누구를 제외시키기도 어려웠고, 꼭 채워야 할 파트를 보충하는 일이 여의치가 않았다. 관현악곡 소품 한 곡이라도 연습해 보겠다는 의욕이 의욕으로 그칠 판이었다.

훈은 혼성 3부의 가창 파트 연습 차례가 되자 아코디언을 한 켠에 놓아 두고서 복도로 나왔다. 연습실이 이층이었으므로 휴식 시간에는 복도 창가에 붙어 서서 거리를 내려다보는 일이 버릇이 된 참이었다. 그 창가에 클라리넷 주자인 금융조합 서기가 담배를 피우다가는 그를 향해 돌아섰다.

"가네히라군. 음악을 본격적으로 해볼 모양이지? 가요상이 집사람한테 얘기해 주었어요. 당신이 아시카가 선생한테 사사를 받기 시작했다구."

"소문이 빠르기도 하네요. 며칠 전에 있었던 일을."

훈은 애써 실망스런 빛을 얼굴에서 떨쳐내려 했다. 단원이 악장한테 사사로이 접근한다는 게 알려지는 것도 바람직스럽지 않으려니와 가요 부인이 그만큼 입이 가볍던가 싶어서였다.

"그렇게 놀라진 말게. 그 댁과 우리집은 가까운 데다 안쪽끼리 친구로 지내는 사이니까. 함께 시장에 다니기도 해서 이틀거리로 만나고, 그러자니 그 댁과 우리집의 음식 메뉴가 늘상 같다네. 심지어는 담요며 방석까지도…… 그 정도야 비밀에 부칠 일도 아니잖은가?"

"그런 줄 몰랐었군요. 그런데 부인끼리 친구라구요? 생각했던 것보다는 가요상이 젊다 싶었지만요."

금융조합 서기는 눈가에 주름을 잡았다.

"어때, 보았으니 잘 알 테지만 부인이 예쁘지?" 했다. 무관한 사이라 하지만 연상인 악장의 위치를 감안한다면 그 부인을 가리켜 예쁘다라는 말을 쓰는 건 아무래도 적절치 못하다는 생각이 들었다. 하지만 말 꼬투리를 잡을 성질의 것도 아니어서 그렇더군요 하고 간단히 대꾸했다.

"기왕에 그 댁에 출입하게 되었으니…… 또 가네히라군이 뒷말을 뿌리고 다닐 사람도 아닌 것 같아 하는 말이지만 그분들, 사연이 많은 부부라구."

"사연이 많다니요?"

"왜, 어쩐지 언밸런스가 느껴지지 않던가? 나이도 차이가 나지만……."

이렇게 시작된 서기의 말은 담배 한 개비를 더 피울 때까지 계속되었다. 그에 의하면 아시카가 선생 내외는 스승과 제자 사이였다고 했다. 오오사카에서 음악 학교를 나온 아시카가 요시마사는 삿포로의 여학교 음악 선생으로 부임했다는 것이다. 가요는 그 학교에서 배운 학생이었는데, 이 노총각 선생을 흠모해서 졸업 후에 열애로 발전이 되었다. 그녀는 당시 엽연초 제조창에 취직해 있었는데, 그때 그녀를 짝사랑하던 동료 청년이 있어서 자칫 두 남자 사이에 칼부림이 일어날 뻔했다. 그 소동으로 인해 아시카가는 학교에서, 그녀는 집안에서 얼굴을 들 수가 없게 되었다. 아시카가는 그때 삼십대 중반이었고 가요는 한참 연하인 스물두 살이었다.

"삿포로도 작은 도시는 아니지만 그 바닥이 빤하고 게다가 무척 보수적인 성향이거든. 그만큼 공부를 한 내지인이 무엇 때문에 가라후도 같은 한데에 오게 되었겠어? 말썽이 자자하니까 둘은 이른 새벽에 줄행랑을 치고 말았던 거지. 사랑의 도피행이라던가? 그렇고 그리해서 두 사람이 맺어졌다네. 아시카가상의 어디에 애띤 처녀를 사로잡는 매력이 있는지 모르지만."

"순애보군요."

"그렇게도 말할 수 있겠지만 다른 각도로 보자면 문제가 없지도 않아. 선생과 제자, 열두 살 차이는 제삼자에게 어쩐지 떨떠름한 느낌을 갖게도 하거든. 이처럼 어렵사리 맺어진 짝인데 천신도 시기를 헸는지 슬하에 자식이 없단 말이야. 결혼 십 년이 되었는데도…… 두 사람은 이를 개의치 않는 듯한 눈치이긴 한데도 어디 그렇겠어? 가요상, 어딘지 우수가 깃든 듯하지 않아?"

우수가 깃든 것 같다고? 이 서기 녀석은 남의 안댁 내면의 어지간히 깊은 곳까지도 탐색한 모양이다. 어떻거나 간에, 가요 부인이 서른두 살의 무분만 주부라는 사실은 훈에게 영문을 알 길이 없는 강한 호기심을 심어 주었다.

오늘은 동식이가 불참했다. 무슨 사정이 있었을까? 그의 성격으로 보아서는 어제 저녁에 들러서 못 나가는 이유를 귀띔할 위인인데 아마 갑자기 야간 근무조에라도 걸린 모양이다. 녀석이 나오기라도 했다면 이런 얘기는 결코 들을 수가 없었으리라.

"가네히라군은 아직 담배를 배우지 않았군. 굉장히 성실한 젊은이구려. 술도 즐기지 않는 걸로 알고 있으니까."

"담배는 그렇지만 술은 기회가 닿으면 피하진 않습니다."

"이거, 호박씨는 혼자 까는 게 아닌지 몰라. 좋은 나이니까 색시집은 찾아다닐 게구."

서기는 은근한 웃음을 흘렸다. 보기보다는 무례한 데가 있는 자다 싶었다.

"우라마치에는 조선 요릿집 도끼바에 여자가 많다던데…… 언제 한번 길잡이를 하게. 내가 한턱 쓸 테니. 단 월말께는 그럴 여가가 없 지만."

"어이구, 그런 도락이 내겐 없습니다."

훈이 펄쩍 뛰었다. 금융조합 직원, 돈과 숫자에 파묻혀서 자칫 정 서가 고갈되기 십상이기에 뒤늦게 클라리넷을 배우기 시작했다는 이 호사가는 알 만하다는 표정을 지었다. 숫기 없는 치구나, 아니면 조 센진은 악착같이 돈 버는 데에만 정신을 쏟으니까 하고 치부했을 것 이다. 그는 연습실로 발길을 돌리며, '덧없는 세월, 때 이르면 꽃도 지거니—' 하고 일본 유행가 한 소절을 흥얼거렸다. 직장이 풍겨 주 는 인상과는 다르게 그도 나름대로의 센티멘탈을 가지고 있구나 하 는 심증을 불러일으키는 대목이었다.

연습실로 되돌아가니 혼성 3부 연습은 끝난 모양이었다. 알토를 부르는 중년의 기혼 여성 외에는 모두 성악에 비전문가인 편이다. 아 시카가 선생이 마무리를 짓는 말을 하고 있었다.

"테너는 고음 처리가 잘 안 돼. 피아시니모에서 고음은 가성(假聲) 을 내도록 해요. 그리고……." 그는 지휘봉으로 흑판을 두드리며 말 을 이었다. "이 곡이 못갖춘마디란 걸 유념해 줘요. 이 절에 들어갈 때는 딴딴딴, 삼 박자 뒤에 바로 이어진단 말이에요. 좋아요. 수고했 어요."

아시카가 선생이 쉴 양으로 의자에 앉자 분위기가 느슨해졌다. 훈 은 입구 쪽에 앉아 있는, 자신과 동식을 제외하고는 유일한 조선인인 플루트를 부는 영삼씨에게로 눈길을 돌렸다. 그는 도요하라에서 사 범학교를 나온 뒤 하마시가이에서 소학교 교원을 지내고 있었다. 조선인으로선 지식층에 속하는 사람이었다. 일본 이름으로는 타지바나 에이조(立花英三)라 했다. 도요하라에서 공부할 때는 그곳에 가톨릭 교회가 있어 열심한 신자였던 것 같고, 그 밖에도 재능이 많아 플루트에 대한 취미 외에 영시에도 관심이 깊은 성싶었다.

나이는 이제 서른인데, 건설 하청업자의 딸인, 가라후도에선 그야 말로 가뭄에 콩 나듯 만난다는 조선인 처녀와 결혼을 해서 여러 모로 다복하달 수가 있었다. 언젠가 훈과 동식이 앞에서 이런 말을 해주기도 했다.

"답답한 일이야. 세상이 엉망진창이라는 생각을 가져본 적이 없나? 일본인들은 자기네 나라를 가미사마(神)가 지켜 주겠기에 패전이란 건 꿈에도 상상치 않지. 조선인들은 우선 목돈을 쥐어 보겠다는 허황된 기대에 젖어 진구렁텅이에 빠져들고 있지 않나. 뿐인가, 이곳은 일본 땅이라지만 이방지대여서 도덕적으로 타락하고 야비한 인성을 가진 낭인들로 득시글거린단 말이야. 도처에 죄악이 기승을 부리고 있어. 이게 바로 말세라구."

둘은 그의 말이 피부에 와닿지 않았다. 어쩐지 먼 피안의 문제를 얘기하는 듯해 눈만 껌벅이고 있었으나 무언가 새겨 들어야 하지 않을까 하는 생각도 없지 않았다. 그는 둘의 반응이야 어떻거나 간에 자기의 말을 다 해야 할 사명감에 젖어 있는 것 같았다.

"내가 천주교인이기 때문에 이런달 수도 있겠지. 좀 어렵게 들린대두 양해하게. 도요하라에 있을 적에 토마스라는 영세명을 가진 아일랜드 신부님이 계셨더랬어. 난 그분에게 많은 감화를 받았지.

특히, 16세기 말의 영국 시인 크리스토퍼 마알로우의 시를 읊어 주곤 했는데, 그 중에 내 일생의 좌우명이 된 싯귀가 있다네. 잘 들어보게. '보라, 그리스도의 피가 하늘을 난다. 저 한 방울만으로도 지옥에 굴러 떨어지지 않을 것을!' 두 젊은 친구, 무슨 느낌이 없나?" 그는 둘을 빠안히 처다보았다. 꿀먹은 벙어리 꼴이 되어 있는 걸 보자 "글쎄, 종교적 차원이니까…… 지금은 비록 하루의 안일이 걱정스러운 때이긴 해도 언젠가는 구원에 대해 숙고를 해봐야 할걸세."

그런 영삼씨가 혼자 외톨이로 덤덤한 표정을 짓고 앉아 있었다. 그는 조선인끼리 숙덕거린다는 핀잔을 받고 싶지 않았던지 여럿이 함께 한 자리에선 접촉을 삼가한다. 게다가 연습이 끝나면 집이 먼 탓인지, 아니면 가정적이어선지는 몰라도 총총히 되돌아가 버리는 편이었다. 훈은 영삼씨를 보면서 다시 한 번 '그리스도의 피가 하늘을 난다'라는 귀절이 상기되었고, 그와 함께 종이학이 일시에 날개를 퍼득여 무지개 쪽으로 날아갔다는 항설을 떠올렸다. 전혀 상반되는 이미지이면서도 거기에는 대비될 만한 요소랄까, 빛깔의 연결고리가 있을 성싶었다. 그게 뭘까? 훈은 거기에 대해 명쾌한 해답을 얻을 수 없어 초조한 기분에 빠졌다.

치에코는 천성이 낙천적이어선지 여전히 활기에 넘쳐 보였다. 나이가 지긋한 단원들과는 부담없이 어울려 깔깔거렸으며, 듣기 거북한 음담을 듣고선 눈을 깜박이다가 뒤늦게 얼굴을 발가스레 물들이곤 했다. 트럼펫이 모든 악기 중 인간의 감정을 가장 잘 나타내는 음색을 지녔다면서, "기상이나 취침을 알리는 신호를 트럼펫으로 독주하잖아요? 조곡(吊曲)도 예외가 아니구요" 하고 강변하는 카페 아까다마(赤玉) 주인인 사이고오는 그녀를 두고 이렇게 말했다. "치에코는 영락없는 숫보기야. 척 보면 알지. 남자를 안 처녀애들은 저런 애기를 들으면 제발이 저려서 곧잘 눈을 흘기던가 토라져 버리거든."

그런 치에코였지만 훈에게는 필요 이상의 말을 걸어 오지 않았다. 훈도 이 점에 있어서는 아주 숙맥이어서 어떤 적극성도 표시하지 못하고 지내 오던 터였다. 작위적인 것은 아니었으나 이처럼 서로를 의식하지 않는 무관심—그것도 일종의 긴장 상태랄 수 있는 그런 관계가 지난 주의 사소한 일로 인해 해소되는 전기를 맞았다.

그날, 훈이 플루트를 만지작이며 앉아 있던 영삼씨한테 다가가서 긴치 않는 말을 주고받던 때였다. 느슨해진 휴식의 틈에 치에코는 금융조합 서기의 소북 리듬에 맞춰 탭 댄스 기본 동작을 되풀이하는가 보았다. 그런 가운데, 훈은 발치께로 흰 나비 같은 게, 아니면 하얀 종이학이 휙 날려온 것 같은 느낌을 받고 고개를 돌렸다. 마룻바닥에, 가장자리로 자잘한 풀꽃이 수놓인 흰 손수건이 떨어져 있는 걸 보았다. 그의 등 뒤로 떨어진 물체를 감지했다는 건 그 자신이 뒤 쪽에 신경을 쓰고 있다는 증거가 아닐 수 없었다. "어머" 하는 치에코의 음성을 듣자 반사적으로 훈이 몸을 굽혀 손수건을 집어들었다. 연습실은 사면의 벽이 막혀 여름에 커다란 고물 선풍기를 세워 놓았으므로, 더위가 수그러든 이때에도 연습에 방해가 되지 않으면 누군가가 스위치를 돌려 바람을 일으켰기에 그녀의 손에 쥔 손수건이 바람에 날렸던 모양이다. 정작 손수건을 놓친 장본인은 우두커니 서 있어서 훈이 너댓 걸음 그쪽으로 다가가 손수건을 내밀었다. 볼에서 목끼로 타고 내리는 훈의 반듯한 이목구비 윤곽에 그 사이 홍조가 얼룩졌다. 어쩐 셈인지 그녀는 흡사 공녀가 신하의 시중을 받는 듯한 자세로 서서 받아들고는, 어머! 어쩐 일이람, 했다. 갸름한 얼굴, 가는 눈썹이 풍기는 인상대로 얄미울 만큼 쌀쌀맞은 응대였다.

"거 참, 신사도 하나는 가상한데 그래."

"손수건은 정인(情人)끼리의 징표라는데, 어쩐지 총각이 퇴짜맞은 것 같애."

"니혼진(日本人)에게 프로포즈를 했으니까."

다들 한마디씩 하며 떠들어댔다. 악의가 없이 재미삼아 불쑥 내뱉은 말일 것이다. 그러나 니혼진에게 운운한 빈정거림은 평소 훈에게 갖는 그들의 못된 선입견이 반영된 것임에 틀림없었다. 훈은 귓전으로 흘려 들은 채 영삼씨 곁으로 되돌아오며, 그렇게 말한 당사자에게 즉시 반박하지 못한 자신의 주제꼴이 미워졌다. 시의를 놓치기도 했

지만, 이제 한다 해도 마땅한 되쏨이 떠오르지 않았다. 그런 참에

"지나친 말씀들 아니세요? 가네히라씨는 친절을 보여줬던 것뿐인데……."

치에코가 항변을 보냈다. 그러자 또, 와! 역전이다. 역시 총각 편을 들고 있잖아. 그럴 듯하다라고 제가끔 한마디씩을 보탰다. 만일 아시카가 선생이 웃음을 띠고 좌중 가운데로 나오지 않았던들 이 파장은 더 지속되었을는지 모를 일이었다.

공회당을 나오면서도 훈은 기분이 언짢았다. 니혼진 어쩌구 했던 대목은 그렇다 치더라도, 그녀의 말마따나 일껀 친절을 보였음에도 불구하고 처음엔 냉정한 태도를 보여주었던 치에코의 속셈이 무언가 싶어 야속했던 것이다. 똥 밟은 셈 쳐야지……. 그런 생각에 잠겨 모도마치를 걸어 내려오는데 등 뒤로 바쁘게 따라오는 발걸음 소리가 들렸다. 혹시 그녀가 아닐까 했지만 무시해 버리기로 했다. 그때 가네히라씨 하고 부르는 그녀의 음성이 들려서 걸음을 멈추고 고개를 돌렸다.

체크 무늬 바탕에 장미꽃이 옅게 깔린 흰 원피스 차림의 치에코가 가까이 다가와 멈추어 섰다. 향수 내음인지, 처녀의 체취인지 모를 향긋한 내음이 맡아졌다.

"어쩜 그렇게 빨리 걸어요? 이 시간에 바빠야 할 일은 없을 듯한데…… 따라오느라 혼이 났지 뭐예요."

볼멘소리이긴 하나 음성은 애교가 깃든 밝은 음성이었다.

"글쎄…… 아가씨가 따라와야 할 일이라곤 없을 듯한데요?"

"그게 뭐 못마땅한 일이라도 되는가요?" 그녀는 묘하게도 여유를 보이며 말을 이었다. "어떻게 오늘은 단짝을 떼어 버렸네요. 남자들이 늘상 붙어 다니는 것도 흉스럽지 않아요?"

"별 시비거리도 다……."

훈은 울컥 짜증스러워졌다. 이게 사람을 만만하게 보는 것 아냐?

그녀는 이런 기색을 알아차렸는지 미소를 거두고 정색을 했다.

"실은, 할 얘기가 따로 있어서 쫓아왔어요. 아까, 가네히라씨의 입장을 난처하게 했던 점에 대해 사과하려구요. 그 얘기를 꼭 오늘 하지 않으면 안 될 것 같아서요."

"……."

"나도 그 순간의 나를 이해할 수가 없어요. 굳이 설명하라면 괜히 심술이 났다고나 해야 할는지. 우쭐대고 싶어서가 아니라…… 가네히라씨가 그 동안에 보여주었던 무관심에 대한 반발일는지도 모르죠."

"무심했다구요?"

"그렇게 느끼고 있었던가 봐요. 난 멍청한 애숭이 숙녀는 아니니까. 짐작해 주었으면 좋으련만…… 어떻든 그쪽의 마음을 상하게 했다면 용서를 구합니다. 약한 여자가 이쯤 하면 받아들여 주시겠죠?"

'小林醫院' 이란 간판이 붙은 건물 앞이었다. 병원 창문은 열린 채로 흰 커튼이 내리워져 안이 보이지 않으나 좌우에 붙어 있는 과자점과 문방구점에는 불이 켜져 있었다. 이따금씩 당꼬쓰봉을 입은 남자들이 힐끔 눈길을 던지며 지나가곤 했다. 그녀는 할 말을 다했는지 대답을 기다린다는 표정이었다.

"그렇게 말해 주니 고맙군요. 어쨌든 유쾌하진 못했으니까…… 그러나 지금은 괜찮아졌어요."

그녀는 다시 상그레 미소를 떠올렸다. 남들이 쳐다들 보니 잠시 걷기로 해요 하고 그녀가 말했으므로 둘은 걸어오던 방향으로 걸음을 옮겼다.

"치에코양 집이 이쪽은 아닌 것 같던데, 어디쯤이죠?"

"나까지마 다리를 건너면 가까워요. 이쪽과는 반대 방향이죠. 괜찮아요. 기온도 아주 좋을 때고, 아직 시간이 늦지 않으니까요."

"시간 맞춰 집에서 기다리지 않겠어요?"

훈은 말해 놓고선 쓸데없는 말을 했다고 자책했다. 애띤 처녀와 이처럼 호젓하게 걸어 본 적이 없지 않았던가? 치에코는 다행히도 가볍게 응수했다.

"언니가 있지만…… 참 모르실 테죠? 난 형제로선 하나뿐인 언니 집에서 지내고 있답니다. 일찍이 부모님을 여의어 언니가 보호자예요. 형부는 이곳에서 가까운 타이헤이 탄광 기사인데, 늦게 돌아오곤 해요. 때론 들어오지 않는 날도 있구요."

"안됐군요. 자매분만 남았다니…… 그런데도 그늘진 면을 볼 수 없는 게 신통합니다."

"얼굴에 수심기를 띤다고 해서 팔자가 펴지는 건 아니잖아요?"

치에코가 이 말을 한 순간, 훈은 그녀가 아주 가깝게 느껴졌다. 외로운 처지이면서도 명랑함을 잃지 않는다는 건 용기 있는 태도이고 미덕이기도 하다. 그녀는 첫 대면의 자리에서 자신의 신상을 솔직하게 피력해 주었다. 적과 동지로 양분해야 할 필요는 없겠지만, 그녀는 지금 자기를 신뢰하고 동료로 치부하면서 마음을 개방하는 것으로 믿어졌다.

"치에코양, 언니가 크게 걱정하지 않는다면 산책을 할까요? 이 거리는 번잡하니까 무술길(武道)로 빠집시다. 스키장으로 가는 신사 쪽이 조용할 겁니다."

"그것도 좋겠어요."

훈은 황홀하다고 해도 좋을 그런 감정에 휩싸여들었다. 치에코가 자신한테 기울어 온다고 믿을 근거는 못 되었으나 적어도 깊은 호감을 보이는 건 사실이었다. 변덕이 죽 끓듯 하는 처녀가 아닐까? 아까 연습실에서는 그렇듯 콧대를 세우더니 이제는 더없이 싹싹해졌으니…… 그러나 그따위 저울질은 무익하기 짝이 없을 터이다. 가라후도 특유의 여름날은 길게 마련이고, 늦게까지 피는 민들레는 이제 한 풀 꺾였는지 길가는 녹색 물감을 뿌린 듯해서 저녁 나절의 정취가 물

60

씬했다. 일본 처녀에게 수작을 걸다니, 하는 어머니와 형의 꾸중도
안중에 없을 만큼 그의 피는 젊었다.

"삿포로에서 무용 학교를 나온 걸로 들었습니다."

삼나무가 울창한 길을 지나며 훈이 물었다.

"마친 건 아니에요. 일 년 하고는 도중 하차했으니까요. 언니가 혼
자 버려 두는 게 마음이 놓이지 않는다고 해서." 그녀는 여기서 어조
가 흐려졌다. "언니는 나이 차이가 많긴 해도 지나치게 엄마 노릇을
하려고 들어서 탈이에요."

훈은 잠시 자신이 음악 학원을 그만두었던 때의 괴로웠던 시절을
돌이켜보았다. 이것도 기연이 아닐까 하는 참에, 듣고 있는 거예요
하는 그녀의 음성이 귓전에 닿았다. 언니가 어떻다구요? 상대방이
기껏 애써 하는 말을 외면하다니 그런 실례가 어딨어요. 또 앙갚음을
할까봐…… 그녀가 짐짓 샐쭉해져서 입술을 오무려뜨리는 순간, 아,
이 처녀는 사랑할 만한 가치가 있어. 훈은 와락 껴안고 싶은 충동에
사로잡혔다. 그러자니 더욱 마음이 경직되고 말았다. 그녀는 갑자기
달라진 그의 태도가 의심스러운지 걸음을 멈추고 그를 말끄러미 올
려다보았다.

훈은 치에코와의 산책이 있고부터 며칠 동안 마음이 혼란스러웠
다. 프랑스 영화에 어떤 가난한 처녀가 신사로부터 배달되어 온 큼직
하고 화려한 꽃바구니를 받고서 꿈인가 하고 들뜨던 장면이 연상되
기도 했다. 하지만 이런 감정은 사나흘이 지나자 얼마쯤은 엷어져 버
렸다. 일본 처녀와 어떻게 되리라는 건 너무나 현실성이 희박했다.
공연한 헛손질이 될 뿐이야. 아버지는 틈만 나면, 일본놈들 밑에서
살아가려면 늘 정신을 차리고 있어야 한다고 입버릇처럼 말했었다.
그래서 다음 주말에 얼굴을 마주치게 되었을 때는 혼자 끙끙거렸던
심정도 말끔히 가라앉기에 이르렀다.

아시카가 선생으로부터 작곡법에 대해 레슨을 받으면서부터 훈은 집에서 오선지를 앞에 놓고 악보를 그리는 시간이 많아졌다. 음악에 임하면서 그가 신봉하는 격언은 '낙숫물이 떨어져서 돌바닥을 뚫는다'는 것이었다. 어떤 날 밤에는 와카(和歌)를 가사로 하여 작곡하고는 아코디언으로 연주한 결과 흡족해서 잠들었지만, 이튿날 아침 깨어나 다시 악보를 읽어 보곤 찢어 버렸다. 이 세상에 쉬운 일이 어디 있단 말인가.

아시카가 선생은 이따금 선문답 같은 말을 들려주곤 했다. 작곡은 고도의 세련된 형식미를 요구하지만 동시에 자유로운 천진성을 잃지 않아야 해. 이런 상반되는 양면성이 조화를 이루어야 한다구. 가네히라군. 소절이니 마디니 하는 기본틀도 중요하지만 음악을 하려는 사람은 자연의 소리를 듣는 귀를 가져야 해. 뒤꼍에 스치는 대바람 소리나 산 속의 솔바람 소리는 제가끔 다른 소리의 빛깔을 지니고 있지. 파도 소리는 그 나름대로 어떤 규칙과 리듬을 가졌다고 생각지 않나? 그것들은 한결같이 자기의 악상 부호를 달고 있다구.

이런 말을 이해하기에는 역부족이었으나 텍스트로 정한 〈작곡의 실제〉라는 책을 펴놓고 이것저것 설명해 가는 동안에 개안이 되는 것 같기도 했다. 전에는 자신이 다뤄 보지 못했던 악기에 대해선 관심을 기울이지 않았으나 지금에 와선 제각각의 음색이며 특징들을 깊이 유념하며 들었다. 그러자니, 올봄에 큰 마음을 먹고 사들인 중고품 유성기에 레코드판을 걸어 놓고 악기의 소리를 판별하느라 고심을 거듭하는 때가 잦아졌다. 그는 스스로, 음악이라는 늪 가운데로 자기 전신을 투신했다며 만족해 했다.

치에코와의 그날 저녁 산책은 역시 한여름 밤의 꿈이었을 따름이다. 이후로 아무런 무게가 실리지 않는 인사말쯤은 격의 없이 나누게 되었지만, 그것은 오히려 전날의 무관심이 내포했던 긴장 상태보다 못하달 수가 있었다. 그런 가운데서도 그녀의 시원한 원피스 차림 몸매를 보는 것은 싫지가 않았다. 보고 즐기는 관객의 위치란 것도 편하지 않느냐, 그런 생각이었다.

훈은 그해 여름의 잔뜩 찌푸려진 전황과 동떨어진 채 지냈다는 사실이 신기하기만 했다. 직장에서 어쩌다 접해 보는 〈가라후도 신문〉의 지면은 모두 전망이 흐린 보도뿐이었다. 언제나 승전보를 싣기만 했던 지면에는 남양 전선을 알리면서 옥쇄란 엄청난 낱말을 특호 활자로 뽑아내기에 이르렀다. 강제 징병제는 더욱 확실해졌다. 1924년 이후 출생자를 대상으로 한다니 이 점에 있어서는 훈은 지뢰권역 밖에 선 셈이었다. 젊은이들이 무더기로 전투모를 쓴 채 실려갔다. 그런가 하면, 에스토르 쪽으로 조선 징용자들이 무더기로 실려오기도 했다. 민행이가 언젠가 말했듯이, 핫바지에 물들인 무명 웃도리를 걸친 허름한 행색의 고만고만한 청년들이 트럭에서 우루루 내리던 걸 훈도 여러 차례 목격한 바 있었다. 뭣들 꾸물대는 거야! 정신을 어디다 팔았냐구? 빨리 정렬.

인솔자의 쇳소리가 오금을 박았었다. 그로서는 탄광 안의 사정을 구체적으로 알 길은 없었다. 그러나 완벽한 군대식 조직과 편성, 열악한 노동 조건, 그리고 배고픔과 기합, 구타, 이런 비인간적인 처우는 풍문으로 귀 따갑게 들어왔다. 모든 편법과 강제가 천황 폐하를 위하여, 또는 대동아공영권을 이룩하기 위하여라는 대의 밑에 자행되었다. 여기에 불평이라도 할라치면 반도(叛徒), 공산주의자, 불량인이란 낙인이 찍혔다. 만일 조선 사람이라면 포괄적으로 불령선인(不逞鮮人)으로 몰리게 마련이다.

사회 전반의 분위기가 위축되어 있으므로 가을을 맞으면서도 예년과 같이 낚시를 한 번도 가지 못했다. 지금 가라후도 동해안 쪽 하천으로는 연어가 겹겹이 몰려들 철이었다. 여름에 송어가 밀려든 뒤로 대양에 흩어져 있던 모든 연어떼가 다 모여든 것 같은 장관을 이루니까. 그 열기에 치받쳐 이쪽에서도 낚싯대를 들고 시냇물로 나가는 꾼들이 적지 않았으나 올해는 감히 그럴 엄두조차 내지 못할 지경이었다.

동식은 가을이 깊기 전에 긴 겨울을 날 돈을 벌어 놓아야 한다며 목재 하치장의 일당 노무일을 하루도 거르지 않는 모양이었다. 그럼에도 악단 연습날엔 꼬박꼬박 얼굴을 내밀었다. 내지를 다녀온 기다니는 게으름이 났는지, 동식이가 타악기를 맡게 되면 자기는 물러서겠노라고 자주 북채를 넘겨 주기도 했다.

9월이 저문 무렵에는 긴 낮이 한결 짧아졌고, 안개가 자욱한 때가 잦아졌다. 어느 하루는 훈이 회사의 공무로 하마시가이 해변에 나가자 바다는 캄캄한 장벽에 가리워져 있었다. 안개보다는 수분의 입자가 훨씬 굵고 이슬비라기엔 운무처럼 퍼진 는개가 짙게 드리워졌던 까닭이다. 바람에 휘날리는 머리카락은 금세 촉촉히 젖어들었다. 저 바다 남쪽으로 휘돌아 내려가면 조선 땅이겠지.

그러나 그것은 상상 속에서만 살아 꿈틀대는 관념이었다. 어둑하고 두껍게 가로막는 는개가 이를 설득시켜 주고 있었다. 어느새 목으로 척척한 느낌을 받으며 이건 차갑군 하고 생각했다. 는개가 차가운 벽이라는 인식은 또 다른 벽을 환기시켜 주었다. 도요하라에서 마오카로 가는 굽이굽이 산록을 관통하는 20여 곳의 터널 벽. 그 벽에도 물기가 번져 축축히 젖어 있을 것이다. 터널을 뚫을 땐 많은 한인과 중국인이 노역장에 동원되었는데, 과로와 영양 실조로 무수하게 죽어갔다고 했다. 그러면 일본인 다침보(현장 십장)는 시체를 콘크리트 레미콘에 넣어서 벽에다 바르는 게 예사였다고…… 그들 억울한 목숨의 땀, 눈물, 진액이 송글송글 물기로 배어나올 법했다.

이런 오한의 가을에, 훈은 직장 반경을 벗어나기만 하면 오선지에 음표를 그려 넣는 자신의 일상이 그저 신기하게 되돌아보이곤 했다.

4

가라후도에는 가을이 짧다. 훈의 집에서 창문을 열고 내다보면 해안 반대편인 나이로 쪽으로 향하는 신작로가 눈에 들어오고, 논밭 너머에는 노란 빛깔로 변한 억새풀과 명아주, 자운영, 소루쟁이 등 야생풀이 뒤엉킨 갈색 들녘이 바라보였다. 10월을 맞으면서 아침 저녁으로는 한기가 느껴질 정도로 기운이 뚝 떨어졌다.

훈은 일요일 오후의 여가를 즐기느라 오른팔로 턱을 괴고 누워서는 양말을 깁고 있는 어머니를 멀거니 쳐다보았다. 이제 쉰둘인 박씨는 벌써 눈이 침침해졌는지 자주 헛바느질을 했다. 하던 일을 끝냈음인가, 바늘을 실패에 꽂고는 골무를 빼서 시집 올 때부터 지녀 왔다는 반짇고리를 끌어당겨 담았다. 이젠 바늘 끝을 엉뚱한 데 찌르곤 하니 기음질이 고와질 리가 없지, 하고 투덜거렸다.

어머니는 반짇고리를 농 위로 올려놓고 돌아와 다리를 뻗고 앉았다. 몸뻬 밑으로 발을 감싼 버선이 남루했다. 훈은 그것이 역겹다는 감정보다 어딘지 모르게 포근하고 정겹기까지 하다는 느낌에 사로잡혔다. 그래도 말은 다른 쪽으로 나왔다.

"양말을 신지 그래요? 더 편하고 살가울 텐데……."

어머니는 신통치 않다는 표정을 지었다.

"양말을 신으면 흡사 속곳을 입지 않은 것처럼 허전하거든. 봐라. 이제 날씨가 추워지면 버선이 제일이지." 말해 놓고선 어떤 감회가 치받쳤는지 웃음까지 머금어 가며 매우 진지한 어조로 말을 계속했다. "통천에 살 때만 해도 이맘때면 버선을 열몇 켤레씩 짓곤 했다. 추석 전에 마무리를 해놓아야만 안심이 되곤 했지. 먹을 게 궁했어도 그 시절이 사람 사는 것 같았다. 마을이 너나없이 동성받이 일가붙이들인 탓도 있겠으나……."

"난 거기 살던 때가 아주 몇 토막밖에 기억되지 않아요. 형님이 친구들과 고기잡이를 간다고 족대를 들고 나섰을 때 울면서 따라갔던 일이며, 눈이 내린 아침에 집을 나서려다가 눈이 얇게 덮인 오줌독에 빠져서 끌탕을 쳤던 일 따위 말이에요."

"네가 여섯 살 때지 아마. 이쪽으로 온 게……. 그래도 넌 얌전한 애였어. 어릴 땐 마루에서 섬돌로 어지간히 굴러 떨어지긴 했어도."

이건 처음 듣는 얘기였다. 어렸을 무렵엔 아버지로부터 고향이며 친척들, 그리고 자신의 어린 날에 대해서 몇 마디를 듣곤 했지만, 지금은 다 잊어버렸고, 새로이 들을 기회가 아주 드물어졌던 것이다.

"그때 어쩌다 고향을 떴지요? 쉽지가 않은 일일 텐데요."

"쉽지 않았지. 나라가 어수선하기도 했지만 이 집의 내림인지도 모른다. 그해에 조선의 마지막 임금님 상사(喪事)가 있어서 모두 시름에 겨웠지. 타이쇼오(大正)가 끝나고 쇼오와가 시작된 해였어…… 게다가 농사를 지어 봐야 끼니 끓이기가 쉽지 않고, 일본 순사 등쌀은 날로 더해 가지 않나…… 그러나 그보다 작은집 두 형제가 벌써 전에 노령(露領)으로 건너가 버려 네 아버지 마음이 붕 떠버린 탓이다."

훈이 괴었던 팔을 풀고 허리를 일으켰다. 작은집 형제분, 자기한테는 당숙이 되는 어른들의 얘기는 아버지로부터 들어 어렴풋이 생각나는 정도인데 이날따라 호기심이 일었다.

"좀더 자세히 얘기해 주세요. 작은집이며 그 밖의 친척댁까지……."

"내일 모레 장가갈 나이에 집안 내력조차 모르고 있으니…… 이래서 상것이 되고 마는 게지, 달리 그리 되나?" 어머니는 자식을 탓하는 듯하면서도 이런 얘기를 주고받게 된 것이 기쁜가 보다. "네 윗대가 세 집안이었던 건 알게구. 큰댁은 손이 귀해 종손만이 화천 땅에 살며 가까스로 사대 봉제사를 모실 정도란다. 네 아버지가 살아 계셨더라면 몇 차례는 다녀왔을 게다. 거긴 통천에서 신새벽에 나서서 걸

음을 빨리 놓는다면 늦은 점심참이나 그렇잖으면 해지기 전에 당도
할 수가 있지. 그 종손 양반은 인정머리가 없어서…… 작은집 형제
분들은 다 신실했다. 형은 김민석 씨라고 인물도 좋고 재주가 있다는
말을 들었는데, 네 형이 세 돌 지났을 때 처자식을 데리고 노령으로
건너가 버렸다. 지금도 눈에 선하다. 네 아버지보단 두 살 아래였지
아마…… 젖먹이를 데리고 나서며 울던 그 동서는 어떻게 지내고 있
을까? 택호를 평창댁이라고 했다. 그리고 아우되는 이는…….”

　둘째는 김의석이란 이름이었다. 형인 김민석의 성격이 차분하고
사리를 따질 줄 아는 데 비해서 아우는 욱 하는 성미를 가진 데다 힘
이 장사였단다. 훈의 종조부가 서당에 보내 공부를 시켰지만 사당패
를 기웃거리는 등 속깨나 썩혀서 종조부는 명색이 양반 집안에 이런
망나니가 생겼다고 개탄해 마지않았다. 그런 그가 돌연히 일을 저지
르고 말았다고 했다. 혈기방장하나 앞뒤를 잴 줄 모르던 나이에 마을
패거리들과 함께 일본 순사를 죽지 않을 만큼 두들겨 패주고는 후환
이 두려워 그 밤으로 노령의 형에게 간다며 도망질을 쳤단다. 주재소
에서 가만히 있을 리가 없어 애꿎은 종조부를 잡아다 가두고는 곤욕
을 치르게 했다. 종조부는 피골이 상접한 몸으로 풀려난 뒤, 그 후유
증으로 결국 숨을 거두고 말았단다. 다들 다복할 거라고 믿었던 집에
연만한 종조모만 외롭게 남아 폐가가 된 꼴이었다.

　어머니는 다음 대목으로 넘어가며 갑자기 호들갑스런 품새를 보였
다.

　“참 희한하지. 어느 날 밤중에 그 둘째가 느닷없이 나타났지 뭐냐.
내가 시집 올 때만 해도 코흘리개를 겨우 면해서 천자문을 끼고 다니
던 사람이 객지물을 먹어서 그런지 장골이 되었더라. 두만강 건너에
조선 사람이 많이들 모여 사는 뽀스 뭐라던 구역이라던가, 그런 데서
지내다 왔다고 했지. 네 아버지 앞에 고개를 떨구고 앉았다가는 뒤늦
게사 아버지—작은댁 할아버지 말이다—변고를 듣게 되었다면서 닭

똥 같은 눈물을 떨구더라. 홀몸이 된 어머니를 모시고 가려 한다더니 과연 이틀 밤인가를 숨어 지내고는 홀연히 떠나갔다. 그 뒤, 잘 당도 했으며 거기 난리도 평정이 되어 지낼 만하다는 편지가 큰 시아주버니한테서 왔더랬지."

"아버지도 그 얘긴 더러 하셨어요. 아버진 형제가 없는 데다 가까이 지내던 사촌들이—큰댁이야 멀리 떨어져 있고 평소에도 어렵게 여기던 터여서…… 의지가 되었던 작은댁 사촌분들이 그렇게 떠나 버렸으니까 고향이라고 마음을 붙일 수가 없었던가 봐요."

"그래도 부쳐 먹던 전답이 있을 적엔 달랐다. 어쩌다 귀신에 씌었던지, 그걸 처분해 산판인가 뭔가에 손을 댔다가 날려 버리게 되니까 뜨자고 하더구나. 원체 목구멍이 포도청이니…… 윗대 산소가 어쩌니 하는 말들도 있었으나 죽은 귀신이 산 목숨 해한다더냐? 네들은 어쨌거나 고향으로 돌아가야 하고, 네 아버지 유골이라도 선산에 모셔야 한다."

"그렇잖아도 형님은 내년이면 귀국할 생각을 갖는 모양입니다. 마찌에 아래로 아이가 더 늘기 전에…… 그것도 돈이 쥐어져야겠지요만."

"그리 되면 다 함께 돌아가야지. 여긴 처녀가 없으니까 너 묵히고 있는 꼴도 못 보겠고…… 돌아가는 날엔 참한 자리가 줄을 설 게다."

"……"

대화는 여기에 이르러 절로 막혀 버렸다. 네 시쯤 되었을까? 훈은 제 방으로 가서 유성기나 틀고 앉았을까 하다가는 시계를 찾아 팔목에 찼다. 동식이한테로 갈 작정이었다. 어머니에게 그런 뜻을 알리고 바닥에 내려서려는데 안방에서 저녁때 전에 돌아오라는 말이 들려왔다.

훈네가 살고 있는 집은 아버지가 세상을 떠나기 3년 전에 지은 것이었다. 외벽을 통나무로 둘러쳤고 난로 연통이 빠져 나간 지붕은 함

석으로 이었다. 골목길에서 서너 걸음 들어선 곳에 바깥 여닫이 유리
문이 있고, 그걸 들어서면 흙바닥인 좁은 공간이 있어서 신발 놓는
자리가 되었다. 왼쪽 구석은 자잘구레한 세간살이나 식료품을 쌓아
두는 걸로 썼다. 다시 여닫이문을 열그 들어서면 좌측이 지표면 그대
로의 낮은 부엌이었으며, 우측은 땅을 돋아 높여서 다다미 열두 장을
간 바깥방이 부엌과 트여진 채 자리잡았다. 손님이 올라치면 잠자는
곳이 되기도 했으나 평소에는 거실 삼아 쓰는 넓은 난방이었다. 안쪽
으로 방을 두 개 들여서 바깥방과 벽을 두고 안방이 차지했으며, 부
엌과 붙어서 건넌방이 놓였다.

바깥문을 나서면 오른편에 석탄이며 땔감 따위를 쌓아 두는 헛간
이, 그쪽을 돌아간 측면에 펌프가 놓여 부엌으로 통한 샛문을 이용해
드나들 수가 있었다. 변소는 집 뒤켠에 있어서 그쪽으로 손바닥만하
게 밭을 갈아 고추며 상추 따위를 심어 먹었다. 조선 부락의 집들이
대개 이와 대동소이했다. 울타리나 담이란 게 없어서 바깥에서 집 안
의 동정이 훤히 보였다.

훈이 밖으로 나오자 신작로엔 수원지 위쪽 야마시다 목장에서 오
는 듯한 젖소를 실은 트럭이 두 대 연이어 지나갔다.

동식이네 집만은 유독 조선식 가옥을 본떠 지은 것이어서, 마당 장
독간 앞에서 콩을 퍼놓고 돌을 가려내던 다카코가 인기척에 허리를
폈다. 늘 어린 계집애로 여겨 왔던 다카코가 앞치마를 두른 탓인지
처녀티를 냈다.

"어머, 오랜만이네. 모처럼 왔는데 이를 어쩌나."

"왜? 동식이가 쏘다닐 데라곤 없을 텐데…… 집 안이 왜 이렇듯
조용하지?"

다카코는 머릿수건을 벗어들고는 마루로 오라는 듯 걸음을 떼었
다.

"곧 돌아들 오실 거야. 모두 윗 늪으로 조개를 잡으러 갔거든. 오빠

도 심심했던지 짬보를 데리고 뒤따라갔어."

짬보는 막내가 잘 운대서 집에서 붙인 별명이었다. 소학교 6학년이 되었으나 요시코란 일본 이름으로보다는 이렇게 놀림감으로 불리워졌다. 훈은 권하는 대로 마루 기둥에 등을 기대며 걸터앉았다.

"아코디언을 가지고 오잖구."

주근깨가 몇 개 앉은 얼굴을 들며 그녀가 중얼거렸다.

"뭣 때문에 그걸 들고 다녀?"

"몰라서 물어요? 그렇게 매사에 맹하니 데이트 한번 못 하지……." 그녀는 뭐가 우스운지 제풀에 후훗 하고 웃었다. "멋쟁이 오빠, 꽤 인기가 있더라. 연주횐가 공연장인가 하는 데를 갔던 처녀들이 재잘거리더라구. 아코디언을 켜는 사람이 멋지다나? 생각이 있다면 내게 잘 보여야 할 거요. 이런 날 나를 무시하지 말고 아코디언을 켜 준다던가……."

"그으래? 네가 매파쟁이를 해보겠다구? 괜찮은 색시감을 누구 하나 안다고?"

"어머, 오빠야말로 벽창호네. 우리 공장엔 방년 스무 살짜리가 수두룩하다구. 모를 리가 없을 텐데? 장미, 백합, 튤립…… 뭐나 구색이 맞춰 있다구요. 개네들이 뭐라는 줄 알아요? 그게 미희(美姬), 순정파, 우아형이란 뜻이래. 이쯤 일러줬으면 짚이는 게 있겠지."

훈은 다카코가 어느새 이런 말을 다 할 줄 알게 되었나 싶어 놀랐다. 심술궂은 눈으로 저으기 건너다보니, 까무잡잡한 얼굴임에도 귀밑볼로는 복숭아 빛깔이 묻어나는 것 같기도 했다. 귀엽다는 생각이 없지도 않은 게 도리어 면박을 주는 말로 바뀌어졌다.

"너 같은 애숭이 말에 귀를 솔깃하다니…… 관두라! 쪽발이 따위엔 관심이 없으니까."

"피! 두고 보자구. 어느 하세월에 총각 귀신을 면하는지……."

뽀루퉁해진 다카코는 섬뜰을 내려서서 다시 콩이 담긴 광주리 곁에 붙어 앉았다. 그애 말마따나 오랜만에 대하고서 부아만 돋구어 놓았다 싶어 눙치는 말을 보탰다.

"다카코, 화났어? 떠보느라고 한 말을 갖고 토라지다니…… 이젠 으젓해질 나이도 되었잖아?"

그녀가 힐끔 고개를 돌렸다. 아코디언 좀 킨다고 유세 부리지 말아요 했다. 성을 내는 체하는 것이리라. 다음에 와서는 오간장이 녹을 세레나데를 들려줄게 하는데, 조개를 담은 자루를 쥔 동식이가 집으로 들어섰다. 그 뒤를 요시코와 양친네가 제가끔 꽃삽과 쇠갈쿠리를 손에 들고 따랐다.

훈이 인사를 하느라 장씨 아저씨 곁으로 다가서면서 보니 얼굴이 전보다 많이 상해졌다 싶었다. 여전히 그 술타령에다, 마작놀음에 밤을 지새우지 않고는 저럴 리가 없을 텐데……. 남편이 그러노라니 아주머니까지 얼굴에 화색을 잃은 지 오래였다.

며칠 뒤, 화자 내외가 예의 쌀자루를 들고 집으로 찾아왔다. 여름에 보았을 땐 드러나지 않았던 것 같은데 배가 제법 도드름했다. 박씨는, 딸이 첫아이를 잃은 데다 두 번째 아이가 늦는다고 걱정했던 터였으므로, 이미 알고는 있었으나 부른 배를 보며 무척 대견스러워했다.

"이것, 재미삼아 따 모은 건데 겡이치 녀석이 오거든 맛이나 보여 줘요."

화자가 신문지에 싼 뭉치를 내밀었다. 뭔데? 하며 박씨가 풀어 보자 빨갛고 노란 산열매가 나왔다.

오래된 탓인지 더러는 쪼글쪼글 마른 것도 있었다.

"엄마, 참 이상하지요. 얼마 전엔 마쓰 후레뿌가 그렇게 먹고 싶더라구요. 그것도 어떻게 익지도 않은 것을…… 그래서 숲에 들어가 닥치는 대로 땄어요. 이 야찌 후레뿌나 코께모모도 그때 모아 놓은 것들이에요."

가라후도 이쪽은 쓴드라 지대인 탓에 숲이 어디나 울창했고, 거기에는 많은 산열매가 널려 있었다. 머루, 다래, 산딸기에 익숙한 조선인들은 이런 걸 따 모았다가 긴 동삼에 입 다실 만한 것으로 삼아 왔다. 일찍이 섬으로 건너온 사람들은 삼동을 넘기는 지혜를 후천적으로 터득하고 있었다.

워낙 겨울이 길다 보니까 너나없이 갖가지 산채를 봄부터 채취하여 혹은 말리고, 소금에 간해 두었다가 눈 속의 저장식품으로 이용했다. 박씨가 열매 하나를 입 속에 넣어 우물거리다가는, 유달리 달다, 네가 손 덕이 있어선지 전부터 네 손을 거친 건 무어나 맛있었지 했다.

화자는 듣기 좋은 말을 듣고도 표정이 시무룩해진 채 고개를 숙이며 얕은 한숨을 내쉬었다. 박씨는 얼른 눈치를 채고는 사위에게로 얼굴을 돌리고 무슨 일이 있었느냐고 물었다. 민언에게도 잠시 난처한 빛이 스쳐 갔다.

민언의 나이는, 화자보다 두 살이 위니까 삼십이 채 못 되었으나 산전수전을 겪으며 눈치로 살아와 어딘지 노숙한 데가 숨겨져 있었다. 하관이 빨라서 처음 보는 사람은 성품이 차고 민첩할 거라는 인상을 받을 만했는데, 그의 눈빛 또한 빈틈이 없어 보였다. 어떻든 가솔—아내나 동생에게 두루 잘해 주고 있는 만큼 그보다 나은 평판이 달리 없겠다. 평소엔 말을 시원 시원히 하던 그도 어조가 신중해졌다.

"짐작은 하고 있었던 일인데…… 장모님, 우리가 도로를 떠야 할 판이에요. 이곳 탄광 인력을 나이부치로 보낸답니다. 그렇게 되면 우리도 옮겨 앉아야지요."

"아니, 이곳 탄광이 얼마나 큰데? 어찌 그런 생각을 할까?"

"확실한 건 알 수 없습니다. 나이부치에는 석탄으로 기름을 짜는

공장을 세웠는데—전투기 가솔린을 만들어낸다고 그러더군요. 말인
즉 그게 수익성이 좋아 그런다지만 이유는 딴 데 있는 듯합니다. 거
기 있던 일본인 광부들을 내지로 많이 데려갔거든요. 아마도…… 이
건 혼자 생각입니다만 여기가 소련 국경선과 가까운 곳이라서 철수
시키려 드는 모양이에요.”

박씨는 금세 겁먹은 얼굴이 되었다.

“왜? 소련과도 싸움이 일어난단 말인가?”

“그런 말은 떠돌지 않습니다. 모르지요. 더러는 수송 비용이 적지
드니까 그럴 거라고들 말들 하지만 어떻든 북쪽을 믿을 순 없으니까
요.”

“그 낯선 데를…… 저 애가 부른 배를 안고 가야 한다니 그게 낭패
로군.”

수심에 겨운 목소리였다. 훈이 벽에 기댄 채 묵묵히 듣고 있다가
끼여들었다.

“역시 전세가 불리한가 보지요? 뭔가 다급하지 않으면 이처럼 큰
타이헤이 탄광을 포기할 리 없을 텐데…… 그렇다면 우리 공장은?
왕자제지만 해도 가라후도에 도요하라, 오찌아이(落合), 오도마리 등
아홉 곳에나 공장이 흩어져 있는데, 에스토르는 그중 북쪽이거든요.
어떻게 될까요?”

“글쎄, 그건 모르겠다. 하여간 전쟁은 기우는 게 분명해. 처남은 듣
지 못했나? 지난달에 버마인가 하는 데, 거기가 지나 땅이랬지. 그곳
운남 방면 일본군이 전멸했다고 쑥덕거리는 걸 보면 알 일이지. 가라
후도가 원래 러시아 땅이었던 만큼, 또 스탈린이 저쪽 구라파 전선에
매달려 있어서 이쪽을 돌아볼 겨를이 없다고들 하나 언제 무슨 일이
터질지 안심할 수가 없거든.”

조선에서 소학교만 나온 자형이었지만 삶의 방편에 따라 후각이
예민해져 이처럼 시국을 파악하는 식견이 갖추어졌으리라. 설마 그

럴 리야 없겠지만, 북쪽 국경선에 불이 옮겨 붙으면 에스토르는 북위 50도 선에서 하루 이틀 거리이다. 그때 조선인들은 어떻게 될 것인가? 게다가 이 무렵에는 조선인들이 가장 많이 모여 있는 곳이 에스토르와 동해안의 시리도리(知取)인데, 모두 북쪽에 치우쳐 있는 것이다. 일본 관헌들은 틈만 있으면 소련은 음흉하니까 경각심을 가져야 한다고 주지시켜 왔다. 붉은 군대는 잔혹해서 사람 죽이는 걸 벌레 취급하듯 한다며 공산주의와 한 묶음으로 위험시했다.

그도 그렇지만, 우선 생계가 뿌리째 뽑힐 게 걱정이었다. 돈이 모아지면 조선으로 돌아가겠다는 꿈을 가지고 있으나 지금 형편으로선 부지하세월이다. 탄광부들은 한 달에 많은 돈을 번다지만 훈은 올해에 기사 보조가 되었으나 월급은 일당 막노동에 비해선 훨씬 적었다. 중노동을 하는 사람의 임금이 높고, 일당 노무자도 하루에 십 원까지 받는 경우도 있긴 하다. 그래도 고정급이지 않느냐 싶지만 세금에다 적립금이라며 봉급 10%를 떼므로 실수령액으로 저축하기는 어려웠다. 훈은 매달 월급 봉투를 어머니한테 꼬박꼬박 드렸으므로 가계며, 집안 저축 상태가 어떤지 전혀 모르고 지냈다. 확실한 건 유성기를 사느라 비축 용돈이 거의 바닥이 났을 것이다.

"새삼스럽게 자네 성의가 고마우이." 박씨가 심란해 있는 사위에게 말문을 열었다. "배급이라고 쌀 조금에다 잡곡과 설탕이 나올 뿐이어서 자네 덕분에 잇밥을 목에 넣었는데…… 나이부치가 좀 먼가. 교통편까지 아주 나쁘니까 이젠 얼굴 대하기조차 어렵겠네. 그런데다 집에서 시늉만 하는 농사를 짓는다지만 만일 배급이 끊어지기라도 한다면 굶지 않고 배기겠나?"

화자가 못마땅한지 어머니에게 눈길을 주었다가 거두었다. 듣기에 따라서는 이제부터 사위 덕을 놓쳐 버리게 되어 그게 난감하다는 뜻으로 받아들일 수 있겠거니 해서일 게다. 민언은 전부터 그 귀한 딸을 선뜻 내준 장모에겐 살뜰하게 대해야 한다는 마음가짐인 성싶었다.

"자주 찾아뵙지는 못할 테지만 연락은 종종 드리도록 하겠습니다. 어려운 일이 있으시면 언제든지…… 배급 걱정은 하지 않아도 좋을 겝니다. 가라후도엔 전 주민이 삼 년 먹을 식량은 확보하고 있다고 합니다. 식량 수송선이 내지에서 오지 못할 걸 대비해서 비축해 놓았다나 봐요. 그렇게 알고 계십시오."

화제는 화자의 산월에 대한 걸로 바뀌었다. 운봉 땅에 산다는 사돈 어른께 장손을 낳아 드리는 게 무엇보다 급선무일 터이다. 어쩌나, ……박씨는 무엇보다 2월이 해산달이라면 폭설이라도 오면 처마가 파묻히는 속에 산파가 와 주게 될까 하는 걱정부터 늘어놓았다. "첫 아기를 잃고는 이제사 갖게 되었으니 자네가 각별히 신경써 주게나. 광산 부속 의무실이 있다구? 그래도 아기를 받아내는 데는 경험 많은 산파가 제일인데……." 훈이 민행의 안부를 물었으므로 화자가 대신 말을 받았다.

"시동생이 네 얘길 어떻게나 많이 하는지…… 못 보고 갈는지 모른다며 따라 나서고 싶어하는 걸 겨우 떼놓았다. 식당을 비워 둘 수는 없으니까. 나이부치로 가서는 어떻게 될지 모르지만서도 그 도련님은 자기 앞가림을 할 사람이야. 이이가 어지간히 챙기기도 하지만."

"참 싹싹하고 말이 번사던데. 그렇게 입심이 좋은 사람도 첨 봤어."

"그렇구 말구. 머리 돌아가는 것도 빨라서 하나같이 성미가 고약한 중대장이며 간부들한테 지천 한 번 듣지 않는다. 손찌검이 좀 많은데냐? 에그, 사람 탈을 쓰고…… 애, 너같이 곱게 자란 사람은 모른다. 거기가 어떤 데인지…… 걸핏하면 개패듯 인부를 때리니까."

"거, 쓸데없는 소리!"

민언이 언짢아했으나 화자는 마저 해버려야 속이 시원한가 보았다.

 "엄마, 그런 바닥인 줄 알았으면 시집을 안 갔을 거야. 돈도 좋다지만…… 이이가 나쁘다는 게 아니라 어쩌면 같은 동족끼리 그렇게 닦달할 수가 있는 건지. 그런데도 광부들은 돈을 벌자고 고삐 매인 소같이 묵묵히 따르는 걸 보면 애처로와 견딜 수가 없어요. 다들 부모 밑에서는 애지중지 길러졌을 텐데…… 일본놈들은 그렇다 치고라도."

 누나는 이이는 나쁘지 않다고 말했지. 훈은 팔이 안으로 굽는다는 말이 그르지 않다고 생각했다. 부부가 배를 불리는 만큼 그 중대의 광부는 배를 곯아야 할 것이다. 폭언하고 구타하고, 한 번 눈에 벗어나면 끝까지 못살게 구는 그런 간부들만 사람 축에 못 들어간다고 할 수 있을까? 어머니를 닮아 억척스런 면이 있다지만 누나도 가정을 갖게 되니 많이도 달라졌으리라 싶었다.

 일어서는 걸 보고 박씨가 밤길에 어떻게 돌아갈 거냐고 불안스러워했다. 민언은 걱정하지 말라는 듯, 나카지마조오 연락 사무소엘 가면 광산으로 가는 트럭편이 있다고 안심시켰다. 밤 기온이 차가운 때니 부디 몸을 따뜻이 간수하라고 박씨는 딸에게 신신당부했다.

 훈이 마스라조오 끝까지 배웅하고 돌아오며 캄캄한 하늘을 올려다보았다. 달도 별도 보이지 않았다. 이러다가 느닷없이 눈발이 펄펄 날리기 시작하겠지. 누나네가 먼 곳으로 떠나간다는 생각에 잠겨들기보다 눈 내리는 소리를 연상하다가는 거기에 콘트라베이스 음색이 겹쳐지는 데까지 이끌려들었다.

 작곡을 하려면 자기가 마음속으로 생각하는 음을 정확하게 그려낼 수 있어야 하네. 이걸 통상 청음이라고 하지. 자네도 이따금 한 소절의 멜로디가 귀에 쟁쟁 울리듯 떠오르는 때를 경험했겠지? 그 무형의 소리를 유형의 악보로 옮겨 보는 작업이 습작이라네. 그리고선 즉

76

석에서 노래로 불러 보곤 하는 게 시창 청음 공부겠지. 또 편곡을 하
고 지휘까지 하자면 화성을 따로 알아야 하고…… 또 다른 말로는
앙상블이라고도 하네만.

아시카가 선생은 손수 오선지에 계명을 그려 보이곤 했다. 그럴 때
엔 가요 부인도 고개를 빼들고 보다가는 손가락을 두드려 고저 장단
을 맞추었다. 훈은 이런 시간이면 자신의 생애에도 장밋빛이 감돌기
시작했음을 어렴풋이 느끼곤 했다. 공부 자체가 대수롭기도 할 것이
다. 거기에 덧붙여 자신이 누군가로부터 아낌을 받고 있다는 보다 포
근하고 조금 들뜨기도 하는, 행복하다고 해도 좋을 그런 요람에 뛰어
들었다는 느낌에 젖어들었다.

어느 날엔 기다하라 하꾸슈우의 '낙엽송'이란 시에 곡을 붙인 악보
를 선생 앞에 슬그머니 내밀었다.

낙엽송 깊은 숲에도
내가 지나갈 길은 있었네
안개비 자욱 내리는 길
산바람 스쳐 지나가는 길

낙엽송 숲 속 길은
나만이 아닌 남도 지나가네
홀로 외로이 걸어가는 길
호젓이 발걸음 재촉하는 길

아시카가 선생은 악보를 펴놓고 허밍으로 불러 보다가는 피아노
덮개를 열고 건반을 두드리기 시작했다. 안방에 있던 가요 부인도 웬
소리인가 싶어 살그머니 나타나 다상 쪽에 붙어 앉았다.

피아노 위의 악보를 본 탓인지 눈웃음을 지었다. 가네히라씨가 지

은 거예요? 처녀작 발표회네—그런 웃음이리라. 훈은 그녀의 눈동자에서 불현듯 외간 여성을 접한 듯해 흠칫했다. 염염한 것이랄지…… 고혹적이라고까진 말할 수 없겠으나 루즈를 옅게 바른 입술과 함께 그 눈길에선 남자를 끌어당기는 관능이 깃들어 있다 싶었다. 그는 황급히 아시카가 선생의 대머리 쪽으로 시선을 돌리고 말았는데, 흡사 도둑질을 하다가 들킨 듯한 기분이었다. 그 순간 언젠가 영삼씨가 들려주었던 말이 떠올랐다.

　—나도 들은 풍월인데, 영국 시인 셸리는 한마디 시어를 아주 감각적으로 표현하는 데 능했다나? 예를 들면 스윗이란 단어는 달콤하다는 뜻이겠지. 그런데 셸리는 스윗을 두고 아름다운 남의 부인과 몰래 입맞춤했던 추억이라고 노래했다는 거야—무심코 들었던 말이 용케 귀에 남았든지 되살아난 것이다.

　아시카가 선생은 한두 소절을 다시 더 쳐 보다가는 우두커니 앉아 생각을 정리한 다음 돌아왔다.

　"첫걸음부터 썩 좋은 게 나오리라 기대할 순 없지. 시작이 반이라니까…… 그런데 어딘가 애상조의 동요다운 데가 없지 않아. 악곡은 격조가 있어야 한다네. 그건 한마디로 설명할 성질의 것은 아니고, 자꾸 습작을 거듭해서 스스로 터득해야 하는 경지일 걸세. 비교해서 말한다면 시라는 것도 유행가사와 다른 예술적 품격이 있는 것과 마찬가지로……."

　"미숙하기 짝이 없습니다."

　"음악이란 건 끊임없는 트레이닝의 결과이니까. 자네의 그 열정으로는 못 해낼 것도 없겠지."

　가요 부인은 남편의 말이 성에 차지 않는지 불만을 토로했다.

　"괜찮은데 그래요. 멜로디가 청순하고 감정이 풍부한 것 같지 않아요? 듣기 좋도록 격려의 말을 해준대서 나쁠 게 없을 텐데……." 그리고 그녀는 훈에게로 눈을 돌렸다. "언짢게 여기지 마세요. 난 이

곡이 마음에 드니까 보상받은 셈치구요."

"몸에 이로운 약은 쓰다고 했으니 전 아시카가 선생님의 말씀에 귀를 기울이겠습니다."

"어쩌면 남자들은 다 저럴까? 어렸을 때도 남자애들은 자기네끼리 괜히 으시대며 편을 들고 하더니…… 쓴 게 과연 좋은지, 그렇다면 단 것을 들어 보세요. 마음이 바뀔 걸요."

그녀는 심술이 난 것처럼, 말은 그렇게 했으면서도 생글거리며 나갔다가 과자 접시를 다상 위에 갖다 놓았다. 요깡과 팥고물을 넣은 밤 과자, 박하 사탕을 감싼 셈베 따위였다. 요깡을 싼 포장지에는 '川上光月堂'이란 글자가 선명해서 훈은 그것이 다카코가 다니는 과자 공장 제품임을 알았다.

아시카가 선생이, 단걸 좋아했다간 충치가 생기고 뚱보되기 십상이라구, 하면서도 밤 과자를 집어 입에 넣는 걸 보고 훈도 그걸 하나 집어서 먹었다. 어금니께에서 단맛이 씹히자 입 속에 침이 순식간에 고였다.

그녀가 일어섰다. 오늘은 어쩐 일인지 기모노 차림이었다. 바깥 나들이에서 돌아온 후 평상복으로 바꿔 입을 시간적 여유가 없었던 걸까? 아니면 정성스레 치장한 모습을 귀가한 남편에게 보여주고 싶어서였던 것일까? 그런 속사정은 훈으로선 알 수 없는 노릇이었다. 허리를 졸라맨 띠로 인해 상하부의 볼륨이 풍덩한 천 속으로도 감지되기에 충분했다.

돌아나오는 골목길은 컴컴했다. 드문드문 현관의 등불이 번지고 있지만 탱자나무를 두른 울타리 쪽엔 깊은 어둠이 도사리고 있었다. 천리교 건물도 소등이 되었다. 훈은 나카지마조오를 지나 모도마치 쪽으로 들어서며 저쪽 야구장에서 마지막 조명등이 꺼지는 걸 보았다. 절(寺) 앞을 지날 때 문득 가요 부인의 모습이 되새겨졌다.

그 기모노 차림, 양파를 벗기는 것과 같을 거야. 아시카가 선생이 호박을 덩굴째 끌어안은 셈이지. 젊고 아리따운 데다 상냥스런 송곳니 미소며 활달한 성품까지 갖추었으니…… 그런 상념에 빠져들었다가 훈은 자신의 목덜미에 지렁이가 달라붙은 듯 고갯짓을 했다. 망측스런 데까지 상상이 미치다니…… 그건 믿고 스스럼없이 정을 베푸는 아시카가 선생을 배신하는 것에 다름 아닐 것이다.

관심을 가져야 한다면 마땅히 치에코 쪽이어야 하리라. 하지만 그래 본들? 조선인이 일본 여자를 얻는 경우가 전혀 없지도 않지만 사람들은 이를 두고 아주 기묘한 사태로 치부한다. 동성동본이 결합할 수 없는 관습과는 또 다른 이유로…… 부부가 된다면 아이가 태어날 거고, 그 아이는 일본인이 될 건가, 아니면 조선인이 된다는 말인가. 훈은 아까의 도리질과는 달리 형체를 알 길이 없는 절망감에 설핏 휩싸여들었다. 꼭 결혼을 하고 싶다는 생각을 품고 있지는 않으나 사랑이 움튼다면 첩첩의 벽에 부닥칠 거라는 예상은 컴컴한 공동(空洞)을 내려다보는 기분을 갖게 했다.

노트를 쥔 손이 시려 왔으므로, 그걸 옆구리에 끼고서 두 손을 망토 속에서 바지 주머니에 찔러 넣었다. 모도마치를 다 빠져 나올 참엔 송옥미곡상회의 점원이 문을 닫아 걸고 있었다. 거기 붙어 있는 창고 켠에서 훈의 발자국 소리를 들은 탓인지 개가 짖었다. 그러자 다른 집에서도 개 짖는 소리가 들리며 저쪽 조선 부락까지 파장을 일으켜 놓는가 싶었다. 늦가을 밤의 개 짖는 소리는 결코 유쾌하지 못했다. 누구나 도둑으로 몰릴 수 있다는 위기감을 불러일으키므로―. 훈은 저 어둠 건너로 자기 집에서 불빛이 비치고 있을 거라는 생각을 하며 쓸데없는 상념에서 풀려나고자 크게 심호흡을 했다.

올해 들어 벌써 몇 번째 눈이 내렸다. 오전만 해도 시나브로 풀풀 날리던 것이 점심참이 가까워지자 함박눈으로 변해 순식간에 대지를 하얗게 뒤덮었다.

훈은 터빈실에서 창 밖으로 흰 눈이 쏟아지는 걸 넋을 잃고 바라보았다. 창틀에도 어느새 눈이 쌓이기 시작했다. 초겨울 문턱에서 이럴 양이면 올해에도 어지간히 설해(雪害)를 입게 될 모양이다. 훈이 돌아서니 동료들은 더러는 식당으로 간 패도 있고 몇이서는 도시락을 들고 스토브 주위로 몰려드는 판이었다.

그도 가방에서 도시락을 챙겨들고선 한 손엔 의자를 든 채 난로 옆으로 와 앉았다. 알미늄 도시락 속은 언제나와 같은 음식이었다. 어머니는 곧잘, 잡곡밥을 담으면 남이 흉볼 게다. 업신여김을 받을 필요는 없지, 라고 말했기 때문에 도시락은 언제나 콩이 드문드문 든 쌀밥으로 채웠다. 밥 한 켠의 반찬 그릇에는 짜게 졸인 새끼 감자와 다꾸앙, 가재미 지짐이 들어 있었다. 가재미가 들지 않은 날에는 우메보시를 넣어 주곤 했는데, 이따금씩은 돼지볶음이 든 날도 없지 않았다. 그런데 누나네가 옮겨 간 뒤로부터는 육고기 반찬이 뚝 끊어진 듯했다.

훈은 느릿하게 젓가락질을 해서 도시락을 비웠다. 마음 같아선 김치나 마늘조림을 넣어 달랬으면 했으나 동료 직원들이 눈살을 찌푸릴 게 틀림없어 가까스로 참을밖에 없었다. 별난 일이었다. 그 냄새가 어떻다고 질색이며, 또 그처럼 후각이 예민하단 말인가. 주전자에서 따끈한 보리차를 따른 컵을 들고 자리에 앉는데 동료가 전화기를 놓으며 알려 주었다.

"여보게, 정문에 누가 찾아왔다나 보. 아가씨라는데…… 거 근사하네. 이처럼 눈이 내리시니 묘령의 아가씨가 다 면회를 오고……."

훈은 농담을 하는 줄로 알았다.

"공연히 놀리시려고…… 날 찾아올 사람이 없는 줄 잘 알잖아요? 더구나 아가씨라니."

"농담이 아니라니까. 허헛, 본인이 저렇게 펄쩍 뛰는 걸 보면 예사로운 게 아닌데. 얌전한 사람이니까 설마 요정에서 외상값 받으러 오진 않았을 테고."

그렇게까지 말하는 걸로 보아 거짓말은 아닌가 보다. 훈은 도시락을 다시 가방에 넣었다. 자신의 꼴을 보니 기름투성이의 작업복이었다. 동료에게 정문에 다녀오겠노라고 하고는 얼른 탈의실로 가서 자신의 관물함에 든 외출복으로 바꿔 입고 밖으로 나왔다. 누굴까? 묘령의 아가씨란 말은 빈말일 수 있으나 어떻든 젊은 여자인 건 분명하니 더욱 알 수 없는 노릇이었다. 얼핏 가요 부인의 얼굴이 떠올랐으나 그럴 이유도 없었고, 또 불쑥 찾아올 만큼 무람한 사이도 아니어서 일순 홍소를 머금었다.

정문 수위실 앞에는 뜻밖에도 치에코가 머플러를 둘러쓰고도 목을 잔뜩 움츠린 채 기다리고 있었다. 까만 외투에는 흰 눈이 희끗희끗 붙었다.

"아니? 치에코양이 어떻게 여길 다…… 날 찾아온 거요?"

그녀가 미처 뭐라고 대답할 틈도 주지 않고 수위가 밀창 유리문을 열고는, 들어와 난로가에서 기다리라 해도 사양하는군. 눈을 맞는 게 좋은 시절이긴 해도…… 했다. 그녀가 빠안히 쳐다보았다. 눈을 맞은 탓일까, 눈동자에 물기가 어려 한층 동공이 까맣다.

"지나가는 길에…… 실례가 될 줄은 알지만 갑자기…… 그냥 지나칠 수가 없었던가 봐요. 방해가 되지 않았어요?"

"천만에. 마침 점심을 먹고 난 한가한 때였어요."

훈은 무심코 대답해 놓고선, 언제나 이 모양으로 꼭지가 덜 떨어진 소리만 늘어놓는담 하고 자신을 책망했다. 그녀는 이 대답에는 무심한 듯 공장의 넓은 마당 공간을 희뿌옇게 가린 눈발에 시선을 보냈다.

"모처럼 찾아 주었는데 어디 안내할 만한 곳은 없고…… 이를 어쩐다?"

"그렇게 생각한다면 차를 마시러 가요. 내가 찻값을 낼게요. 시간을 뺏는 건 이쪽이니까요."

치에코는 자격지심이 들었던가, 그 말을 해놓고선 목을 코트 깃 속으로 움츠렸다. 그 동작이 훈을 조금쯤 감동시켰다. 오늘은 별다른 특명이 없었던 만치 외출이 작업실에 폐스러울 건 아니었다.

"찾아 준 것만 해도 고마운데 차는 내가 사야지요. 지금이 몇 신가?" 팔목시계를 보니 1시 40분이었다. 점심 시간인 두 시 전까진 식당에서 주임이 돌아올 것이다. "잠시 수위실에 들어가 기다려 주겠어요? 외출증을 끊어야 하니까. 십 오 분쯤이면 될 거요."

"괜찮아요. 여기 있겠어요. 날씨가 그다지 춥진 않으니까."

그녀는 고집을 피웠다. 그것도 나쁘진 않다. 수위들은 직급은 낮았으나 한결같이 회사로부터 신용을 받는 자 아니면 위에 줄을 대고 있어서 만만치가 않았다. 견디지 못할 정도의 추위는 아니니까 마음 편한 쪽이 좋았다. 그래서 함께 서서 시간을 지체하는 쪽을 택했다.

"시내 나가는 데도 외출증 따위를 끊어야 하나요?"

그녀가 부담스러워졌는지 불안한 음성으로 물었다.

"회사 규칙이 그렇답니다. 아침 여섯 시에 출근해서 출근명부에 날인하고는 공무를 제외하곤 바깥 출입을 금하고 있답니다." 훈은 눈짓으로 수위실을 가리킨 다음, "그래서 저네들이 거들먹거린다구요. 눈 감아 달라는 부탁을 할 필요가 없다면 그만이겠지만" 했다.

"몰랐어요. 난 이래서 세상 모르는 철부지 소리를 듣는가 봐요. 눈이 이렇게 퍼붓지만 않았던들 그냥 지나쳤을걸."

마지막 말은 혼자말이었다. 훈은 그녀가 내숭을 떨고 있음을 잘 알았다. 왕자제지 쪽은 모도마치나 혼도리에서 동떨어진 데다 특별히 이 공장에 볼일이 없다면 지나칠 일이 결코 없을 것이기에.

저쪽에 사원 주택이 있긴 하나 그 밖에는 넓은 야적장이 가로질러 있을 따름이었다.

훈은 사무실을 다녀와서 정문을 벗어났다. 한 시간 반 외출을 허락

받았으니 큰길 쪽 찻집에서 지낼 수가 있겠다 싶어 카페 피앙세로 향했다. 푸짐하게 내리던 눈은 그 사이에 기세를 잃고 훨씬 가는 눈발이 되었다. 긴치 않은 말만 주고받으며 큰길로 나와 찻집으로 들어섰다. 찻집 안은 조개탄으로 피운 난로가 열기를 뿜어 공기가 훈훈했다. 빈 자리를 찾아서 그쪽으로 가는데 낯익은 얼굴과 마주쳤다. 집에서는 이치키 다다시(一木正)란 일본 이름과 함께 조선 이름인 박용한 씨로 두루 부르는, 이 부락 유력자 중의 한 사람이었다.

"안녕하셨습니까? 자주 뵙지 못했습니다."

훈이 먼저 깍듯하게 인사를 했다. 박용한 씨는 일본인으로 보이는 손과 면대하고 있다가 고개를 끄덕였다.

"집안엔 별일이 없겠지? 자네 얘기는 자주 듣고 있네. 저번 가을 공연에도 갔었다네."

"고맙습니다. 잊지 않으시고 늘 배려해 주시니……."

"배려라니. 객지에 와선 동향인끼리는 친척이나 다름없다네. 음, 동행이 있었군. 그만 가보게."

박용한 씨의 고향은 통천과 접경인 회양이었다. 그도 일찍이 바다를 건넜던 터여서 아버지와는 지면이 두터웠고, 양쪽 군을 갈라 놓은 우동산 허리만 넘으면 거기가 거기라는 식으로 동향끼리로 통했다. 청부업으로 재산을 상당히 모은 것으로 알려져 있으며, 조선 부락에선 그중 집이 번듯했다. 고리채를 굴린다는 소문이 있음에도 불구하고 인심을 잃지 않아 지금은 이른바 초카이기인(町會議員) 직함까지 가지기에 이르렀다. 형 정준이가 가구점에 취직할 때는 동향의 정의를 보여 신원보증까지 서 주었으니 여러 모로 고마운 분이었다.

차를 마시는 동안, 라디오에선 널리 유행되는 '가고노도리'가 여가수의 가창으로 흘러 나왔다. 조롱 속의 새에 비유하여 자기의 신세를 한탄하는 페이소스가 스민 노래다. 그 노래를 끝으로 가라후도 방송이란 아나운서의 목소리가 들리더니 곧 판에 박은 듯한 뉴스로 이어졌다.

　치에코는 정문에서 처음 만났을 때의 명랑함을 잃고 차츰 말수가 줄어들었다. 그렇잖아도 말 주변머리가 없는 훈으로선 점점 난처해져 초조감에 치받친 나머지 성냥개비를 끊어 차탁 위에 늘어놓기단 했다. 찻집에 들어선 지 30분이 지나는 동안, 겨울 공연 계획이 취소되었다는 것, 12월부터는 한동안 연습도 갖지 않을 거라는 따위만이 화제에 올랐다. 마치 그것을 걱정하기 위해서 만나기라도 한 양…….

　치에코가 숙였던 이마를 들며 풀어 늘어진 앞머리를 훔쳐 올렸다. 그녀는 힘에 겨운 고백이라도 하듯 떠들거리며 말했다.

　"돌아갈 시간이 되었겠지요, 가네히라씨. 실은…… 오늘은 일부러 찾아 나섰더랬어요. 집에 앉았으니 눈은 쏟아지고…… 후딱 집을 나섰으나 딱히 갈 곳이 떠오르지 않아 거기까지 갔던 거예요. 우습죠? 그렇더라도 우스꽝스레 생각한다면 싫어요."

　"나도 그런 줄 알고 있었어요. 그리고 운수 좋은 날이란 것도."

　그녀는 비로소 얼굴에 안도의 빛을 떠올렸다.

　"그 말 믿겠어요. 차도 맛있었고요. 참, 아까 인사를 나누었던 분은 조금 전에 나갔어요. 돌아앉아 있었으니 몰랐겠죠."

　"그랬어요?"

　그제야 훈은 뒤를 돌아보았다. 만일 박용한 씨가 이편을 힐끔거려 보았다면 어지간히 심각한 열애에 빠진 걸로 지레짐작할 게 뻔했다. 왠지 가슴이 두근거려졌다.

　"일어설까요? 난 백화점엘 들러 털실 장갑을 한 켤레 살까 해요. 응석받이 조카에게 뭔가 사줄 것도 있고…… 기분 좋게 차를 마시게 되어 나도 운수 좋은 날로 여기겠어요. 둘이서 왔던 길을 혼자서 돌아가게 되어 안됐어요. 괜찮겠죠?"

　그녀는 명랑함을 회복하고 있었다. 아니면 그런 체하는지도 모르지만. 훈은 몸을 일으켜 세우며 싱긋 웃어 주는 걸로 염려 말라는 뜻을 표했다.

　겨울로 접어들자 가라후도의 경제 사정이 악화되기만 했다. 정준이가 일하는 가구점 같은 고급 소비제품업체가 가장 먼저 타격을 입었다. 전황에 대한 우려가 높아진 탓이었다. 게다가 이 섬에 와 자리를 잡았던 사람 중에는 홋카이도 태생이 많았으므로 그들은 기회가 닿으면 내지로 돌아가고자 했다. 그러므로 가구를 새로이 구입하겠다는 사람은 없고, 헐값에라도 내놓겠다는 사람만 늘어났다.

　상당히 신실하다는 평을 들어 온 상점 주인도 결손을 감당할 길이 없어 가구 생산을 폐업하고는, 침대 상품도 겸하고 있었으므로 겨울 한 철 장사인 이불 도매상으로 전업을 해버렸다. 정준이가 워낙 성실하게 일해 준 공을 잊지 못한 주인은 정준에게 이불 도보장수로 나설 것을 종용했다. 후불로 계산토록 할 터이니 능력껏 팔아 보라고 선심을 써 주었다.

　정준이가 이렇게 되자 동식이도 기다렸노라는 듯이 팔소매를 걷어붙이고 나섰다. 왕자제지 목재 하치장 일도 11월로 접어들어 마스라 강이 얼어붙으면 작업장이 폐쇄되고 만다. 상류의 삼림지대에서 벌목한 목재를 강에 띄워 내려 보내는데 그럴 수가 없기 때문이다. 거기서 일하던 조선인들은 한결같이 겨울 일자리를 찾아 나서게 마련인지라, 훈으로부터 형의 전업을 귀띔받은 동식이가 얼씨구나 좋다 하며 현품을 나눠 달라고 부탁을 했다. 정준으로서도 어차피 후불로 하고 물건을 가져옴으로 제 돈 쓰지 않고 생색을 낼 수가 있어 그러마고 했다. 더구나 에스토르가 속한 나오시군(名好郡)내만 해도 지역이 넓고 겨울 추위가 혹독하여 제철마다 이불 장사는 재미를 보는 편이었다.

　동식이는 다리 힘이 좋은 데다 이곳저곳 떠돌아다니는 걸 즐겨했던 만큼 이불장수로는 제격이었다. 정준이가 주로 에스토르 양쪽 시내를 맡은 데 비해 동식이는 북쪽 니시샤크탕(西柵丹)에서 도로에 이르는 해안 부락으로 판로를 열어 나갔다.

훈의 형수인 애자는 막내를 업고 나타나서는 이런 말을 했다.

"어머니, 애 아범 장사가 그런 대로 돈벌이가 되나 봐요. 소문이 나는 건 그다지 반갑잖지만, 동삼에 잘 벌면 조선에 자리를 잡을 돈을 쥘 수가 있대요. 그렇게 되면 좀 좋겠어요. 어휴, 이 지겨운 겨울…… 왜 진작 이 길로 나서지 않았던지."

그러면 박씨는 잊지 않고 핀잔을 주곤 했다. 살짝 곰보에게는 복이 송글송글 담긴다는데, 며느리의 평퍼짐한 얼굴에선 그런 감칠맛도 찾아볼 수 없다고 시덥잖게 여기는 터수였기에.

"일 년 삼백육십오 일이 겨울만이라던? 그래, 해동을 한 뒤엔 어느 집에서 떠 죽을 요량으로 이불을 사들이겠나? 쯔쯧, 속이 없긴…… 그도 그렇지. 그쯤 남의 일 잘해 주었으니까 조건이 좋게 물건을 대 주지. 행여 남 앞에선 주책 떨지 말아라."

"어머니두, 그걸 누군 모르겠어요? 밖에서 잘하니까 기껏 어머니 좋게 해드릴 양으로 드린 말씀인데 탓을 하시니……."

"알았다. 여기 찾을 땐 말고 집 비우지 마라. 어찌된 셈인지 인심도 전 같지가 않은가 보더라. 보지 않아도 집 안에 이불 보따리 떨어질 날이 없을 게 아니냐?"

"잘 알고 있답니다. 그래서 선걸음에 돌아갈 작정으로 왔던 건데…… 어머니, 올 설 명절엔 떡도 찌고 참조기도 젯상에 올릴 수 있을 거예요."

"그래, 장하다. 여자 입이 저렇게 가벼우니. 넌 어서 돌아가고 겡이 치나 보내라. 어제, 그제도 보지 못했다."

"네, 그럴게요."

형수는 더 타박을 받지 않으려고 돌아서려다간 깜박 잊었다는 듯 훈에게로 향했다. 등에 업힌 아기를 추스려 올리고는.

"도련님, 좋은 소식 들리데요. 형님이 이치키 어른한테서 들었다구요. 후훗, 시치미떼지 말고 집으로 한번 들르세요."

그리고는 부리나케 밀창문을 밀고 나갔다. 그녀의 용모는 보기에 따라 촌스럽달 수가 있겠으나 심덕 하나는 무던한 편이었다. 그럼에도 어머니는 안길 성이 없는 며느리는 버선 뒤꿈치가 달걀 같아도 밉다는 격으로 매사를 곱게 보지를 않았다. 그런 불만이 훈의 장가를 학수 고대하는 쪽으로 작용할 터이다.

어머니는 며느리의 펄럭이는 누비옷 치맛자락을 못마땅하게 바라보다가 그게 무슨 얘기냐는 듯 고개를 돌렸다.

"좋은 소식이라니? 뭔가 숨기는 게 있구나, 웬 말이냐?"

"글쎄요. 참 저번 공연 때에 그분이 다녀가셨다는 말은 들었어요."

"언제 그 어른을 만났다는 얘기를 했던 것 같은데…… 그런 게 아닌 것 같다. 내가 몰라서 될 일이 뭐가 있나?"

"……."

"네가 아무래도 어떤 처자를 본 게지. 그럴 만한 색시감이 떠오르지 않는데…… 너 혹시 얼토당토 않는 데들 넘보고 있는 거 아니냐?"

"그렇지 않아요, 어머니. 감출 게 따로 있지."

"바깥에 나돌아 다니는 널 내가 어찌 일일이 챙겨 보겠느냐? 그래도 행여…… 그런 일이 있어선 절대 안 된다."

"알고 있대두요."

어머니는 화로를 끌어당겨 잿불을 다독거렸다. 훈은 까닭 모르게 가슴이 짓눌려 왔다. 치에코가 찾아왔다는 얘기는 동식에게도 하지 않았다. 원체 떠들어대는 성미여서 그랬을까? 그날의 예기치 못했던 만남은 어떤 식으로든지, 또 마땅한 상대를 두고서는 화제에 올리고 싶었었다. 그러나 뜸들이는 것도 무익하지만은 않을 듯해 혼자 간직해 오던 터였다. 김이 샐는지 모른다. 김이 새지 않는다면 어떻게 되겠다는 거냐? 그런 자문 자답에 부딪치면 애매해지곤 했으나 어쩐지 깨질 위험이 있는 독을 몰래 껴안고 있는 느낌은 떨칠 길이 없었다.

치에코는 그 뒤 연습실에서 한 번 더 대면할 기회가 있었으나 어느 쪽에서도 그날에 대한 얘기를 잇지 못했다. 아직도 소녀티를 벗지 못한 탓일까? 순간적으로 화끈 달아올랐다가(혹은 충동적으로 호의를 보였다가는) 잠시 장난을 쳐 보았다는 듯이 새초롬해지는 건.

아시카가 선생으로부터의 사사는 순조롭게 진척되고 있었다. 그분이 스스로 편곡한 악보를 펼쳐 놓고 설명을 들을 때는 한결 이해가 빨랐다. 때로는 바이올린을 챙겨들고 피아노 반주를 부탁하곤 했다. 그건 전폭적인 신뢰였다.

하지만 이런 안정과 평화로움도 오래 갈 것 같지 않은 조짐이 보였다. 11월 하순부터 사이판 섬에 기지를 둔 미공군 B-29가 일본 본토 폭격을 감행하기에 이른 때문이었다. 위기가 목전에까지 닥쳤다는 신호탄이었다.

제**2**장

잔구렁텅

1

첩첩 산중이 온통 폭설에 덮였다. 능선이나 탄광 갱구, 광부들의
숙사도 적설로 인해 완만하고 부드러운 구릉을 지었으므로 먼 눈으
로는 동화의 나라를 연상시켜 주는 풍경이었다. 한번 쌓인 눈은 이따
금씩 햇볕이 비치는 날씨에선 녹지를 않아 사람의 손이 가지 않으면
겨우내 쌓여 있게 마련이다.

민행은 간밤에 내린 눈을 치우느라 쉴새없이 삽질을 했다. 산록을
훑으며 내린 바람은 코밑에 고드름을 매달 지경이었다. 이곳에 와서
작업조 편성과 숙사 배정, 인부들의 사무 정리로 나흘간을 쉰 후 곡
괭이로 땅을 파는 작업에 투입되었다. 처음 도착했을 땐 여기도 도로
와 마찬가지로 도처에 검은 흙바닥을 드러낸 황량한 광산촌 그것이
었다. 깊은 계곡 아래로 흐르는 나이부치 강도 시꺼멓기만 했다. 그
런데 눈은 요술을 부린 듯이 세상을 일시에 변모시켜 놓은 것이다.

옆에서 수레에다 눈을 다 채운 동료가 삽을 눈 속에다 꽂으며 민행

이 들으라는 듯 불쑥 볼멘소리를 뱉었다.

"뭐, 한또오진이 천황 폐하의 적자(赤子), 황국신민이라고! 개가 똥을 쌀 소리지 뭐야."

새벽 덴꼬(점호식)에서 일본인 대대장이 일장 연설을 한 걸 두고 비웃는 말이리라. 민행은 못 들은 척했다. 그가 누구인지 모르진 않다. 도로에서 타이헤이 탄광에 소속되었던 징용자란 걸…… 김해 어디에서 농사를 짓던 자라 하나 평소에 거친 말을 자주 해 모집자들도 일찌감치 내력을 알게 되었다. 듣건대, 작년 정월의 어느 새벽녘에 아내 곁에서 잠들어 있는 참에, 칼을 찬 순사가 느닷없이 방으로 들이닥쳐 불문 곡직하고 끌어내더라고 했다. 그 무렵에 온 징용자가 이 함바만 해도 적지 않았다. 그들은 한결같이 2년 기한이 다 차 가고 있음에도 연장 조치가 내려져 울분을 트하곤 했다.

"그렇게 생각되지 않나? 조선인을 어떻게 대해 오고선…… 알고 있으라구, 모집자나 우리나 이미 같은 신세가 되어 버렸다는 걸." 이건 분명히 민행을 향해 하는 말이어서 잠시 삽질을 멈추었다. 민행이 바라보자, "돌아가긴 애시당초 글렀단 말이지. 탄광에서 송장이 되어야 나갈까" 했다.

"전쟁이 언제까지고 계속된다면 또 모르지요."

"그래, 제발 세상이 확 뒤집혀야지."

민행은 그의 자조를 들으며 삽질을 했으나 가슴속이 막막했다. 나가 어쩌다 이렇게 굴러 떨어졌고, 언제까지 이 지경일 것인가.

민행 형제가 도로로부터 옮겨 온 이곳은 싱아시 나이부치(東內淵)와 니시 나이부치(西內淵)로 나누어진 탄광촌이었다. 그들은 싱아시 쪽으로 왔고, 그 중에서도 지하 채굴이 아니라 지표면의 흙을 걷어내고 탄을 캐는 작업장이어서 다행이라고들 했다. 그럼에도 매사를 부정적으로 받아들이는 편이 있게 마련이었다.

"저쪽 싱가료(親和寮)는 채굴 작업이지만 대단위 편성이어서 매일

삼교대제가 엄격히 지켜진다고 하더라. 거, 있잖아? 제1조가 탄을 캐내고 나면 제2조가 들어가 발파와 굴러 떨어진 돌로 담을 쌓고…… 또 제3조가 굴착하고. 여덟 시간 중노동이라지만 그 밖엔 어차피 쉬어야 하겠거든.”

그러면 꼭 반론이 나왔다.

“굴 속 작업인걸. 도로의 갱도를 벌써 잊었나? 컴컴하고 습기가 찬 데다 가스가 꽉 찼단 말이야. 더구나 그 제2조의 작업은 끔찍해. 천정 구멍에서 폭약이 터지면 돌이 우박처럼 쏟아져 내린다구. 도로에 있을 적엔, 탄벽에 착 들러붙어 있었는데도 튕겨져 나온 파편들이 얼굴을 마구 할켜 뜯었어. 동발이라도 무너지는 날이면 돈이고 가족이고…… 즉사야.”

“쳇, 그런 사고가 잦다면 탄광이 어찌 유지될 텐가? 거기라고 다 위험한 작업만 있는 건 아냐. 버팀목 운반조도 있고, 동발 세우는 사람, 여기서와 마찬가지로 탄이며 폐석을 나르는 일이 많으니까.”

“탄 운반조? 탄맥이란 게 대개 위로 뻗어서 육십도, 칠십도 경사가 예사라구. 갱 안에서 쉽기도 하겠다. 겨울엔 젖은 옷 때문에 한기가 뼛속까지 스며들지…… 낙반 사고도 좀 많아? 지금은 검색이 심해졌으니 망정이지 가스 폭발 사고도 있었대.”

이렇게 말하는 축이 있더라도 대개는 평지의 작업장에 배속된 것에 안도하는 모양이었다. 그 아니고라도 자신의 운명이 유리한 쪽으로 낙착되는 말에 귀가 솔깃해질밖에 없었다. 이쪽으로 온 광부들은 처음엔 느긋한 마음으로 도로에서의 작업을 떠올려 보았다. 모든 게 생소함이 불러일으키는 공포감뿐이었다.

작업모 앞에 간데라를 매달고 전선이 이어진 배터리는 허리에다 찼다. 어깨에는 채탄 장구인 굴착기, 삽(더러는 톱과 도끼며 망치를), 그리고 도시락을 넣은 망태를 매고서 굴 속으로 들어가던 때의 그 암울했던 심정을…… 갱구로 들어갈 땐 성냥 담배 소지 여부를 검사한다고 사타구니께도 들췄다. 오전 6시에 입굴하면 교대 시간인 오후 2시까지는 일체의 자유 행동이 금지된다. 폭과 높이가 1미터에서 1미터 50센티 남짓, 길이 2~3미터의 공간 속에서 능률급이란 굴레에 씌어져 목숨을 건 전쟁을 치루듯 일했다. 이러한 환경과 조건은 어느 탄광에서나 마찬가지일 테지만 지표면의 탄층을 캐는 평지에서는 이 당연한 사실도 먼 옛날의 꿈처럼 되새겨졌다.

민행의 형인 민언은 이곳으로 옮겨 와서도 어렵잖게 함바 밥장사 하청을 맡게 되었다. 이 함바는 내지로 철수시킨 일본인 광부를 수용했던 세이고산료(靑溪寮)로, 저쪽의 싱가료보단 규모가 훨씬 적었다. 거긴 6중대까지 편성이 되어 전담 식당채가 따로이 있으면서 식사 당번이 밥과 반찬을 수레에 실어 날라 주고 있으나 이곳은 도로에서와 마찬가지로 함바별로 밥장사한테 식사 도급을 주었다. 민언은 아내의 배가 불러 아낙네와 중년 사내 한 사람을 고용했다. 동생 민행을 더 주려끼고 있을 수가 없었기 때문이다.

오다 구미는 나이부치로 옮겨 오면서 인부들을 이른바 구미(모집)에서 혼깡(회사 소속)으로 넘겼다. 민언은 이때 동생을 빼달라고 사정을 했지만 오다 아저씨의 대답은 냉랭했었다.

"자네 속이 타기나 내 속 타는 게 마찬가질세. 하지만 회사 시책이 그렇고, 나로서도 인부 한 명을 뺀다는 건 명분이 없는 노릇이지. 생각해 보게. 조선에서 몇 명이 왔다면 그 인원대로 넘겨야 할 게 아닌가? 도매금으로 넘기니 어쩔 도리가 없네."

"꼭히 따져 보자면 제 동생은 그 동안에 여기 온 비용은 다 갚았습니다. 집안 아이 하나 거두어 주십시오. 어렵다는 걸 모르진 않습니다만……."

"허허, 말귀를 못 알아듣는군. 도로를 떠나면서 벌써 명단을 넘겨 주었단 말이네. 이곳에 온 비용이며 그간 먹여 준 것도 모두 회사가 부담한 거라네. 본인 의사로 오지 않은 징용자들조차 약정 기간이 끝났대서 돌아가게 해달라지만 어디 한 사람이라도 보내 주는 걸 봤나? 황국은 지금 비상사태를 맞고 있단 말일세. 누구라도 사사로운 권리를 주장해선 안 되고, 오로지 전쟁을 이기기 위한 산업전사가 되어야 한다네.”

민언은 오다 아저씨가 저 정도의 언변을 가졌으므로 이 바닥에서 오야가다가 될 수 있으려니 했다. 야속한 생각으로는, 잘 먹고 잘 사시오 하고 삿대질이라도 하고 싶지만 그럴 순 없는 처지였다.

“아저씨께서 손을 써 주신다면 지금이라도 늦지 않을 것 같은데, 부디……”

그는 이 순간에도 웃음을 띠며, 실낱 같은 기대를 나타냈다.

“그 얘긴 다시 꺼내지 말게. 자네 동생만 해도 그렇지. 조선을 떠날 때 편하자고 온 게 아니란 말일세. 돈 벌자고 했던 것 아냐? 지금 일당이 제 하기에 따라 십 원은 될 걸세. 어디서 이런 돈을 잡게 되겠나? 게다가 젊고 힘이 있으니까…… 초년 고생은 돈 주고 사서 한다는 속담을 잊지 말게.”

과연 무서운 사람이다 싶었다. 고삐 매어져 온 인부들은 모를 테지만 오야가다와 한통속이 되어 일해 온 그로서는 알 만큼 알았다. 오다는 광산일을 오랜 동안 하청 받아 일한 터여서 광산 간부들과 짝짜꿍이 되어 있었다. 보나마나 모집자를 회사로 넘기며 두당(頭當) 얼마씩으로 거금을 챙겼을 것이다. 뿐이랴. 회사에서는 탄을 캐서 하치장에 쌓아 놓는 데까지만 관리한다. 그걸 탄차로 실어 기차역까지 운반하는 일, 싣는 작업, 그리고 부두 하치장 탄을 배에 옮기는 건 여전히 청부업자들 몫이었다. 오다는 그 이권을 따내선 어떻게 사람을 끌어 모아 또 구미를 짤 터이다.

눈을 다 치우고는 즉시 채탄 작업이 재개되었다. 이곳 탄전의 분포 상태는 지표에 탄층의 노두(露頭) 등이 나타나 용이하게 탄을 캘 수 있는 노두탄전이라고 했다. 겉흙을 1미터 남짓 걷어내면 탄층이 나

94

오고, 그걸 캐내면 다시 흙, 그 밑에 또 탄층이 형성되어 있다는 것이
다. 우선은 걷어낸 흙과 돌로 탄 수레가 지나갈 수 있도록 도로를 닦
는 일에 매달렸다. 곡괭이질로 파낸 흙은 바구니에 채워져 인부 둘이
막대기에 걸어메고는 저지대나 움푹 패인 땅를 메웠다. 이런 목도질
이 연일 계속되었다. 어느 정도 길이 닦인 부분에는 레일이 깔리고
바퀴가 네 개 달린 구루마가 구르기 시작했다.

　민행은 열흘쯤 지나자 어깨에 물집이 생기더니 터져서 짓물렀다.
아무리 아파도 작업은 쉴 수가 없었다. 또 일당이 하루 몇 번을 왕복
하는가에 따라 차등이 생기므로 자신도 모르게 경쟁심이 치받쳐 목
도채를 울러메고 내달리곤 했다. 추위 탓인지 상처 부위가 덧나지는
않았지만 아물 리가 없었다. 강제 노역자들은 이러다가 어깨가 파여
져 구멍이 날 정도라더니 짐작이 갈 만했다. 언제 다른 작업으로 넘
어가게 될까, 그런 기대뿐이었다.

　세이고산료는 수 년 전에 지었을 판자 2층 바라크였다. 아래층 절
반은 인부들의 개인별 관물함 따위가 설치된 부대 시설로 쓰고, 나머
지 절반과 2층이 모두 광부들의 침상이었다. 숙사는 가운데로 사람
이 다닐 수 있는 복도를 두고 난로가 네 개 놓여졌다. 그 복도 양 켠
으로 약 30미터의 길이로 널빤지를 잇대어 마루로 만든 게 광부들이
어깨를 비빌 듯이 누워 자는 침상이었다. 군대의 내무반을 본뜬 것이
었으나 그보다 훨씬 협소하고 열악했다. 탄으로 난로를 피우고 있으
나 판자벽은 난방이 잘 되지 않아 겨우 실내에 물이 얼지 않을 정도
일 뿐이다.

　이곳에서는 광부 개개인에게 고유 번호가 주어졌다. 민행은 31번
이었으므로, 관물함이나 나무 도시락, 그리고 명패에도 흰 페인트로
31이란 숫자가 명기되어 있다. 그러므로 미야키 도시유키라는 이름
대신에 철저하게 31번이란 익명으로 통했다. 작업에 나가기 전에 31

이란 숫자가 명기된 관물함은 항상 말끔하게 정돈이 되어야 했다. 그냥 오야가다로 불리우는 일본인 요장(寮長)이나 그 아래의 십장, 조바가 수시 검열을 해서 불량 상태로 찍히면 문책을 당했다.

식사는 함바에 면해서 달아낸 별채에서 했다. 식단이라야 언제나 한 가지였다. 수수나 콩이 섞인 밥에다 일본 간장으로 졸인 청어(때로는 가재미나 오징어) 한 마리가 고작이었다. '싼토마이'라 불리우는 남방의 이모작 쌀로 지은 밥은 풀기가 없이 푸실푸실했으나 그것도 한 숟가락 더 먹지 못해서 안달이었다. 무어든 목에 넘길 수 있는 거라면 두 눈에 불을 켜고 덤비는 광부들에게 맛이란 건 별 의미가 없는 사치였다.

도시락을 허리띠에 매달고 장비를 챙기고는 사무실의 고유 번호 명패를 뒤집어 놓은 뒤에 출발한다. 작업장으로 향하는 대열은 언제나 구보였다. 어딜 보아도 흰 눈 첩첩인 골짜기 속에서 조선인 광부들은 토끼처럼 뛰었다. 간밤 내내 얼어붙었던 대기를 헤쳐 나가노라면 제가끔의 입에서 하얀 입김이 토해져 대열 언저리는 흡싸 연기가 에워싼 듯했다. 작업 시간 중에는 불평이나 잡담을 나눌 겨를조차 없었다. 동상에 걸리지 않기 위해 작업화를 천 조각으로 친친 둘러 싸맸고, 귀가 얼어터지지 않도록 재주껏 싸개를 만들어 가렸다.

숙덕거릴 틈이 있다면 점심 시간뿐이었다. 그것도 걸핏하면 발길질을 해대거나 따귀질을 서슴지 않는 십장이나 작업 조장의 눈길을 조심하지 않으면 안 되었다. 입을 벌렸다 하면 먹는 얘기밖에 하지 않기에 별명이 '구시통'이라 붙여진 자가 있었다. 이곳에 모인 인부들이 대개가 경상도, 전라도, 충청도 출생이었으므로 구유를 사투리로 구시라 하는 데서 비롯된 별명이다. 도로에 있을 적에 일본인 간부들의 짬빵통에서 그가 음식 찌꺼기를 건져 먹는 걸 보고서 누군가 소문을 퍼뜨렸던가 보다.

오늘도 그는 도시락을 일찌감치 까먹어 버려 빈 그릇을 달그락거리면서 한마디를 곁들였다.

"그래도 도로에선 옴쭉달쭉이나 할 수 있었지. 일본인 직원들 사택이나 개인 집엔 울타리가 없고, 문에 자물쇠를 채우는 법이 없거든."

부끄럽다거나 창피스런 내색도 없었다. 집집마다 청어를 사 말리는 건 풍습처럼 되었고, 그 외에도 명태며 연어를 매달아 놓은 집이 적잖아 광부들의 군침을 돌게 했다. 또 누구는 너무 배가 고픈 나머지 어떤 집으로 뛰어들어 다꾸앙 항아리를 열고 팔뚝만한 무우를 서너 개 꺼내 와선 혼자서 그걸 다 먹은 뒤 조갈증에 죽을 고생을 했다는 얘기도 있다. 당연한 일인지 모르지만, 여자에 대한 화제는 공감대를 일으키지 못하나 먹는 문제에 관한 한 좋든 궂든 누구나 귀를 쫑긋거리지 않을 수 없었다.

"나도 언젠가 눈이 확 까뒤집혀져서 함바를 몰래 빠져 나왔었지. 마침 찾아간 곳이 조선인 가정집이더라구. 식은 밥 두 그릇쯤이 남아 있다고 해서 그걸 게눈 감추듯 했는데, 밥값으로 이십 전을 받더라. 그런데 지금은 뭐냔 말이야, 돈이 있어도 쓸 수가 있나……."

"먹는 얘기는 그만두시오. 오히려 더 고프게만 할 뿐일 테니."

누군가가 타박을 주어 시선이 그리로 쏠렸다. 이곳에 와 합치게 된 광부들도 서로에 대해 웬만큼 익숙해져 있는 만큼, 그가 충청도 태생이란 것, 이름은 창씨 개명을 하지 않아 전영출이라는 건 알고 있었다. 아마도 모집으로 왔을 테지만 그에 대해선 자기 스스로도 말이 없고, 누가 함께 왔다고 나서는 사람도 없는 정체 불명의 위인이었다.

"아따, 젠체하기는…… 먹는 데 장사가 없다고 했소. 그런 화제 아니라면 덴노이헤까만 떠들어대어야 하겠소?"

"그러라고 말했던 적은 없소. 하지만 여러분들은 정작 중요한 문제는 외면하고 있어요. 다들 돈을 벌겠다고 왔을 터인데 그 돈을 마음대로 쓰기나 해요? 허울 좋은 말로 공제 저금이라 하는데, 그래 종이 조각에 숫자만 늘어난다고 해서 흡족합디까?”

모두들 움찔하는 기색들이다. 일본인들은 조선인과는 달리 증서, 통장 이런 걸 아주 신뢰하고 그로써 잘 산다는 건 너도 나도 다 아는 사실이다. 이런 공신력을 조금도 의심하지는 않았지만, 누가 이 문제를 거론해 주기를 내심 바랐던 것 또한 사실이다.

“그게 어쨌단 말이오. 아, 내 통장에 돈이 늘어나는 건 사실인데…… 하긴 마음대로 쓸 수 없는 게 탈이지.”

광부들에겐 그것이 가장 큰 불만이었다. 어떻든 일당 임금은 높아졌기에 개인별 저축액은 상당할 법했다. 민행이만 해도 수습 기간 3개월 동안엔 하루 품삯이 2원 88전이었다. 그 뒤로 능률급이 되어 5원을 받더니, 과외 수당의 과다에 따라 그 액수도 늘어났다. 그럼에도 회계 담당은 이런저런 핑계를 대며 현금 지급을 기피했다. 말인즉 그럴 듯했다. 여러분들이 이 먼 곳에 와서 무엇 때문에 고생을 하는가? 돈을 모아서 귀국해야 할 게 아닌가? 돈이란 쓰자고 들면 한이 없는 것이어서 회사는 여러분을 위해 돈을 모아 주려고 노심 초사한다네. ……그런 사탕발림으로 입을 틀어막고는 이따금 5원, 10원을 용전으로 쓰라고 지급하며 생색을 냈다.

광부들은 자신의 저축통장을 소지하지 못했다. 통장을 갖게 되면 도망자가 속출하겠기에 회사에서는 일괄 보관이란 편법을 썼다. 따라서 휴무인 일요일에도 외출을 엄금했다. 그런 형편이었으므로 광부들은 차선책으로 저축액을 본국의 가족에게 송금해 주기를 희망했다. 그럼에도 회사에선 본인이 백 원을 송금시켜 달라면 마지못해 이십 원을 보내주는 게 고작이었다. 저축통장을 살펴볼 기회도 여의치 않았으므로 광부들은 마음 한 켠에 미심쩍어하는 기미가 움틀밖에 없었다.

“우리 속담에도 우는 아이 젖 준다고 하지 않던가요? 가만히 있어 가지고는 무엇 하나 개선될 게 없어요.”

전영출이 다분히 선동적인 어조로 달했다.

"가만히 앉아 있지 않는다면?"

"합심해야지요. 우리 조선인은 뭉치지 못하는 게 큰 결함이오. 이 중에도 간부들한테 빌붙어 밤에 외출을 하고 오는 사람들이 있는 줄 알아요. 그렇게 해서 한 끼 배를 채운들 그게 근본적인 해결책이 될 수 없다는 걸 명심하시오."

다들 꿀먹은 벙어리가 되어 버렸다. 그의 말이 옳은 줄은 알지만 엄두가 나지 않잖은가? 또 재주를 부려 바깥에 나갔다 오는 자가 있어도 눈 감아 줄 도리밖에 없었다.

그들이 찾아갈 데라야 일본인 식당이지 않은가? 이곳은 도로와는 사정이 달랐다. 거긴 역내만 하더라도 인구가 삼만 명을 헤아렸고, 그 중에 절반 가까이가 조선인이어서 광부들이 이용할 곳이 적잖았다. 그런데 이곳에선 일본 식당을 찾아가 밥이나 국수, 중국 요리인 돈까스를 사 먹는 것 외에 다른 방도가 없었다. 일본인들의 공기 밥그릇이란 게 한창 나이에 중노동을 하는 광부들한텐 벼룩의 간에 불과할 터였다. 그것도 값이 터무니없이 비싸기에 국수를 시키기가 여사인데, 국수 가닥은 젓가락질 한 번이면 말끔해지고 국물도 한 모금 들이키면 비어 버렸다. 그런 양이었으므로 한 사람이 국수 서른 그릇을 먹어 치웠다는 풍문도 말짱 거짓말이 아닐 것이다.

점심 시간이 끝나 갈 즈음이어서 인부들은 전영출의 말을 더 들을 수가 없게 되었다. 그도 이를 눈치채고는 한 술 밥에 배부를 순 없겠지 싶어 입을 다물고 말았다. 그때, 한산 인부로 보이는 조선인 뜨내기 노동자 두 명이 올라와 십장을 찾는 듯했다.

"저런 젠장맞을! 고급 노가다들 아냐? 팔자 좋다."

이곳 인부들은 일거리를 찾아온 자유 노동자—일본인이건 조선인이건 간에 그들을 보면 배알이 틀렸다. 조금쯤은 부러움과 적개심이 섞인 묘한 기분으로 그들을 바라보았다. 자유 노동자들은 사흘 일하면 함바 노동자들의 한 달치 밥값인 36원 50전이란 돈은 쉽게 손에 쥐었다. 게다가 어디서나 일거리는 있게 마련이어서 거드름을 피우기가 일쑤였다. 이쪽의 눈으로 보면 그들은 며칠 일하다가는 손을 털고는 청루로 내달아 계집을 끼고 질탕하게 마시며 노는 부류로 비칠 밖에 없었다.

이럴 때마다 꼭 같은 노동자이면서도 모집자로 왔다는 비애를 신물이 나게 씹어 삼켜야만 했다. 가라후도까지 올 여비도 문제였겠지만, 연줄이 없는 무지렁이로서는 집을 떠날 용기나 엄두도 내지 못했던 지난 세월이 원망스럽기만 했다.

(가난이 죄지. 아니야, 못 배우고 개명하지 못한 팔자를 탓해야겠지.)

그 분을 삭이는 길은 저네들보다 더 많은 돈을 버는 길밖에 없었다. 저들이 지금 당장엔 편하게 보이지만 끝내는 알거지가 될 뿐이겠기에. 인부들은 이곳에 먼저 와, 동족이야 어떻게 되든 그들의 돈만 빨아 먹자고 드는 찰거머리 같은 조선인이 드물지 않다는 걸 잘 알고 있었다. 오다도 그런 종류의 한 사람이라고 말할 수 있겠으나, 그보다 더 비생산적이며 썩어빠진 수단으로 돈을 벌려고 하는 게 청루를 운영하는 부류이다. 그네들은 어디에 조선인 함바가 들어섰다 하면 그 정보를 재빨리 얻어내어 근처에 청루 간판을 달았다. 화류계 여자 서너 명만 고용하면 장사는 성업이었다. 진이 다 빠져 버린 작부만 두었대서 재미를 보지 못할 것 같으면, 이런 데에 여자를 공급해 주는 일본 부랑자에게 손을 써 나이 어린 숫보기도 구색으로 갖춰 놓는단다. 그러면 고깃덩어리에 쇠파리가 달라붙듯 뜨내기들이 몰려들어 돈을 털고 간다는 거였다.

"저 작자들 꼴이나 보지 않는다면 속이나 덜 뒤집히지."

김해 징용자가 투덜대니까 다른 인부가 목도채를 울러메며 대꾸했다.

"다 피장파장이지…… 저 사람들도 마음 붙일 데가 없으니까. 이런 데선 여간 줏대가 있지 않고서야 이판사판 심정 아니겠어?"

"두고 보게. 저 밑 마을에 곧 조선 청루가 들어설 테니…… 배 곯는 것도 억울하지만 장골 홀아비가 그것 한번 못 하고 지내는 것도 서럽잖아?"

이런 수작도 이만쯤 해서 그만이었다. 빨리 흙 운반 목도질을 해서 횟수를 늘이지 않으면 안 되었다. 눈보라가 휩쓸고 가 뺨을 얼얼하게 얼려 놓았지만 잽싸게 걸음을 놓으면서 추위를 잊어버렸다.

해가 바뀐 1월 중순엔 수리가 끝난 함바에 새 광부들이 들어차게 되어 세이고산료도 네 개 중대의 군대 편성이 이루어지게 되었다. 그러자 회사에서는 각 바라크별로 청부를 주었던 밥장사를 내보내고 전체를 일괄해서 한 업자에게 도급을 주게 되었다. 비록 바라크는 들렀으나 민행은 거의 매일이다시피 저녁 참을 먹을 수 있었던 형의 식당에도 발길을 끊을 수밖에 없었다.

민언은 마을 쪽으로 내려가 식당을 차리겠다고 했다. 동생이 고생을 하는 게 가슴아팠으나 함바와 인연을 끊게 된 이상 어쩔 형편이 못 되었다. 화자도 부른 배를 안고서 난감해 하는 시동생을 달랬다.

"멀리 가는 게 아니니 너무 언짢게 생각지 말아요. 간부 가운데 면식이 있는 사람들이 있으니 자주 외출을 나오게끔 손을 쓰겠어요. 다 함께 하는 고생이니 참고 견디세요."

그렇게 말하고 갔지만 새로 개업하는 데 몸이 매달린 탓인지 좀체 형이나 형수의 모습을 볼 수가 없었다. 추위는 더해 가기만 하는 가운데 함바 생활은 날이 갈수록 목을 죄었다. 침상에는 이와 빈대가 들끓어 곤한 잠을 설치게 했고 허기진 피를 뽑아 갔다. 함바 주위로는 철조망이 둘러쳐진 데다 망루처럼 세운 감시 초소까지 두어 한결 살벌해졌다. 일요일마다의 휴무일이 월 이틀로 줄어들었고, 외출시에는 반드시 통행증을 발부 받아 휴대케 했다.

이곳도 제1중대에서 제4중대까지 편성되어 조회 시간에는 긴 일본 도를 찬 대대장 앞에서 점호를 받았다. 그리고는 학교에서 했던 것처럼 '하낫, 우리는 황국신민이며 충성으로써 나라에 보국하고……' 라는 '황국신민의 맹세'를 복창하고, 작업장으로 향할 때는 '이기고 돌아오마, 씩씩하게 맹세하고 나선 바에야'로 시작되는 군가를 소리 높여 불렀다.

민행은 천애 고아가 된 기분이었다. 어떻든 형이 함바 안에 같이 있을 적에는 무언의 위로가 되어 주었고, 또 실제로 의지처가 되기도 했다. 도로에서 지낼 때가 꿈결처럼 되새겨졌다. 물 길어 놓는 일에 게으름을 부리기도 하고 청소를 얼렁뚱땅 해버렸대서 형으로부터 잔소리를 듣긴 했으나 배 부르고 등 따뜻했던 시절이었다. 그 중에서도 아폴로 악단의 공연을 보고, 밤이 깊도록 사돈 청년 앞에서 흡사 무용담을 늘어놓듯 지난 애기를 떠들어댔던 순간이 아련히 되새겨졌다. 그 일본 아가씨 춤도 볼 만했고, 〈눈 없는 물새떼〉라는 제목의 애조를 띤 노래도 좋았지. 사돈 청년은 무슨 곡인지 아코디언으로 독주를 했는데, 나중에 들은 바로는 이탈리아 민요라 했다. 정말 멋지고 근사해 보였더랬지.

민행은 형이 떨어져 간 뒤로 전영출과 가까워졌다. 나이 차가 많은 탓인지, 혹은 붙임성이 좋아 보였던 때문인지 영출은 남보다 잘 대해 주는 것 같았다. 수시로 이런 말을 귀띔해 주기도 했다.

"두고 보라구. 이 전쟁은 오래 끌지를 못해. 저놈들은, '전국이 긴박 상태로 돌입했다. 계속해서 일해라. 일본은 곧 전쟁을 승리로 끝낼 것이다'라고 말하지만. 이 보게나, 하지만 일본놈들도 전쟁이 기울고 있다는 걸 알기 시작했어. 가와카미 광산에 있을 적에 알았던 어느 일본인은 이렇게 말했어. 자기네같이 젊지도 않고 가족이 딸린 사람을 멸사 봉공(滅私奉公)이라며 끌어내는 이런 따위 나라가 어떻게 전쟁을 수행할 수 있느냐고? ……문제는 우리가 저축한 노임을 어떻게 받아내느냐 하는 거다."

그리고 징용자 중에 믿을 만하다고 생각하는 사람에겐 이런 충동 질을 하고 있음도 알았다. 당신네는 엄연히 2년 계약을 하고 여기 오지 않았느냐? 한 사람만으로는 안 되고 단결을 하면 저네들도 이쪽을 우습게 보지 못할 게다. 반도에 보내 줄 테다, 안심하고 일을 하라고? 천만에, 일방적으로 1년을 연장한 것만 봐도 그럴 의사가 없다는 걸 왜 모르는가?

꼭 그의 충동질 때문은 아니겠지만 이 무렵에 광부들 사이에는 공공연히 불평하는 소리가 드높아졌다. 첫째는, 징용시에 계약 기간이 명시된 만큼 국가가 책임지고 귀국 희망자를 돌려 보내 줄 것, 둘째는 애써 번 임금 저축분을 개인이 임의로 쓸 수 있게 조처해 주고 통장을 돌려줄 것, 셋째는 함바내에서의 인권 보장과 식사를 비롯한 개선에 대한 요구였다.

작업장에서 피로에 찌든 몸으로 돌아와 배식을 받으면 울분이 목까지 차오르곤 했다. 하루 600그램의 쌀이 주식으로 제공된다더니 그것이 양도 줄었고 쌀과 콩의 비율도 점차 간격이 벌어지는 건 눈으로도 판별이 되었다. 더러는 수수가 많이 섞이기도 했다.

"도대체 이렇게 먹고 어떻게 일을 하란 말이냐? 이건 필시 식당 청부업자가 양식을 빼돌리는 탓이다!"

"회사측에서도 이런 사실을 모를 리 없으니 눈 감아 주는 회사측 간부들을 성토해야 한다."

"말끝마다 황국신민이다, 내선일체(內鮮一體)다 하고 부르짖으면서 국책회사가 이럴 수가 있는가? 우린 우롱당할 수 없다. 산업전사를 착취하는 철면피한 자들은 사나이답게 사죄하고 자결을 해야 마땅하다."

광부들 전부가 무식쟁이만 모인 게 아니었다. 누군가의 입에서 이런 말이 만들어져 나오면 다들 이 말에 공감하여 성토하는 분위기를 조성해 갔다. 전영출은 겉으로 나서지는 않지만 뒤에서 조종하는 역할을 하는 건 사실이었다. 그와 동시에 누구의 입에선지 그가 붉은 물이 든 자일 거라는 말이 나와서 민행은 고개를 갸우뚱거린 적이 있었다. 조선에선 붉은 물이 들었다면 경원해야 할 상대로 알아 왔던 터였으므로.

어느 날 예정대로 작업 종료 시간이 되어 광부들은 제가끔 장비들을 모아 놓고는 집결을 했다. 이 무렵에는 지표면의 흙을 다 걷어내고 채탄이 시작된 터라 민행도 탄 구루마를 미는 일에 매달려 있었다. 두 사람이 한 조가 되어 탄 구루마를 밀었다. 석탄을 가득 채운 무게도 무게이려니와 흙을 덮어서 새로이 낸 길의 노면 상태가 엉망이어서 끄는 데에 여간 힘이 들지가 않았다. 도대체 얼마쯤 탄이 실리는지 한번 삽질을 헤아려 보았더니 여든여섯 삽이 담겼다. 이걸 밀려니까 전신의 힘을 쏟을 수밖에 없어 남이 하는 대로 오른쪽 손등과 팔로 수레 윗부분을, 아래쪽은 허벅다리를 대고 밀었다. 며칠 지나지 않아서 이번에는 손등과 허벅다리에 물집이 생기기 시작했다.

고참 동료는 민행을 보고 대수로운 일이 아니라는 투로 지껄였다.

"그걸 수없이 되풀이해야 나이부치 광산에 다녀왔다는 소리를 들을 거네. 몇 번 터지고 나면 굳은살이 박히지. 마치 소 발꿈치같이 말이야."

겨울 해는 짧아 오후 여섯 시에 작업이 종료되는 건 이 혹독한 계절이 주는 하나의 선물이었다. 집결해서 함바로 돌아왔을 때는 여느 날과 다르게 배식에 들어가지 않고 조명등이 환히 켜진 운동장에 전 대대원을 집합케 했다. 간부들―숙사장이며 사무원들, 그리고 각 조선인 중대장과 작업 반장들까지 긴장해 있는 걸로 보아 심상치 않은 일이 벌어진 모양이었다. 대대장이 근엄한 자세로 조회단 위로 올라왔다. 단하 양 켠으로는 광업소에 파견된 헌병이 착검한 채 위압적인 눈초리를 보내고 있었다.

　단상에서 한참 동안 광부들을 노려보던 일본인 대대장은 천천히, 그러나 무겁게 입을 열었다.

　"세이고산료 광부 제군! 오늘, 제군들의 귀한 저녁 배식 시간을 늦춰 가면서 이렇게 집합시킨 것은 근간에 불순 분자의 경거 망동이 있고, 각 함바의 기강이 해이해졌다고 판단이 되어 본관이 거기에 대해 경종을 울리기 위함이다. 지금 본관이 주지시키는 사안에 각별히 유념하여 이 보국의 대열에서 낙오자가 없도록 하고, 증산에 가일층의 분발이 있기를 바란다."

　이런 말로 시작된 대대장의 훈시는 성전(聖戰)의 당위성과 필승을 결의하는 대목으로 이어져 나갔다. 전시에는 전후방이 따로 없으며 산업현장도 전선이라는 것, 민간인이라고 해서 자기 안일을 위한 권리 주장은 용납되지 않으며 생산성을 저해하는 선동은 곧 매국 행위라고 질타했다. 대대장은 '군인에게 준 칙유'를 줄줄 외며 이의 준수를 요구했다. "너희들은 대동아 전쟁을 승리로 이끌어 갈 석탄전(石炭戰) 용사란 말이다!" 이런 외마디 고함을 지른 뒤 마치 반응을 측정하기라도 하듯 한참을 노려보았다. 탐조등 불빛을 받은 바라크 위의 눈빛이 날카롭게 번득이고 있어 한결 서슬 퍼런 시간이었다.

　"이즈음 정신이 썩어빠진 불량 반도인이 선량하고 애국적인 산업전사를 충동질하여 사기를 떨어뜨리고 있다는 보고가 있다. 이에 본관은 경고한다! 그런 자는 반드시 색출해낼 것이며 지옥의 맛을 보여줄 터이다. 응징 명예(膺懲名譽)를 양 어깨에 짊어지고 가족과 고향을 떠나온 제군은 추호의 동요도 없이 맡은 바 소임에 매진하라!" 대대장은 일장 훈시가 끝나자 지금까지 군림해 오던 자세를 일시에 무너뜨리며 충복 신민으로 돌아가 "천황 폐하 만세!" 하고 두 손을 번쩍 치켜들었다.

　그 모습은 상당히 희극적인 것이었으나 누구도 웃을 수는 없었다. 그러나 민행은 대열에서 나지막하게 티아냥거리는 음성을 들었다.

그건 네들 생각이지, 웃겨. 고개를 돌릴 계제가 아니어서 부동 자세를 취하고 있었지만 틀림없이 전영출의 목소리일 거라고 직감했다.

대대장이 조회단을 내려가기 전 해산이란 명령을 내렸으므로 각 중대장은 이를 복창했다. 광부들은 그제서야 옷소매 바깥으로 삐져 나왔던 손이 시려서 두 손을 맞비비면서 어슬렁 제가끔의 바라크로 향했다. 운동장 바닥은 제설 작업이 되었다지만 잔설이 얼어서 신발에 밟힐 때마다 날카로운 소리를 냈다. 그 소리는 광부들에게 자신의 신경계를 으깨는 것처럼 들렸다. 내가 무심코라도 어떤 책잡힐 말을 했던가, 누군가 그걸 꼬투리 삼아 고자질이나 하지 않았을까? 불안한 얼굴로 주위 동료를 살펴보기도 했다. 각 바라크에는 꼭 몇 명의 저네들 협조자가 있다는 건 누구도 모르지 않았다. 광부들은 그들을 똥파리, 혹은 밀정꾼이란 말의 은어로써 '밀대'라고 불렀다.

그로부터 사흘 뒤에 민행의 소속 중대에서 2명의 탈출자가 발생했다. 새벽의 점호에서 간밤 사이에 없어졌다는 걸 알아냈는데, 한 사람은 김해에서 징용으로 왔다는 최씨였고, 다른 한 광부는 그와 짝이 되곤 했던 밀양 태생이었다. 모두 징용당해 와서 계약 기간 2년을 막 넘긴 처지였다. 최씨는 곧잘 이런 말을 하곤 했다. 이젠 틀렸어. 저금 통장 따윈 내 수중에 없으니 개나 가지라지…… 혹은 징용은 이곳 한 군데로 끝나지 않고 저들 마음대로 또 어디론가 끌어갈 거야. 이중 징용을 못 면할 바에야 뭣 때문에 개고리에 매어 있어? 벌써부터 기회를 엿보았던 것 같다. 아마도 대대장이 그날 오금박는 걸 보고는 마음을 정했으리라.

점호를 받던 대대장의 안면 근육이 씰룩거리자 조선인 광부 중대장은 하얗게 질렸다. 인원 관리를 맡은 서기가 명부를 가져와서 확인을 하는 한편, 제1중대 십장과 조장들이 바라크로 들어가 수색을 했지만 관물함에는 너절한 작업복만 남아 있을 뿐이었다. 곧이어 헌병과 감시 초병이 달려가 철조망을 살피고 다녔다. 제1중대장은 대대

106

장으로부터 발길에 채이고 얼굴에 주먹질을 당해 코피를 흘렸다.

철조망 주위와 그 너머로는 눈이 쌓여 있었기에 도망의 흔적이 남아 있었다. 헌병은 추적 병력을 요청하느라 사무실을 들락거렸다. 아마도 광업소의 헌병 분견대에 보고를 할 것이고, 인근 중심 도시인 오찌아이로 수배 의뢰를 하는 전화 다이얼을 분주히 돌리고 있을 터이다. 한편, 코피를 닦은 중대장과 인원 관리 계장이 1중대원을 상대로 탈주로에 대해 추궁을 했으나 누구 하나 선뜻 나서는 사람이 없었다. 대대장이 이런 일로 작업이 지체될 수 없다며 제지한 후 중대원을 향해 엄포를 놓았다.

"도망간 놈들은 하루 이틀 사이에 꼭 잡힐 것이다. 문초를 해서 내통했거나 탈주를 알면서도 묵인한 자는 필히 가려내어 불고지죄로 다스리겠다. 일벌 백계의 본때가 어떠한가를 두고 봐라!"

그날은 2킬로미터 남짓한 작업장으로 행진하는 길에서나, 점심 시간에 광부들은 내내 탈주자에 대한 애기로 쑥덕거렸다. 대개는 어디로 도망쳤으며 신분증이나 통행증도 없이 어디서 몸을 비빌 것이냐 하며 궁금해 했다. 주위가 온통 눈 덮인 깊은 산 속인 만큼 얼어 죽을 작정 아니고선 그리로 갈 리는 없었다. 오찌아이라면 걸어서 너댓 시간이면 당도할 테니 거기서 기차를 탈밖에 없고, 기껏 남쪽 도요하라 아니면 북쪽으로 내달아 시리도리든지 시스카일 것이었다. 잘 모르긴 해도 십중 팔구는 시리도리를 겨냥했을 성싶었다. 그곳은 일찌기 에스토르와 함께 돈벌이가 잘된다 해서 조선인 자유 노동자들이 대거 몰려들어 가라후도에서 조선인 밀집 지역으로 널리 알려진 항구 도시였으니까. 모두 마음속으로 그들이 잡히지 않기를 간절히 빌었다.

그날 오후, 광부들은 작업장 저 너머 산록에 사슴 한 쌍이 나타나서 말끄러미 이쪽을 바라보다가 눈밭 위로 내닫는 걸 볼 수가 있었다. 그 정경과 마주치자 웃음을 떠올리지 않을 수가 없었다. 한 쌍의 금슬이 좋은 모습은 얼어붙고 찌든 광브들에게, 이 세상에도 따사로움과 평화로움, 서로 등을 긁어 주고 함께 안위를 걱정하는 삶이 있다는 걸 새삼 상기시켜 주었다. 깊은 눈 속에서 먹이를 어떻게 찾아낼까 하는 따위의 현실적인 생각이 차라리 피안적인 것으로 느껴지는 순간이었다.

오후 작업에 매달리는 사이, 바람기에 따라 흰 눈이 펄펄 날리는가 싶더니 이내 폭풍설로 바뀌었다. 천지가 희끗희끗한 눈발의 장막으로 에워싸인 듯했다. 눈썹이며 듬성듬성 자란 수염에 흰 눈이 붙으면 혹독한 추위에 얼음꽃이 되어 버리는 철이었다. 광부들은 빈 구루마를 끌고 오면서, 삽질을 쉬는 틈에 봉해졌던 입을 풀고 한마디씩 하지 않을 수 없었다.

"지겹게도 눈이 쏟아지는군."

"하늘도 망령이 드는 게지. 세상 참 아득하다."

"겨울이 긴 이런 눈구덩이 속에 어떻게 사람이 살았을까? 광업소가 들어서기 전에 말야."

"루스케 땅일 땐 죄수들을 몽땅 실어 보냈던 데라잖아."

"이젠 우리를 처박아 넣구. 그래, 하늘이 내려앉든 말든 쏟아져 봐라."

참으로 서글픈 소식이었으나 사흘날에 이르러 도망자 중의 한 사람인 최씨가 예상했던 바대로 시리도리 부둣가에서 잡혔다는 소식이 저녁 시간에 전해졌다. 내일 저녁이면 세이고산료로 신병이 인도될 것이란 말도 들렸다.

그 이튿날 함바로 돌아오는 광부들은 조금 후에 벌어질 끔찍스런 린치를 상상해 보며 숨조차 크게 쉬지 못했다. 몽둥이질을 해서 숨을 끊어 놓게 될까, 묶어 놓고선 바게츠로 물을 끼얹어 밤새 동사시키고 말 텐가. 설마 '다메시기리(試斬)'는 하지 않겠지—어느 쪽이나 소름 끼치는 경우였다.

조회단을 비켜 선 사무실 입구 쪽에는 일본인들이, 그네들의 삼나무와 꼭 같다 해서 통상 그렇게 부르는 소나무 한 그루가 굵은 가지를 옆으로 뻗으며 서 있었다. 거기에 윗도리는 속옷 차림인 사내가 고개를 떨군 채 팔이 뒤로 결박지어져 가지에 매달린 모습이 보였다. 발뒤꿈치를 세우면 땅에 설 수 있게끔의 높이로 매달아 놓았는데, 꽤 시간이 흘렀는지 몸이 늘어진 상태였다. 사무실 현관 불빛을 측면으로 받은 얼굴은 아니나 다를까 최씨였다.

광부들이 정렬을 끝내자 대대장이 단상에 올라, 전번에 공언했던 일벌 백계의 지옥맛이 어떤지를 이제 보게 될 것이라 했다. 문초는 필요가 없어졌는지 한마디의 문답조차 없이 대대장의 신호에 따라 감시인 둘이 매질을 번갈아 하기 시작했다. 매는 이 지역에서 흔히 노랑꽃 아카시아로 불리우는, 가시가 없는 긴 나뭇가지였다. 내리치는 가지에서 휘파람 소리 같은 게 들리는 듯하자 비명, 또 비명…… 칼날 추위 속에서 한 인간이 토해내는 간말마의 외침은 광부들의 오감을 찢어 버렸다. 속옷이 곧 피범벅이 되고, 몸이 늘어지며 기절해 버리자 양동이 물을 끼얹어 정신을 돌려 놓았다. 그리고 또 매질과 비명…… 저러다 사람의 목숨이 끊어지려니 싶었다. 첫 매질이 시작되어 40분쯤의 시간이 흘러 두 번째로 까무러치자 마침내 린치는 중단되었다. 대대장은 그때까지 불패의 용장(勇將), 그 화신이나 된 듯이 추위 속에서 단상에 버티고 서 있었다. 그는 광부들을 내려다보며 간단히 마침말을 보탰다.

"제군은 지금까지 두 눈으로 똑똑히 보았을 것이다. 제국에 충성하는 우리 광업주식회사에선 저런 규율 파괴자는 용서받지 못한다. 저 도주자의 징벌이 이것으로 끝났다고 생각한다면 큰 오산이다. 너희들도 이미 알고 있으리라 믿는다만, 몸이 추스러지는 대로 엔도 구미(遠藤組)로 보내질 것이다. 거기가 바로 지옥이다."

그 말을 듣는 순간 대오에서는 작은 파문이 일었다. 큰 탄광촌에는 으레 강제 노동 함바가 있어서 거기는 여타의 함바에서 큰 말썽을 일으키거나 도망질에서 붙들려 온 자들만을 감금시켜 놓고 혹독한 작업에 내모는 곳이란 얘기는 익히 들어 온 터이다. 밤 12시에 취침시키고 새벽 다섯 시면 기상시키는데 그 방법이 전율할 정도라 했다. 침상에는 긴 각목이 공동 베개로 쓰이고 있는데 기상 시간이면 감시인이 큰 매로 이 각목을 내리친다는 것이었다. 그러면 시체처럼 늘어져 잠들었던 수용인들은 머리를 강타당한 듯 혼비 백산해 일어나게 마련이란다. 작업 시간도 길고, 작업 중에 조금이라도 꾀를 부리면 감시인이 곡괭이 자루로 사정 없이 내리치고 만다. 거기서 노동 성향이 개심되고 실적이 좋으면 3개월 뒤 원대 복귀된다는 말이 있지만 이쪽 세이고산료에서 간 사람은 있어도 아직 돌아올 기한도 되지 않았으니 그건 알 수 없는 일이다.

피범벅이 된 최씨는 감시인들의 들것에 실려 함바 한 귀퉁이에 뉘어졌다. 정신을 차렸는지 밤새 신음소리가 끊이질 않았다.

이튿날 아침 배식을 받으면서 민행이 최씨의 몫을 타서 그의 머리맡에 가져다 놓았다. 최씨는 등 쪽으로 심한 상처를 입어서 바로눕지 못하고 모로 돌려 누운 채 충혈된 눈길을 보내 왔다.

"우린 곧 작업을 나가게 되니 천천히 드십시오. 꼭 먹어 둬야 합니다."

민행이가 속삭이듯 말했다. 최씨가 평소에 이런저런 말을 들려주었던 인연도 민행의 앞을 가렸으려니와 그보다 민행의 싹싹한 성품이 이 곤경에 처한 동료의 처지를 외면할 수 없었던 게다. 최씨는 잠시 민행을 응시하다가는 스르르 눈을 감았다.

그날 저녁에는 전영출이 식사를 챙겨 주었다. 식사를 끝낸 광부들이 하나둘씩 그의 옆으로 몰려와 위로의 말들을 했다. 최씨가 젓가락을 들 엄두를 못 내자 동료 한 사람이 조심스럽게 부축여 상체를 일으켜 받쳐 주고, 전영출이 젓가락질을 해 먹여 주었다. 식사가 채 끝

110

나기도 전에 그의 얼굴에선 눈물이 두 줄기 볼을 타고 흘러내렸다. 이따금씩 바라크 안에서 아옹다옹 다툼질을 하던 중대원들이 숙연한 심정이 되었다. 겉으로 대범한 척하는 사람들도 이 켠에 신경이 곤두서 있을 게 뻔했다. 민행이가 물수건을 적셔 와서 그의 얼굴이며 손을 닦아 주었다.

"기운 차려요. 고통이야 오죽할까만 며칠 지나면 상처는 아물 겁니다. 어딜 가게 되든 마음이 약해져선 안 되오."

전영출의 말에 최씨는 묵묵 부답이었다.

"어쩌다 붙들렸소? 기왕에 달아났으면 몸을 숨기지……."

"……."

"그 밀양 사람은 어떻게 됐소? 헤어졌던 모양이지요?"

그제서야 최씨의 입술이 달싹거렸다.

"배를 탈 수 있을까 해서…… 그 사람은 더 위로 올라간댔소. 나이로든 시스카든…… 알 필요조차 없지요."

"낙담하지 마시오. 이 전쟁, 오래 가지 못할 테니 객지에서 개죽음을 해서야 되겠소?" 전영출은 그로부터 대답을 듣지 못하자 상심이 되어 그러려니 싶었다. "거기도 다 사람이 우글거리는 곳이오. 수용인 가운데는 일본인도 적잖다는데, 미리 걱정하는 건 하등 도움이 되지 않아요."

그때 최씨는 뜻밖에도 기운을 되살리는 음성으로 대꾸했다.

"난 그런 데에 가지 않아. 가지 않는단 말이오."

그를 격앙시키는 게 좋지 않다고 생각한 전영출이 고개를 끄덕이며 말없이 물러났다. 민행은 최씨가 두려운 나머지 발버둥질을 치는 것쯤으로 받아들였다.

이틀이 지난 저녁에 중대장이 최씨에게로 와 모레엔 그리로 갈 것이라고 말했다. 언제 돌아오게 될지 모르는 만큼 동료와 정리해야 할 것이 있으면 미리 마무리를 지으라는 귀띔이었다. 최씨의 등은 심하게 부풀어올라 흉스럽기 그지없었다. 약이라야 사무실에서 가져온 아까징끼를 발랐을 뿐이다. 길다랗게 교차한 피멍울들이 약을 바른 피부 위로 검붉게 돋아 있었다.

떠나기 전날 밤에, 곁에 누운 동료는 그가 훌쩍이는 소리를 들었다. 측은한 마음이 일어, 눈이 녹기 전에 돌아오게 될 거요. 2년도 후딱 지나간 판에 3개월을 못 참겠소 했으나 최씨는 못 들은 척했단다.

이튿날 새벽에 1중대원들이 기상했을 때 최씨의 침상은 비어 있었다. 최씨가 없어졌다고 맞은편 침상에서 손가락질을 한 광부의 말이 들렸을 때 사람들은 서로 눈길을 마주치기만 했다. 잠든 사이에 데려 갔다는 말인가? 아닐 것이다. 그렇다면 다시 탈주를?

곧 중대장이 달려와서 그의 잠적을 확인하고는 고함을 질렀다.

"이 꼴통이 또 일을 벌였어? 저 죽을 줄 모르고……."

그리고는 작업 조장들을 불러 빨리 바라크 주위를 살펴보라고 내몰았다. 제 분에 못 이겨 잇달아…… 바보 같은 놈, 이 등신 같은 새끼가……를 연발했다. 바깥 쪽에서 놀란 탄성이 들려옴과 동시에, 최씨의 옆 침상을 쓰던 광부가 최씨의 방한모 밑에서 종이 조각을 빼들고는 이것 봐, 최씨가 쓴 걸게야 하는 소리가 함께 일어났다. 광부들은 펴든 종이 쪽지를 황급히 돌려 가며 읽었다. 한 생을 마감하는 문맥으로는 너무나 짧았다. '세상살이가 너무 괴롭고 또 지쳐 버렸다. 저 세상의 편한 곳을 찾아 목숨을 끊는다.'

제1중대 바라크에도 전날 밥장수가 쓰던 판잣집이 잇대어져 있었다. 거기 처마 쪽으로 돌출한 각목 끝에 노끈이 매어져 목을 맨 사체가 무겁게 내리뜨려졌다. 발치 밑으로는 발로 차낸 듯한 알루미늄 식깡이 나뒹굴어져 있었다. 혀를 빼문 최씨의 얼굴은 밑으로 처져 지금까지 그토록 자신을 학대했던 이 대지에 아이러니컬하게도 사죄를 하고 있는 것처럼 보였다. 새벽에 바람이 잔 탓인지 사체는 조금도 흔들림이 없이 허공에 붙박혀 버린 양했다. 조여 매지 않은 작업화끈만 땅에 닿을 듯 말 듯 내려뜨려져 엉뚱하게도 보는 사람에게 조바심을 일으켰다.

그제서야 중대원들은 "난 그런 데에 가지 않아"라고 호기 넘치게 내뱉었던 최씨의 말을 이해했다. 대대장은 정작 지옥맛을 보여주겠노라고 장담했지만 결코 그럴 수는 없을 것이다. 누가 승자일까? 최씨가 패자인 것만은 틀림없지만 대대장이 승자라고 하기도 어려운 노릇이었다.

중대장이 시체를 끌어내리라고 윽박질렀지만 호응하는 사람은 아무도 없었다. 오히려 이 새벽의 충격에 용기가 솟아 대거리를 하는 자가 속출했다.

"당신도 우리와 다 같은 처지가 아니오? 그걸 벼슬이라고…… 너무 닦달하지 마시오."

"그래, 누군들 이 처지가 안 될 거라고 장담할 수가 있겠소? 사람 탈을 썼으면 눈곱만큼이라도 양심이 있어야지."

"중대장이 심하다."

"중대장, 정신차리라구!"

콧대가 꺾인 중대장이 사무실로 가서 사고를 알리고, 감시원들이 달려와 시체를 수습함으로써 소란이 멈춰졌다.

그런 사고가 일어난 며칠 뒤, 1월이 다 갈 무렵의 토요일 작업 종료 후에 민행은 사무실로 부름을 받고 무슨 일 때문인가 싶어 찜찜한 마음으로 들어섰다. 거기, 형 민언이가 일본인인 인사 담당 책상 앞에 앉아 있다가 손짓을 보냈다. 형이 찾아왔단 말이지, 외출이다 하는 반가움이 뇌리를 스쳤다. 민행이 인사 담당 앞에 부동 자세를 취하고는 꾸벅 머리를 숙였다.

"좋다, 미야키군. 자네 형은 한때 우리 회사를 위해 봉사했다. 나와도 개인적으로 친면이 있지."

그가 안경 너머로 빙긋 웃음을 보냈다. 30대 중반에 들어섰을 창백하고 하얀 얼굴. 이렇게 웃음 띨 때를 보면 그에게도 다감한 면이 있다고 느껴졌다.

"자넨 말썽도 부리지 않았고, 또 형의 특청이 있어서 특별 외출을 허락한다. 귀대는 명일 오후 여덟 시, 착오 없기를 바란다. 자, 이게 군의 통행증이다."

형을 따라 정문을 빠져 나오자 날아갈 듯한 기분이었다. 할 말이 너무 많아서 채 대답을 듣기 전에 또 다른 걸 물으며 비탈을 내려갔다.

"형님 오시길 눈이 빠지게 기다렸어요."

"알고 있다. 그 사이 바빴던 탓도 있었지만 그렇게 손쉬운 것도 아니었어. 임마, 넌 몰라도 되지만 사이고오한테 청주 네 병을 대접했단 말이야."

"친면이 있다고 했잖아요?"

"그것만 갖고 되는 게 아냐. 대접 없이 되는 일은 없어."

"형수씬 해산했어요?"

"아니, 내달 초지."

"장사는 잘되구요?"

"그럭저럭…… 뚝배기 국밥 팔아 가지고 무슨 팔자가 펴겠나?"

마을로 들어서는 초입께에 드문드문 일본인의 사택으로 보이는 집이 나타났다. 그때부터 눈이 치워진 길이 이어지더니 분교쯤으로 짐작되는 소학교와 이어서 큰 건물에 '樺太人造石油株式會社'란 간판이 보였다. 몇 개의 상점을 지나 작은 다리 건너편 길목에 민언의 음식점을 겸한 살림집이 자리잡았다. 눈을 덮어쓴 지붕 너머로 울창한 침엽수림이 에워쌌다.

밀창문을 열고 들어서는 순간, 구수한 국 냄새와 함께 후덥지근한 증기가 맡아졌다. 아, 이곳이 사람 사는 곳이구나! 그때 형수가 문소리를 듣고 황급히 살림방 문을 열고 나오며 소리쳤다.

"에그, 도련님. 그 동안 고생스러웠지요? 무심하다고 원망할까봐
얼마나 마음 졸였는지……."

2

　겨울철 가라후도는 어느 지역이라 할 것 없이 어디나 눈 고장이 되
었다. 에스토르 거리도 정초를 어렵사리 넘기고서는 덮인 눈 때문에
모든 게 정지되어 버린 양 움츠러들었다. 전쟁 이후로 일본인의 의식
속에 팽배한 '핫코오 이치우(八纊一宇)' 정신과 특유의 생활 신조로
말미암아 긴히 소용되는 길에는 어김없이 눈이 치워졌지만, 적설량
1미터가 넘어서는 중압감은 시민들로 하여금 은연중에 활동의 폭을
좁혀 놓고 말았다. 자동차는 눈 벽 틈의 소로를 조심스럽게 운행했
고, 인도로는 행인들이 상점 앞으로 바싹 붙어서서 걸음을 떼어 놓아
야만 했다. 특별한 생필품 가게가 아니면 여타 상점들은 개점 휴업
상태나 다름없었다.
　훈은 회사 출퇴근 길로 이용했던 야적장으로 이어진 샛길을 버리
고 찻길을 따라 우회하여 돌아갔으므로 시간이 많이 걸리곤 했다. 아
시카가 선생이 황군 위문단의 일원으로 떠나가 버렸기 때문에(그 아
니라도 어차피 쉬어야 할 형편이었지만) 아폴로 악단 정기 연습은 장기
휴가를 맞고 있기에 팽이 맴돌 듯하는 나날이 되고 말았다.
　아시카가 선생은 해 전에 이미 삿포로의 옛 음악 동료들로부터 황
군 위문 연주단 합류를 권유 받고 내락을 했던 터여서 설을 지내고는
곧바로 내지로 건너갔었다. 훈이 작곡 레슨을 받으러 들렀던 저녁에
그는 40여 명의 연주단원과 함께 경성. 평양을 거쳐 만주의 선양과
창춘 일원의 관동군 위문 여행을 떠나게 되었다는 말을 직접 들려준
바 있었다. 훈은 그런 얘기를 하는 동안의 아시카가 선생의 얼굴에

묻어났던 착잡하고 감개 무량해 하는 기분을 얼른 읽어냈다. 악단원 모두가 모인 자리에 앞서 자신한테 먼저 귀띔해 주는 것이 신뢰의 한 표현임도 알았으나, 그보다 옆에 앉았던 가요 부인이 "여보, 그네들이 어쩐 일이죠? 영 잊어버린 줄 알았더니" 하고 의아해 하는 목소리에서 언젠가 금융조합 서기의 묘한 웃음이 되살아났다.

"세월이 약이니까…… 그보단 제1바이올린을 리드할 주자를 쉬 찾아낼 수가 없었던 게지. 이 먼 곳에 와 있는 나를 끌어들이려는 걸 보면. 한 달 남짓 떨어져 있게 되어 당신이 좀 고적할 테지만 참아요. 전시가 아니오? 그네들은 삿포로에 대한 명예심이 대단해서—원래부터 홋카이도 사람들은 관동이나 관서지방에 대해 지지 않겠다는 경쟁심이 적지 않다는 건 당신도 알고 있겠지?" 아시카가 선생은 잠시 말을 끊고 생각에 잠겼다가 계속했다. "뒤늦게 동참한 처지여서 바짝 긴장하지 않으면 안 될 게야. 개인 기량이 중요한 게 아니라 하모니를 이루는 게 첩경이니……."

"여러 모로 마음이 이상합디다. 당신 혼자 삿포로에 들르게 되었다는 게 말이에요."

가요 부인이 대꾸하고선 훈을 힐끔 쳐다보았었다. 훈은 부부의 대화에 끼여들 염의도 없었지만 무심한 체하느라 공연히 단정하게 채워진 국민복 단추들을 만지작거렸다. 그런 얘긴 나중에 하지, 하고 아시카가 선생이 말을 막았으므로 이 대화는 거기서 끝나 버렸더랬다.

그날 훈이 그 댁을 나오려고 현관으로 내려설 때 가요 부인은 남편 곁에서 스스럼없이 말을 던졌었다. 가네히라씨, 바깥양반이 안 계시더라도 이따금씩 들러 차를 들고 가세요. 그렇게 해주겠죠?—그때 훈은 뭐라고 대답해야 할지 갈피를 못 잡고 그냥 고맙습니다라고만 했었다. 아시카가 선생은 아내의 말에 덤덤한 채 별다른 반응을 보이지 않았었다.

116

훈은 세모에 한 차례 그 댁에 들렀었다. 그 동안의 레슨에 대한 사은의 표시로 큰 도미 두 마리를 불쑥 니밀고 돌아온 뒤로, 스무 날이 지나도록 그녀의 말마따나 발을 뚝 끊을 도리밖에 없었다. 선생의 부인일망정 젊은 부인 혼자서 지키고 있을 집을 방문할 숫기가 없었고. 또 그렇게 해야 할 욕구도 갖지 못했다.

그런데 바람은 엉뚱한 데서 불어 왔다. 카페 아까다마의 주인이. 새해의 상견례나 하자면서 자기 집으로 초대하는 전화를 해주었던 때문이다. 저녁 7시에 일단 카페에서 만났다가 거기서 가까운 거리에 있는 그의 집으로 함께 가자는 거였다.

훈이 퇴근을 서둘러 카페에 당도하니 이미 예닐곱 명이 앉아들 있었다. 그들 가운데 알토를 부르는 중년의 마사코 옆에, 코트 칼라에 진갈색 털을 덮씌운 차림의 치에코도 와 있었다. 훈이 먼저 남자들부터 악수를 나누며 수인사를 하다가 여자들 편을 향해 목례를 보낼 때 그녀는 한껏 명랑한 음성으로 반겨 주었다.

"그 사이 안녕하셨어요? 숙맥 같은 분." 훈이 그녀 말 끄트머리의 당돌함에 대한 조건반사로 손을 내밀자 그녀는 원망이 깃든 눈초리로 냉큼 그 손을 받으며 재빠르게 쫑알거렸다. "한 달간을 그냥 내버려 두다니! 정말 속상한 일 아니에요?"

다들 오랜만에 만난 참이어서 그녀의 투정을 애교어린 장난말로 이해해서 악의 없는 장단을 맞춰 주었다.

"호주머니에 집어넣을 수만 있었다면 응당 그렇게 했겠죠."

훈도 들뜬 마음에 농으로 되받을 수가 있었다. 그녀는 흰창이 드러나게 눈을 흘기며, 그가 의자에 앉기를 기다렸다가,

"아주 고약해. 성숙한 여성을 그 따위로 물건 취급을 하다니…… 가네히라씨, 당신이 비록 우리 악단의 호프이긴 해도 기회는 자주 주어지는 게 아니라구요. 명심해 두는 게 좋을걸요?"

했다. 훈은 난처하다는 뜻으로 짐짓 이마를 찌푸리는 것으로 이 곤경

을 모면하고자 했다. 또 한바탕 웃음이 터졌다. 그때 금융조합 서기가 들어섰으므로 눈길이 그쪽으로 쏠리는 바람에 파문은 거기서 끝나 버렸다.

그날은 야마시가이 쪽 단원 중 열두 명이 사이고오씨 댁에서 정종을 곁들여 저녁식사를 대접받았다. 영삼씨한테는 학교를 통해 연락을 할 수가 있을 테지만 눈길을 감안하여 제외한 탓인지 그 말고도 하마시가이 쪽 단원은 한 사람도 보이지 않았다. 동식은 여전히 군내(郡內) 도보 행상에 나가 있던 터라 빠졌다.

덥힌 정종 주전자가 몇 차례나 들락날락하는 사이에 주기도 무르녹아 자연스레 노래판이 벌어졌다. 마사코가 독일 가곡 '보리수'를 부르고 나자 기타리스트로 자칭하는 나이든 상회 주인이 '사끼와 나미다가……' 어쩌구 하는 유행가를 불렀으므로 너나없이 따라 부르게 되었다. 술은 눈물이냐 한숨이냐…… 이런 좌석에는 썩 어울리는 노래였다. 태평양 전쟁이 벼랑 끝으로 밀리는 위기감이 더욱 사람들을 감상적이 되도록 부채질할 것이다.

훈이 골마루 끝에 붙은 변소를 들렀다 나오니 치에코가 마루에 나와서 기다리고 있었다. 그녀는 아까와는 달리 착 가라앉은 목소리로 말했다.

"가네히라씨. 난 오래 앉아 있기가 편치 않아요. 그래서…… 폐가 되지 않는다면 집까지 바래다 줬으면 해서요. 어두운 길이기에……."

뭐라고 대답해야 옳은가. 잠시 망설여졌다. 좌석에 더 앉아 있고 싶은 생각이 없기도 했지만, 그보다 치에코가 자기한테 이런 부탁을 하는 건 별다른 의미를 띠는 듯해 가슴이 울렁거렸다. 하지만 그녀를 따라 일어나기가 어줍스러웠다. 좋습니다 하고 말하려는 순간, 그런 기미를 알아차렸는지 그녀가 말을 이었다.

"내가 양해를 구하겠어요. 만일 더 즐기고 싶다면 그건 별 문제예요. 내 부탁에 부담감을 가질 필요는 없어요."

"천만에요. 치에코가 청한 것이니 만사 제폐하고…… 아니, 실상
은 나도 일어서고 싶었던 만큼 잘되었지요."

아마도 일본 청년 같았으면 아, 영광이고 말고요 어쩌구 하며 너스
레를 떨어도 좋았을 테지만 훈은 이만쯤으로 타협해 버렸다. 하지만
그는 이 순간, 그녀 이름 꼬리에 붙였던 '양'이란 존칭을 슬그머니
떼버릴 수 있었다.

그녀가 방문 가까이 있었으므로 먼저 들어서고 훈이 뒤를 따랐다.
춤을 추겠다는 건지 집주인이 축음기를 꺼내 놓고 판을 고르는 중이
었다. 치에코가 코트를 챙겨들며 좌중을 향해 집에서 걱정할 테니 던
저 실례하겠노라는 인사를 한 다음, 재빨리 "양해해 주시리라 믿습
니다만 가네히라씨한테 바래다 달라고 했습니다. 그분은 고맙게도
제 부탁을 들어주셨답니다" 하고 덧붙였다.

바깥 거리는 등화관제가 실시되고 있기에 가등은 모두 꺼졌지만
눈빛으로 인해 그녀가 걱정했던 만큼 어둡지는 않았다. 그녀의 집은
혼도리(본정통) 윗녘에 있다 해서 골목길을 빠져 나와 대로로 나섰
다. 밤하늘은 이녘 겨울철이 으레 그렇듯 이즈러진 달빛이나 별 한
개도 찾아볼 수가 없었다. 너나없이 한결같은 음울한 마음을 그대로
반영하고 있는 데 다름 아니었다.

인도에는 눈을 치웠다지만 폭이 좁아 어깨를 가즈런히 하고 걷기
가 어려웠다. 치에코가 느린 걸음으로 앞장을 섰으므로 어둑한 가운
데서도 훈은 그녀의 어깨 선에서 가련함이랄까, 어딘지 모르게 풍겨
나는 애틋한 인상을 받았다. 작은 키가 아님에도 목이 가늘고 어깨를
움츠린 탓으로 전체적으로 가냘픈 느낌이었다. 아니면, 조실부모하
고 언니 슬하에 있다는 가정 형편이 상기되어서 평소의 발랄함과, 때
로는 지나치게 젠체함에도 불구하고 그렇게 받아들여졌는지도 모를
일이었다.

경찰서 앞을 지날 때까지 둘은 별 말이 없이 걸어왔다. 그 다음의 소방대 옆 골목 안에 언니집이 있다고 앞서 골목길을 빠져 나오면서 건성으로 말해 주었더랬는데, 그녀는 어쩐 일인지 소방대 미처 못 가서 버스 정거장 쪽을 향해 대로를 건넜다. 마침 눈더미 사이로 건널 수 있게 길이 나 있었던 때문일까.

"아니, 그쪽이 아니랬잖소?"

엉거주춤 뒤를 따르며 훈이 물었다. 그제서야 그녀는 걸음을 멈추고 뒤를 돌아보며 어둠 속에서도 방그레 웃어 주었다.

"아까는 집에 바래다 달라고 했었지만 지금은 생각이 바뀌었어요. 집 근처에서 헤어져 버린다면 싱겁지 않겠어요? 가네히라씨도 멋적을 테구요. 그래서…… 그래서 말이에요. 데이트를 즐기다가 굿바이 하는 것도 나쁘지 않다고 마음을 고쳐 먹었거든요. 너무 일방적이라고 탓하진 마세요."

"탓을 할 수 없게 선수를 쳐버리는군, 치에코."

그도 웃을밖에 없었다.

그건 그렇다 치고, 그녀는 여직 꼭지 덜 떨어진 신세대란 말인가? 그녀는 '미아이'나 '사요나라' 대신에 데이트와 굿바이란 영어를 일부러 쓰고 있었다. 정신 총동원에 위배되는 어투가 아닐 수 없었다. 반 서양주의 운동에 따라 일본인의 생활에서 서양 영향을 떨쳐내야 한다 해서 역 게시판에선 이미 영어 표기가 모두 제거되었고, 평상 용어에서도 외래어 사용을 금기시하는 추세였다. 훈에게 이런 의문이 퍼뜩 지나쳤으나 그것은 의식의 말초신경을 건드렸을 뿐이었고, 도대체 어쩌자는 걸까 하며 호기심이 쏠렸다.

그녀가 대로에 면한 여학교 정문에서 멈춰서서 교정 안을 두리번거리는 걸 보고는 그제서야 이해를 했다. 그렇다. 둘이서 호젓하게, 아니 은밀하게 시간을 보낼 장소를 찾아온 것이다. 여학교의 교정 정문 가까이로 신사(神社)가 있고, 그 언저리에는 당연히 그렇게 조처

해야 마땅한 대로 눈이 말끔히 치워져 있었다. 대로로는 학교 담벽이 가리우고 있어 바깥에서는 그곳이 눈에 띄지 않는 장소였다. 둘레로는 전나무인가, 침엽수들이 눈을 덮어쓴 채 가지를 휘늘어뜨리고 있었다.

"놀랐죠? 난 이런 델 찾아내는 데는 기민한가 봐요. 그렇다고 상습범으로 치부하면 곤란해요."

치에코가 그런 사람이 아닌 줄은 이미 잘 알고 있노라는 훈의 대답에 그녀는 만족한 성싶었다. 바람기는 없지만 혹한의 밤이어서 훈이 오버 깃을 올려 세우고, 목도리를 귀밑까지 끌어올렸지만 귓날은 예리한 면도칼로 잘려 나가는 듯했다. 그런 자각 증세로, 치에코가 전나무에 어깨를 기대어 서서 그를 빠안히 바라볼 때 용기가 북돋았다. 그녀의 털실 머플러는 목을 한 번 휘감아 앞가슴으로 내리뜨리고 있었는데, 그는 아무런 말도 없이 그것을 풀어선 그녀의 머리를 싸감아 귀를 막게 해주고, 목에서 한 번 묶어 쓸어 내렸다. 훈 자신으로도 이것은 뜻밖의, 놀랄 만한 주변머리였다고 나중에 되새겨진 행동이었다. 그런 행위는 중학교 교모를 쓰고 있을 때부터 여학생을 넘보는 난봉꾼들이나 할 수 있는 수작으로 여겨 왔더랬다.

그녀는 훈의 이 느닷없는 따뜻한 애정을 다소곳하게 받아들여 주었다. 무슨 말이든 그녀가 답해야 할 국면을 넘기면서도 그녀는 입을 다물고 있었다. 아니, 오히려 고개마저 떨구어 버렸다. 훈은 그후의 색다른 분위기에 대처하지 못해 잠깐 낭패감에 몰렸으나 기왕에 내친 걸음이었다.

"치에코…… 어떻게 말해야 할는지……." 침이 말랐는지 목소리가 갈라지고 탁했다. "오늘 밤, 난 쉬 잠들지 못할 거요. 왜 이렇게 가슴에 파문을 일으켜 놓는지…… 친해져선 안 되고,—물론 짝을 지을 수 없다는 뜻에서 그렇다는 뜻이오. 그럼에도 치에코가 나타나면 넋이 빠지고 마니 말이오. 당신을 잊어버릴 만하면…… 응, 치에코?"

이쯤 되면 그녀가 뭐라고 대꾸하지 않으면 안 되었다. 그럼에도 그녀는 턱을 더 묻으면서 발끝으로 바닥의 얼어붙은 눈만 비벼댈 뿐이었다. 훈이 조급해졌다.

"듣고 있는 거요?"

"네……."

"내가 실언을 한 건지 모르겠소."

훈이 이렇게 말하자 그녀의 고개가 치켜올려졌다.

"바보 같은 사람! 어쩜, 젊은 분이 그렇듯 수동적이죠? 내가 좋아하고 있는 줄을 뻔히 알면서도……."

그 말끝이었을까? 후에 되짚어 보아도 도무지 모를 일이 순식간에 일어났다. 그가 그녀를 껴안았는지, 아니면 그녀가 그의 가슴으로 왈칵 무너져 들었는지를. 하여간 훈이 그녀의 어깨를 감싼 채 꼭 안고 있음은 확실했다. 언 코끝은 처녀다움의 향기가 녹여 주고 있었다. 아, 이것이 처녀의 냄새란 말인가? 이 몸뚱이의 부피가, 이 손끝 감촉이…… 그리고 뺨에 와닿은 미끈한 머릿결이…….

"치에코, 널 사랑해. 정말이야."

훈이 거친 호흡 사이로 절박하게 중얼거렸다. 이건 예상치 않았던 말이다. 돌출, 그래, 말의 돌출이었다.

그로부터 훈과 치에코는 이틀이 멀다 하며 만나서는 눈밭을 헤맸다. 찻집에서 차를 기다리는 사이, 그녀는 곧잘 코트 호주머니에서 상기도 따스한 군밤 봉지를 탁자에 꺼내 놓고 하나를 집어들고 껍질을 깠다. 훈이 그 모습을 우두커니 바라보고 있으면 노란 속알맹이를 그의 앞으로 내밀었다. 어쩜, 젊은 분이 그렇듯 수동적이죠 하고 힐난할 것 같아 이내 받아야만 했다. 밤알을 반쪽 끊어 물고서 그녀의 까만 눈동자를 마주 보았다. 눈길을 치뜨면 간혹 오른쪽엔 쌍꺼풀이

지기도 하는 계란형의 갸름한 얼굴 윤곽에 어울리게 눈꼬리가 긴 눈
동자는 항상 촉촉히 젖어 있었다. 해가 바뀌었으니 스물한 살일 것이
다.

그게 어떻다는 말인가, 훈은 곧 어머니의 심상찮은 얼굴이 떠올랐
다. 안 되지, 피를 섞어선…… 치에코의 피가 붉지도 뜨겁지도 않다
는 말인가? 그녀와의 사이에 태어나는 아이는 눈이 파랗거나 노란
머리카락이라도 된다는 말인가? 가슴이 답답해졌다. 그녀의 눈썹은
초승달을 닮았다. 눈썹꼬리가 날카로운 인상을 줄 법했다. 자주 있는
건 아니나, 난처해 할 때와 못마땅하다는 생각이 들 땐 미간을 찡그
리는데 그때마다 주름 두 낱이 가늘게 그려졌다. 훈이 아무런 말이
없이 그린 듯 앉아 있노라니 그녀는 지금 무심코 미간에 두 가닥 주
름을 지었다. 한또오진이란 데 생각이 미친 걸까? 평소의 그녀의 태
도로 보아 그런 문제를 심각하게 떠올리진 않을 것 같은데…….

당꼬바지 위에 요란스레 각반을 둘러친 장년 사내들이 떠들썩하게
찻집을 나선 뒤였다. 찻집 바닥으로 유행가풍으로 편곡된 왈츠곡이
나지막하게 깔렸다. 훈의 과묵에 웬만큼 길들여졌는지, 그녀가 침묵
을 깨뜨렸다.

"얘기 하나 해줄까요? 아주 아름답고 슬픈 얘기."

"아름다우면 그만이지 왜 판에 박은 듯 슬프다는 꼬리를 붙이는 거
지?"

훈이 들을 자세가 되어 있노라는 의사로써 대꾸했다.

"슬퍼야 아름다운 얘기가 되잖겠어요? 가네히라씨가 혹시 이 동화
를 알고 있어도 그런 내색을 해선 안 돼요. 약속해 주어야 해요. 그런
건 예의를 모르는 심술꾼들이나 하는 거니까…… 옛날에 한 나무꾼
이 살고 있었대요. 그 사람은 가난한 데다 좀 바보스런 데가 있어서
서른이 넘도록 장가를 들지 못했답니다. 뿐만 아니라 마을에서 떨어
진 외딴채에 혼자 살아, 남과 어울리지도 못했겠죠. 마을 사람들은

마음씨 착한 그 나무꾼을 도와주지는 못할망정 심심풀이삼아 놀려대기가 일쑤였대요. 세상 인심이 이제나 그제나 왜 그렇듯 비뚤어져야 하는지 알 수가 없지만……."

나무꾼 얘기라면 이런저런 민화가 전해져 오고 있었다. 선녀? 도끼? 아니면 신타이(神體)와 관련된 거울과? 그런 건 아무래도 좋다. 문제는, 어느 시점에서 그녀가 자신의 품 안에 전신으로 기울어 왔다는 것—흡사 갈대와 왕골로 엮은 카누 한 척이 강보 속에 잠든 인디언 아기를 싣고 늪지의 초막 쪽으로 떠밀려 왔듯이, 치에코가 그의 온 우주 안에 정착했다는 사실이다. 그녀는 얘기를 계속했다.

어느 날, 나무꾼이 나무를 하러 간 산 속에서 피를 흘리며 사냥꾼에게 쫓기는 커다란 학 한 마리를 만나게 되었다. 학이 위기를 모면케 해달라고 사정을 했기에, 나무꾼은 그 청에 따라 풀섶에 숨겨 두고, 사냥꾼에게 엉뚱한 쪽을 손짓해 보였다. 사냥꾼이 멀어져 간 뒤, 나무꾼은 학의 상처를 싸매 주고 떠나 보냈다. 그로부터 몇 달이 지난 저녁 나절에 외딴 나무꾼의 오두막채로 한 아리따운 여인이 나타나서 하룻밤 묵어 가길 간청했다. 나무꾼이 이를 거절하지 못해 묵어 가게 했는데, 그날 밤 나무꾼의 딱한 형세를 알고는 여인이 자신도 의지할 데 없는 사람이니 부부의 연을 맺자고 했다. 나무꾼에겐 호박이 넝쿨째 굴러든 셈이었다. 그래서 두 남녀는 그 밤으로 합환주를 나누어 마시고는 부부가 되었다. 그런데 한 입의 풀칠도 어려운 판에 두 사람으로 식구가 늘어났으니 굶는 날이 잦았다.

"배가 고팠대요. 그 참한 새댁이……."

치에코는 그 대목에서 눈이 한층 젖어들었다. 배고픔을 모른 채 자라났을 그녀가 이런 정황에 저토록 애련해 하는 건 어쩐 일일까? 말괄량이 기질이 있음에도 본판 성정이 매몰차지 못한 탓일 게다.

끼니를 거르던 어느 날 여인이 먼지가 잔뜩 앉은 베틀칸을 치우기 시작했다. 그날 저녁에 나무꾼이 돌아오자 아주 심각한 어조로 운을 떼었다. 자기에게 비단을 짤 줄 아는 재주가 있노라는 것을 말하고, 하지만 베틀질은 단 한 번밖에 할 수가 없고 또 짜는 것을 누구라도 보아서는 안 된다는 걸 간곡하게 설명했다. 값진 비단을 짜겠다고? 나무꾼은 아내의 다짐에 선선히 응낙하고 그날 밤으로 베를 짜게 했다. 그녀는 밤을 꼬박 새우며 베를 짰고, 이튿날 밤에도 그 일을 계속했다. 그녀는 이 일을 하느라 피곤했던지 베를 다 짰을 때는 얼굴이 파리해졌고 몹시 추위를 타는 듯했다.

비단은 새하얀 것으로 너무나 부드럽고 고왔다. 나무꾼은 장날을 택해 그걸 들고 읍으로 나가 피륙상에다 고값을 받고 팔아서는 쌀 몇 가마니, 솜을 넣은 이불, 아내의 연지와 분을 비롯해 일용품을 많이 사 왔다. 사내는 대단히 흡족해 했다. 그런데 이런 소문이 마을에 퍼지지 않을 리가 없었다. 마을의 건달들이 몰려와 아내를 얻게 된 기막한 사연과 그 아내가 비단을 짰다는 얘기를 들었다. 그네들은 이건 장사가 되겠다 싶었던지 어리숙한 나무꾼에게 아내를 채근해서 비단 한 필을 더 짜게 하라고 추근거렸다. 나무꾼은 아내와 굳게 약조한 게 있던 터라 한동안은 막무가내로 말을 듣지 않았으나 더 큰 돈을 주겠다는 꾐에 빠져 아내와는 상관 없이 약속을 해버리고 말았다.

건달패가 돌아간 뒤, 남편으로부터 이 약속을 들은 새댁은 눈물을 글썽거리면서 왜 그런 욕심을 부리게 되었느냐고 안타까워했다. 저번에 한 필 짜는 데도 그 고생을 했는데, 한 번 더 짜면 내가 아파 몸져 누울는지 모른다고 한탄했다. 나무꾼은 남자는 약속을 지켜야 한다고 말했다. 다시 그러지 않겠으니 이번 한 번만은 체면을 세워 달라고, 자신의 너무나 사랑스런 아내에게 통사정을 했다. 새댁은 그렇다면 하는 수 없노라고 대답하며 그 대신 이번에도 절대로 베틀칸을 보아서는 안 된다는 맹세를 되풀이시켰다. 그녀는 며칠간 밤을 새운 끝에 저번 것보다 더 새하얗고 보드라운 비단을 짜냈다. 베틀칸에서 나올 땐 창백한 이마에는 진땀이 배어 나왔고, 어지러운지 걸음조차

비틀비틀했다.

건달들이 많은 돈을 치러 주고 간 달포 후, 웬만해서 발길을 하지 않던 이 외딴 오막채에 그들이 다시 나타났다. 아내의 병약해짐을 본 나무꾼은 이들의 거듭된 유혹을 완강히 물리쳤지만, 이번에는 서울 구경을 시켜 주겠다는 제안에 마음이 혹해 버렸다. 서울 구경만 한다면 자기 평생에 더 원이 없을 듯했기 때문이다. 아내는 그날 밤, 매우 슬피 울었다. 당신이 이미 해버린 약속은 지켜야 마땅하지만 자기는 이 때문에 죽게 될는지도 모를 일이라고 말했다. 아무리 모자란 남정네일지라도 이런 말까지 들으면 걱정스럽고 겁이 나지 않을 수 없을 것이나 나무꾼은 번쩍번쩍한 서울 거리 구경에 미련을 버리지 못했다.

그날 밤, 새댁이 베틀칸에 들어선 야밤에 건달들이 발소리를 죽이고 삽짝 안으로 들어섰다. 베틀 소리를 귀 기울여 듣고 있던 나무꾼이 인기척을 듣고 밖으로 내다보았을 땐 패거리들이 베틀칸 앞으로 몰려들 가 있었다. 안 돼! 들여다보아선 절대 안 된다고 고함을 쳤지만 건달들은 문을 열고 말았다.

그 순각, 악! 하는 비명을 지르며 건달들이 혼비 백산해서 뒤로 나자빠졌다. 무슨 일이 일어났단 말인가? 그때 베틀칸에서 깃털이 다 벗겨져 곳곳에 뻘건 맨살을 드러낸 커다란 학 한 마리가 푸드득 날아올라서 어둔 밤하늘로 솟구쳤다. 끼룩끼룩, 슬픈 울음소리만 남겨 놓은 채—.

"아름답지만 슬픈 얘기 아녜요? 어떠세요?"

스스로의 얘기에 감동되었던지 치에코가 숙연하게 물었다.

"응, 정말 그래요. 전형적인 일본 민담이겠지. 오페레타로 작곡해도 훌륭한 소재가 될 것 같은데……"

"아이, 무드 없어. 일껏 정서적으로 얘기했는데 그것마저 효용 가치를 두고 생각하다니요. 왜들 그렇게 따지려 들고, 저울 위에 올려

126

놓으려고만 하죠?" 그녀는 원망이 담긴 눈길로 그를 몰아쳤다. "이
렇게 생각되지 않아요? 학의 다함 없는 보은(報恩), 그건 일본 여성
특유의 자기 헌신과 처절한 소멸을 상징하는 것이라고요. 나무꾼의
어리석음과 욕심은 보편적인 세상 이치를 빗댄 것이구요. 그 결과가
무엇이죠? 뻘건 맨살로 찬 밤하늘을 기우뚱대며 날아가는 이미
지…… 자신의 아름답고 따스한 깃털을 다 내주고도 쓰라림을 안고
떠나가는 학…… 난 그런 숙명설은 이해할 수가 없어요."

　목소리까지 젖어 있었다. 훈은 그 전래 민담이나, 치에코의 이 순
간의 나르시즘도 일본적인 센티멘털리즘에 연유하는 것으로 짐작했
다. 하지만 이런 이성적 사고와는 달리, 그녀가 뻘건 맨살이라는 낱
말을 입에 올리자 엉뚱하게 그녀의 나체를 상상했다. 우윳빛으로 매
끄럽고 싱싱할 그녀의 육체도 그처럼 배덕의 낭떠러지로 굴러 떨어
져 참담해질 수가 있을 것인가. 그때 그의 내부에선 짐승의 콧김 같
은 게 불쑥 스쳐 갔다.

　차탁 위에 펴 놓은 봉지에는 군밤 한 톨이 식은 채 남겨져 있었다.

　"치에코는 보기보단 훨씬 정감적인가 보오. 무용을 한 탓인지는 모
르겠으나 얘기 솜씨 또한 무대를 염두에 둔 것 같은 짜임새로 풀어
나갔거든. 아름답고 슬픈 얘기라는 전제를 달았을 때부터 치에코는
머릿속으로 스스로 극화(劇化)해 버렸단 말이지. 아무튼 그 미련스런
비극의 설화는 과거형의 것이오. 이쯤 반응하면 아까 어떠세요라고
물어준 데 대한 대답이 될까?"

　"모르겠어요. 가네히라씬 보기보다 감정이 메마르군요. 철저한 관
망자, 또는 제삼자 의식……."

　훈은 그녀의 말을 웃음으로 젖혀 버렸다. 나중에 이따금 떠오르는
때가 있어도 그 나이의 아가씨 말이란 게 얼마쯤이나 숙고할 만한 무
게를 담을 것인가 싶어 생각 속에서 털어 버렸다.

　그런데 1월을 넘길 즈음에 제삼자 의식으로 받아들일 수 없는 급

보가 전해졌다. 금융조합 서기 가쓰라가 직장으로 전화를 걸어서 그답게 수선스런 음성으로 아시카가 선생의 부음을 전해 주었던 때문이다. ……만주 어디에서 변을 당했다는 거야. 위문단원을 태운 버스가 폭발물 투척을 당해서 차가 대파해 날려간 바람에 재가 되어서 돌아온대. 글쎄 어떤 폭발물인지는 확실히 듣지 못했다네. 많은 인명 피해가 났다니까…… 창춘시(長春市) 구역 어디에서 테러를 당했던가 보지. 어쨌거나 아폴로 악단 일이 큰일 아닌가? 이런! 물론 아시카가상의 갑작스런 재난에 심심한 조의를 표하지만. 그럼 유골이 당도하는 대로 영결식이 학교에서 거행될 것이며, 절에 봉안하게 될 거라던데. 근일 중에 상가엘 들러 봐야겠지? 난 매일 들러 볼 거네.

아시카가 선생이 불귀의 객이 되고 말았다니! 앞머리가 벗겨지긴 했어도 그 예술가풍의 장발, 원숙한 바이올린 연주 기량, 무엇보다도 앞날이 창창한 젊은 부인을 미망인으로 버려 두고서 말이다. 연전에 마지막으로 대면했을 때는 특별히 귀에 남을 말을 남기지 않았었다. 그런데 언젠가는 이런 식으로 말했었지. 내가 언제까지 아폴로 악단을 맡을 수 있을는지, 하여간 군이 있어서 마음이 놓이네, 그건 지금에 이르러선 격려 이상의 어떤 것을 은근히 암시하는 말이 되었다.

가쓰라의 전화를 받은 이튿날, 마침 동식이가 나이오시 쪽으로 나갔다가 돌아와 있었으므로 둘이서 상가에 들렀다. 미망인은 상중인 탓인지 훈의 조문을 의례적으로 받아들여 사의를 표한 뒤 별다른 말이 없었다. 한 달 남짓 대면하지 못한 사이에 그녀의 얼굴은 많이 상했다. 늘상 생글거리던 표정은 찾아볼 길이 없고 싸늘한 기운이 얼굴에 살얼음처럼 깔려 있었다. 그토록 남편을 사랑했던 걸까?

바깥으로 나오자, 악단에서 물러나겠다고 공언했던 드럼을 치는 기다니가 담배를 태우다가 말을 붙였다.

"젊은이들은 인생이 풀잎의 이슬 같다라는 말이 실감되지 않을 걸세. 어떤가? 아시카가상의 경우를 보면 그렇다는 생각이 들지 않나?"

"워낙 뜻밖의 변고라서…… 참 허무하다는 생각이 들긴 합니다."

훈이 탱자나무 울타리께로 붙으며 말을 받았다. 상가 현관의 등에선 희뿌연한 불빛이 번져나고 있었다.

"장가를 들지 못한 채 죽는다면 몽달귀신이 된다고들 하는데…… 어쨌거나 슬하의 자식이 없으면 적막하기가 매한가지거든. 쯔쯧…… 그래, 자신은 풀잎의 이슬같이 스러지면 그만일 테이지만 이 외딴 섬에 와서 혼자가 된 부인의 신세가 뭐란 말인가? 하기야 전몰장병 미망인이 길바닥에 널린 판에 한 사람 더 늘었대서 대수일까만, 자식이 안 남겨졌으니 경우가 다르거든."

기다니는 비난하는 투로 말을 맺었다. 단순한 성미인 탓에 그 죽음을 애석해 한다는 게 이런 말투가 되고 말았을 게다. 셋은 묵묵히 골목의 어둠을 밀치며 대로로 나왔다.

훈은 영결식이 거행된 시간에는 오전의 직무에 매어 몸을 뺄 수가 없었다. 점심 시간에 틈을 내어 시내 외곽지대의 닛코오 절에 유골이 봉안되는 데에는 참례를 할 수가 있었다. 스님의 독경이 계속되는 주위에 가요와 관서지방 쪽에서 왔다는 아시카가 선생의 노모, 형 내외와 누이동생 등 친지들이 둘러서서 명복을 빌고 있는 게 보였다. 사람의 인연이란 게 정말 옷깃 한 번 스치는 데 다름 아닐 것인가?

사무실로 돌아가야 할 시간이어서 절 돌계단을 내려선 참에, 저켠 뜨락의 눈 덮인 모퉁이에 치에코가 악단원 여자 둘과 함께 서 있는 걸 그제야 보았다. 내일 저녁에 찻집에서 만나기로 약속되어 있으므로 굳이 알은 체를 할 필요는 없었다. 그럼에도 절 경내를 벗어났을 땐 후회가 되었다. 다가서서 인사를 하는 게 뭐 그리 지진이라도 일어날 일인가. 잠시라도 그녀의 얼굴을 가까이서 보고 싶어졌던 것이다.

마침내 집안에서 훈을 두고 문제를 삼기 시작했다. 먼저 어머니가 예사롭지 않다고 생각했던지 추궁이 끈질겼다. 웬 밤나들이가 갑자기 심해졌느냐? 악기를 들고 다니지 않는 걸 보면 공연 연습인가 하는 것도 아닌 게 분명하다. 동식이 말로도 당분간 연습이 없을 거라고 했다. 무슨 일이 있다면 이 에미한테 감출 게 무어가 있겠느냐?

훈은 그때마다 적당한 핑계를 대어 보긴 했으나 그것도 한계가 있었다. 어머니는 혼자 힘으로 자식을 길렀고 생계를 꾸려 왔던 만큼 줏대도 강했고, 비록 장성한 아들이지만 자신의 발언권이 지켜지길 원하고 있었다. 훈은 아직은(이 말이 얼마나 불확실하고 또 두렵기도 한 것인가!) 치에코와의 관계를 실토할 수 없다고 판단했다. 그래서 어머니가 추궁에 지쳐 제풀에 "너도 머리통이 컸으니 네 일은 스스로 알아서 해라. 난 모르겠다. 그러나 혹시 왜년을 얻을라거든 성(姓)을 파 가야 될 게다. 가네히라 어쩐다지만 그래도 네 본은 어엿이 경주 김가다"라고 말하며 주저앉길 바래서 함구로 일관했다.

아마도 형수를 다그쳐서 꼬투리를 잡았을 터이다. 어머니의 맺고 끊는 성격으로 봐서 형을 불러 박용한 씨가 한마디로 흘렸던 말에 살을 붙여 보려고 애쓰기도 했을 게다. 그런 어머니는 자신의 입으로 이 당치 않은 소문을 입에 올리기가 썩 내키지 않았던가. 그 애기를 직설적으로 꺼내진 않았다.

그저께 밤에는 이런 푸념을 늘어놓았다.

"형편이 옴쭉달싹도 못 하게 되었다는 건 그렇다 치고라도, 훈아, 네게 짝을 지어 주지 못한 건 내 죄업 탓이다. 내가 전생에 죄가 많은 게지. 그래도 기다려야 한다. 네 형이 이 동삼을 넘기고선 고향을 다녀온댔다. 좋은 기별을 갖고 올 게다. 행여…… 색시감이 없다 해서…… 그렇게 되진 않을 줄로 믿고 있다."

그때도 훈은 아무런 반응을 나타내 보일 수가 없었다. 내가 귀신에 씌었나 하고 뇌리를 가닥가닥 헤집어 보았어도 결코 빗나간 구석이라고는 하나도 찾지 못했다. 치에코는 성숙한 처녀로서 너무나 뚜렷한 실체로 존재하고, 더구나 엄연한 사실은 갈대와 왕골로 엮은 카누가 강보 속에 잠든 아기를 자기에게로 실어 왔다는 점이었다.

그저께 저녁엔 그녀가 나타나지 않아, 찻집에서 한 시간여를 기다리다가는 종내엔 그녀의 집 골목으로 들어서고 말았었다. 약속을 지키지 못할 사정이 얼마든지 있을 수 있는 일이나 만나지 않고는 견디기가 어려웠다. 직장으로 자주 전화가 걸려 오는 것도 편찮은 일이겠으나, 언제 전화를 걸어 줄 것인가를 기다리는 것도 고통스러웠다. 그래서 찾아 나섰더랬다. 밤 아홉 시가 넘었기에 문을 두드릴 용기는 차마 솟구치지 않았다. 그래서 그녀가 방 안에서도 충분히 들을 수 있도록 "가네히라, 가네히라씨" 하고 자기의 성을 불러댔다. 그 집 앞에서만 외쳐대기에도 뒤가 구려 세 집 앞을 지나치며 계속해서 불렀었다.

골목을 빠져 나와 기다리노라니, 아니나 다를까 그녀가 스웨터 위에 털실 재킷을 걸치고 종종걸음으로 다가왔다. 홧김으로는 호통을 쳐주고 싶었으나 주위부터 살펴졌다.

"어쩐 일이야……?"

치에코는 뜻밖에도 웃음만 배시시 흘릴 뿐 시원한 대답이 없었다.

"왜? 뭣 때문인지는 말해 줘야 하잖나? 어디, 대답해 보라구."

그제서야 웃음을 삼키며 대꾸한다는 게 이랬다.

"화났어? ……바람 맞혔다고 생각지 말아요. 언니가 뭐라고 싫은 말을 하기에 못 나갔어요." 그녀는 미안했던지 좀더 심각한 표정을 지었다. "토요일에 만나요. 친구와 영화관엘 가겠다고 해두었으니…… 참, 그날 영화를 보러 가요. 됐죠? 아이, 그만 일로 화는 그만 내고……."

그렇게 됐었다. 그쪽이 날 떠보려 했을 뿐이었다. 제 쪽에서 적극성을 띠었던 만큼, 이만쯤 콧대를 세워 보겠다는 걸 용인하지 못한다면 용렬한 인간이 되고 말 터이다. 훈은 자신이 음울했던 청춘의 터널에서, 달콤한 빛살이 일렁이는 거미줄에 걸려들고 만 나방 같다는 생각을 했다. 치에코는 자기의 생명을 갉아먹는 독충은 아닌 것이다. 그녀는 누군가가 챙겨 가져야 할 처녀일 따름이다.

그 토요일도 지나고 3월 들어서서도 여전히 눈이 쌓인 어느 날 동식이가 찾아왔다. 찬 바람 탓인지 그의 볼이 한층 거칠어 보였다. 바깥방 스토브 옆으로 앉으라는 시늉을 했음에도 흙바닥 위에 선 채 앉을 품새가 아니었다.

"오늘 돌아온 길이냐?"

"응, 좀 전 저녁참에…… 헌데, 이 보라구. 굉장히 놀라운 일을 봤다구. 아! 끔찍스런 광경을."

"뭔대? 풍일랑 그만 떨구."

"아냐, 아냐. 난 맨정신으로 얘기할 수 없어. 나가서 독한 소주를 들이키지 않고선…… 어때?"

꼴로 봐서 허튼 수작은 아닌 성싶었다. 술을 마시자구? 그래, 오랜만이니 좋을 대로 하지 뭐. 우라마치의 그 조선 주점으로 갈까? 훈이 천천히 몸을 일으켰다. 그러는데 동식이 왈칵 그의 손목을 잡고 끌어 앉혔다. 아냐, 술은 이따 마시고 우선 여기서 얘기를 할까봐. 거긴 소란스러울는지 모를 테니까. 동식은 고무장화를 벗고는 다다미 위로 올라서 스토브 옆에 깔린 이불자락을 끌어당겨 무릎을 덮었다.

"뭘 보았다고 이렇듯 허둥거리는 거지?"

"그게 아니래두. 훈아, 언젠가 늦은 밤에 나주집으로 국밥을 먹으러 간 적이 있었지? 그럼, 기억나지 않을 리 없지. 그때 우리가 다꼬베아일 거라고 수군거렸던 얼굴 생각 나나? 국밥 몇 그릇을 비운 조선인 말이야."

"그 사람이 어쨌다구……"

"죽었어. 화형을 당했단 말이야. 아! 내가 왜 그걸 보게 되었는지.

이 내 눈으로 똑똑히 봤거든. 나무에 매달린 채…… 그 비명 소리…… 지옥에서도 그런 소리는 들을 수가 없을 거야. 알겠어?"

"화형이라구? 지금이 어디 중세시대냐? 덤벙대지 말고 차근히 얘기해 봐."

동식이는 그 끔찍스러웠다는 장면을 새삼 기억해내고 요약해야 하는 게 고통스러운지, 잠시 눈을 감았다가 떴다.

이 무렵 에스토르는 육로 교통에 불편한 점이 많았다. 주도 도요하라로 가자면 섬 반대편으로 가로질러 나이로를 거쳐 동해안을 따라 내처 내려가는 자동차 길과, 서해안으론 구슌나이까지 자동차 길로 남하해서 거기서 기차를 바꿔 타는 두 가지 방법이 있었다. 에스토르와 도로 일원에서 수송 화물량이 많아 이 무렵엔 에스토르—구슌나이 간 철도 부설 작업에 박차를 가하고 있었다. 구슌나이는 에스토르와 도요하라의 꼭 중간쯤에 위치한 작은 도시였다. 전쟁이 막바지로 치닫고 있었으므로 이때엔 많은 강제 노무자를 동원하여 공기 단축을 서둘렀다. 때문에 그 현장은 인권의 사각지대임은 말할 나위가 없고, 최악의 노동 조건으로 강행됨은 잘 알려져 있었다.

동식이 작은 어촌에 들러 전에 주문 받았던 이불을 배달하고 돌아오려던 참이었다. 마을 사람들이 그곳에서 지척인 한 다꼬베아 구미에서 곧 구경거리가 났다고 몰려가게 되어 그도 따라 나섰다. 탈주자를 경계삼기 위한 화형이 곧 있다는 거였다. 동식이가 현장에 도착했을 땐, 그곳 현장의 노무자들이 모두 집결된 한가운데에 형장도 가설되었다. 형틀은 서까래 같은 나무로 흡사 높다란 철봉대같이 가설해 놓은 것으로, 그 밑에는 불쏘시개 위로 마른 장작더미를 쌓아 두었다. 구경거리를 만난 외래인들도 주위에 드문드문 보였다.

양 손목이 뒤로 결박지어진 사내가 끌려 나왔다. 작업 시간대여서일까, 서두는 품이 완연했다. 사내는 지체 없이 높은 지형을 골라 버티고 선 집행인 앞에 세워졌다. 짧은 콧수염을 기른 이 50대 후반의 일본인이 청부업자인 성싶었다. 그 작자는 끌려 나온 사내를 잠시 뚫어져라 노려보고 있었다.

그때 동식은 흠칫했다. 볕에 그을린 야윈 체구, 저 사내를 어디선가 본 적이 있다고 생각했다. 누구일까? 노가다 판의 이런저런 사람을 떠올려 보았지만 쉬 짚이는 데가 없었다. 그런데 전혀 낯선 사람은 아니었다. 그러노라니 몸이 오그라드는 듯 긴장이 되어 콧수염의 일장 훈시는 귀에 들어오지도 않았다. ……지금 우리 제국은 사력을 다해 전선을 지키고 있다. 먼 남방에서 충용 무쌍한 황군이 이찌반노리(先着) 공명을 세우려 다투어 적진 속을 뛰어들고 있단 말이다. (……저 겁에 질려 화석이 된 듯한 남자는 언젠가 만났던 사람이다.) 그런데 이 비열하고 천치 같은 한또오진은…… 그 순간 동식은 불길이 얼굴에 확 끼얹혀진 듯했다. 화상인 듯한 얼굴의 상처 자국! 그래, 그 사람이었구나! 나주집에서 본.

청부업자는 훈시를 끝내고, 즉각 실시! 제군들은 이제 탈주자의 처참한 말로를 목도하게 될 것이다라고 광분한 목소리로 외쳤다. 사내의 발목에 밧줄이 감기고, 다른 밧줄 끝을 가로막대 위로 던져 걸고는 저쪽에서 세 사람이 달라붙어서 끌어당기니까 사내는 외마디 비명을 지르면서 고꾸라졌다. 나뒹굴며 매달릴 때 머리가 장작더미를 쳤기에 나무토막 몇 개가 흩뜨려졌다. 밧줄가닥은 한 번 더 가로막대를 감고는 저켠 말뚝에 묶여졌다.

"곧바로 불을 붙였다구, 알겠어? 난 그걸 끝까지 볼 수가 없었어. 도망치듯 홱 몸을 돌렸을 때 살이 타는 노린내가 거기까지 풍겼던 것 같애. 그것은 사람이 할 짓이 아니었어!" 동식은 감정이 격해졌던지 가슴을 크게 들먹이곤 흑흑 흐느끼는 소리를 냈다. "그게 사람 탈을 쓴 거야? 왜놈 쪽바리를 용서할 수 없어. 결단코 잊어선 안 돼. 다꼬베아 중엔 쪽바리도 많다고 하지만 만일 저네 동족이었다면 감히 그런 처벌을 할 수 있을까? 그렇잖아?"

동식의 울먹이는 소리는 이내 가라앉아 갔지만 두어 번 주먹 등으로 코를 훔쳤다. "말세야. 발악도 그런 발악을?"

훈도 호되게 뒤통수를 얻어맞은 양해서 말을 잊고 말았다.

"이 내 눈으로 봤다구."

"알고 있어. 네겐 큰 충격이었겠지. 그 사람이라?"

공포에 짓눌린 눈빛. 그때 그 자의 운명을 읽었더란 말인가? 인연의 우연함. 그런데 지나치게 공교롭다. 자, 진정하구 술이나 한잔 하러 가자. 독한 게 속을 훑으면 조금은 풀릴 게다. 훈이 동식의 등을 밀어서 밖으로 나왔다.

동식의 입을 통해 들은 가공할 만행은 날이 지날수록 훈에게 미묘한 그림자로 드리워졌다. 그의 심장어 일본인—조선인의 대칭 구도가 아주 가파르고 험상궂게 박혀들기 시작했던 까닭이다. 아버지는 돈을 벌겠다고 일본 땅을 밟았다. 형은 이만큼 먹고 살며 수중에 돈푼이 쥐어지는 데 만족하는 것 같다. 나는 2년제지만 기술학교를 나와 가라후도 굴지의 기업체에서 정식 직원이 되어 있다. 이곳에 와 있는 대개의 동족보다 분명히 나은 처지를 누리고 있는 셈이다. 그 사실을 의심 없이 인정해서 딴생각을 품을 겨를이 없었던 것이다.

'나는 누구인가?' 이 물음에 대한 첫번째 대답은 물론 조선인이다 해야 하리라. 그런데 민간 일본인 사업가가 강제 노역장에서 탈주했다 하여 한 조선인 노무자를 공공연히 화형에 처하다니! 침을 뱉을 만큼 얕보고, 사사건건 수치감을 안겨 주다가 저런 만행으로 조선인을 모독한 것이다.

그렇다면 '치에꼬는 누구인가?' 그에 대한 대답은 자명하다. 첫번째로 일본인이었다. 피가 차지 않고, 푸르지 않다 하더라도 그녀는 일본인인 것만은 분명했다.

그달 내내 신문은 이오지마(硫黃島) 전황을 전해 주느라 숨이 가빴

다. 일본 열도 저 남쪽 태평양 한 켠에 바위와 유황으로 뒤덮인 절해의 고도에서 사상 최대의 전투가 벌어지고 있었다. 중순을 지난 시점에, 이쪽 전선의 일본군 사령관 구리바야시 중장은 영광스럽게 대장으로 진급됨과 동시에 휘하 병단에게 총공격 명령을 내렸다는 보도가 실렸다. 그러나 오랜 시간이 지나지 않아 '결사 감투, 전 장병 옥쇄(玉碎)'라는 불길한 글자가 주먹만한 활자로 지면 머리를 채웠다. 옥쇄라는 말만큼 패전을 미화시키는 낱말을 어디서 달리 찾아볼 수 있을 것인가. 그럼에도 이 말은 전투의 승패를 초월해서 황국신민으로서의 결연한 의지와 돌덩이같이 단단하게 뭉치는 마력으로 작용했다. 전황에 대해 민감한 반응을 보여주던 전기계의 절름발이 주임은 이렇게 떠들어댔다.

"오냐, 좋다. 오끼나와에서 결판을 내게 될 것이다. 우리 제국의 항공전대가 적의 보급선을 깡그리 수장시킬 게 분명하니까. 양키놈들, 파도처럼 밀려온대두 병참 지원을 받지 못하고서야 어떤 위력을 발휘할 수 있겠는가? 남지나 쪽엔 세계 최대의 전함이자 제국 해군의 보루인 야마도(大和)호가 버티고 있단 말이다."

전기 부서원들은 모두 그 말을 믿었다. 아니, 믿고 싶어했다.

이러는 동안, 훈과 치에코의 만남 횟수는 갑자기 뜸해졌다. 왜 그렇게 되었을까. 국운이 백척 간두에 놓여져 있는 시국하에 젊은 남녀가 밤거리를 배회한다면 자칫 경을 치게 될 분위기이기도 했다. 그만큼 살벌해져 버린 탓도 있겠으나 그것만은 아니었다. 훈은 동식의 애기를 들은 뒤, 그녀와 왕자제지 야적장 가까운 마스라 강으로 발걸음을 한 뒤로 어느 켠에서라고 할 것도 없이 연락이 끊어져 버렸다.

그날 둘은 첫 입맞춤을 했다. 그 행위에는 묵시적인 불씨가 감추어져 있을 법했다. 치에코는 기다렸다는 듯이 응해 왔다. 당신을 신뢰하며, 앞으로 늘 가까이 있겠다는 징표를 보이는 양했다. 조개가 아가리를 벌린다는 건 자기 속살의 전부를, 혹은 오래 품어 온 진주까지 다 내어 주겠다는 의사이다. 이 날 그녀는 아가리를 벌려 준 조개와 다를 바 없었다.

훈에게도 그런 마음이 있었던가. 아니었다. 그의 내심 한 켠에서는 실금같이 에이는 듯한 아픔이 일었지만 그녀에게서 떠남을 고백하는 몸짓이라고 생각했다. 그녀를 미워해야 할 구석은 그녀 자체에게선 아무 데도 없다. 여전히 만나서 안고 싶고, 그녀 전부를 갖고 싶은 마음은 변함이 없었다. 정말 그녀를 사랑하고 있단 말이지? 스스로 자문해 보면 부정할 길은 없지만 그래도 어쩐지 사랑해선 안 될 거라는 확신은 분명해졌다.

그녀는 헤어지면서 언제 만나자든가, 혹은 전화 주세요나 전화할게요라는 말을 하지 않았다. 이에 관한 한 둘 사이에는 은연중에 그녀가 먼저 제의하는 걸로 양해가 되어 있었던 편이었다. 어쩌면 눈이 녹고, 그러는 동안 어느 한 모서리가 부스러져 나가 세상이 온전하게 재생되는 날이 오기라도 할 것처럼. 훈은 그녀가 대로로 나가는 걸 어둠 속에서 지켜 보았었다.

그런데 눈이 녹기 시작해 산하에 희끗희끗한 잔설이 보일 뿐인 4월 초순도 지나가고 있었다. 전기 파트 주임의 호언과는 달리 일본 해군의 최후의 자랑이며 18인치 거포를 갖고 있다는 군함 야마도호가 미군 기동부대 전투기의 집중 공격을 받고 침몰해 갔다고 했다. 큰 경련을 일으키며, 하늘 높이 솟아오른 화염의 피라밋에 싸여 최후를 마쳤다고.

두 남녀가 결합하는 데에 있어서 민족적 이질감은 극복의 대상일 수 있고 그래야 마땅하다고 훈은 막연히 생각해 왔더랬다. 그러나 두 남녀가 사랑함에 있어서 전황이 그런 장애가 되리라고는 예상하지 못했었다. 지금은 그런 문제가 자기한테 절박한 사안이 되지 못하다는 걸 차츰 깨달아 가고 있었다. 사랑은 과연 한 줄기 바람에 지나지 않았단 말인가.

어느 날, 사이고오로부터 악단원 몇몇이서 모임을 가지려 하니 저녁에 카페 아까다마로 나오라는 연락을 받았다. 그와 훈, 알토의 마사코와 영삼씨, 그리고 회계 담당 가토오가 나왔다.

모임을 주선한 사이고오가 화제를 이끌어 나갔다.

"아폴로 악단이 작년엔 웬만큼 궤도에 올라서게 되었습니다. 가토오씨는 재정적으로도 흑자를 냈다고 해요. 물론, 이러기까지는 유능한 지휘자를 모셨던 사정이 있었지만서두요. 그런데 우린 넉 달 가까이 허송 세월을 보냈습니다. 두 달간은 쉬기로 작정되었다지만 뜻밖에도 아시카가 선생을 잃은 변수가 생겼기 때문이었습니다. 그 말고도 위태로운 시국이 그렇게 되도록 작용했을 테지만요."

이만쯤 운을 뗀 뒤 사이고오가 주위를 둘러보았으나 누구도 냉큼 입을 떼려는 사람이 없었다. 가쓰라가 참석했다면 무슨 말인가를 했을 것이다. 사이고오가 생각한 바가 있어 연락을 하지 않았든지, 아니면 그가 불참한 것인지 훈으로서는 알 길이 없었다. "내 생각으로는 이렇게 흐지부지되어선 안 된다는 겁니다. 그렇지 않아요? 봄 공연은 어렵다 하더라도 연습은 계속되어야 할 거란 뜻입니다."

마사코가 얼른 말을 받았다.

"그건 당연해요. 그런 식으로 용두 사미가 되어선 안 되죠. 중요한 건, 우리 단원 중에서 누구를 지휘자로 선택하는 일이 우선되어야 할 거예요. 그리고 이렇게 무심했던 데는 살림을 맡은 가토오씨의 책임이 컸다구요."

"상의를 했죠. 몇 분한테, 어떻게 했으면 좋겠느냐고 물으면 두고 보자고만 했어요. 마침 사이고오씨가 나서 주었기에 망정이지…… 정식 해체를 하지 않은 다음에야 명맥이 지속되어야겠지요."

가토오가 얼굴을 붉히며 황급하게 대답했다. 그의 말도 옳았다. 지금까지는 지휘자가 단장을 겸하고 있었기에 그는 단지 지휘자의 지시대로만 움직였던 회계 담당에 불과했다. 앞장서는 게 주제넘다고 생각했을 터였다.

"이러면 어떨까요?" 진갈색 차탁 모서리를 만지작거리던 영삼씨가 나섰다. "악단 연습은 계속하는 거지요. 이번 경우를 보면 악단은 작거나 크거나 간에 지휘자와 단장이 따로 맡아야 하지 않을까 싶습니다. 아시카가 선생이 계실 때에는 그것이 효율적인 점이 없지도 않았지만…… 원래부터 역할 분담이 되어야 했습니다."

이런 형국에 악단에 남을 사람이 몇이나 될 거라구, 하는 반론도 있었지만 모두의 의견이 어떻든 아폴로 악단이 지속되어야 함에는 찬동했다. 날을 정해 전체 단원이 모여 재건하는 쪽으로 가닥을 잡았다. 헤어지기 전에 사이고오는 좌중을 향해 이런 말을 했다. "이건 순전히 사적 생각입니다만, 우선 당장 지휘를 맡을 사람이 필요합니다. 개개인의 생각이 다를 수 있겠으나, 마사코상은 가네히라씨를 추천합니다. 본인의 의향도 물어보지 않았지만…… 염두에 두고만 있으세요."

며칠 후에 전원 연락을 해서 소집을 했음에도 단원은 고작 15명이 모였을 뿐이었다. 그 자리에서도 편의상 사이고오가 사회를 맡았다. 여러 의견이 분분한 끝에 이런 결정에 도달했다. 아폴로 악단은 존속한다. 여름 공연을 위해 정기적 연습을 갖는다. 지휘와 단장은 분리하여, 지휘는 훈이, 단장은 이 날 참석치 않은(실제로 정식 악단원이 아니었다) 상회 주인을 추대하기로 했다. 그리고 사흘 뒤인 토요일에는 전원이 공회당 연습실에 모여 전임 지휘자 미망인을 찾아보기로 했다.

그런데 첫걸음부터 차질이 생겼다. 사이고오와 가토오가 상회 주인을 찾아가 단장을 맡아 달라고 간청했음에도 그는 완곡히 거절했다는 것이다. 게다가 악단에서 탈퇴하겠다고 통보해 온 단원이 너댓 명에 이르렀다. 열세 명이 모인 자리에서 가쓰라와 마사코의 청으로 단장은 사이고오가 맡기로 낙착이 되었다. 훈은 이 날 마음이 언짢았다. 탈퇴를 통보한 단원들이 자신의 지휘를 달갑잖게 여겼기 때문인 줄을 피부로 느꼈기 때문이다. 마사코가, 달리 대안이 없는 줄 뻔히 알면서도 가네히라씨가 내지인이 아니라는 데 반발하는 거예요. 개 의치 마세요. 별로 도움이 될 사람들도 아니니까 하고 귀띔한 바도 있었다.

가요는 겉보기로는 남편을 잃은 슬픔에서 벗어난 것 같았다. 옷차 림도 밝은 물색 평상복이었고, 남편의 옛 단원을 대면하고서 보일 법 한 눈물은 비치지 않았다. 오히려 음성은 명랑하기까지 했다. 훈이 지휘봉을 물려받았다는 애기를 듣자 한결 생기를 띠고 말했다.

"그이의 생각도 마찬가지였을 거예요. 늘상 칭찬했으니까요. 가네 히라씨, 중책을 맡았으니 잘해 보세요. 공연 땐 전임자 가족을 잊지 말고 초대장쯤은 보내 주겠지요?"

가요의 그 말은 훈에게 일말의 격려가 되어 주었다. 지휘권에 대한 객관적인 평가와 뒷받침을 받은 듯했기에. 한참 후에 가요 부인은 이 런 말도 했다. "수 일내로 한번 찾아주면 좋겠네요. 책을 몇 권 드리 고 싶어요. 가네히라씨한테 꼭 필요한 책들일 테니까…… 호의를 무시하면 곤란해요."

3

사람들이 짧은 봄에 대해서 화제로 삼기 시작했을 때 이미 그 봄은 지나가고 있었다. 가라후도의 봄은 그런 식이었다. 산자락 음지에는 여직 쌓인 눈이 녹지 않아 을씨년스런 풍경을 보이고 있음에도 자작 나무, 가문비나무, 물푸레나무는 시시각각 신록이 짙어졌으며, 그와 동시에 들녘은 숱한 민들레를 비롯해 질경이, 소루쟁이, 우엉, 토끼 풀 따위로 뒤덮여 갔다. 겨우내 쌓인 눈이 천천히 녹으면서 땅에 충

분히 수분을 공급했으므로 생명이 있는 모든 풀뿌리는 창궐하는 야
만처럼 무성해지는가 보았다.

낮이 한결 길어졌다. 햇빛이 나는 낮에는 그런 대로 봄 날씨 같았
지만 새벽과 밤에는 여전히 추위를 느끼게 하는 심한 일교차(日較差)
가 식물의 성장에 어떤 영향을 미치는가는 알 필요조차 없었다. 다
만, 긴 동삼을 지나는 동안 신선한 야차에 목이 매었던 먹성들인지라
곳곳에 지천으로 널린 식용 봄나물은 신의 선물쯤으로 받아들여졌
다.

특히 한 해의 저장 나물을 이 두 달간에 웬만큼 마련해 두곤 하던
조선인 마을이 긴장하며 활기를 띠어 갔다. 야생 미나리와 쑥을 캐다
보면 어느새 산마늘과 씀바귀를 찾아 나설 때가 되었다. 취를 뜯다가
는 돌연 버섯과 고사리, 고비를 놓칠까봐 마음이 조급해지기도 했다.
남자들은 시간이 나면 더 억세기 전에 미역과 다시마를 채취하는 데
골몰하지 않으면 안 되었다. 이런 풍성한 푸성귀들을 다듬고, 삶고
말리느라 집집마다 법석을 떨게 마련이었다. 그 말고도 집집의 텃밭
이나 가축을 돌보아야 할 판에 일손을 팔자니 하루 해가 조금도 긴
것 같지가 않을 터이다. 그럼에도 산나물을 캐러 나가는 발걸음은 봄
바람처럼 상큼할 법하다.

박씨는 이른 아침에 대바구니를 겨드랑에 끼고 집을 나섰다. 오늘
동식의 어머니 곰실댁, 두 집 건너에 사는 쌍가매 할머니와 함께 땅
두릅을 따러 가기로 했던 것이다. 마을에서 3킬로미터 남짓한 오지
아 산등성이에는 두릅 새싹이 흡사 죽순이 뾰족하게 돋아나듯 여기
저기 솟구쳐 오르는 철이었다. 시간 반쯤 쏘다니면 바구니를 채울 수
있을 것이었다. 여기 두릅은 조선에서처럼 두릅나무의 새잎을 따는
게 아니라, 지표면 위로 굵직하게 돋아난 순을 꺾는데, 그 속의 무른
알맹이가 아삭아삭 씹히는 육질감과 함께 아주 취할 만했다. 이러는
사이에 이런저런 버섯들도 눈에 띌 게다.

쌍가매 할머니 댁을 들러서 둘이 다시 신작로로 나오자 마침 곰실댁이 다카코와 함께 이쪽으로 오고 있었다. 다카코는 과자 공장에 출근하는 길이리라. 그녀가 두 가닥으로 땋은 머리결을 보이며 까딱 인사를 했다. 겨울옷을 벗은 탓인지 가슴이 봉긋한 게 갑자기 처녀꼴을 내는가 싶었다.

"너 본 지 오래구나. 제법이구나." 박씨는 건성으로 인사치레를 했다가는 실없는 말을 보탰다. "올해는 몇이지? 몇 살이냐구?"

"아이, 아주머니두. 느닷없이 나이는 왜 물으시구?"

다카코는 볼을 붉히고 말았는데, 곰실댁이 어멍어멍 대꾸를 했다.

"얘가 이제 열아홉이랍니다. 헤는 나이론 스물 아닌가요?"

"벌써? 내 나이 들어가는 건 모르고 애들 자라는 것만 놀래키니…… 당장 치워도 되겠네."

무심코 중얼거려 본 건데 짜장 소갈머리 없는 말이 되고 만 성싶었다. 장성한 아들을 둔 터수에 함부로 빈말을 해서야 될 일인가. 박씨는 자신도 모르게 도리질을 했다. 금방 토해 버린 말 때문이 아니라 훈의 짝이 될 수는 없다는 강한 부정에 말미암은 것이었다. 다카코는 지체해서는 안 된다는 몸짓으로 황황히 내처 갔고, 곰실댁의 기미가 살풋 긴 얼굴에는 잠시 복잡한 기색이 스쳤다. 박씨는 곰실댁과는 나이 터울이 많이 지기에 부담 없이 말을 놓고 지내는 사이였다. 성정이 무던하다고 여기고 있으나 여편네는 어쨌든 바깥을 잘 만나야 할 일인데 그 점이 아주 못마땅했다. 처녀자리가 워낙 귀해 다카코가 머리 얹기에는 그런 게 대수일까만.

"우리집보다 아주머니 쪽에 신경쓰셔야죠."

셋이서 곰실댁이 온 길을 되짚어 걷던 참에 새삼스레 저쪽에서 말끝을 물고 늘어졌다.

"훈을 두고 하는 말이로군. 그렇기도 하지…… 어떻게 되잖겠나? 맏이가 곧 조선을 다녀오겠다 했으니 무슨 궁리가 있을 거네. 짚신도

142

다 짝이 있는 법인데 설마해서……."

"아무렴요. 헌데, 아주머니." 곰실댁은 말문을 열었다가 얼른 쌍가매 할머니 쪽을 흘끔 뒤돌아보았다. 할멈은 걸음이 더뎌 서너 걸음은 족히 뒤떨어져서 휘청휘청 따르고 있었다. "이 얘기 해야 좋을지 어떨지…… 훈이가 마음을 주는 색시가 있대요. 모르시진 않을 텐데요. 설마 설마 하다가 설마가 사람 잡는다는 말도 있잖아요?"

"쓸데없는 소리! 왜녀를 두고 이런저런 말들이 있는 줄 아네만 걱정할 일은 아니라네. 같이 어울리는 끼리들이니, 이즘 애들은 동무삼아 지낸다고들 하잖던가? 행여 지레…… 남의 말 다 들을 것 없어."

"그렇기야 한다면야……."

박씨가 완강한 어조로 나왔기에 곰실댁은 그쯤에서 무춤 물러서고 말았다. 하지만 속으로는, 저 아주머닌 대가 찬 분이긴 하나 태평 세월하다가 그예 일을 그르쳐 놓을 게 아닌가 심상하기도 했다. 한편으론 야속한 생각도 없잖았으나 그렇다고 대놓고 입에 올릴 처지도 못 됨을 잘 알았다.

마을을 뒤로 하고 조선인들이 경작하는 밭을 지나 산으로 접어들었다. 곳곳이 질척거리고 때로는 진구렁을 만나기도 해서 조심스럽게 걸어야만 했다. 어깨를 덮을 정도의 키 작은 활엽수들을 헤차고 등성을 오르자 이내 양지바른 쪽에 두릅 순들이 보이기 시작했다. 여기서 각자 헤어져 찾아보지. 하지만 깊이 들어가선 안 되네. 가끔 소리치는 걸 잊고 말고……. 알고 있답니다. 할머닌 이 근처만 맴돌아요. 아시겠죠? 기척이 없어도 앉아 쉬시면 우리가 이리로 돌아오겠어요. 이런 말들을 주고받으며 뿔뿔이 흩어졌다.

박씨는 매해 눈여겨보고 찾아가는 둔덕으로 길을 잡았다. 겨드랑께까지 자라서 둥근 잎을 너울거리는 후끼 줄기엔 살이 올랐다. 훈이 짬을 내어 두어 시간만 낫질을 해주었으면 싶었다. 늪지에는 야쯔부끼도 노랑꽃을 매달고 탐스러이 너풀거렸다. 후끼며 야쯔부끼는 조

선에는 없는, 그러나 어린애 손목 굵기만하게 살찐 줄기는 여간 맛나
는 반찬거리가 아니었다. 6월 중순만 넘겨도 억세어져 재미가 없었
다. 이맘땐 남정네들이 잠깐 동안만 낫질을 해서 묶으면 장골 한 짐
은 거뜬히 마련할 수가 있었다. 우선 당장은 데쳐서 먹고, 저장용은
삶아서 껍질을 벗기고 말리면 겨우 내내 찬거리가 되어 주었다.

바구니에 두릅이 채워졌을 때 박씨는 '후우이, 후우이' 하고 외쳐
대며 만나기로 했던 장소로 되돌아왔다. 정오가 가까웠는지 햇살이
나른하게 깔린 자리에는 곰실댁이 먼저 돌아와 있었다. 식구가 적잖
아서인지 고비며 산마늘 따위로 바구니를 수북이 채운 모양이었다.
산에 온답시고 두꺼운 겨울옷을 챙겨 입었던 탓에 목덜미로 땀이 비
쳤다. 쉬어 간다 해서 점심때가 늦을 일도 아니기에 엉덩이를 퍼질러
앉아 버렸다.

"눈사태가 긴치 않긴 해도 이녘이 배 굶진 않을 데지요?"

곰실댁이 마음이 헤퍼져서 입을 뗐다. 쌍가매 할머니가 산마늘 잎
새를 한 움큼 나눠 받은 기분으로 대꾸를 했다. "봉화 땅에 살 땐 쑥
밖에 더 있었던가? 지금 생각해 보면 거기가 어지간히 척박했던 게
지. 우리야 보릿겨에다 쑥을 버무려 찐 걸로 봄을 넘겼으니…… 이
너른 천지는 개간할 곳도 많고…… 죄 버려진 땅들이니."

"할머니, 그래도 자기가 태어난 고장보다 더 좋을 수는 없어요. 가
라후도가 이 한 철뿐이지 어디 사람이 살 덴가요? 워낙 기후가 나빠
옛날엔 그 아이누족이라든가 오래 살던 토종만 겨우 살았잖아요. 춥
기도 웬만해야지."

"하긴 제 태어난 곳이 제일이지. 짐승도 죽을 땐 제자리를 찾아간
댔으니까."

박씨는 할머니의 음성이 축축하게 젖어든 걸 듣고는 객쩍어졌다.
쌍가매 할머니가 측은해졌다면 자기라고 별수없다는 걸 왜 몰랐던
가. 통천에서 이 무렵, 5월 단오를 지내던 시절이 아련히 상기되었

다. 수리춰떡을 쪘고 그네를 뛰었다. 그건 그지없는 평화로움의 달무리로 가슴에 사무쳐 들었다. 할머니는 처연해져 말을 잃고 있고, 곰실댁은 무슨 생각에 골몰한지 무릎을 싸안은 팔에 목을 움츠리고 있었다.

"내가 공연한 소리를 했는갑소. 그렇다고 이 좋은 날 산에 와서 긍상를 떨어선 안 되겠지요. 할머니, 내 노랫가락 한 가닥 할까요?"

"그러게. 여염 여자가 무슨 소리를 할까만."

"그러지 마십시오. 나도 새악시 적이 없을까요? 하긴 땋은 머리 때나 불렀지만서도."

곰실댁도 팔을 풀고 돌아앉았으므로 박씨는 짐짓 헛웃음을 흘리고는 목청을 가다듬었다. 웬 늦바람이람. 하여간 우리 고향에서 부르곤 했던 '정선 아리랑'이요 하면서.

눈이 오려나 비가 오려나 억수장마 질라나
만수산 검은 구름이 막 모여든다
아리랑 아리랑 아라리요
아리랑 고개 고개로 날 넘겨주게

명사십리가 아니라면 해당화는 왜 피며
모춘삼월이 아니라면 두견새는 왜 우나
아리랑 아리랑 아라리요
아리랑 고개 고개로 날 넘겨주게

노래가 끝났음에도 누구 한 사람 쓰다 달다 말이 없었다. 박씨가 마지막 소절을 부르면서 목소리가 축축하게 젖어들었기 때문이었다. 잠시 입이 봉해져 있던 중 그래도 나이값을 하느라고 쌍가매 할머니가 핀잔처럼 우스갯소리를 했다.

"원, 영감 생각이 났나뷔. 평소 안 하던 설움을 다 타고…… 어쩐
지 가락을 자청하더니, 그만 일어나오. 숫곰이 나타나 업어갈까 두렵
네."

"에그 할머니도 별 말씀을……."

곰실댁이 화들짝 놀란 시늉을 하며 몸을 일으켰다.

"어떻게 된 셈이지? 모두들 오키나와와 함께 태평양 바닷속으로
곤두박질이라도 쳤다는 건가?"

아폴로 악단 정기 연습일을 맞아 여덟 시가 되어 가는데도 단 여섯
명이 나와 있음을 두고 사이고오가 불평을 했다. 훈과 그, 클라리넷
을 부는 가쓰라와 플루트의 영삼, 그리고 알토의 마사코와 치에코뿐
이었다. 훈은 마른침을 삼켰다. 이런 결과는 도쿄에 미군기의 소이탄
공격으로 십만 명의 인명 피해가 났을 때 예견되었던 일이라고 애써
자위해 보기도 했다. 하지만 그렇지만은 않을 것이다.

"책임감이 없어서들 그래요. 이럴 바에는, 말하자면 정기 연주회도
갖지 못할 양이면 해산하는 것도 심각하게 고려해 봐야 하잖을까요?
우리 일본인은 맺고 끊는 게 분명하다는 데 자부심을 가져 왔더랬는
데, 아주 이상해져 버렸어요."

마사코는 훈이 듣기 좋도록 말했다. 하지만 일본인만이 아니었다.
그 동안 참석 성적이 좋았던 영삼씨마저 시들해진 눈치였다. 그가 나
타나면 훈에게 무언중에 힘이 되곤 했다. 악보의 해석을 두고 의견을
달리하는 경우에는 그가 옳은 가닥을 잡아 주곤 했는데 그의 뜻을 대
개가 수긍해 주었다. 가타부타 말이 많으면 지휘를 맡은 훈이 진땀을
흘리지 않을 도리가 없을 것이었다. 성미가 급한 가쓰라가 악기를 챙
겨 넣으려는 참에 트럼펫 주자가 바바리 코트 자락을 펄럭이며 들어
섰다.

이쯤의 구성원이라면 서너 곡 합주를 연습해도 좋을 성싶었다. 마

사코의 가곡 두어 곡을 곁들이면서……. 치에코는 무슨 생각에 잠겼는지 의자에 앉은 채 고개를 숙여 꼼지락거리는 발치께만 내려다보고 있었다. 훈은 시선을 주지 않으려고 애썼으나 도리 없이 흘낏 눈길이 쏠리곤 했다.

그녀는 나에게 있어서 어떤 존재인가? 이 세상에 꺾어도 좋은 꽃이 있고, 절대 그럴 수 없는 꽃이 있다면 그녀는 어떤 꽃으로 피어 있는가? (내가 꺾다니…… 이건 상대방의 입장을 전혀 고려치 않은 일방적인 생각일 따름이다. 나는 꺾여 줄 만반의 태세를 갖추고 있으니 그 선택권은 당신한테 있어요. 언제 그런 언질이라도 주었단 말인가.)

훈이 영삼씨와 악보를 두고 두어 마디 말을 주고받은 끝에 그쪽을 다시 흘끔 쳐다보았다. 밤 기온 탓인지 모직 원피스 위에 진분홍 털실 스웨터를 걸치고 있었다. 함께 춤 출 파트너가 오지 않았으므로 무도복을 넣은 천 가방은 의자 옆에 놓아 둔 채였다. 귀밑 머리카락이 하얀 목덜미로 몇 가닥 걸쳐 있어서 애련한 느낌이 없잖았다. 처녀는 특히 관심을 쏟는 남자의 내면을 읽는 데에는 천부적인 감각을 갖고 있나 보다.

도쿄를 불바다로 만든 그 굉장한 뉴스가 접해지기 이틀 전이었던가, 3월의 눈 덮인 마스라 강가에서 만났던 날, 그녀는 훈의 동요를 화안히 꿰뚫어본 모양이었다. 훈이 달리 어떤 언질을 준 건 결코 아니었다. 말없이 착잡하게 서 있었던 건 여느 때나 다름없는 것일 수도 있었다. 긴박한 전황…… 내지인과 반도인…… 한또오진에 대한 새삼스런 경계심…… 울적해진 심사를 어느 쪽으로 요량해도 좋을 법했다. 그런데 헤어지면서 그녀가 보여준 태도는 그런 것이 아닌, 말하자면 훈이 자신에게 기울어지는 걸 후회하고 있다는 진실을 간취했다는 표정이었다. 원인을 따지고, 왜 그렇게 되었을까를 가늠해보는 것도 부질없는 일인 양.

　무관심한 듯, 멍하니 앉아 있는 그녀를 건너다보자 훈은 불현듯 치에코보다 가요 부인이 훨씬 손 가까이 있다는 생각을 했다. 훈에게 주고 싶노라 했던 책을 얻으러 댁을 찾아갔던 그날, 미망인은 잠시 응접실에다 차려 놓은 아시카가 선생 영정 앞에 향을 피워 참배토록 한 다음 내실로 안내해 갔다. 거기에 화로가 놓여 있기 때문이었지만 밤중에 손님을 침소로 맞아들인다는 건 예상 밖이었다. 이부자리를 얼른 반듯하게 손질해 놓았으리라. 이불자락에 덮인 베갯자리가 짐작이 되었고, 한가운데쯤에 유담보가 묻혀 있는지 봉싯했다.

　가요는 훈의 찾아온 용건을 듣고 난 다음에도, 기다리고 있었어요 라고만 했을 뿐, 책을 챙기려는 기색은 없었다. 화로 위로 두 손을 가지런히 펼치고선 망부에 대한 추억으로 화제를 돌렸다. 그이가 곁에 있을 적엔 미처 몰랐었는데 돌아가시고 나니까 집 안 곳곳에 넓게 자리했던 걸 알게 되었어요. 부엌에 있으면 안방에서 뭐라고 하는 말이 들려올 것 같고, 안방에선 또 응접실에서 이런저런 걸 갖다 달라는 목소리가 들리고…… 나이가 드셨어도 어린애처럼 잔심부름을 잘두 시켰다구요. ……그이는 예술적인 멋이 있었답니다. 드물게 보는 센티멘탈리스트였구. 처녀 시절엔 그이의 그런 면에 홀딱 빠져 버렸던 거예요. 어쩐지 세속에 초연했던 분 같지 않으세요? 음악 외에는 다른 재능을 찾아볼 길이 없는 사람인데…… 난 음악에 문외한이면서도 남편이 어느 한 가지에 외곬으로 빠져드는 데서 남자의 어떤 아름다움이랄까 그런 걸 접할 수 있었답니다. 저녁 나절에 바이올린을 만지작거리고 있을 땐 퍽 고독한 모습으로 다가들고…… 가네히라씨도 그런 점에서 일맥상통한 바가 있다 싶지만.

　그녀의 손은 하얗고 포동포동했다. 그 순간, 훈은 자기가 종이학이 될 수만 있다면 그 자신을 그녀에게로 향해 휙 날리고 싶은 충동에 휩싸였었다. 그녀는 잠시 기다리라며 일어섰다가 책을 몇 권 챙겨 들고 돌아와서는 이렇게 말했다.

148

"이것으로 발을 끊으시면 안 돼요. 그렇게 무정한 사람이 아닌 줄은 알지만…… 가쓰라씨하구 같이 와두 좋고…… 참, 치에코양과 함께 들르는 것도 좋겠네요."

그러나 그후 한 번 더 들렀던 길에도 훈은 혼자 갔다. 동식이가 이 불장사를 끝내고, 강이 풀려 다시 야적장의 고용 인부로 일할 날을 기다리며 집에서 빈둥거리는 걸 알고 있으면서도 혼자걸음이었다. 그녀는 얼굴 속속들이 고적함을 풍기며 반색을 했다. 친정으로 돌아갈 수도 없는 입장이고, 막막 강산에 이 한 돌뚱이가 내동댕이쳐졌다고 생각하니…… 하루가 다르게 가요 부인은 그렇게 허물어지고 있었다. 추해 보이지 않는 건 어쨌거나 도톰한 얼굴에 단아함이라 할 기품이 도사리고 있기 때문일 것이다. 그녀의 몸도 결코 남이 쓰다 버린 그런 따위는 아니었다. 만일 자신이 받쳐 주기라도 할 양이면…… 하지만 마음 한 켠뿐이지 샌님이나 다름없는 그로서는 내색조차 해보지 못했다.

마사코가 노래 연습할 흥이 나지 않는다 해서 그날은 제가끔의 악기 독주 연습을 하다가는 이내 전을 거두고 말았다. 사이고오는 이처럼 유명 무실한 악단은 존속할 이유가 없다며, 다음 주까지 장기 결석하는 단원의 진의를 일일이 확인해 보겠다는 말을 했다. 만일 계속하겠다는 사람이 열 명을 넘지 않으면 그 사람들만이라도 모여 정식 해단식을 갖자고 제안했다. 단장의 제안이었으므로 달리 이의를 다는 단원은 없었다. 이런 식으로 끝장이 나고 마는가 보았다.

훈이 아코디언을 들고 출입구께로 걸어나오자 영삼씨가 말을 걸어왔다. 그는 귓속말로 카페 파레스에 들러 맥주를 한잔 하자고 권유했다. 잘됐다 싶었다. 다만, 이 날따라 말 한마디 없이 앉아 있던 치에코가 뒤떨어져 오고 있기에 마음에 걸렸다. 대로로 나와 왁자지껄하게 악수를 나누던 참에 치에코도 곁에 있었으므로 훈은 자연스럽게 작별 인사를 나눌 수가 있었다.

"오늘은 시간을 허송해서 약이 오를 테지? 다음에 만나요. 타치바나 선생이 할 얘기가 있으시대서 함께……."

훈은 말을 끝맺지 못했다.

"시간을 허송해서?" 그녀는 혼자말처럼 중얼거렸다. 눈길을 건너편으로 준 채 말을 이었다. "가 보세요. 나와는 얘기할 게 없을 테니까."

그녀는 곧장 몸을 돌이켜 어두운 대로를 뛰듯이 가로질러 건너갔다. 다른 사람은 제 갈길로 걸음을 떼놓은 참이라 눈여겨보지 못했을 테지만 영삼씨는 무슨 사연이 있음을 눈치챘다.

"허헛, 내가 공연히 훼방을 놓은 게지. 젊은이들의 아베크 길을 막아 버렸으니……."

"당치 않은 말입니다."

"시치미뗄 것까진 없네. 이심 전심으로 다들 알고 있으니까. 치에코양이라면 나무랄 데 없는 아가씨거든. 보라구, 저처럼 토라질 땐 애교도 있고……."

"그만해 두십시다. 아마 다른 일로 기분이 좋잖았겠지요."

"글쎄……."

파레스에 들러선 영삼씨가 굳이 어두운 구석자리로 끌고 갔다. 두어 패거리가 붉은 전등 아래서 위스키를 마시다가 눈길을 주었으나 실내가 어두운 조명 탓인지 관심을 두지 않았다. 보이가 맥주병을 놓고 돌아가자 그는 아까의 대화가 미진했던지, 낮게 소근거렸다.

"이건 순전히 노파심으로 하는 말이네만…… 이 전쟁은 결코 오래 끌지 않아. 종전이 되면 우리들은 돌아가야 할 몸이라구. 일본인을 배우자로 택한 사람은…… 어떻게 될까? 이거, 내가 너무 주제넘은 말을 하는 거 아닌가?"

"괜찮습니다. 누구나 알 만한 일인걸요. 만일 치에코를 염두에 두고 한 말이라면 걱정하지 않아도 됩니다."

"알겠네. 그 얘긴 그만두세."

그 다음 주 정기 연습일에는 예상했던 바대로 단원이 모이질 않았다. 사이고오가 간곡히 참석을 종용했음에도 불구하고 회계 담당 가토오까지 합해서 여덟 명이 얼굴을 내밀었을 따름이었다. 좀체 빠지는 법이 없던 치에코마저 모습을 나타내지 않았다.

오늘도 가라후도의 짧은 봄 자투리에 걸쳐 있을라치면 이 봄이 빨리 지나가길 모두가 바랬다. 혈맹의 주축국 중 이탈리아가 무너졌을 때는 큰 충격으로 받아들여지지 않았다. 그런데 뒤늦게 무솔리니의 참혹한 말로가 외신에 묻혀서 알려지자 새삼 간담이 서늘해졌고, 곧이어 나치 히틀러 총통의 행방 불명과 베를린 함락이 하루 이틀을 격해 보도되기에 이르자 대일본제국의 명운을 암울한 얼굴로 바라보지 않을 수 없게 되었다. 본토 폭격의 불길이 이쪽으로 옮겨 붙지 말란 법이 어디 있겠는가?

사이고오는 침통한 음성으로 단원을 향해 입을 열었다.

"그 동안 수차 예고했던 대로 오늘 우리 아폴로 악단은 최악의 사태를 맞아 어떤 식으로든 결정을 해야만 할 시점에 이르렀습니다. 제국이 비상사태에 빠져 우리들의 사사로운 열정을 고집할 수 없게 만드는 것 같습니다. 여기 불참한 단원들에게 의사를 타진해 본 결과, 모두들 악단에 열의를 잃고 있었습니다. 다시 말하면 차제에 해단하는 게 좋다는 의견들이었습니다. 아시다시피 오늘 모인 인원이 모두 찬성한다 하더라도 계속해야 할 명분을 얻을 수 없으리라 생각됩니다. 단장을 맡은 본인의 부덕을 통탄하면서 앞날의 문제에 대해 여러분의 기탄 없는 고견을 듣고자 합니다. 재건을 도모해야 옳은가, 아니면 명예롭게 후일을 기약하며 해체하든가 양자 택일을 해달라는 말입니다."

그의 목소리가 가라앉아 있어서 섣불리 뭐라고 말하는 사람이 없었다. 입을 벌린다면 분위기에 어울리지 않을 쉿소리가 나올 것 같은 위구심에서 생긴 몸사림이었다. 다른 의견이 없자 사이고오가 악단에 그중 적극적이었던 영삼과 가토오 쪽을 지명해서 발언을 하도록 요청했으므로, 둘은 한결같이 현실적으로 더 존속할 여건이 되지 못한다는 걸 지적했다. 다른 의견이 없느냐고 물어도 대답이 없자 사이고오는 서둘러 해단을 선언했다. 미리 준비해 두었던지 이내 코지군에게 술을 내오도록 했다. 탁자를 중앙으로 옮겨 마른 안주거리와 함께 정종병을 기울였다. 그네들이 즐겨하는 이른바 송별주였다.

　분위기가 신통찮은 탓인지 성급하게 잔을 돌리다가는 술병 바닥이 나버리자 일어섰다. 막연한 비애가 콧잔등에 들러붙는 듯해서, 서로가 어서 이 자리를 피하고 싶은 마음이었다. 때문에 훈이 거리에 혼자 남겨졌을 때는 아홉 시가 채 안 된 시간이었다. 급히 마신 술로 뱃속이 후끈거려 왔다. 그는 이미 오늘 같은 날엔 가요 부인을 찾아봐야 하는 게 도리라고 결심했던 터였으므로 발걸음을 지체치 않고 옮겨 딛었다. 만일 가쓰라가 나왔다면 둘이 함께 가자고 청했을 것이다.

　그 댁은 안방에서만 불빛이 비치고 있었다. 현관 벨소리를 듣고 문을 연 가요는 찾아올 줄을 알고 있었다는 듯이 태연하게 맞아들였다.

　"어쩐지 보게 될 것 같더니…… 왠 줄 아세요? 어제 가쓰라씨 내외가 다녀갔는데, 오늘 악단의 해단이 있을 거라는 말을 해주었거든요." 그가 장화를 벗고 마루에 오르자 그녀는 앞장을 서서 응접실로 향했다. 어스름 속에서 그녀의 목소리만 들렸다. "하긴, 해단이 있대서 그쪽이 꼭 와 주리라는 보장이 있는 건 아니지만."

　달포 전에 들렀던 밤과는 인상이 완연히 달랐다. 전등 스위치를 켜고 든 방이 내실이 아니고 응접실인 탓인지, 아니면 화로와 이부자리가 눈에 띄지 않아서인지…… 아니, 그녀의 옷차림도 달라져 있었고, 얼굴도 마치 외출에서 금방 돌아온 듯했기 때문일까.

　몇 마디 말이 오갔으나 훈은 그림자처럼 앉아 있었다. 차를 끓여

152

내서 두 잔째를 따랐던 것 같다. 훈은 가운을 입은 위에 쇼올을 두른 가요의 파인 가슴께로 자꾸만 시선이 쏠렸다. 걸신 들린 수캐처럼…… 이게 무슨 꼴이람! 그때였다. 등화관제의 사이렌 소리가 길게 꼬리를 이었다. 이즘 들어 부쩍 잦아진 연습 사이렌일 것이다. 가요는 습관이 된 행동으로 얼른 일어나 전등을 껐다. 사방이 어둑서니 해졌다.

"어머, 안방에 불을 켜 두었더랬지. 깜박할 뻔했네."

그러고는 앞으로 내민 손이 훈의 팔을 잡는가 싶자 손을 끌어당기며 일어섰다. 골마루를 건너 안방으로 들어서서는 머리맡의 스탠드를 껐다. 그때까지 가요는 장님의 손을 끄는 소녀처럼 훈의 손을 잡고 있었는데, 그 자세대로 벽에 등을 기대며 앉게 했다. 달빛이 없는 날임에도 가라후도의 긴 잔광(殘光)으로 방 안은 희뿌연함이 남아 있었다.

"잠시 이렇게 있어요. 오래잖아서 해제 사이렌이 울릴 테니…… 난 이 시간이 가장 무서워요. 혼자 이런 어둠 속에 있다는 게 어떤 기분인지 알 수가 있을까?"

"괜찮습니다. 마침 들르게 되어 다행이었군요."

훈은 얼떨결에 대답했다. 가슴이 와락와락 뛰고 피가 머릿켠으로 몰린 탓인지 호흡이 가빠 왔다. 뭐가 괜찮다는 말인가? 이런 때 들른 게 다행이라구…… 엉큼한 수작으로 비쳐질 게 아닐까? 그녀의 손은 따뜻했다. 긴장한 탓인지 움켜쥔 손바닥에 땀이 끈적거렸다. 손을 빼면 한결 마음이 가뿐할 테지만 거기엔 끈적거리는 달콤함이 없지도 않았다.

훈은 좀더 사내다워져야 한다고 자신을 채찍질했다. 그녀는 무서움(혹은 심한 외로움 때문일까)으로 떨고 있을 것이다. 세상이 어떻게 돌아가고 있다는 말인가. 그의 머릿속에는 이미 아시카가 선생의 그림자나 스승의 부인이란 따위의 도덕적인 규범 따위는 지워져 있었다. 그렇다면 상대방이 왜녀란 관념에서도 자유로울 수 있었던가. 어디에선가, 혹은 누구에선가 이런 말을 들은 게 떠올려졌던 건 사실이다. '신이 호랑이를 만들었을 때는 비록 살생만 하고 표독스러우나 가죽이라도 쓰이도록 했고, 뱀은 간악하나 약재(藥材)로써 인간에게 이롭게 하도록 했다. 그런데 대체 저놈의 표독하고 간악하기만 한 왜 인들은 무엇에 쓰자고 만들어냈을까?'

극히 짧은 순간에 미세한 괴로움이 일렁거리긴 했으나 그는 의식적으로 자신의 내부에서 일어난 파문을 잠재웠다. 순수해지고자 했다. 적어도 이 순간만은…… 훈은 잡힌 왼손을 살그머니 빼면서 팔을 그녀의 어깨 위로 올려놓고 한편으로 오른손으로 그녀의 손을 움켜쥐어 주었다. 그 동작이 자신이 생각하기에도 퍽 자연스러웠다. 그녀는 고맙다는 뜻으로 머리를 그의 어깻죽지로 기댔다.

"이런 시간은 아주 옛날에나 있었던 일 같아요."

가요는 훈의 손을 자신의 허벅지 위로 올려다놓았다. 거기에 어떤 의사 표시가 있었던가. 훈은 장단을 맞추기라도 하듯, 어깨를 감았던 팔을 풀어 그녀의 등어리를 쓰다듬어 내리다가 허리를 안았다. 그녀는 순간적으로 흠칫하며 숨을 끊는가 보았다. 지나친 행동이었지 않았나 하는 두려움이 스쳐 갔지만 그녀에게서 별다른 반응이 뒤따르지 않아 안심을 했다. 한동안 둘은 서로의 숨소리를 헤아리기라도 하는 양 기척 없이 앉아 있었다. 훈이 내킨 마음으로 허리를 안은 왼손을 움직여 위로 더듬어 올라갔다. 물컹하게 솟구쳐 든 부분을 받쳐들 때였다.

"가만…… 자리를 볼게요. ……거긴 잠시 나갔다 와요."

훈이 좁은 골마루 끝에 위치한 변소를 다녀오니 그 동안에 가요는 다다미 위에 요를 깔고선 이불을 덮고 누워 있었다. 훈이 겉옷을 벗어 밀쳐 두고는 내의 바람으로 이불 속으로 기어들었다.

훈은 여인의 몸에 익숙치 못했다. 스스로의 판단에도 부끄러움을 느낄 만큼 쉽게 끝내 버렸음에도 그녀는 축은할 만큼 고즈넉하게 누위 있을 따름이었다. 평소의 성격으로 봐선 뭐라고 한마디 할 법했으나 의외로 내색을 비치지 않았다. 가는 한숨을 쉰 듯했지만 곧 훈의 가슴팍으로 얼굴을 묻고 말았다. 한참 후에, 가슴이 참 따뜻하네 했다. 그러고는 둘 다 살풋 잠 속에 빠져 들었던가 보다.

몇 시쯤 되었는지 그건 알 수가 없었다. 도드럼하게 안긴 남의 살에 대한 감촉으로 훈이 눈을 뜨게 되어 다시 한 번 욕망의 불길을 지폈을 땐 만족한 접촉이 이루어졌다. 축축하게 젖은 입술이 더운 김을 토하며 훈의 목덜미께를 한참 더듬었다.

"어쩌면 좋지? 당신을 알아 버렸으니⋯⋯." 그녀는 어려운 갈을 잇느라 잠시 뜸을 들였다. "뭘 기대하고 있는 건 아녜요. 이따금 찾아 주는 것만도 고마워할 거야."

뭐라고 대답해야 할 것인가. 훈은 어둠 속에서 천장으로 시선을 던진 채 멀뚱하게 누워 있기만 했다. 가요가 이땐 확실히 가는 숨을 내쉬곤, 전번과 같이 그의 가슴에 달궈진 뺨을 얹었다.

"발길을 끊는대두 이해하겠어요." 그녀가 속삭였다.

"아니, 그렇지 않을 겁니다. 오래 전부터 가요상을 좋아하고 있었으니까요."

"후훗, 그말 듣기 싫진 않네요."

가요는 그러면서 손가락을 펴 훈의 가슴을 쓰다듬다가 장난처럼 젖꼭지를 애무했다. 간지럼 때문에 손을 밀쳐낼 수밖에 없었다. 녹아드는 음성으로 그녀가 말했다. 다시 잠 들고 싶어요? 아니⋯⋯ 그렇다면 이렇게 있으면서 날 밝기를 기다려요. 누가 보면 어쩔려구, 동이 트는 대로 일어서야죠. 이른 시각에 골목길에 누가 있을려구. 그녀의 손이 대담하게 사타구니 사이로 파고 들었다. 그 사이에 흥분이 가라앉았던지 그녀의 손놀림에서 또 다른 야릇함이 치받쳤다. 이건 영 휘감겨들어 버리는군, 훈은 아찔한 흐름에 자신을 송두리째 맡겨 버렸다.

1

7월로 들어서자 정준은 고향으로 돌아갈 결심을 하고선 가산을 정리하기 시작했다. 지난 겨울 동안 이불장사에서 재미를 보았던 탓에 수중에는 돈이 제법 모아졌다. 우선은 자기 혼자몸으로 귀국하여 거처를 마련하는 일이 급선무였고, 시간이 촉박하여 여의찮으면 짐을 부칠 주소지라도 물색해 놓아야만 할 것이었다. 박씨는 미군의 전폭기가 현해탄의 민간 여객선도 공격한다는 소문이 들렸으므로 전전긍긍해 했으나 정준의 마음을 돌릴 수는 없었다.

"당신 혼자 고향이랍시고 가봤댔자 어느 집을 찾아가겠어요? 이 참에 어머니랑 함께 가는 게 좋을 텐데요."

애자가 미덥지 않은지 시어머니를 동행해 가도록 종용을 했다. 옳은 말이었다. 통천에는 원근의 일가붙이가 적지 않을 것이지만 그래도 일족이 다 돌아갈 양이면 박씨가 먼저 가서 자리를 잡고 앉아 기다리는 게 순서일 터이다. 정준도 귀가 솔깃했으나 어쩐지 박씨가 고개를 절레절레 저었다. 이쪽 일을 정리하자면 자기가 끝까지 남아 있어야 한다는 주장이었다. 이런 판에 이따위 가옥이야 금을 칠 수 없다 치더라도 밭뙈기도 팔아 치워야 하고, 이런저런 세간살이는 자기 손이 없어선 안 된다고 했다. 훈이한테 맡겨 놓으면 모조리 버리고 올 게 불을 보듯 뻔하다는 거였다.

하지만 정준이나 애자 모두 어머니의 속내를 모르지 않았다. 나이 부치에 있는 화자네를 모른 체하고 떠날 수가 없겠기에 그러할 것이다. 입만 열었다 하면, 이제 겨우 몸부림이나 치는 어린것을 데리고 어떻게 지내누? 연락이나 닿아야 어쩌겠다는 생념을 내보지. 그럴 수는 없다. 곧 무슨 기별이 있을 게다. 이러면서 실히 두 달을 넘긴 판이니 얼씨구나 좋다며 따라 나설 심사가 못 될 게다.

"훈아, 너도 빨리 회사를 정리토록 해. 사정이 점점 나빠지고 있단 말이야. 전쟁에 지면 오지(王子) 따위가 무슨 소용이람. 미리 손써 둬야 공제저축이라도 찾을 수 있을 게 아냐?"

"회사를 그만두라구요? 배급도 배급이지만 전선으로 끌려나가지 않는다고 누가 장담할 수 있겠어요? 이젠 나이 따지던 시절은 지난 것 같습니다."

"하긴 그래. 네 문제는 두고 생각해 보자꾸나."

정준도 수긍할 도리밖에 없었다. 박씨는, 참한 색시감이나 찾아낸다면 이참에 혼사 핑계로 함께 나갈 수 있게 되지 않을까 하고 말하고 싶었으나 꿀꺽 삼켜 버렸다.

사흘 뒤 정준은 전대를 허리띠 삼아 두르고 오도마리를 향해 떠나갔다.

앞으로 어떻게 될 것인가. 어느 쪽으로 궁리해 봐도 암울하기만 했다. 숨통이 탁 막히는 것 같고 가슴조차 답답해졌다. 훈은 그래도 자기가 순탄한 삶을 살아왔다고 늘상 자위해 왔었다. 일찌감치 바다를 건넌 선래자(先來者)의 가족으로, 아버지와 형의 고생이 언덕이 되어 모진 한파를 비켜서 자라났다. 넉넉치 못한 가세 속에서도 고등소학교와 2년제 단기 기술학교나마 중등교육을 이수할 수 있었다. 더구나 내성적이고 고분고분한 성격 탓에 별난 시련을 겪지 않은 것도 큰 운복이라 할 만했다. 징용으로 끌려온 그 많은 조선인 장정들의 남루함과 곤핍에 비해 보면 지금의 처지가 그지없이 안온하다고 말할 수 있을 터이다. 직장의 기능직이 방패막이를 해주었기도 하나 나이를 넘겨 징집을 피할 수 있었던 것도 덤의 행운이었다.

훈은 자기 생애에서 꼭 한 번 탈선했던 것을 조금쯤은 부끄러워하면서, 한편으론 스스로 대견스럽게 여기기도 했다. 가족한테 상처를 주며 삿포로로 줄행랑을 쳤던 만용이 어떻든 변화의 계기가 되었지 않은가. 그것은 기대를 모은 막내로서 가족의 애정을 볼모로 해서 잡은 이기적 행동일 법했다. 자신한테 학비를 보내 주기 위해 가족 모두가 얼마나 허리띠를 졸라매고 내핍 생활을 감수했던 것일까. 오늘의 훈의 자족감은 이런 얼룩을 묻히고 있기에 명랑한 기색으로 나타날 수는 없는 것이었다.

훈은 가요를 찾아갈 때마다 자기의 생의 내력에 또 하나의 얼룩을 묻히고 있다는 걸 모르지 않았다. 너란 작자는 도대체 어떤 놈이란 말이냐? 직장에선 소심한 표정을 짓기 일쑤고, 상급자의 눈에 들게끔 애쓰며 일과 시간을 끝내면 그것으로 안도하지 않는가. 한때는 음악에 몰입해서 자신을 구원코자 했었다. 거기에는 젊음과 미래, 보람의 길이 있었다. 그런데 불행히도 전쟁은 벼랑 끝으로 몰리는 형세인데다 아시카가의 죽음, 악단의 해산이란 액운이 겹쳐졌다. 그 공동화(空洞化)된 시간을 가요로 하여금 도배케 한 셈이었다. 고적한 중년 미망인에게 처박혀진 꼴이라니! 그것도 은사의 부인이며 여덟 아홉 살이나 연상인…… 훈은 젊은이다운 결벽증 때문으로서가 아니라, 쉽게 허물어져선 나약하게 가라앉아 가는 데 대한 자기 연민의 아픔을 느끼곤 했다.

때로는 이틀간을 격해 저절로 발걸음이 그 댁으로 옮겨졌다. 가요는 그의 방문을 짐짓 태연을 가장하며 맞아들였다. 처음 대면했을 때, 살풋 쌍거풀이 진 눈매의 흰창이 퍽 선량하다는 인상을 받은 바 있었는데 그건 여전했다. 코가 좀 작다는 느낌이 드는 게 흠일 뿐, 도톰한 볼, 오른쪽에 송곳으로 꼭 찔러서 생긴 듯한 볼우물도 애교로 비쳤다. 훈의 키가 커서 작게 보이기도 하나 그 정도의 체형이라면 남자들이 아담하다라고 평할 만했다.

그녀는 문을 열고는 곧잘 헛인사를 보냈다. 골목이 질진 않았어요? 혹 웅덩이가 없었다면 다행이지. 또는, 어서 와요. 밀쳐 두었던 뜨개질감을 다시 잡았지만 왠지 코가 틀리곤 해서 심술이 날 지경이었더랬는데…… 응접실이 썰렁한 것 같아 이즘 들어선 스스럼없이 내실로 들어가게 되었다.

"잠시만 기다려. 곧바로 저녁상을 가져오겠어."

"지금은 별 생각이 없는데요."

"그래두 제 시간에 먹는 게 좋아요. 참, 장어구이를 만들었지. 반주도 한잔 곁들이구."

작은 상에 두 공기 밥그릇과 장국, 반찬으로 바닷장어 구이에다 쇠고기 장조림, 생미역, 무우짠지 따위가 옹기종기 놓였으므로 술잔을 가까스로 비집어서 엎을 수가 있었다. 가요는 언젠가부터 집에 정종을 떨어뜨리지 않도록 주의를 기울였다. 그때부터인가, 밤이 열 시가 될지라도 전등을 가급적 켜지 않았다. 혼자 있었을 적엔 어둡지 않더라도 불을 켰을 것이다. 훈이 와 있으면 이쯤의 밝기만으로도 충분해요 하고 말했지만, 얼마 전에 가쓰라 안댁이 불쑥 찾아왔던 뒤로 불을 켜지 않게 된 것 같았다.

훈이 자주 가요와 함께 저녁을 들게 되었기에 이런 일은 체면이 깎이는 것이란 생각이 들었다. 식량난이 가중되기도 했지만 혼자 사는 사람에게 폐를 끼칠 수도 있겠거니 해서였다. 그렇다고 쌀 봉지에 찬

거리를 들고 오는 일도 어줍잖고, 실상 그런 주변머리도 없었다. 언젠가 큰 건어 대구를 사 온 적이 있었고 술병을 들고 오기도 했었다. 그때마다 가요 쪽에서 아주 난처해 했으므로 그마저도 그만둬 버렸다. 어차피 될 대로 되라는 심사였으므로 차츰 얼굴이 두꺼워질밖에 없었다.

가요는 원래 관능적인 여자는 아니었고, 남자를 과욕하지도 않았다. 잠자리에서 그녀는 조금은 수줍어했고 사람을 편안하게 받아 주었다. 이렇게 가만히 누워 있는 것만으로도 좋다는 말을 자주 하기도 했다. 그녀는 살쾡이보다는 인정적인 편이어서 성을 즐기고자 훈을 기다리는 게 아니라 누구와 같이 있고 싶고, 더구나 안기고 싶어하는 편이었다. 날씨가 포근해졌기에 이따금은 그녀의 알몸을 보는 기회가 생겼다. 서른 중반에 가까웠지만 아기를 갖지 않은 몸이어서일까, 유두가 분홍 빛깔로 작은 봉오리를 지었고 배에 군살도 붙지 않았다. 살이 포동포동했지만 배꼽 있는 허리에 잘록 금이 패인 것이나 그 아래의 도드라진 볼륨은 아직 젊음을 잃지 않았음을 말해 주고 있었다. 젖꼭지를 빨아 주면 아주 행복한 얼굴을 지어 보이곤 했다. 천연스런 한편으로, 뭔가 애상(哀傷)을 느끼게 하는 그런 육체였다.

그녀가 잠옷 입은 상체를 일으켜 세우고는 훈을 말끄러미 내려다보았다.

"우린 언제까지 이렇게 지낼 수가 있을까? 우리 도련님이 아내를 얻을 때까지? 아이, 뭐라고 말 좀 해봐요."

"그걸 따져 봐야 무슨 득이 있겠다구…… 장가 갈 데가 없으니 기한이란 건 없잖겠어요?"

"그럴까……." 가요는 수심기 띤 얼굴로 반문했다. 그녀의 성정답지 않게 심각한 표정을 짓다가 결연히 말을 이었다. "난 말이에요. 무한하다는 걸 믿지 않아요. 남편과 함께 살 때에도 막연히 헤어지게 되리란 걸 예감했더랬어요. 이처럼 사별하리라곤 생각되지 않았지만. 영원 불변이란 말은, 사전 속에 이런 말도 있다고 적혀 있는 이상의 의미는 없다고 봐요. 아시겠어요? 기미 가요를 부를 적마다 난 속으로 웃고 있다구요. 천황의 치세는 천 년 만 년, 조약돌이 바위 되고 이끼가 낄 때까지…… 조약돌이 바위가 되다니 그건 신화일 뿐이에요. 내가 허무주의자라도 된다는 말인가?”

“……”

“왜, 재미가 없어?”

“아니, 재미있게 듣고 있어요.”

“그런 것 같지 않은데…… 도련님은 용모는 핸섬하지만 속을 알 길이 없는 게 탈이거든. 하긴 그게 매력적일는지 모르지만.”

“나도 골샌님 소리는 듣고 싶지 않답니다. 감정을 자유로이 나타낼 수 있다는 건 장점이지요. 그런 점에서 난 예술가의 자질을 타고 나지 못했어요.”

“칠면조가 가장 예술가답겠네. 후훗.”

그녀의 가벼운 웃음이 짤막하게 공간으로 떠돌다 사라졌다. 실낱같이 피어 오른 한 가닥 연기처럼. 그녀의 겨드랑이 켠 체온이 미적지근하게 훈의 어깨로 전해졌다. 그 순간 이 편안하고 임의로운 관계에 대해 까닭 모를 혐오감이 치밀어 올랐다. 가요를 탓하거나 책임을 전가해야 할 이유는 어디에도 없었다. 자기 스스로에 대한 구역질일 터이다. 담배를 배워 볼까 하는 부질없는 생각이 퍼뜩 스쳐 갔다.

보름 만에 돌아온 정준은 통천의 근황이며, 집안 대소가의 변화를 두루 알아 왔다. 통천 소재지에서 겨우 다섯 마장 될까 한 거리에 방포리란 마을이 있는데, 거기가 경주 김씨 집성촌이어서 정준 편으로 보면 칠촌 재당숙을 비롯해 항렬이 같은 대소가가 여럿 붙박혀 살고 있다 했다. 그때의 시류로는 일본 땅에서 살다가 돌아오면 돈푼깨나 잡은 것으로 알려져 있던 참이라 다들 부러운 눈으로 맞아들였던가 보다. 거처할 가옥은 돈만 쥐어졌다면 손쉽게 구할 수 있으니 걱정하지 말래서 재당숙한테 일임했다는 것이다. 정석 아저씨 말이지? 그 양반이라면 셈도 잘 놓고 자기 일처럼 잘 선처해 주실 게다. 박씨는 아들의 말에 안심을 했다가는, 꼭 텃밭이 딸린 집을 구하라는 당부는 해두었겠지? 남새 한 골을 가꿔 먹더라도 밭뙈기가 꼭 딸려 있어야 한다. 푸성귀 하나라도 제 밭의 소출이 없으면 남에게 아쉬운 소리해 가며 살아가는 법이지. 그런 중얼거림을 잊지 않았다. 이녘에 와서 남편을 잃고 말았지만, 장성한 아들네와 함께 돌아간다고 생각하니 남 우세스럴 것 없다고 생각했다.

"허기지고 입성이 볼품없기로는 예나 이제나 다를 바 없지만, 통천은 살기 좋은 뎁디다. 어렸을 적엔 몰랐어도, 아, 기후 좋고 풍경도 그럴 듯하구요. 제 땅 부치고 지어 먹으면 입에 풀칠 못 할까요? 통천에 나가 목공점을 차려도 근근히 살아가겠지요."

환대를 받았음에서인지 정준의 말하는 투가 넉넉했다.

"아무렴. 거기가 산골치고는 옛부터 사람 살 데라는 말이 있었다. 들도 제법 너르지 않더냐? 쌀은 그 근방에선 소출이 그중 많다고 했다. 콩, 조, 밀뿐인가. 감자나 옥수수도 잘되지. 봐라, 북쪽 암룡에서 저 밑의 하평, 두백에 이르는 바다에는 명태며 대구, 청어, 오징어, 고등어가 지천이었다. 고깃배를 죄 왜놈이 차지하고선 생선을 외지로 빼돌려 종내엔 비린내 맡아 보기도 어려워졌지만 전에는 안 그랬다. 옆집 쌍가매 할멈이야 노상 쑥타령만 하고 있지만 고장 나름이지, 통천은 그런 데가 아니다."

"그 좋은 데를 떠나 왜 이리로 왔지요? 다들, 떠나오고 나면 고향 자랑이라더니, 어머니도 그런 것 아녜요?"

훈이 참견을 했다. 다 큰 겡이치를 무릎 위에 올려 앉힌 애자도 그럴싸해서인지 고개를 끄덕거렸다.

"네 아버지 산판이 거들난 탓이지. 어휴, 그때의 신산했던 시절은 떠올리기도 싫다."

"참, 이 얘기부터 진작 했어야 하는 건데…… 물론 화천 큰집에도
들러 인사를 드리고 왔습니다. 그런데 노령으로 간 작은집 소식을 듣
고 왔지요."

"그래, 어떻게 됐다고 하더냐? 거기 살던 조선 사람들이 저 먼 데
로 끌려갔다더니. 그후론 소식을 알 길이 없었잖으냐?"

"그랬답니다. 얼마 전에, 민석 아저씨네 딸로부터 편지가 왔답니
다. 그쪽 이름으로 엘리사베타라고 했지요? 집안이 영 쑥대밭이 되
어 버린 것 같아요."

정준이가 전하는 작은집 육촌들의 사정은 이러했다. 일찍이 두만
강 건너 뽀스예트 지역으로 이주해 간 민석·의석 형제는 소비에트
정권의 농장 집단화 정책으로 같은 연해주 역내(域內) 어디엔가로 옮
겨 가 있다는 사정은 오래 전부터 알고 있었다. 그러다 1937년 가을
에, 소련 당국은 연해주 일원에 흩어져 살던 조선인들을 싹 끌어다가
강제로 중앙아시아 사막 쪽에다 이주시켰다는 소식은 가라후도 조선
인에게도 전해졌었다. 일본이 만주사변을 일으킨 뒤 중국으로 전선
을 확대해 나갔으므로 일본 세력에 위기를 느낀 스탈린은 외모상으
로 일본인과 차이가 나지 않는 한인을 못미더워해서 아예 집단 이주
시켰다는 거였다. 실제로 일본 스파이들이 조선인 부락에 침투했을
법은 했다. 일본 당국에서는 연해주로 월경해 간 조선족들도 자국의
신민이란 명분 아래 소비에트에 항의를 했지만 성과가 별로 없었다.
훈의 집에서는 물론이려니와 통천에서도 그 동안 저 먼 데로 실려간
두 형제의 뒷소식에 대해 깜깜할 도리밖에 없었다.

"자세히는 적지 않았지만 당숙들은 모두 돌아가셨대지요? 그 댁
장손—어머니도 어린애일 적에 봤다고 했던 그 애는 세르게이라는
이름인데, 하바로프스크 사범대학을 나오고 당원이 될 정도로 출세
했으나 뭐가 잘못되어 멀리 가 있대요. 당숙모는 손자를 데리고 시골

에서 살고 있답니다. 좋은 얘기는 아닌 것 같아요. 그나마 편지가 온 것만도 다행스러워하던걸요."

"두 아저씨가 돌아가셨다고? 쯔쯧, 잘 살아 보자고 떠나더니…… 살아 있었다면 그토록 소식을 끊을 양반이 아니지. 평창댁은 손자를 데리고 있다니 어찌 지내고 있을까?"

"세르게이랬어요? 그 형은 잘된 모양인데, 어디에 가 있다구요?"

훈의 물음에 정준도 시원한 대답을 해주지 못했다. 뭘 하고 있다는 말이 없으니 낸들 알겠나? 참, 그 집 며느리도 아기를 낳다가 죽었다더군요. 손자는…… 그 이름을 적어 왔는데…… 정준은 주머니에서 수첩을 꺼내 베체슬라프란 어려운 발음을 띄엄띄엄 중얼거렸다.

"민석 아저씨 댁 아이는 어렸을 적부터 똘똘했다. 아명이 따로 있었는데 뭐랬더라? 지금은 뭐라 부른다고? ……세르게이? 아버지, 삼촌을 잃고 젊은 내자까지 사별하고 말았는갑다. 그 어렸던 게 낯설고 물 선 곳에서 공부는 많이도 했나 보다. 그래 봐야, 소중한 사람 다 잃고서 무슨 빛이 나겠냐만……."

훈은 육촌형이 되는 세르게이란 사람의 모습을 떠올려 보려 했으나 헛수고에 지나지 않았다. 후손이 귀한 집안 탓으로 훈에게 친사촌은 없었다. 근친인 육촌이라도 큰집 종손 말고는 고작 그뿐인데, 남은 한 사람마저 소련 땅에 살고 있으니 언제 만날 수 있을지 알 수 없는 노릇이었다. 세 집이 이렇듯 제가끔 뿔뿔이 흩어져 살고 있는 것도 예사로운 일이 아니라는 생각이 문득 들었다.

박씨는 맏이를 저녁 늦도록 붙들고서 조금이라도 더 고향 얘기를 듣고 싶어했다. 이제 곧 돌아갈 수 있겠기에 거기 형편이 더 궁금해졌으리라. 훈으로서는 스스로 돌이켜 생각해도 놀랄 만큼 귀국 문제에 담담해져 있는 자신을 발견했다. 여섯 살 때 떠나왔으니 어머니나 형보다는 고향의식이 희박했다. 이십 년이라면 강산이 두 번 바뀐다는 세월이었다. 조선으로 가면 무얼 한다는 말인가? 나는 과연 돌아갈 뜻이 있기라도 한가? 모를 일이었다. 그는 막연히 전쟁이 모든 걸 해결해 줄 뿐이라고 책임을 거기에다 전가해 버렸다.

겡이치는 가재를 잡는답시고 오후 내내 도랑을 휘저었으므로 곤했던지 제 어머니 무릎에서 벌써 잠에 곯아 떨어졌다. 정준이가 눈꺼풀이 무겁다며 겡이치를 깨우는 한편, 마찌에를 서둘러 제 처로 하여금 업게 했다. 박씨는 아직도 미진했음인지, 내일 아침밥은 여기 와서 먹도록 하라고 일렀다. 바깥 문 앞에 모깃불을 피워 놓아 연기가 맵싸하게 방 쪽으로 스며들고 있었음에도 모기는 긴 침을 놓았다. 정준 식솔들을 배웅하느라 골목길까지 나선 박씨가 문을 닫아 걸고 돌아오며 투덜거렸다. 오늘 밤도 모기 등쌀에 깊은 잠 들기는 다 틀렸다. 이놈들은 저녁잠도 없는가? 이 지랄들이니…….

한더위가 계속되는 팔월 초순에 정준은 귀국 짐을 꾸려 화물선편으로 탁송했다. 마음 같아선 그 이튿날로 에스토르 바닥을 뜨고 싶었지만 돈 관계 정리가 하루 이틀 지체되는 바람에 뭉그적대던 어느 날이었다. 그렇잖아도 기별이 닿은 화자네가 오늘 올까 하던 참에 내외가 어머니를 앞세워서 정준네 집으로 들이닥쳤다. 화자는 젖먹이 딸을 개나리봇짐 늘어뜨리듯 등에 매달고 있었다.

민언이 이제야 오게 되었음이 무안했던지 너스레를 떨었다.

"처남이 귀국한다는 편지를 받고 마음이야 안절부절이었지만 차편이 여의찮았어요. 맨 징발을 당하고 있는 판이니…… 광산 탄차를 어찌어찌 얻어 걸리게 되어 겨우 오찌아이까지 나올 수 있었소. 집이 휑한 걸 보니 짐을 다 챙겼나 보오."

"얼굴이나 보고 갈 수 있어 그나마 다행일세. 못 보고 떠나는가 했지."

"쉬 채비가 안 될 거라고 생각했었는데, 그렇잖던가 보지요. 장모님은 뒤에 떠나시겠다구요?"

"그렇게 됐네. 막내를 혼자 내버려 두고 갈 수는 없다고 뻗대시니…… 또 저쪽에도 내가 먼저 가서 자리를 잡아 둬야겠지."

"순리대로 하는 거죠. 그나저나 현해탄 건너기가 순탄할까요? 길 떠나는 사람한테 할 소린 아니지만요. 걱정이 돼서 하는 말입니다."

"괜찮을 걸세. 돌아오는 길에 미군기 편대를 본 적이 있는데 여객선엔 공격을 않는 것 같으이. 그렇지 않다면 다 물귀신이 되어 버리게?"

처남 매부간에 바깥방에 앉아 수인사를 주고받는 사이에 박씨와 화자 모녀간은 안방에 들어 수군대는 소리가 들렸다. 나들이를 나갔던 애자도 겡이치 손을 붙들고 마당으로 들어섰다가 민언을 보고는 눈이 동그라져 수다스런 인사를 건넸다. 조용했던 집 안에 갑자기 들뜬 활기로 넘쳤다.

"아주머니는 제때에 잘 떠나시는 겁니다. 전쟁은 이제 영 글러먹은 듯해요. 탄광의 일본인 직원들도 다들 알고 있답니다. 애꿎은 사람은 조선인 탄부들이지요. 돌아가고 싶어도 갈 수가 있나, 설령 보내 준다 해도 수중에 돈이 있나?"

민언이 처남댁을 향해 듣기 좋은 소리로 하는 말이었다.

"이참에 그 댁도 짐을 꾸리지 않구요? 그렇게 되면 어머니도 한결 홀가분한 마음으로 떠나실 텐데요."

"그게 말같이 쉽다면야…… 어렵사리 차려 놓은 가게를 하루 아침에 팽겨쳐 버릴 수가 있나요? 가진 돈이라곤 거기 다 묻어 있는 셈인데요. 빈털터리로는 아무 데도 갈 곳이 없어요."

정준은 민언의 엄살기를 띤 말을 곧이곧대로 듣지 않았다. 가게에 밑천이 얼마나 들었단 말인가. 돈을 굴린다고 깔아 놓았을 터인데 시국이 이 지경이 되고 보니 제대로 돌아올 리가 만무할 게다. 애발스런 성품으로 보아 한 푼의 허실도 용납하려 들지 않을 게 뻔했다. 누이 매부의 사이인지라 강 건너 불 보듯 할 수는 없는 일이지만 다 자기 나름대로 살아가는 방식이 있는 법이다. 매부는 기회를 놓칠 사람이 아니니 제 앞길은 자기가 잘 살필 위인이라고 생각했다.

그때, 훈의 이웃에 사는 오하 아저씨가 집 안으로 들어섰다. 육십을 바라보는 나이로, 체구는 왜소했으나 젊은 날부터 산전 수전을 겪으며 지내왔으므로 다부진 데가 있었다. 오른쪽 팔에 화상을 입은 상처가 흉스럽게 남아 있어 한여름인데도 언제나 그렇듯 긴 소매 남방 셔츠 차림이었다.

"짐 부칠 때 도와주려고 생각은 하고 있었네만, 마침 야마다상이 쌀가마 져 나르는 품일을 해달래서…… 이웃간에 면목이 없네." 이렇게 말하고는 알은 체를 한 민언을 그제야 돌아보았다. "참, 아니, 이 사람은 화자 서방이시지? 별일 없는가? 저기 나이부치에 가 있다는 말은 들었네만."

"네, 그냥 저냥 지내고 있습니다. 두어 해 만에 보는 것 같지만, 아저씨 근력은 여전한가 보지요?"

"이만한 힘이라도 없다면 무얼로 먹고 살겠나. 그건 그렇고…… 정준이 자네가 돌아간다니까 마음을 붙이지 못하겠네. 방공호만 판다고 될 일도 아니고…… 북쪽의 소련군이 어떻게 나올지 알 수 없는 판인데, 누가 들은 소문이 없나?"

"루스케에 관해서라면 아저씨가 더 잘 아시잖아요?"

"아는 게 뭐 있을라구? 거길 빠져 나온 지가 얼마나 되었는데."

정준의 물음에 오하 아저씨는 시큰둥하게 대꾸했다. 그도 그럴 것이 아저씨가 소련 땅인 저 북 사할린의 끄트머리에 자리한 오하를 떠나온 지도 십몇 년째가 되고 있었기 때문이다. 그의 삶의 내력에도 어지간한 풍상이 덧쌓여 있었다.

함경도 두만강에서 가까운 국경지대 오봉에 살던 그는 한일합방이 되던 그해에 강을 건너 러시아 땅 해삼위의 조선인 부락에서 날품팔이를 하며 살았었다. 나이 스물세 살 때의 일이었다. 고향에는 아내와 딸아이 하나를 남겨 두고 왔지만 금슬이 그다지 좋지 않았던지, 아니면 살기가 빠듯해서인지 가족을 데리고 올 엄두를 내지 못했던 가 보다. 그러다가 혁명 내전에 휩쓸려 허송 세월을 했고, 국내전에 서 소비에트가 승리하여 정세가 안정되어 가던 시절, 사할린에서 노 동을 하면 대륙에 비해 두 배의 임금을 준다는 말을 듣고선 섬으로 왔었다. 그때까지만 해도 〈오하〉와 〈알렉산드르 사할린〉 등지에는 일본의 대기업체와 해군이 진출해 있어서 많은 인력이 요구되었었 다. 그러다가 소련의 요구로 일본인이 철수하기에 이르자 아저씨도 그들을 따라 남 사할린, 즉 일본 영토인 가라후도로 오게 되었던 것 이다. 에스토르로 오기 전에 시스카에 머물러 사는 동안 동족의 과부 를 만나 슬하에 자식이 없는 대로 지금까지 내외 살림을 하고 있었 다. 때문에 마을 사람들은 소련에 관해서거나 연해주에 관한 일이라 면 으레껏 아저씨가 잘 아려니 싶어 묻곤 했다. 말재주가 시원시원하 고 실제로 견문도 적지 않을 그였지만, 이럴 땐 거길 빠져 나온 지가 얼만데 하는 말로 얼버무릴밖에 없나 보다.

"북위 오십도 선이 터지기만 해보게. 루스케 놈들, 싸움질 하나는 잘한다구. 일로전쟁 때와는 판이할 걸세. 제국 주력부대가 남쪽으로 쏠려 있으니까 마음만 먹으면 확 쓸고 내려올 거네. 어느 모로 보나 자네는 잘 생각한 게야. 나 같은 사람이야 어디 묻혀도 상관 없을 나 이니까 깃발이 무슨 관계일까만."

민언이 심각해진 얼굴로 되물었다.

"그런 우려는 줄곧 있어 왔지요. 형님, 야단났지 않아요? 나야 저 밑에 있으니까 여차하면 단보따리를 싸서 소오야 해협을 건넌다지만 처남이 걱정인걸요. 장모님은 곧 모서 간다니까 그렇다 치더라도."

"우리 사위가 장모 걱정을 하는가 보네."

방 안에서 화자와 수군거리던 박씨가 귓결에 장모 소리를 듣고는 고개를 쑥 내밀었다.

"사위도 아들 아닙니까? 마침 작은 처남 얘기를 하던 참인데, 훈이
는 언제쯤 돌아올까요?"

"그 애 얼굴 보기가 쉽지 않네. 말인즉, 매일 야근에다 방공훈련이
라나? 밤마다 무슨 훈련인지 모르지만…… 저녁 밥상에서 볼 생각
을 말게." 말해 놓고 보니 때가 되었음을 짐작했는지 며느리를 보고
일렀다. "애, 저녁 안쳐라. 오늘은 숟가락 놓일 자리가 많겠다. 아저
씨도 젊은 사람들하고 얘기나 나누시게 여기서 저녁을 드십시오."

애자가 시어머니의 말이 떨어지기 무섭게 마루로 나왔다. 아저씨
도 함께 드시도록 하세요라는 말을 잊지 않았다. 그녀가 부엌으로 내
려서는 걸 본 정준이 혼자말처럼 중얼거렸다.

"자네 식솔이 모처럼 만에 왔는데 잡곡밥을 대접해야 하다니……
반찬될 만한 게 뭐가 있을까?"

끝엣말은 아내를 향해 던진 것이었다.

"육고기는 얻어 걸릴 형편이 아니고…… 돼지뼈를 사다 놓은 게
있어요. 이런 정신 좀 봐. 진작 우려 놓았더라면 그 국물에 배추잎만
넣으면 될 텐데. 시간이 좀 걸리더라도 너무 채근하지는 마세요."

그녀는 곧 소쿠리에 감자를 담아 방으로 밀어넣었다. 모두들 그것
이 무얼 뜻하는지 알고 있었다. 식량 배급 사정이 아주 나빠져, 이 무
렵엔 집집마다 잡곡에다 감자를 빚어 넣어 밥을 지었기 때문이었다.
쇠고기나 돼지고기는 값이 뛰고 품귀 현상까지 더해져 맛보기가 어
려웠다. 일본인들이 그다지 탐하지 않는 뼈다귀들은 더러 구할 수가
있었다.

"작은처남은 눈코 뜰 새 없나 보지요? 당연하겠지요만."

민언이 한마디 하자 정준이 볼멘소리를 했다.

"꼭 그런 것만도 아닌 것 같아 걱정일세. 다른 데 정신을 파는 게
지. 벌써 장가를 들였어야 하는 건데, 곁눈을 팔게 됐으니……."

"곁눈을 팔다니요?"

"그냥 그렇게만 알고 있게. 그러다 정신을 차리겠지."

훈은 가요의 드러난 젖가슴 위에 뺨을 얹고 손으로는 그녀의 머리카락을 쓰다듬었다. 봉싯 솟아올랐던 유두는 그 사이 가라앉아 있었다. 아기에게 젖을 물리지 않은 삼십대 여인의 가슴은 여체를 몰랐던 그에겐 무척이나 고혹적이었다. 그것은 약간은 비릿한 느낌을 수반하기도 했지만 입술이 닿으면 민감하게 반응하는 작은 장미 꽃봉오리였다. 꽃잎은 한 번 벌어질라치면 되돌아올 수 없는 경계를 넘어서고 말지만, 유두는 끊임없이 복원되고 되새김질하는 생명의 실체였다.

밤 기온이어서 날씨는 춥지도 덥지도 않았다. 살과 살을 맞대고 있기엔 최적의 시간대였다. 전등을 켜지 않아도 은밀한 분위기를 가질 수 있을 만큼은 밝음이 도사리고 있었다. 훈은 그녀의 머리카락을 쓰다듬던 손을 끌어당겨 입술을 건드리다가 목께로 흘러내렸다. 순간, 그녀가 침을 삼키느라 목울대가 꿈틀 하는 것을 느꼈다. 또 불을 붙이려고 이래? 그녀가 나지막한 목소리로 중얼거렸다. 훈이 다시 입술로 꼭지 하나를 물면서 목에 놓였던 손가락으로 다른 꼭지를 쓰다듬자 가요의 늘어졌던 몸뚱이는 작게 떨렸다. 한숨을 내쉬는 소리일까, 그와 동시에 어깨 위로 얹었던 손을 이불 속으로 끌어당겨 그의 아랫도리를 움켜쥐었다.

"어머! 또 이렇게?"

코맹맹이 소리를 냈다.

"다시 시작하면 오래 더 잘할 수 있을 거요."

마른 목소리를 내면서, 이건 끝이 없는 도보 행군이로군 하는 생각이 들었다.

"나도 좋아. 그러다…… 후훗."

"왜 웃어요?"

"……좋아서 웃는 거지."

가요는 문득 자기가 정말로 아시카가를 한 남성으로 사랑했으며, 그와의 생활에서 만족했던가를 되짚어 보았다. 그와 지냈던 나날들은 위선이든지, 아니면 적어도 빈 껍데기에 불과했을는지 모른다는 의심이 생기기도 했다. 여학교 시절, 클라스메이트들이 까닭 모르게 우러러보았던 예술가풍의 노총각 선생─그래서 주위의 눈총을 맞아 가면서 차지하고 보니 그의 신화는 거품처럼 서서히 잦아들어 버렸다. 범상한 한 남자, 조금쯤 까다로운 듯하지만 덤덤한 가장, 나이 차이에서 오는 습관적인 존경심으로 자리잡은 남편이었을 뿐이었다. 잠자리를 탐하는 편도 아니어서 자신도 그다지 성애에 눈뜨지 못한 채 알량한 중년의 사모님으로 살아왔던 것 같다.

그런데 남편이 사별한 공백 속으로 파고든 연하의 남자를 접하고는 떨림을 알았고 밤이 재미있어졌다. 아직도 스스로가 정사에 익숙해져 목마르게 갈구하는 정도는 아니라는 걸 알고 있었다. 다만 이 미숙한 젊은이가 자기의 배 위에서 경련하며 폭삭 내려앉는 정황에 도취되어 왔다고 해도 좋았다. 좋았어? 하고 물을라치면, 사내가 여지없는 패배자가 되어서 바보스런 표정으로 고개를 끄덕여 줄 때 자신이 여자라는 긍지, 흡사 애 어머니가 된 듯한 자부심을 가지는 그런 성질이긴 하지만. 그녀가 남자가 사랑스럽다고 느낄 때는 이떠였다. 그러나 한편으로 까닭 모를 분노와 적개심도 함께 품고 있음을 스스로 인정해야만 했다.

그녀는 지금, 몸 속속들이 짜릿해지고 자기 자신을 짓이겨 놓고 싶은 충동에 급급해지면서도 내가 왜 이럴까 싶었다. 비로소 내가 남자를 알게 되었다는 말인가? 이러다가 이 사람을 놓쳐 버리게 된다면 그땐 어쩔 작정인가? 전날의 그 평온했던 나날로 아무런 상처 없이 돌아갈 수가 있을 것인가? 또 아이라도 갖게 된다면? 가요는 무심코 도리질을 쳤다. 그 서슬에 그녀의 얼굴은 자라목처럼 움츠러들어서 훈의 가슴께로까지 파고들었다. 그녀의 한쪽 손은 여전히 그의 샅을 움켜쥐고 있어서 훈은 허리를 심하게 구부려 주지 않으면 안 되었다. 가요의 입김이 가슴에 닿더니 이내 겨드랑이 쪽으로 점액질을 묻혀 나갔다.

"난 몰라. 날 왜 이렇게 만들어 놓았어? 가오루, 나쁜 사람……."

"마찬가지인걸."

"난 정말 당신한테 잘해 주고 싶어. 이젠 그럴 수 있을 것 같아. 그래 봐야 신통할 게 있을까만…… 어서."

그녀가 흐느끼듯이 속삭이며 그의 허리를 부둥켜안았다. 훈의 손이 그녀의 분화구를 쓰다듬자 거기엔 이미 걷잡을 수 없는 욕망이 분출해 있었다. 근육이 부풀어올라 헤벌어진 주위로 뜨뜻지근한 질액이 번들거리는 양했다. 훈은 지체하지 않고 그녀의 위를 덮쳐 눌러서 발정난 자신의 힘을 꽂아 넣었다.

격동의 시간이 지난 후, 그녀는 사랑의 뒷자리를 수습할 염의도 잃은 채 마냥 널브러져 누웠다. 이마며 콧잔등에도 땀이 배어난 듯했다. 훈도 연거푸 절정을 맛본 끝이라 처량하게 잦아드는 기분으로 가쁜 숨을 가라앉히고 있었다. 그런 참에 그녀가 혼자말처럼 중얼거렸다.

"뭔가 잘못하고 있는 것 같애. 수렁에 빠진 듯한……."

훈은 그냥 지나치려 했다. 못 들은 척해 버리면 그만인 양. 그런데 이상하게도 수렁이란 말이 바늘로 말초신경을 건드리는가 싶자, 그녀가 말을 이었다.

"그 여우 같은 여자의 빈정거림 따위가 신경쓰여 그러는 건 아냐."

가쓰라 부인을 두고 하는 말이리라. 잠시 동안 입을 다물고 있다가 다 쏟아내 놓기로 작정을 했는지 그를 향해 돌아누웠다.

"더 이상 찾아오지 말아요. 가오루가 싫어서 하는 말은 아냐. 이쯤 해서…… 더 이상 가까운 사이가 계속되면 우리가 불행해질 것 같

아. 떳떳찮은 일이 오래 가면 뒤가 뻔하겠지."

"……."

"오래 곁에 있어만 준다면야 더 바랄 나위가 없을 테지만…… 난 어떤 비난도 감수할 수가 있어. 아니, 아니야."

그녀는 강하게 도리질을 쳤다.

"갑자기 왜 그런 생각을 갖게 되었지요?"

"갑자기 생각해낸 게 아닌 줄 잘 알면서…… 아주 엉망이야. 내 처지가 뭐냔 말이에요? 그러니까 앞으로는 만나지 말아야 해. 당신이 날 책임질 것도 아닐 테니까…… 스스로에게 한번 물어봐요."

가요의 어조는 상당히 매정스러워졌다. 불과 십 분, 이십 분 전에만 해도 그처럼 나긋나긋하고 엎으러질 듯 전신으로 휘감아들었는데 이런 표현은 믿을 수 없을 정도였다. 물론 가쓰라댁의 입을 통해 이러쿵저러쿵 말들이 있다는 얘기는 전에도 들은 적이 있었다. 혼자 되고 보니 그렇잖아도 이웃의 이목이 격정되던 터에 그 댁을 통해 구설수에 오르고 있다는 귀띔을 받게 되어 주눅이 드는 건 눈치챌 수가 있었다. 언젠가 밤늦게 이 집을 나섰다가 한 집 건너에 사는 여인과 골목길에서 마주친 적이 있었다. 그녀는 훈이 가요 집 현관을 빠져 나오는 걸 보았을 터이다. 이게 가쓰라댁의 귀에 전해졌고, 그녀의 표현대로라면 한 번 입질에 오르내리면 좋을 턱이 없는 여우 같은 농간질로 부풀려 돌아온 모양이었다.

그런 사정이라면 이해할 만하다. 하지만 지금 가요는 책임 운운했다. 갑자기 역겨움이 치받쳤다. 훈은 막연하게나마, 사람의 인연에 있어선 만남보다도 헤어짐이 아름다워야 한다는 격언의 신봉자였다. 그 로맨틱하고 순정적인 믿음이 훼손당하는 판이었다. 뭐라고 응대하는 게 사나이다운 도리라고 판단했다.

"설마 가요상이 그렇게 나오리라고는 짐작하지 못했어요. 나를 원망하는 것 같은데…… 이런 경우 누가 누구를 책임진단 말입니까?"

"그 말이 귀에 거슬렸어요? 당신은 속마음을 털어놓지 않았어요. 심심풀이로 상대하고 있는지도 모르고…… 결혼? 글쎄, 내가 그런 데까지 기대하지 않는다는 건 알 테니까 덮어 두자구요. 단지…… 아, 나도 뭐가 뭔지 모르겠어. 정말, 내가 왜 이렇게 되어 버렸을까? 과부 신세를 탓해야겠지."

그녀는 이 순간만은 깊이 후회하고 있는 게 분명했다. 훈은 더 참고 누웠을 수가 없어 허리를 일으켜 세웠다. 그녀는 자포자기한 심정이 되어 그를 말끄러미 올려다볼 뿐이었다. 이불을 걷어내고 주섬주섬 옷을 챙겨 입기 시작했다. 혹시 가요가 그의 바짓가랭이를 잡고 끌어당기며, 속에 없는 말을 했노라고 사과하지 않을까 하는 기대 섞인 우려가 설핏 들기도 했으나 그 자신이 이를 강경히 부정했다.

"이제 다시 찾는 일은 없을 겁니다. 가요상. 결국 헤어질 때가 되었다는 생각이 드는군요. 따라나오실 필요는 없어요. 지금 이 순간, 나는 노엽다거나 슬프지도 않답니다. 좀 어처구니없다는 생각이 들긴 하지만." 훈은 선 자세대로, 어깨를 비스듬히 세운 가요를 향해 말을 이었다. "……좋지 않은 추억을 안고 살아가는 건 피차에 좋을 게 하나 없겠지요. 안녕히 계세요."

"잠깐만. 그렇게 가버릴 순 없어……."

장지문을 밀 때 가요가 헐떡거리는 음성으로 말했지만 훈은 성큼성큼 골마루를 지나 현관에서 신발을 찾아 신었다. 그녀가 잠옷을 걸치고 나올 짬도 없이.

훈은 급한 걸음으로 골목을 빠져 나와 대로로 나왔다. 노엽다거나 슬프지도 않답니다…… 쓸데없는 말을 했다고 자신을 핀잔했다. 그럼에도 불구하고 가슴 한 켠에서 싸늘한 아픔이 번져나고 있었다. 어떻든 자기가 순정을 바쳤던 여자였기에 배신감이라 해야 할까, 아니면 젊음이 모욕당했다는 감정이 목구멍에서부터 아래로 훑어 내렸다. 가급적 발소리를 죽이면서 빠른 보폭으로 모도마치를 지나왔으므로 마스라조오를 바라볼 때는 그쪽의 희미한 등불만큼이나 자신의 내부도 어둑서니하다고 느꼈다. 뜻 모를 분개심도 늦은 시간의 야기(夜氣)에 웬만큼 용해되어서 실연기처럼 가늘어졌으리라.

(가요가 나쁜 여자라 생각지는 말자. 그녀는 내게 처음으로 따뜻한 살내음을 맡게 해준 사람이지 않은가. 삭막한 항해중에 잠시 기착했던 야자수가 우거진 섬이었었다. 얼마쯤은 두려운 대로 거기에 머물렀던 시간은 향기로운 평온이 있었다. 그녀 나름대로의 고민이 없을 것인가.)

이렇게 생각하고 보니, 아주 엉망이야라고 했을 때의 푸념이 다른 빛깔로 묻어 왔다. 원망의 뜻이 아니라 자조하는 것으로. 다시 마음이 시린 듯해서 훈은 어금니를 꽉 깨물었다. 결코 찾아가선 안 된다. 나는 조선인으로서 나 자신에게 맹세해야만 돼. 그렇지 않으면 난 걸레다!

2

일본제국 해상 방위의 최후의 보루라 할 오키나와의 실함은, 대동아공영권이라는 확고 부동하고 실현 가능했던 이상의 대들보를 무너뜨린 결과를 초래했다. 대다수의 황국신민들은 이 사실을 믿을 수 없는 사태로 받아들였다.

거기에는 제국의 제32군 정예 십수만 명이 우시지마 중장의 지휘 하에 방어선을 펴고 있었다. 넓은 동지나 해상에는 많은 손상을 입었다지만 아직도 결사를 다짐하는 전함들이 포진한 채 엄호를 했을 것이다. 그런데 어떻게 궤멸할 수 있단 말인가.

봄의 문턱에서부터 사람들은 가미가제(神風) 특공대라는 말에 신선한 충격을 받기 시작했다. 격랑의 파고를 가르며 물밀듯이 다가오

는 미국의 항공모함, 전함, 구축함, 수송 보급선, 소해정, 상륙용 주
정들 위로 무수한 나비떼처럼 난무했던 자살 특공 편대기들…… 게
라마 열도 곳곳에 정박해 있던 함대에서 날아오른 가미가제 기들은
하늘에다 폭죽을 터뜨린 듯한 포화 속을 비집고 들어 공격 함대에 내
리꽂혔다. 항공모함이 명중되었고 구축함이 침몰해 갔다. 호송선이
격침당하는가 하면, 소해정이 불타고 무기 탄약 수송선이 해상에 불
기둥을 연속으로 솟구치며 폭발해 갔다. 하루 동안에 200대를 헤아
리는 전폭기들이 20회 가까운 출격을 감행했던 날도 적지 않았단다.
그 기체들은 벚꽃이 분분히 흩날려 떨어지듯이 사라져 갔다.

　훈은 동식을 만나 가미가제 특공대를 얘기하면서 불현듯 종이학의
이미지를 떠올렸다. 한때는 무척이나 신비롭고 시적인 환상을 불러
일으켰던 전설이 현실로써 나타나고 있지 않은가?—옛날, 종이로 선
학을 접는 일에 도가 통한 한 사내가 살았다고 했다. 그는 자기가 만
든 종이학이 피안의 세계로 날아갈 수 있다는 신념으로 날마다 날림
을 되풀이했다. 자기 손을 떠난 종이학이 번번이 지척의 거리에서 곤
두박질쳐 떨어졌기에 심상해 하던 어느 날 이변이 일어났다. 소나기
가 한 줄금 빗기고 간 뒤 산 위로 무지개가 선연한 저녁 나절께, 방
안 가득히 널려 있던 종이학들이 일제히 푸드득 날아올라 무지개 쪽
으로 사라져 갔다는 것이다.

　"가미가제란 게 불길 속으로 날아와 떨어지는 하루살이 같은, 그런
것 아닌가?"

　동식은 체념한 듯이, 그러나 조금쯤 자조를 섞어 불쑥 내뱉었으나
작은 눈매는 어느 때보다 심각한 빛을 띠었다.

　"그렇지는 않겠지."

　"뭐가 그렇지 않다는 거야? 그런 방법으로 판세를 뒤집을 수라도
있다는 뜻인가?"

　"뒤집다기보다도…… 적어도 하루살이처럼 맹목적이지는 않다는

말이지. 꽃다운 충절, 아니지. 허무한 충절이란 말이 맞을 거야." 훈은 망연한 어조로 대꾸하다가는 엉뚱한 말을 입에 올렸다. "마치 그 종이학들이 주인을 배신하지 않은 것처럼. 무지개를 향해 날아가 버린 종이학 얘기는 너도 들은 바 있지?"

동식은 별 뚱딴지 같은 말을 다 듣는다는 표정을 짓다가,

"가미가제를 얘기하다가 느닷없이 종이학이라니? 너 정신이 어떻게 된 것 아냐? 가요상한테 헛물을 키더니만…… 그만 해. 부질없는 일에 빠져들었다가 치도곤을 맞기 전에."

했다. 훈은 가요와의 관계에 대해서는 동식에게만 귀띔을 한 터였다.

"그 얘긴 없던 일로 하랬대두."

참 묘한 연상 작용도 다 있구나 싶었다. 동식이가 가요를 들먹이자 훈은 자기가 그녀의 몸 속에 쏟아 넣었던 정충들이 하릴없이 불 속에서 사라져 간 하루살이떼처럼 여겨졌다. 그래, 가미가제나 종이학처럼 황홀하게 잠적해 간 것은 아니라는 이 명징한 사유(思惟). 대지에 뿌려지고, 촉촉한 봄비를 맞아 생명체로 발아하는 씨앗이 될 수는 애당초 글렀던 셈이다. 그냥 하수구 속으로 쓸려 내려간 그 무엇이었단 말인가?

그가 가요의 집에서 훌쩍 일어서 나온 이래 둘 사이의 끈은 끊어져 버렸다. 그녀가 끈을 이어 붙이고 싶은 의향이 있다면 그녀 쪽에서 어떻게 해야 할 국면이지만 그런 기미는 없었다. 그녀가 찾아와 주기를 은근히 바라는 눈치를 보내자, 훈 자신이 자석에 이끌린 것처럼 일방적으로 접근함으로써 관계가 유지되었었다. 그녀가 자신에게로 찾아올 성싶지는 않았다. 나는 그래 주기를 기다리고 있었더란 말인가? 아니다! 나는 걸레일 수는 없다. 농락당했다고 자신을 힐책할 필요도 없지만 그렇다고 사랑했던 것도 아니잖은가. 치에코와의 사이라면 문제가 달라진다— 훈은 이렇게 생각했다.

동식은 이즈음 갈팡질팡이었다. 왕자제지 야적장의 목재 일에서

손을 놓은 지도 보름 남짓 되었다. 생산된 종이가 내지로의 수송이 어려워지자 회사에서는 생산량을 급속히 줄였기 때문이다. 가장 먼저, 자재 공급의 일용 노동자 일감부터 없앴다. 동식의 검게 탄 얼굴빛과 투박한 손가락들은 한결 부드러워졌으나 온몸에 감도는 그늘은 정비례로 짙어졌다. 녀석은 놀면서도 얼굴을 펼 입장이 못 되었다. 지금의 형편이라면 집안에 돈을 보태 주는 식구라곤 여동생 다카코뿐일 테니까.

둘은 저녁밥을 먹고 난 후 만나서, 방 안이 오히려 을씨년스럽다 하여 훈의 집 앞 골목에 나앉아 있던 참이었다. 동식은 무슨 생각에 잠겼는지 저녁빛을 받고 새초롬한 빛깔로 널린 풀꽃들을 심술궂게 잡아뜯고 있었다. 소루쟁이, 토끼풀 속에 일본인들이 예자부까라 부르는 풀이 널려 있어 이때쯤엔 작은 별 모양의 보라색 꽃이 무리지어 피었다.

"훈아. 난 진작 여길 떠났어야 옳았어. 시기를 놓쳐 버렸거든."

"떠나 본들 어딜 갈 데가 있다구?"

"성한 두 다리를 갖고 어딜 못 가? 작년만 해도 그럭저럭 지낼 수가 있었지만 말이야. 돈은 별로 쥐어지지 않았어도 악단에 재미를 붙였었거든. 그런데 이젠 틀렸어."

"네가 장남이란 걸 잊지 마. 부모님은 그렇다 하고라도 두 누이동생을 내 몰라라 할 수가 있겠어?"

대답이 없는 걸 보니 동식이는 자못 심각해진 눈치였다. 매사에 얼렁뚱땅 식으로 지내며 걱정기라곤 나타내지 않던 그의 성미로선 이례적인 일이었다. 훈이 힐끗 돌아보니 단단한 턱이 굳게 각이 지어져 있었다.

"겨울 장사에서 돌아왔을 때 내지로 뛰어 버렸으면 어땠을까 하고 후회하고 있어. 돈도 좀 쥐어졌고, 핑계거리도 있었지 않나 싶거든."

"천만에. 거긴 더욱 옛날 같지 않아. 뜨내기 품팔이로 어디에다 발

뻗고 지내겠어? 웬만한 도시며 항구는 공습을 받기 시작했잖아. 그
렇다면 도로 공사나 비행장 건설 현장뿐이야. 네가 건장하다 하더라
도 다꼬베아나 다름없는 그런 데로 기어들겠다구?"

"알고 있어. 하지만 내가 집에 붙어 있는 한 아버지가 정신을 못 차
릴 테니까. 이즘처럼 일판이 없는데도 술타령은 매한가지야. 집구석
을 보면 한심하지. 요시코 년은 상급학교로 진학하지 못하니까 더 짬
보가 되었구."

"이게 다 전쟁 탓이야. 두고 봐, 앞으로는 더 어려워질 테니까. 내
일이 어떻게 될지 누가 장담할 수 있겠느냐 말이야."

훈도 답답한 심정이 되어 침울한 목소리가 될밖에 없었다. 잠시 동
안 풀꽃을 움켜쥔 손을 펴 보던 동식이가 그걸 흩뿌린 뒤에 천천히
허리를 폈다.

"형님 일은 참 잘되었어. 내일 내일하는 것 같던데 언제 떠나신
대?"

"응, 모레로 날을 잡았대. 그래도 마음은 가마솥의 콩 같겠지. 내지
를 한참 거쳐 가야 하는데, 가족을 데리고 가는 걸 쪽바리들이 곱잖
게 볼 테니까. 도중에 무슨 변을 당할는지 알 수 없는 일 아니겠어?"

"죽기 아니면 까무러치기지 뭘."

동식이 험한 말을 내뱉었으므로 훈도 입을 다물었다. 누가 누구인
들 부러워할 수 없게 되었잖은가. 부러워한다는 건 세상이 좋았을 때
의 감정으로, 이제는 가뭇없는 말에 불과할 따름이다.

정준의 가족들이 에스토르를 떠나기로 작정한 날을 앞두고 겡이치
가 무슨 영문인지 열이 높았으므로 부득불 출발을 연기할 수밖에 없
었다. 병원에 데리고 갔더니 말라리아 증세라 했다. 애자가 약방에
들러 금계랍(키니네) 노란 알약을 구할 수가 있었기에 약을 먹여 땀
을 흘리게 하면 곧 다스려지려니 했다. 조선인 부락에선 학질쯤은 대

수룹잖게 여겨 오기도 했다.

　그런데 그 이튿날, 아연 실색할 사건이 벌어지게 되어 3일열(三日熱)만 넘기고 떠나려 했던 정준네 가족의 귀국 걸음에 차질이 생겼다. 히로시마가 원자폭탄이란 듣도 보도 못한 폭격으로 일시에 박살이 나고 말았다는 소식은 정준의 귀에 사실 하루 늦게 전해졌다. 사람들은 어디서 주워 들었는지 모르지만 모이기만 하면 그 괴상한 소문을 두고 쑥덕거렸다. 폭탄 한 방에 그 큰 도시가 흔적도 없이 날아가 버렸다는 게야. 미국 귀신이 태평양을 건너와 재주를 부렸단 말인가? 그야 낸들 아나, B-29가 날아들고, 뭔지 번쩍 하는 것 같더니만 태산이 내려앉는 소리와 함께 강풍이 몰아치며 도시를 통째 쑥대밭으로 만들어 버렸다고 하니까. 허풍쟁이가 풍을 뜬 거겠지, 설마한들 그런 일이…….

　하지만 소문이 돌기 시작한 그날 오후부터 에스토르 공기가 심상찮은 게 불 보듯 해서 조선인 부락 사람들은 큰 숨도 제대로 쉴 수 없을 지경이었다. 관청에서는 다들 일손을 놓고 있었고, 점포에서도 장사가 안중에 없는 듯했다. 거리엔 헌병의 군화 발자국 소리가 유난히 큰 소리로 절버덕거렸다. 도처에 지금까지 보이지 않던 어두운 구멍들이 있어서, 거기로부터 무언가 스멀스멀 기어 나와서 거리를 짓누르고 있는 양했다. 특히 모도마치에 사는 일본인들은 갑자기 반반(半半)의 얼굴빛이었다. 한쪽의 반은 넋이 빠져 나간 멍청한 표정이었고, 또 다른 쪽 반은 막다른 궁지로 몰린 맹수가 떠올릴 법한 긴장된 충혈 그것이었다. 70가호 남짓한 조선 부락 사람들은 그 언저리에서 얼씬거리는 것조차 삼가했다.

　훈이 다니던 왕자제지에서도 이 날은 일찌감치 업무 조기 종결의 명이 하달되어 그도 여느 때보다 일찍 집으로 돌아왔다. 늦은 시간까지 빛이 남는 철이기도 했으나 시뻘건 햇덩이는 하늘에 한두 발을 남기고 떠 있는 시간이었다. 모든 구역별로 반상회가 열리므로 전원 참석해야 한다는 말이 있었다.

훈은 조선 부락 뒤 빈 채소밭으로 정해진 마스라조오의 조선인 깐 상회에 참석했다. 시 서기가 순사 2명을 대동하고 나타났다. 그들 뒤에, 뜻밖에도 훈과 함께 고등소학교를 나온 동창생의 얼굴이 보였다. 그는 그후에 삿포로 상업학교를 졸업하고 지금은 상공회의소 사무원으로 다니는 모리모토 이찌로였다. 같은 조선인이고, 더구나 동기생이었지만 평소에 자주 만나지는 못해 서먹서먹한 사이가 되고 말았다. 소학교를 다닐 때에 잇짱(이찌로의 애칭)이라고 불렀던 기억만 아슴할 뿐. 그는 삿포로 유학시절에 기숙했던 집 일본인 딸과 사귀게 되어 상공회의소에 취직한 뒤 곧 결혼한 것으로 알려졌다. 그 시점에서(어느 쪽에서라고 할 것도 없이) 조선인들과 거리를 두게 되었을 것이다. 훈은 이따금 혼도리에서 그와 마주친 적이 있으나 종사하는 분야가 다른 탓인지 악수만 나누고 헤어졌었다. 그때마다 그는 사무원으로 몸에 밴 상냥함과, 누구와도 친하게 지내고자 하는 호의를 띤 미소로 불원간 술자리를 갖자고 제의하기도 했었다.

서기가 먼저 나서서 시국 전반에 걸친 요지의 말을 했다. 그것은 훈시에 다름 아니었다. 천황 폐하와 폐하의 칙유를 받드는 대본영의 필승 의지는 확고하다는 것, 이런 중차대한 시국하에서 전의를 손상시키는 어떠한 말이나 행동도 용납될 수 없다는 것, 적과 내통하는 스파이짓이나 내부 교란에 대한 동향 감시는 더욱 철저해질 것이라는 엄포를 달기도 했다.

서기가 일장 훈시를 끝내고는 모리모토에게 눈짓을 했으므로 그가 군중 앞에 나섰다. 모리모토는 황국은 가미사마(神)가 지켜 주는 나라이므로 어떤 경우에도 패전이란 있을 수 없노란 점을 장황히 설명했다. 역사적으로 살펴보더라도, 몽고군이 고려 수병을 앞세우고 침공해 왔을 때 호국 장군이 나서서 황금칼을 받쳐 들고 신에게 기원했더니 폭풍이 일어 침공선들을 다 침몰시킨 사실이 있지 않느냐? 이런 일이 있을 리 만무할 터이지만 비록 미국 괴뢰함대가 쿠릴 해구를 넘어 오호츠크 해(海)에 깔리는 한이 있더라도 가미사마가 지켜 주는 나라는 끄떡도 없을 것이다. 극악 무도한 침략자들은 결국 바다의 제물이 되고 말 터이니 신민답게 멸사 봉공하라.—저 친구에게 저런 면이 있었던가? 좋은 직장의 사무직원이고, 친절이 삶의 밑천일 뿐이라는 신조를 지니고 사는 듯한 그가 열변을 토하다니.

반상회에서 돌아오는 조선 부락 사람들은 반신 반의 하는 얼굴들이었다. 그 동안 귀에 따갑게 들어 왔던 불패국(不敗國)에 대한 믿음이 쉽사리 허물어지지는 않았지만 가미사마가 지키는 땅에서 어떻게 미국 귀신 따위가 조화를 부릴 수 있단 말인가? 그건 믿음의 벽에 틈서리를 내는 금이었다.

훈은 오하 아저씨와 함께 걸어가는 형의 뒷모습을 발견하고는 곁으로 따라붙으며 인사말을 건넸다.

"형님, 같이 가시죠. 그렇잖아도 찾고 있었는데…… 겡이치는 좀 어떤가요?"

"별로. 하필 이렇게 어수선한 때에…… 내일이 고비가 될 것 같다. 열이 조금만 내리면 나이로로 가는 버스에 오를 게다."

"그게 행이 되었는지 누가 아나?" 아저씨가 위로의 말을 해주었다. "인생살이는 실로 묘해서 하필이란 말은 아무렇게나 쓰는 말이 아니네."

"아니, 아이가 불덩이처럼 된 것이 무슨 좋은 징조라도 된다는 말인가요?"

"허헛, 누가 아픈 걸 두고 한 말인가? 사람이 평소답지 않게 고깝게 새겨 듣기는……."

"일이 자꾸만 꼬이는 것 같으니 해본 소립니다."

정준이가 무안해서 한 걸음 물러선 탓에 얘기는 그것으로 그쳤다.

하지만 그로부터 이틀이 더 지났을 즈음에도 정준의 말마따나 일이 더욱 꼬이거는 마찬가지였다. 8월 9일이 되자 대일본제국의 국운에 치명타를 가하는 일이 연속으로 돌발했다. 북 사할린과 가라후도를 가르고 있던 북위 50도 장벽을 두고 대치하고 있던 소련이 대일 선전포고를 했다는 풍문과 함께, 이 날 내지의 저 남쪽 끄트머리에 위치한 나가사키에 또 한 발의 원폭이 투하됐다는 것이다.

그날 밤에 훈이 어머니를 앞세워 형네 집을 찾아갔을 때에도 실은 이런 사정들을 모르고 있었다. 그럼에도 귀국 날짜를 허송한 데에 속이 상해 있던 정준은 자기 분에 겨워 눈물까지 글썽이며 내뱉듯이 못다한 말을 쏟아 놓았다.

"내일 첫차로 떠날 겁니다. 알고 있어요, 시모노세키까지 가는 게 얼마나 험하다는 것쯤은. 저 밑으로는 난장판이 되어 있겠죠. 그렇더라도 오도마리에서 배를 탈 겁니다. 홋카이도 땅이야 못 밟겠어요? 왜 이렇듯 차일 피일 했는지 내 발등을 내가 찧고 싶어요. 원망한다고 되는 일이 아닐 테지만. 어머니, 먼저 가 기다리겠어요. 내가 어머니를 모시러 오겠다는 빈말은 할 수가 없구요. 훈이 있으니까. 형편되는 대로 앞뒤 잴 것 없이 곧 뒤따라 오도록 하십시오. 이런 판국에 어디라고 안전한 땅이 있을까만, 그래도 가족이 함께 모여 있지 않으면 안 되겠지요."

이튿날, 즉 8월 10일 아침에 형네 가족을 배웅하느라 버스 정류장에 나갔던 훈은 거기서 비로소 소련의 침공 사실을 귀동냥해 들었다. 어제만 해도 엇비슷한 풍설이 없었던 건 아니지만 국경선의 사소한 충돌이든지, 혹은 경각심을 높이려는 것쯤으로 낙관하며 들었더랬다. 아니, 그만큼 조선인들은 귀가 어두웠던 것이다. 정준은 에스토르도 순식간에 전쟁에 휘말려들 것이라는 걱정을 혹처럼 붙이고 버스에 올랐다.

에스토르에서 도청 소재지인 도요하라로 가자면 동해안의 나이로로 나가서 기차를 이용하게 마련이었다. 나이로로 빠지는 길 이름은 이 두 도시의 첫음을 따서 나이께(內惠) 도로라 불렀다. 그 도로는 모도마치에서 조선인 부락이 포함된 마스라조오 앞을 지나 산자락을 굽어 돌면서 뻗어 나갔다. 그 길로 피란민의 행렬이 줄을 잇기 시작했다.

북쪽에서 소련이 포격을 가한 것 같다는 소문은 민심을 극도로 흉흉하게 만들었다. 루스케가 서해안을 따라 쏟아져 내린다면 니시샤크탕과 탄광 마을 나이오시를 지나면 곧바로 에스토르였다. 전선의 코앞에 놓인 셈이었다. 북에서 남쪽으로 길게 내리뻗은 섬 가라후도에서 내지와 통하는 정기 연락선이 출항하는 곳은 오도마리뿐이었으므로 일찌감치 짐을 챙긴 일본인들은 그쪽으로 가기 위해 나이께 도로로 나섰다.

조선인 부락에서 도로를 바라보면 일장기를 펄럭이며 내닫는 군용 수송 차량들이 줄지어 지나갔다. 언제인가부터 버스는 보이지 않게 되었고, 저자거리나 다름없이 북새통을 이룬 피란민 행렬 사이로 군용차가 지나가게 되면 민간인들은 피하느라 밭둑으로 밀려나야만 했다. 어린애를 들쳐업은 여인이 도로변 농수로에 빠졌다가 젖은 발로 기어 나오며 쩔쩔매는 모습이 드물지 않았다.

조선 부락에서는 밤이 더욱 불안했다. 어떤 경우에도 불빛을 보여선 안 되었다. 야간 경비조에 걸리게 되면 힐책 정도가 아니라 당장에 수상한 자로 지목 받아 경찰서로 끌려가 문초를 받을 것이었다. 집집마다 비상 식량과 간편한 취사 도구, 그리고 담요를 뭉친 피란봇짐을 마련해 두곤 여차하면 달아날 수 있도록 만전을 기했다. 한 시간을 넘기기가 어려운 공포의 중압감에 짓눌려 있었지만 쉬 집을 떠날 수가 없었다. 일본인들 틈에 끼여들어 도망을 가는 게 옳을까, 그냥 남아 있는 게 차라리 나을까에 대한 판단이 서지 않았던 때문이다.

184

"어떻게 해야 좋담? 붉은 군대가 들이닥친다면 모조리 죽일 거라고 하는데…… 앉아서 당할 수야 없잖은가."

"그렇다고 어딜 가? 이곳에도 막강한 수비대가 있는데 호락호락 물러설 것 같애? 북 사할린까지 밀어붙일 거라 하잖나. 공연히 길바닥에 나섰다간 생고생이나 하고 말지."

"그래요. 굶어 죽기 꼭 알맞지. 이 바닥을 떠서야 곡식 한 톨 어디서 구한단 말이에요?"

"문제는 어느 쪽이 센가에 달려 있어요. 설마 소련한테 밀릴라구? 루스케들은 독일의 항복을 받아냈다지만 워낙 호된 전쟁을 겪고 난 끝이라 기진맥진해 있을 거라구요. 만주에서 관동군을 상대하기에도 벅찰 거라던데……."

"글쎄, 그렇기나 하다면야…… 불쑥 나섰다가 어떤 화를 입을는지 모를 일이구. 이럴 때 이치키 어른이나 볼 수 있다면 무슨 얘기를 들을 수 있으련만."

"의원 어른은 더 바빠졌을걸."

"이런 판국에 배급이 나올 것 같진 않고…… 야마다 상회도 문을 닫았대. 그걸 보면 짐작이 될 일이지."

"우린 이래저래 마찬가지야. 숨도 쉬지 말고 가만히 죽치고 있어야 한다니까. 뒤가 구린 데가 있는 사람이면 몰라도."

"그래, 우리 같은 핫바지야……."

사람 몇이 모였다 하면 이런 종잡을 데 없는 얘기만 오갔다.

그날 밤 늦은 시간에, 한 조선인 가족이 훈의 집을 찾아들었다. 먼저 바깥문을 들어선 남정네는 장년의 나이로서 어둠 속에서도 허둥대는 품이 심상찮았다. 누구를 찾아오셨지요 하고 훈이 난방에서 밀창문을 열며 묻자 낯선 사내는,

"이거 밤중에 염치 없게 되었소. 사정이 딱하게 되었으니 하룻밤 묵어갈 수가 있을까요? 할 얘기가 있소이다. 파란길에 나섰다가 엄

청난 일을 보았으니…….”
했다.

훈이 딱해 보여 안으로 들어오라고 손짓을 하자 사내는 고맙다고
했다. 그런 뒤 그때까지 바깥에서 서성이던 아낙네를 불러들여선 물
한 사발부터 청해 내외가 나눠 마셨다. 그는 자기 소개부터 했다. 자
기는 하마시가이에서 냉동 공장의 인부로 일해 왔던 사람인데, 자식
들은 객지에 나가 있고 내외뿐의 단출한 식구여서 오늘 새벽에 피란
길에 올랐다고 했다. 이쪽 야마시가이를 지날 땐 일본인의 눈치가 보
여 큰 거리를 피해 마스라 강둑으로 빠져 나이께 도로로 나갔다는 것
이다. 이쯤의 사연을 허겁지겁 말해 놓고는 새삼 긴장된 낯빛을 띠더
니 입을 꾹 다물었다. 박씨가 안방에 앉은 채 문 밖으로 얼굴을 내밀
고 듣다가는 혀를 끌끌 찼다.

“무슨 끔찍한 일을 당한 게구려.”

“그렇습니다. 여긴 조선인들 동네인 줄로 알고 있습니다만…… 그
렇다면 이웃의 누구든 더 불러 와요. 되도록이면 많은 사람이 알아야
하니까.” 목소리가 갈라져 나왔다. 전신에서 풍기는 인상이 흡사 넋
이 빠진 사람 같았다. “젊은이가 수고해 주겠소? 예삿일이 아니라니
까.”

훈은 내객의 심각함에 압도당해 그러겠노라며 곧장 일어서 집을
나섰다. 밤이 늦었지만 담 하나 사이 한 오하 아저씨와 쌍가매집, 그
리고 창고지기로 일하는 곰보 아저씨네를 차례로 돌았다. 그 다음은
골목을 돌아서 협화회(協和會) 서기직을 맡은 이와키리의 집이었으
므로 왠지 내키지 않기에 서둘러 돌아왔다.

그 사이에 남정네는 냉수 한 그릇을 들이킨 탓인지 아까보다는 훨
씬 침착을 되찾은 성싶었다. 모여든 사람들이 깊은 잠에서 깨어났을
리는 없을 게다. 그럼에도, 아닌 밤 홍두깨를 맞은 표정으로 무슨 일
이 있었소? 하며 나타날 때마다 박씨가 조용히 하라고 입막음을 했

다. 밤중에 사람이 모여서 숙덕거리는 게 알려졌다가 좋을 일이 하나
도 없을 테니까.

"여기서 시오리 길이나 갔을까, 그쯤 되겠지, 여보?"

그의 옆에 앉아 오돌오돌 떨고 있는 아내에게로 고개를 돌렸다.

"그걸 낸들 어찌 알겠소? 나한텐 아무것도 묻지 말아요."

아낙네가 기어드는 목소리로 대답했다.

"그래, 그따윈 문제가 아니지. 하여튼 날이 밝은 저녁 무렵이었소.
사람들이 길바닥을 꽉 메우고 있길래 나도 무슨 일이 일어났는가 싶
어 고개를 빼들고 보았지요. 길 옆에 작은 공터가 있어서 거기서 센
또보를 쓴 작자가 칼을 빼들고 섰습디다요. 그 앞에는 웬 남자가 무
릎을 꿇고 앉아 사색이 되어 있고요. 알겠어요? 말로만 듣던 다메시
기리(試斬)를 하는가 싶었지요. 그 왜, 사무라이들이 칼이 잘 드는가
어쩐가를 시험해 보기 위해 사람의 목을 벤다는 것 말이오. 더러 돼
지 목통도 딴다는 얘길 들었지만서도."

"어쩌면 그런 무지막지한 말을?"

아낙네가 팔꿈치로 툭 쳤다.

"꿇어앉은 사람이 조선인이었단 말이오? 왜요?"

곰보가 다급해져 재촉했다.

"그러니까 이렇게 보자고 한 거지요. 뭘 하는 사람이었는지 모르지
만 조선 사람입디다. 누군지 물어보고 자시고 할 데도 없고 그런 경
황도 아니었지요. 다만 칼을 빼든 자가 이렇게 말한 건 귀에 똑똑히
들렸지요. 그 흔한 여름 국민복을 입었는데 눈에 살기가 번득입디다.
말인즉, 우리 제국이 이렇게 된 건 이따위 조센진이 스파이짓을 한
때문이다. 이처럼 혼까지 좀먹히운 자가 활보한대서야 될 말인가. 일
전의 전의를 앙양키 위해 이에 본관이, 그 뒤는 뭐랬더라? 하여튼 수
범을 보이겠다는 말을 합디다. 그런 참혹한 광경을 보았단 말이오."

"누구인 줄 모르겠소?"

“그 뒤는 어떻게 되었단 말이오?”

“조선 사람은 죽었소?”

여인들까지 합세했다.

“그 다음 일은 뻔한 이치죠. 그 사람은 흙빛이 되어 말 한마디도 못하고 바들바들 떨고 있습디다. 처음에는 두 손을 싹싹 비벼대더니 하얗게 번쩍이는 칼날을 보고서는 혼비 백산한 게죠. 칼을 든 작자는, 사람 탈을 쓰고 어쩌면 그렇듯 악할 수 있단 말이오?─두 손으로 칼자루를 꼬나들고 잠시 숨을 들이쉬더니 얏! 하는 외침과 함께 칼날을 내리쳤어요. 목이 꺾여지는 것만 보고 이내 고개를 돌렸어요. 붉은 피가 솟구쳤던 것 같기도 하고…….” 사내는 자기가 칼날을 받은 것처럼이나 몸을 소스라쳤다. “……그 길로 큰길을 버리고 산을 타서 여기까지 되돌아온 겁니다. 도무지 발길이 떼어지질 않습디다. 아예 피란 갈 생각은 하지 말아야 한다고…… 이 마을에 대해선 알고 있어서 꼭 전해 주어야 할 것 같았거든요.”

내방객의 말이 끝나자, 훈의 집 다다미 난방에 뭉게뭉게 모여 앉았던 사람들은 말문을 잃고 말았다. 조선인들은 막다른 골목에 몰려 버렸다는 것, 지금까진 어렴풋하게 느껴지기만 했던 위기감이 시커먼 실체로 나타나 와락 달려들고 있음을 비로소 실감했다.

“그 지경을 당하고…… 어째 끼니는 때웠던가요?”

쌍가매 할머니가 아낙을 향해 물었다.

“웬걸요? 그런 흉칙스런 걸 보고 뭐가 목구멍에 넘어가겠어요?”

“식은 음식이라도 채려 올까요?”

박씨가 물었으나 고개 도리질만 했다.

잠시 후에, 아낙네는 “무슨 구경거리가 났다고 애발스레 목을 빼고 봐야 했는지?…… 저 사람은 그렇게 주책없는 위인이라구요. 망령이 단단히 들었던 게죠” 하며 남편을 탓했다.

“모르는 게 약은 아니지. 그냥 내처 갔다고 생각해 보라구. 우리가 그 지경이 되지 말란 법이 어디 있어? 일본놈들은 눈이 뒤집혔단 말이야. 두고 보라구. 조선인들을 싹쓸이로 죽인다고 날뛸 터이니."
남정네가 웅얼웅얼 뇌까렸다.

그날 밤을 훈은 오롯이 뜬눈으로 밝혔다. 목침을 찾아 베고 옆자리에 누웠던 하마시가이의 변씨(그의 조선 성이 변(卞)씨라고 밝혔다)는 워낙 피곤해 이내 코를 골기 시작하더니, 두 시간을 채 못 자고 가위에 눌려서 깬 뒤로는 잠이 달아난 모양이었다. 그가 잠이 깰 때까지 훈은 천장에 눈길을 던진 채 뒤척이고만 있었다.
"더 주무시지 그래요?"
"그럴 것 같지 않으이. 나 때문에 젊은이가 잠을 설치는 것 아닌가?"
미안스러워서 하는 말일 게다.
"자려고 애를 쓰도 잠이 오지 않는걸요. 그런데, 아저씨는 참 용하세요. 어쩔 작정을 하고 길을 나섰던 겁니까?"
"며칠 전이던가? 소련이 전쟁을 일으켰다던 날이…… 그날 일본인 직원 거동이 수상하더라구. 우리 같은 궂은 일 하는 사람이 어찌 방송을 들을 기회가 있을 건가. 일을 마치고 나오면서 친면이 있던 일본인 직원에게 무슨 일이 있느냐고 물어보았지. 우물쭈물하다가는 내키지 않는 대로 북쪽에 전투가 일어났다고 귀띔해 주더군. 난 단번에 알아차렸지. 소련과 전쟁이 붙었다면 조선인이야 오도가도 못하는 도가니에 든 쥐 신세가 될 뿐이라는 걸. 어차피 살림될 만한 것도 없겠다, 고향이 울산이니까 일찍 걸음을 놓는 게 상수다 싶었네……이럴 줄 알았다면 고깃배에 사정을 해서 마오카까지라도 가볼 걸 하고 후회가 되네. 얼굴 좀 안다고 해서 배에 태워 줄까 어쩔까만."
"하마시가이에 살았다면 혹시 타치바나 에이조 선생 모르세요? 소학교에서 교편을 잡는 조선인인데요."

김영삼 씨의 안부를 물었다.

"왜 몰라. 그 선생 양반이야 다 알지. 젊은이와 아는 사이인가?"

"친하게 지냈습니다. 악단에 같이 있었던 탓에."

"그 사람이 서양 악기를 잘 다룬다는 말은 들었지. 점잖은 사람이라는 찬사를 받기도 하고…… 그런데 무얼 알자구?"

"이 근래 통 얼굴을 보지 못해 그냥 궁금해서 물어본 겁니다."

훈은 마음속으로 자신이 영삼씨를 좋아한다는 걸 알고 있었다. 내성적이긴 했으나 어쩌다 입을 열면 거기에는 심오함이 담겨져 있는 듯했다. 이를테면 인간의 운명이라든가, 세속과는 거리가 먼 종교적인 어떤 것, 혹은 영혼이란 보이지도 느껴지지도 않는 그런 데에 관심을 기울이는 일면이. 때문에 심성이 여린 듯하면서도 초연하게 세상을 보는 눈이며 자세가 접해졌었다.

"학교 교원이 어쩌겠는가? 그런 사람이야 더욱 자유롭지가 못할 테지."

훈이 별다른 반응을 나타내지 않자 변씨는 묻지도 않은 자기 가족 얘기를 늘어놓았다. 딸은 출가하여 오찌아이에 살고 있으며, 아들은 가미시스까 주둔 해군의 어떤 시설에서 군속으로 일하고 있다 했다. 그 아들 밑으로 두 아이가 있었으나 모두 잃었기에, 남은 자식의 안위가 목의 가시처럼 걸릴 것이다. 훈은 오찌아이라면 나이부치와 가까운 데가 아니냐며, 누나네 가족을 일순 떠올려 보았다.

이튿날 동이 트자 변씨 내외는 서둘러 집을 나섰다. 일단은 집으로 돌아가서 배편을 찾아보겠노라고 했다. 훈은 골목까지 배웅하고 와서 구석진 방으로 들어와 눈을 붙여 보고자 애를 써 보았다. 직장에선 지역 방위대에 편성된 젊은 사원들은 출근을 하지 말라는 명이 떨어졌었다. 통보가 있으면 곧 뛰쳐나갈 수 있게 복장을 챙겨 입은 후인지라 다소나마 마음이 풀렸다.

깜박 잠이 들었던가 보다. 자기가 왕자제지 앞의 마스라 강에 줄줄이 떠 있는 통나무 둥치 위를 아슬아슬하게 건너뛰고 있었다. 소학고 다니던 시절의 여름에 장난질로 그렇게 해본 적이 있었던 것 같으나 또 한편으론 그런 기억은 도무지 없는 양도 했다. 쫓기고 있는지도 몰랐다. 목재가 묶여 있는 게 아니어서 발을 잘못 디디면 통나무가 흔들려 몸을 가누지를 못하고 물에 첨벙 빠지기 십상이었다. 뛰는 발 길질로 통나무가 핑그르르 도는 듯해 아찔했다. 어쩌자고 이렇듯 끝 없이 목재들 위로 달아나야만 하는 걸까? 야적장 쪽에서 누가 이쪽 으로 나오라고 외쳐댔다. 좀 생소한 인상이긴 했으나 외치는 사람이 아버지라고 믿어졌다. 네, 나갈게요! 이렇게 대답했던가? 그럼에도 그쪽으로 나갈 엄두도 나지 않고, 게다가 몸까지 말을 듣지 않아 우 선 넘어지지 않으려고 팔짝팔짝 뛰었다.

누가 나를 쫓아온단 말이지? 맹랑한 노릇이었다. 그렇다, 내가 필 시 꿈을 꾸고 있는 거겠지. 이런 생각이 퍼뜩 들었을 때 저 앞쪽에 펄 럭거리는 여인의 흰 옷자락이 보였다. 그녀는 두 팔을 벌려 몸을 가 누면서 통나무를 하나하나 딛어 가고 있었다. 그녀를 따라서 이렇게 달려온 것이리라. 꿈이 아니었다. 그녀는 치에코였다. 조금만 더 빨 리 내닫는다면 그녀를 따라잡을 수도 있을 것 같았다. 다른 생각을 할 겨를도 없이 턱에 숨이 닿게 뛰어 보니 아뿔싸! 통나무의 간격이 듬성듬성해진 게 지각됨과 동시에, 앞에는 겨우 한 개만 엇비스듬히 물 위에 떠 있을 따름이었다. 저걸 밟았을 때는 내닫는 가속력에 따 라 강 복판으로 첨벙 뛰어들 판이었다. 아악!

꿈에서 깨어났지만 머릿속이 쿡쿡 쑤셔 오고 모든 게 흐리멍텅했 다. 방문을 열자 어머니가 마침 아침을 차리려고 상을 내놓고 있는 게 눈에 띄었다.

"늦은 잠이 달게 든 것 같아 깨우지 않았다."

훈은 환히 밝은 아침임을 그제서야 깨달았다. 한 시간은 족히 잠들 었을 것이다. 그런데 악몽을 꾸다니…… 도대체 그 통나무 위는 무어머, 어쩌자고 거기에 치에코가 나타났더란 말인가. 내가 무의식 중에서도 그녀를 잊지 못하고 있다는 뜻일까. 멍청하니 눈만 껌벅거리다가 어머니의 채근을 받고는 바깥으로 나와 세수를 했다.

얼굴을 닦고 나니까 한결 개운해졌다. 밥상머리에 앉는데 어머니가 마음에 걸리는지 한마디 했다.

"그 사람들을 신새벽에 가게 해서 안됐구나. 붙잡아도 막무가내니…… 양식 축낼까봐 염치를 차리는 것만도 아닐 테지."

"사람 만나는 게 두려워서 그런가 봐요. 샛길로 빠져 나가겠다 했으니 집에 당도하면 아침때겠지요."

"그렇긴 하지만, 그 허기진 배로…… 이럴 땐 네것 내것이 없다. 하긴 갓 길 떠난 사람들이니 배 채울 게 없진 않을 게다. 손님 대접이 아니라서 그렇지."

훈이 숟가락을 놓으려 할 즈음에 오하 아저씨가 마당으로 들어섰다.

"이보게. 손들은 가셨는가? 밤이 깊어 인사도 변변히 못하고 돌아갔는데."

"아침을 들고 가라고 말려도 한사코 일어납디다. 어쩐 일로 이렇게?"

박씨가 대꾸를 하자, 아저씨는 그제서야 찾아온 용건이 따로 있음을 깨닫고는 훈을 향해 정색을 했다.

"간밤에 어떤 소리를 듣지 못했나? 새벽녘이었던가 싶으이."

"무슨 말씀이신지요? 날밤을 꼬박 새웠어도, 글쎄요."

"젊은 사람 귀도 믿을 건 못 돼. 내 귀에는 그게 대포 소리였거든. 아암, 그럴 거야. 연해주를 떠돌 때 들었던 소리와 같았어. 붉은 군대가 내려와 포를 쏘아대는 것일 게야. 여기서 쏘는 소리가 아니라 폭탄이 떨어지는 소리가 분명했거든. 아주머니도 그런 기척을 몰랐던가요?"

"내야 분간인들 하겠소만…… 기어코 난리가 나기는 난 모양이지
요?"

"무슨 새삼스런. 좌우간 살아남을 궁리나 해봅시다."

아저씨는 뜬금없이 그 말만 던지고는 급히 몸을 돌려 골목으로 빠
져 나갔다. 그러고 보니 새벽녘에 구들장이 울린 듯한 미진을 들은
것 같기도 했다.

3

그날 정오경에 최초의 소련 비행기가 에스토르 상공에 출현했다.
수 대의 전폭기들은 무방비 상태의 도심에 기관총을 갈겨댔다. 사이
렌 소리가 요란히 울린 뒤에 전폭기 특유의 금속성이 들리자 마스라
조오 주민들은 서둘러 대피소로 피했다. 집을 지키는 늙은이가 있었
을지라도 문을 열고 내다볼 염의를 가지지 못했을 것이다. 그러므로
왕자제지 뒷산 쪽에서 화염이 치솟는 광경을 본 사람은 아무도 없었
다. 다만 지축을 뒤흔드는 굉장한 폭발음만 연속으로 들었을 따름이
었다.

제국 육군이 자랑하는 그 많은 고사포들은 어디에 배치되었던 말
인가? 에스토르의 방위 병력은 산 꼭대기 위에 산포라 불리웠던 대
공포를 집중 배치해 놓았다는데, 거기서도 적기를 떨어뜨릴 수가 없
었던가 보다. 그 이튿날에 안 사실이지만, 이 날 소련군 대형 폭격기
가 두 발의 폭탄을 투하했다고 전해진다. 한 발은 산포가 배치된 산
에 떨어져서 이때부터 방공의 포화는 울리지 않게 되었다는 거며, 또
한 발은 왕자제지 뒷산에 떨어졌다. 무슨 영문인지는 모르겠으나 대
량 인명 살상을 초래할 시가지 폭격은 피했던 게 분명했다.

마스라조오의 조선 부락에도 이미 지역 방위대가 조직되어 대원이

40명 정도를 헤아렸다. 분대장은 협화회 서기 이와키리가 맡았다. 같은 조선인이면서도 일본인한테 빌붙어 살았으므로 그가 없는 자리에선 누구라 가릴 것 없이 '간도 쓸개도 없는 자'로 불리워지던 사내였다. 대원들은 모두 대나무 끝을 뾰죽하게 깎은 죽창으로 무장했다. 루스케가 들이닥치면 죽창으로 마을과 가족을 지켜야 한다고……. 특별한 임무가 주어지지 않으면 각자 자기네 집 앞에서 죽창을 꼬나쥐고 사위 경계를 하고 있으면 되었다. 그러다가 골목 어디에서 '분대 집합!' 하는 구령이 떨어질라치면 지체하지 않고 이와키리 집 뒷편의 밭자락으로 쫓아가야 했다. 꾸물댄 사람은 본대에서 파견된 간부에게 귀쌈을 맞게 마련이었다. 그건 부락 사람들 앞에서 톡톡히 망신을 당하는 것이어서 여간 굼뜬 사람일지라도 헐레벌떡 달려가지 않을 수가 없었다.

오늘은 모처럼 시의원인 이치키씨가 얼굴을 보였다. 그는 조선인이었지만 의원 신분이어서 시 방위대의 참모장 직책을 맡고 있다 했다. 지나는 길에 훈의 집에도 들러 박씨한테 수인사를 하고 갔다. 그가 나간 다음, 박씨는 찾아 준 것이 고마웠던지 훈한테 공치사를 해 댔다. 저 양반을 본받으려무나. 처신이 저렇듯 빈틈없으니 떵떵거리고 산대두 누가 입을 벙긋이나 하느냐? 네 아버지와 친분이 있었다고 이런 경황에도 그냥 지나치지 않는다. 네들 형제한테도 앞앞이 신경을 써주니 그 은공을 잊어선 안 된다.

어쩌자고 이 날따라 하늘이 저토록 파랗단 말인가. 가라후도의 여름이 한껏 부풀어오른 때였다. 긴 겨울로 인해 늘상 추운 날씨가 계속되는 이곳에서는 이 무렵이 가장 평화롭고 생기가 찬 나날이다. 색색의 꽃이 그 어디에고 질펀히 피어나 눈을 현혹시키곤 했다. 산에 가면 익은 열매가 많았고, 강에서의 고기잡이에도 신명이 났다. 그런데…… 하마시가이가 어제부터 함포사격을 당했고, 오늘은 야마시가이가 폭격으로 난장판이 되고 말았다. 훈은 죽창을 한 손에 쥔 채

194

문턱에 앉아 푸른 하늘을 잠시 올려다보았다.

그때 훈은 하늘 한 켠에 은빛을 반짝이는 비행기 한 대가 떠 있는 걸 보지 못했다. 대변기를 느꼈으므로 무심코 죽창을 기둥에 세워 두고는 방으로 들어가 종이를 한 장 쥐고서 밖으로 나왔다. 변소를 향해서 뒤꼍으로 돌아섰다.

어쩐지 불안한 마음이 들어 서둘러 일을 끝내고 집 앞으로 돌아나온 참에 누군가가 숨가쁘게 들어섰다. 낯선 일본인이었다.

"이 돌대가리 같은 놈아, 톡톡히 경을 치게 될 거다. 빨리 나와! 저기 사노 어르신이 노발대발이다 말이야. 얼간이 녀석."

이게 웬 날벼락인가 싶었다. 어리둥절한 표정으로 그 자의 뒤를 따르기 전에 얼른 죽창을 챙겨들었다. 훈의 집 오른편으로는 언덕이 있어서, 거기 커다란 이깔나무 두 그루가 가지를 늘어뜨리고 있었다. 지금 동그스름한 열매가 한창 매달린 때였다. 거기에 서 있으면 오른쪽으로는 모도마치 일각에서부터 왕자제지 야적장과, 왼쪽의 나이께 도로와 마스라조오 부락들이 훤히 내려다보여 전망이 썩 좋은 곳이었다. 훈의 집에서는 불과 40~50미터 거리 남짓한 거기에 방위대의 무슨 감투를 썼다는 산림관리원 사노를 비롯해서 몇몇이 서 있었다. 그 중에는 38식 보병소총을 어깨에 맨 사병도 보였다. 만일 훈이 집 앞에서 그쪽으로 고개를 돌려다보았다면 그들이 서 있음을 알아보았을 터였다.

훈이 엉거주춤한 자세로 사노 앞에 다가가자 그는 댓바람에 뺨을 철썩 올려붙였다. 그것도 한 대가 아니라 세 대, 네 대 계속 때렸다. 첫 한 대를 맞았을 때 훈은 골 속이 심하게 충격을 받아 아찔한 현기증을 느꼈다. 세 대, 네 대가 되자 코피가 쏟아졌다. 카이젤 수염을 기른 사노는 체격이 장대하려니와 나이와는 상관 없이 항상 체력 단련을 한다고 소문이 난 위인인 만큼 손찌검이 쇠망치나 다름없었다. 훈은 영문도 모른 채 맞다가 코를 싸 쥐었다.

"네가 한 짓이 어떤 것인 줄 모르진 않겠지? 죽고 싶으냐? 그래 이 놈아, 죽여 줄까?" 사노의 굵은 눈썹이 꿈틀거렸다. 훈의 눈길이 겁을 잔뜩 집어먹고 있으나 의아해 함이 완연했으므로 사노는 홧김 중에도 고래 고래 고함을 질러댔다. "비행기를 향해 무슨 신호를 보내려 했느냔 말이야. 흰 종이를 들고 펄럭거렸으니 스파이짓 아니고 뭐야? 오라, 여기에다 드르륵 갈겨대라구? 이런!"

또 주먹이 날아들었다. 제 분에 겨운지, 풀썩 주저앉는 훈의 등에다 투박한 사냥화로 짓찧었다. 그때 마침 박용한 씨가 왔던 모양이었다. 어쩌면 좀더 일찍 와 있었던지는 모르지만.

"사노상, 그만쯤 해두시죠. 바보 같은 짓을 했겠지만 무슨 의도가 있었던 건 아닐게요. 혼을 내주었으니 앞으론 정신을 차리겠지요."

사노는 못마땅한 낯빛으로 불쑥 끼여든 시의원을 쳐다보았다. 그 얼굴에는 당신이 웬 참견이냐는 불평이 노골적으로 드러났다. 하지만 상대가 조선인이긴 해도 어엿한 의원이지 않은가. 게다가 민방위 참모장 직위에 있으니 계선(系線)을 따져 보더라도 함부로 대할 처지가 아니었다.

"이놈이 어떤 이적 행위를 한지 모르잖소? 적기한테 신호를 보냈던 거요. 공습이 끝났다고 누가 단언한단 말이오. 그런데 제놈 마당에서 흰 종이를 흔들어댔으니 즉결 처분을 해도 마땅한 일 아니오?"

"즉결 처분이라고?" 박용한 씨는 녹녹한 사람이 아니었다. "사노상한테 그런 권한은 없어요. 내가 안 이상 그럴 순 없으니 보내 줘요. 당신의 열성적인 애국 충정을 모르는 바 아니지만, 이건 경우가 아니오."

그러면서 고개를 돌려 훈을 바라보았다. 당장에 넌 돌아가거라 하고 말하려는 듯했지만 사노의 체면을 생각해서 참는 듯했다. 사노도 그걸 이해했다. 면상이 시뻘겋게 달아올라 있었으나 분풀이로는 충분하다고 생각한 모양이었다.

"앞으로는 주의하란 말이얏! 네 행의에 비하면 이 정도는 운수 대통이다. 그쯤 알고 돌아가라."

훈이 집으로 돌아오자 저간의 사정을 모르고 있던 박씨가 대경 실색했다.

"이게 어찌 된 거냐? 왜, 누구하고 싸웠나? 어이구, 네 상판이 어떤 줄이나 알아?"

"……."

"왜 말을 못하나? 멀건 대낮에 이게 웬말이냐. 어느 육시를 할 놈이 그랬더냐? 에그 답답해라."

연방 울분을 터뜨리면서도 어머니는 세숫대야에 찬물을 담아 코앞에 밀어놓았다. 훈은 앞뒤 잴 겨를도 없이 손을 적셔 피를 씻고 얼굴에도 끼얹었다. 콧속이 매큰해서 풀었더니 손바닥으로 시꺼먼 핏덩이가 한 줌이나 쏟아졌다. 공포심이 서서히 풀려 나면서 서러움이 북받쳐 올랐다. 목까지 씻고 일어설 때 등이 걸려 숨이 턱 막히는 것 같았다. 수건으로 닦는 둥 마는 둥하고 방으로 들어와 들쳐눕자 그제서야 통곡이 터진 봇물처럼 쏟아졌다. 박씨는 사정을 알지 못해 애를 태우는가 싶더니, 어느새 휑하니 나갔다. 누구에게 사정을 들을 수 있겠거니 해서일 게다. 죽은 듯이 두어 시간을 누워서 지난 후, 훈이 얼굴을 거울에 비쳐 보고는 스스로도 참담했다. 코가 펑퍼짐하게 부었고, 양쪽 뺨도 여직 빨갛게 부풀어올라 있었다. 뒤통수를 주먹질당한 탓인지 두통이 심했다. 등 쪽이 욱신거려 앉아 있기에도 불편해서 고대 누워선 또 뜨거운 눈물을 주루룩 흘렸다.

(이놈, 사노놈. 꼭 잊지 않을 거다. 네놈의 그 불콰한 얼굴을…… 끝자락을 꼬아올린 카이젤 수염을…… 붕어 눈깔 같은 그 눈도, 네놈이 틈만 나면 자랑했을 법한 그 징그럽도록 굵은 눈썹도 결코 잊지 않겠다. 사노 오사무, 땅 끝까지라도 쫓아가 언젠가는 네 뱃대기를 도려 줄 테다!)

훈의 어디에서 이런 앙심이 솟구치는지 그 자신도 알 길이 없었다. 가네히라 가오루, 넌 개구리도 손으로 쥐지 못하는 주제 아니냐? 네가 뱀 목께를 잡아서 쥐어틀 수가 있단 말인가? 스스로에게 자문해 보았다. 그렇다. 난 할 게다. 사노 오사무를 난도질하기 위해선 그보다 더 몸서리치는 일도 해치우겠다. 나는 지금 내 가슴에 대못 하나를 단단히 박아 두고 있는 것이다. 사노에게 복수하기 전에는 결코 이 못을 빼내지 않으리라. 훈은 이런 다짐을 곱씹었다.

저녁에 동식이가 찾아와 늦게까지 위로를 해주었다. 그는 자신이 폭행을 당하기라도 한 양 비분 강개해서,

"그놈은 우리의 철천지 원수야. 썩어 나딩굴어진 나무 한 짐을 해 왔다고 얼마나 많은 벌을 주었어. 뭐, 그것도 다 국가의 재산이며 썩은 나무가 있어야 산 나무가 잘 자란다고? 악질, 악질 하지만 그 같은 놈은 달리 없을걸. 그런 놈이 부자인 건 참 세상이 공평치 못해. 오입쟁이로 소문난 것도 다 돈이 많은 탓이지. 요정에 있는 조선 색시들은 모두 놈이 먼저 건드린다는 거야. 이런 ×할. 집에다 확 불을 질러 버릴까?"

하고 씨근거렸다. 훈은 동식의 성격이 욱 하는 데가 있음을 모르지 않아 오히려 만류해야 할 지경이었다.

"너는 이 지경이 되고도 그런 말을 해? 놈을 비참하게 만드는 데는 수단 방법을 가리지 말아야지."

"그렇다고 방화범이 돼?"

"참으로 답답하군. 그 정도 위험을 무릅쓰지 않고 어떻게 놈을 박살낼 수 있겠어? 너는 그래서 탈이야. 물에 물 탄 듯, 술에 술 탄 듯…… 뭘 하나 딱 부러지게 해내는 것이 뭐가 있어?"

"이번 일엔 그렇잖아. 나도 생각이 있어."

"생각? 얼어빠질 생각만 하면 뭘해? 한 가지라도 실천을 해야지.

네 성질로 봐선 이번 일도 사나흘 지나가면 흐지부지되고 말 거야, 제엔장."

"그렇지 않대두."

훈이 역정을 냈다. 그 바람에 얼굴 근육에 통증이 일었다. 얼굴을 찡그리는 걸 본 동식이가 애처로워서인지 부글부글 끓는 말을 삼키는 성싶었다.

"두고 봐. 난 결코 잊지는 않을 테니…… 그건 그렇고, 내일은 식량 운반대로 징발되었다지? 무얼 어디로 옮긴대?"

"시내 정부양곡 창고의 것을 옮긴다는 것 같애. 어딘 줄은 몰라. 군사령부가 아닐까? 어떻든 넌 내일 나오지 않아도 돼. 이와키리도 오늘 일을 들었대나 봐. 그러나 모레는 나가야 할걸."

"그러지 뭐."

"내일은, 글쎄, 쉴 수나 있을는지 어떨는지 모르지만 하여튼 푹 쉬고 몸을 추스려. 무슨 일이 닥칠지 알 수 없으니까."

"너도 몸 조심해."

무심코 한 말임에도 동식은 움찔했다.

"창고가 모도마치를 지나 나카지마조오에 있으니 어쨌든 살살 기어야 할 테지. 눈깔이 뒤집힌 놈이 한둘이 아니니까. 당했다 하면 그런 개죽음이 어디 있겠어?"

"그러니까 돌아올 때도 패를 지어서 오란 말이야. 곁눈 팔지 말고."

이런 말은 결코 기우가 아니었다. 이튿날 동식이는 운반대 작업을 끝내고 돌아가는 길에 훈에게 들러서 많은 얘기를 들려주었다. 이미 대포 소리는 지척에서 들렸었다. 누구도 자세한 전황을 알려 주지 않았지만 이 정도면 전선이 나이오시를 넘어섰는지도 모를 일이었다. 하마시가이로 이어지는 길에는 바다에서 쏜 함포탄에 맞아 불타는 군용 차량 여럿이 목격되기도 했단다.

"쪽발이놈들도 전쟁이 글렀다는 걸 다 아는 것 같애. 빨갱이 군대가 들어오는 것도 시간 문제 아닐까?" 동식의 검고 두꺼운 피부가 돌덩이처럼 굳어졌다. "이제 일본놈들은 공공연히 떠든대. 우리 제국이 패망한다면 조센진이 적과 내통한 탓이라고…… 아니, 적군이 오면 조센진이 저쪽에 다 붙을 거라면서 한 사람 남기지 않고 다 때려죽여야 한다는 거야. 개새끼들, 반도인이 천황의 적자라고 부르짖을 때는 언제구."

"이놈들이 쫓겨 간다면 그럴 수도 있겠지. 패전의 책임을 전가할 데가 있어야 하니까."

"우린 여차하면 산 속으로 튀자구. 낫이나 칼, 무어든 호신용이 될 만한 것을 잊지 말고…… 훈아, 우린 헤어지지 않는 거지? 너와 내가 힘을 합치면 그냥 앉아 당하진 않을 거 아냐? 그렇게 하겠지?"

"아무렴. 내 생각엔 옆집 오하 아저씨도 동행이 되게 하는 게 좋을 듯해. 그분은 우리완 달리 위기에 처해졌을 때 대비하는 물정이 밝아. 희미한 대포 소리도 가장 먼저 알아차리는 것만 봐두. 또 루스케와 맞닥뜨렸다고 생각해 봐. 말을 많이 잊어먹었다고 하지만 의사는 통할 거야. 저네들 풍속이며 자자구레한 습관 하나라도 말이야. 그래, 세 집이 함께 행동하는 게 상책이겠다."

"좋구말구." 동식이가 맞장구를 쳐놓곤 문득 다른 생각이 든 모양이었다. "네 누나 댁은 어떻게 지내고 있대? 나이부치는 저 남쪽이니까 여기보다 다급하진 않겠지. 자형은 민첩한 양반이니까 어련히 알아서 처신할까만. 참, 그때 사돈 총각이 있었지? 참 재미있던 청년이던데 견딜 만은 한가?"

"고생이 이만저만이 아닌 모양이더라. 우린 그나마 배급을 타고 있어 굶지는 않았잖아? 저번에 자형이 왔을 때 들려준 바로는……"

훈은 내키지 않았으나 절로 탄광촌의 눈물겨운 정황이 새삼 되새겨졌다.

　미명에 함바라 불리우는 막사에서 기상하여 중대별로 벤또를 주려 끼고 작업장으로 향하는데, 가는 도중에 한 끼나마 배를 채워 보려고 빈 도시락이 되기 일쑤란다. 입갱시에는 하나, 둘 하며 번호를 외쳐 댄다던가. 하루 작업은 '석탄전(石炭戰) 용사의 최후의 결전'답게 10~12시간으로 길어졌다. 가장 큰 고통은 배고픔이란다. 외출이 허가되지 않으니 돈이 있어도 음식을 사 먹지 못한다는 것이었다. 광부 1인당 하루의 급식량은 원칙적으로 쌀 600그램으로 책정되어 있으나, 훈의 자형인 민언 자신이 지키지 않았듯이 터무니없이 줄어든 양이었다. 이제 함바 밥장사에서 손을 뗀 자형은 이렇게 말했었다.

　"거긴 더 지독한 데야. 광업소에는 파견나온 헌병이며 경찰이 있지. 그 말고도 노무의 간부, 기숙사장이며…… 뿐인가? 양식이 귀해지니까 사무원까지 식량에 손을 댄단 말이야. 그러고도 노무자가 배를 채울 수 있겠나?"

　이즘은 함바 사무원들이 꾀를 내어 한 술 더 뜨고 있단다. 지금까지는 소액의 용돈을 지급해 주었을 뿐인데, 탄부들의 원성이 높은 걸 기화로 용돈 지급을 늘인 대신, 고깃국물 장사를 한다는 것이었다. 저자 같은 데선 50전이면 뚝배기 국밥을 먹을 수가 있을 텐데, 여기선 국 한 그릇에 몇 원을 받는다고 했다.

　"그야말로 법외적(法外的)인 부당한 값 아니냔 말야?"

　그럼에도 불구하고 하루 벌이가 넘는 이 돈으로 너나없이 굶주린 배를 채우려든단다. 민행이도 어쩔 수 없이 그 신세가 된 모양이었다.

　"피눈물이 날 일이군. 그 총각, 성품 하나는 서글서글하던데…… 자형이 어떻게 빼내 줄 수가 없었던가?"

　"그야 하나밖에 없는 동생인걸. 하지만 구미로 왔던 신세라서 어쩔 길이 없나 봐. 내 처지만 해도 가슴이 미어질 것 같은데 그만두자. 그래, 내일은 나도 징발대에 나가게 될 건가?"

"모르지. 이런 참에, 누가 내일 일을 알 수가 있담……."

아침에 박씨는 훈의 방문을 열고서는 웅얼웅얼 말했다.
"오늘이 칠월 칠석이다. 객지 땅에서 칠석이 무슨 소용이 있을까
만……."
훈은 그 말에 대꾸하지 않았다. 박씨는 문을 닫으려다가 훈이 얼굴
을 찡그림을 보고는, 여직 욱신거리는가 보구나 하며 머리맡 옆으로
와 앉았다. 간밤에 숙면을 하지 못해선지 머릿속이 찌푸둥했으나 몸
을 일으키지 않을 수 없었다. 박씨는 아들의 아픈 데를 건드리지 않
을 양인지 말을 바꾸었다.
"조선에 있을 적엔 이 날에 비가 많이 왔지. 견우와 직녀가 한 해에
단 한 번 만났다가 헤어지게 되니 어찌 눈물이 없을소냐고 다들 말하
곤 했다. 넌 기억에도 없을 게다. 길쌈을 하고, 더러는 바느질 솜씨를
겨루기도 했더랬어."
훈이 대답이 없자, 박씨는 또 자기가 짝을 지어 주지 못한 푸념을
할까봐 기피하는 것이라고 지레 짐작했다. 아무렴, 지금은 그런 넋두
리를 할 때가 아님을 내가 모르랴. 일어서며 건성으로 내뱉었다.
"다 좋았던 시절 얘기지. 몸이 안 좋거든 더 누워 있거라. 그러다
꿈에 오작교를 건너게 될 줄 누가 알겠냐?"
"오작교?"
그러고 보니, 언젠가 훈이 이걸 제재로 해서 작곡을 해보겠다고 오
선지와 씨름을 했던 일이 상기되었다. 그 초고가 어디엔가 있을 테지
만 지금은 관심 밖이었다. 가요가 준 아시카가 선생의 여러 책 중에
서 두꺼운 양장본으로 된 〈화성학〉에 한동안 매달려 보기도 했으나
그것마저 시답잖아진 이즈음이다. 아! 그런 게 있었지. 그의 가슴으
로 아련한 그리움 같은 게 물살져 갔다. 오선지에 배어 나오는 멜로
디…… 오작교에서 두 남녀 별의 만남…… 별리의 애절함, 그것은

평화로운 정서였다.

훈은 그날 식량 운반조에 징발되어 오후 여섯 시까지 정부미 보관 창고에서 군용 트럭에 쌀 부대자루를 싣는 일을 했다. 굉장한 양이었다. 두 개의 커다란 창고 안쪽으로 산더미처럼 많은 양의 쌀이 쌓여 있었다. 폭탄이 이곳에 떨어지지 않은 게 신기했다. 만일 한 발이 이곳에 떨어졌다면 이 귀한 알곡들이 일시에 잿더미가 되고 말았을 게 아닌가.

거리에는 행인이 평소의 절반도 안 되게 줄어들었다. 거의 모든 상점들은 문을 닫은 채였다. 오늘 오후에는 적기가 두 대 나타나서 기총사격만 하고 돌아갔다. 포성은 여전히 가까이서 울리는 걸로 보아 아마도 일본군 진지를 향해 쏘아대는 것 같았다. 내일쯤이면 시내에도 포탄이 떨어질 성싶었다.

징발됐던 조선인 열다섯 명은 귀가길에 함께 패거리를 지어 모도마치를 지나고선, 다리를 건널 즈음해선 두세 무더기로 나뉘어 걸었다. 훈은 옆에서 동식이가 수다를 늘어놓는 바람에 가장 뒤처졌다. 저쪽으로 마스라 강이 햇빛을 받고 번들거리는 수면을 보이며 휘돌아 나가는 정경이 바라보였다. 그때 또, 펑 따르르 쾅 하는 포성이 연달아 울렸다. 오하 아저씨가 오늘 징발대에서 제외되었으므로, 훈은 밤에 찾아가 볼 작정을 했다.

앞선 패거리들은 훈의 집 앞을 지나서 도로를 따라 내처 가야 하는 축이었던지 뒤따르는 일행에게 손을 들어 보이는 사람들이 있었다. 훈과 동식이도 덩달아 손짓을 하던 중에, 도로에서 마을로 꺾여든 곳에 한 여인이 서 있는 걸 보았다. 동식이도 그쪽에 눈길을 주었다가 훈에게로 고개를 돌렸다.

"치에코야. 어라, 너를 기다리고 있어. 어쩐 일이지?"

훈도 곧 동의하는 뜻으로 머리를 끄떡했다. 그녀가 왜 저기 있을까? 훈으로서는 처음 보는 푸른색 원피스 차림이었으나, 마을 초입께를 배경으로 한 어떤 이질감이 그녀가 치에코임을 쉽게 판별할 수 있게 해주었다. 앞에서 걷던 너댓 사람이 그녀에게 힐끔 시선을 던지며 골목길을 지나가고 있었다.

훈이 치에코 앞에 다가가자 그녀는 조금 겁먹은 표정으로 안녕하세요 하고는 다음 말을 잇지 못하고 쭈뼛거렸다. 옆에 서 있던 동식이한테 목례를 보내는 것도 잊은 채.

"이건 예상치 못했던 일인데…… 치에코, 별일 없었지?"

"네."

평소의 활달함은 어디다 쑤셔 박아 버렸는지 짧게 대답만 했다.

"피란을 가지 않았던가 보군. 그런데 웬일이지? 여기서 만나다니……."

"기다리고 있었어요. 집을 찾아볼까 했지만…… 기다리면 만날 수 있을 것 같았거든요."

그녀가 조심스럽게 말하자 동식이가 얼른 눈치를 채고는, 난 가 보겠어. 치에코양, 언제 또 만날는지…… 말 뒤끝을 얼버무리고는 몸을 돌려 도로를 따라 내려갔다. 훈의 얼굴을 새삼스레 쳐다보던 그녀는 더욱 두려워진 음성으로 재빠르게 물었다.

"얼굴은 어쩌다 그렇게 되었어요? 좋잖은 일이라도 있었던가요?"

"응." 그 순간, 일본인에 대한 적개심이 와락 일었다. "조센진은 매양 지천꾸러기니까. 얻어터지는 게 새삼스런 게 아니잖아?"

"……"

그녀는 고개를 숙이고 땅바닥을 내려본 채 가만히 있기만 했다. 그 모습이 어쩐지 가련해 보여 훈은 마음을 고쳐 먹었다.

"치에코와는 상관 없는 일이야. 어쨌거나 날 기다리고 있었다니…… 어디서 얘기라도 나눌 만한 델 찾아야겠지?"

그녀의 고개가 들렸다. 눈썹인가, 눈시울인가가 찰나적으로 파르르 떤 듯했다.

"아까 회사로 찾아갔더랬어요. 문이 잠겨 있어서 묻지도 못하고 돌아섰더랬는데…… 저 들길로 걷는 게 어떨까요?"

야적장으로 빠지는 소로길을 가리켜 보였다. 언젠가 그녀와 함께 걸은 적이 있던 나주집 앞을 지나가는 길이었다. 그 길이라면 도로를 많이 걷지 않아도 되고 조용할 것이다. 저무는 시간 탓인지 피란민 인적은 뜸해졌다.

둘이서 들길로 꺾여 돌자 그녀는 훈의 귀에 똑똑히 들리도록 "무정한 사람!" 하고 핀잔을 주었다. 훈은 대응할 말을 잃었다. 그녀도 그 후로는 입을 꼭 다물어 버렸다. 외딴 나주집을 지날 땐 예상했던 바대로 문이 닫혀 있었다. 이어서, 오른쪽에는 목재가 쌓였고, 왼쪽으로는 들녘이 시작되는 곳에 이르렀다. 감자밭 둑이었다. 거기서 절로 걸음이 멈추어졌다.

"치에코는 왜 삿포로로 돌아가지 않았지? 서둘렀어야 했는데."

"거기 누가 있다구요? 먼 친척이야 있겠지만 객지나 다름없는걸."

"그렇대도 여기 남아 있으면 위험하잖아?"

"몰라요. 내 마음대로 될 일도 아니구요. 그렇다면 그쪽은 왜?"

"하긴…… 형님 가족은 촉박해진 다음에야 떠났지. 난 회사에 매인 몸이기도 하니까…… 이런 때 나다녀도 괜찮겠어?"

사실은, 무슨 일로 찾아왔던 거야 하고 묻는다는 게 이런 말로 바뀌어졌다. 치에코는 다시 입을 봉했다. 둘은 제가끔의 생각에 잠겨든 양 묵묵히 서 있기만 했다. 훈은 자신이 먼저 무슨 말인가를 해야 하는 게 도리라고 생각했다.

"치에코. 우리는 이렇게 헤어지고 말아야 하는 팔자야. 다른 길이 없으니까…… 넌 내게 소중한 추억을 남겨 놓았어. 네가 만일 조선 처녀였다면 벌써 프로포즈를 했을 거야. 그런데 불행히도…… 게다가 세상까지 이 모양이 돼 버렸고. 언제였던가, 밤에 학교 신사에서 눈이 쌓인 밤에 만났던 순간은 참 행복했어. 이건 믿어도 좋아. 결코 잊을 리 없지."

"……."

"내일이라도 도요하라로 떠나는 게 좋을 텐데. 포성이 아주 가까워 졌잖아?"

"내 맘대로 되는 게 아니래두."

"언니 형부가 더 잘 알 것 아냐?"

"형부 입장도 마찬가지겠지 뭐. 그쪽하고……."

"알아서 하겠지. 난 다만 걱정이 되어 한 말이야."

치에코는 잠시 시선을 강 쪽으로 주었다가는 비로소 훈에게로 돌려 마주 보았다.

"무척 마음이 상했겠어요. 어떤 나쁜 사람이? ……내가 대신 사죄 드릴께요."

그녀의 눈에 더운 물기가 어렸다. 그때 훈의 가슴에도 싸늘한 아픔이 물이랑을 지며 지나갔다. 그녀가 눈길을 떨구고는 다시 침묵했으므로 훈도 잠시 생각에 잠겨들었다. 이들 민족이 나와 왜 이처럼 얼설키고 있다는 말인가? 소학교 때의 사이또 교장 선생 같은 분이 있는가 하면, 사노 같은 자가 있다. 사이또(齊藤)나 사또(佐藤)는 너무 흔한 성(姓)이어서 조선인들 사이에 소똥 성이라고 비웃기도 하지만 사이또 교장은 결코 소똥처럼 흔한 인간이 아니었다. 사노놈 따윈 밟히도록 많을 터이다. 또 이 치에코와 가요는 어쩌다 내 인생에 결부되고 말았던가. 이제는 가요에 대해선 어떤 미련도 남아 있지 않았다. 불현듯 따스한 어떤 것, 감미로움과 점액질의 메스꺼움이 섞인 묘한 끈적임, 지배당함의 낯설음으로 환기되는 때가 있긴 하지만 그 순간만 지나면 지워질 수가 있었다. 그런데 치에코와의 사이는 그러한 스침으로 끝나지는 않을 것이라는 예감이 도룡뇽 꼬리처럼 매달려 있었다.

그녀는 귀밑머리를 쓰다듬어 올린 후, "나…… 그쪽을 참 좋아했

어요. 지금도 그런 감정이 씻겨진 건 아니지만. 당신은 내가 안 첫 남
자니까" 했다.

치에코는 '당신'이란 말을 썼다. 언제였던가도 이 말을 입에 올린
적이 있었지. 그녀의 어깨를 끌어안고 싶은 충동이 일었으나 이런 몰
골로는 어림없었고, 또 그래선 안 될 일이었다.

"나 역시. 그러나 부질없는 노릇이지."

"알고 있어요. 그저 작별 인사라도 나누어야겠다고 생각했기
에…… 부탁인데, 언제 어디에 있더라도 우리가 가졌던 시간은 잊지
말아요."

"물론 그럴 거야. 치에코라는 훌륭한 처녀와 알았다는 걸…… 더
구나 그 밤 한때의 경험은 두고두고 그리운 감정으로 회상되겠지. 치
에코가 있어서 암울했던 청춘이 얼마쯤은 보상 받은 셈이라고 말이
야."

그가 말을 마친 순간, 그녀는 몸을 획 날리듯이 하며 그의 목을 끌
어안고 입을 맞추어 왔다. 훈도 주위에 신경쓰지 않고 그녀의 허리를
감아올리며 입술로 답했다. 달콤한 즙액이 그의 혀 끝에 감촉되었다.
1분, 혹은 2분간이었을까, 그건 알 수가 없었다. 둘은 서로를 부둥켜
안은 채 깊이 상대방을 흡입했다. 그녀가 팔을 풀며 훈의 앞가슴을
밀어냈다. 잠시 동안 가쁜 숨을 몰아쉬며 그를 뚫어져라 바라보다가
는 갑자기 등을 보이며 도망치듯 달음박질치기 시작했다. 치에코!
치에코! 훈이 선 채로 이름만 외쳐대는 사이에 그녀는 곧 가건물을
돌아서 모습을 감추었다.

매양 이런 식이지 않는가? 어떤 것 하나라도 내게 온전히 남아날
순 없다는 말인가. 무엇이 다가왔다간 나라는 존재와 맞닥뜨리면 어
김없이 스쳐 갈 따름이다. 결코 뿌리를 내리는 법이 없이 술술 새어
나가 버리는 건 어쩐 일일까? 식민지 출신의 젊은이이기 때문일까,
아니면 아무런 인연도 갖지 못한 남의 땅에 와서 목줄을 붙이고 사는

탓일까? 분기(憤氣)보다도 서글픔이 북받쳐 올랐다.

훈은 허탈한 심정으로 밭둑에 마냥 서 있었다.

8월 15일, 수요일.

오전 10시. 아침에 여느 날처럼 민방위가 소집되어 훈은 죽창을 쥐고 나갔었다. 분대장 이와키리가 인원 점검을 끝내었으나 곧 나타나리라던 본부 간부 중 누구의 얼굴도 비치지 않았다. 웬일일까? 하릴없이 한 시간쯤 서성이다가 각자 자기 위치에서 경계 경비에 임하라는 명이 있어 훈은 집으로 돌아왔다.

하늘은 잔뜩 찌푸려 있었다. 비가 한 줄금 그을 성싶은 날씨였다. 마스라 강이 흐릿한 풍경 가운데 돌아누워 축축히 젖은 양했다. 나이께 도로에는 시간이 지남에 따라 피란민의 숫자가 부쩍 늘어났다. 집 앞에서 도로 쪽을 우두커니 바라보던 훈은 예사스럽지 않다는 느낌을 받았다. 피란 행렬이 평화스러울 수가 있을까만, 오늘은 허겁지겁 서두는 품이 그 어느 날보다 완연했다. 그래서 그런지 길 떠난 옷차림도 유달랐다. 윗도리는 그런 대로 화사한 여름옷 색깔이나, 몸뻬에다 왜버선인 다비에 조리를 신고 어린아이의 손을 잡은 여인이 종종걸음을 쳐댔다. 두 개의 멜빵으로 어깨에 둘러멘 짐이 익숙해 보이지 않아선지 거북살스레 접해졌다. 그 뒤로 학생 운동모를 쓴 소년이 역시 무거워 보이는 가방을 메고 휘적휘적 뒤따르고 있었다.

(남편은 왜 보이지 않는 걸까? 그 흔한 전쟁 과부일 수도 있겠지. 혹은 군인 가족일는지도…… 남편으로부터 나이로까지 먼저 가 있으라는 말을 듣고 나선 처자식들이라면 사정이 어지간히 급박해진 모양이다.)

어머니가 뒤쪽에서 무슨 구경날 일이 있어서 목을 빼고 있나? 했다. 훈이, 글쎄, 좀 이상하네요. 영락없이 도망가는 사람 꼴들이네요 하며 집 안으로 돌아오자 어머니는 금세 얼굴이 어두워졌다. 올 여름

208

으로 접어들면서 부쩍 늙어진 것 같았다. 볼이 한결 우묵하게 파여 들었고, 뒷덜미 쪽에 새치가 늘어났다. 아들 걱정하랴, 딸네 가족에게 신경쓰랴, 예측할 길 없는 앞날에 대한 두려움이 삽시에 피부를 부식시켜 놓아 버렸을 게다.

"네 형은 하마 고향엘 들어갔겠지? 안 그렇겠냐? 현해탄을 건너는 도중에 별일이야 있겠느냐? 그 아니라면 고생스럽대도…… 미국 비행기가 시도 때도 없이 출몰한다니 걱정이 돼서 하는 말이다."

"민간 여객선은 건드리지 않는다 하잖아요? 제대로만 간다면 어제 오늘쯤은 당도했겠지요. 부산에만 무사히 발을 딛는다면 무슨 수를 써서라도 못 갈까요?"

"부산까지 가기가 그토록 어려울까?"

공연한 말을 꺼내 심란만 더해 드린 게 아닌가 싶어 스스로의 경솔을 탓했다.

"나가사키가 또 그 모양이 되었다니 시모노세키까지 닿기가 수월찮은 듯해 하는 소리죠. 뭐 열차편이니까 별 문제는 없겠지요."

"제발 그래야지."

어머니는 풀이 죽은 채 점심상을 차리겠다고 부엌으로 내려섰다.

오후 2시. 훈은 수수잡곡밥에다 물김치와 풋고추를 반찬으로 해서 점심을 때운 후, 마당에서 한참을 서성이다가 무료한 참에 골목으로 나섰다. 웬일인지 오늘따라 누구도 얼씬거리지 않았다. 날씨가 흐리기도 했지만 도심이 위치한 오른쪽의 시야가 한층 흐리터분하다는 생각이 들었다. 도로로 나선다면 시내에 무슨 일이 벌어졌는지 알 수가 있겠으나 핏발이 선 일본인과 마주치는 게 마뜩찮아 이깔나무가 서 있는 언덕을 목적지로 삼아 돌아갔다.

놀랄 일이 벌어졌다. 도심지 곳곳에 불길에 휩싸인 듯 연기가 하늘을 덮고 있었다. 붉은 불길이 언뜻언뜻 보이기도 했는데, 그것은 대개 일본인 주택지였다. 큰 건물도 불타고 있음이 분명한데, 시청과 금융조합이 연기 속에서 벽돌 몸체를 드러내 보였다. 오늘 비행기의 공습은 없었다. 특별한 폭음도 들리지 않았지 않은가? 그렇다면, 소개작전이 시작되었다는 말인가? 그렇지 않은 어떤 경우를 상정해 볼 수 없어 훈은 급히 돌아와 오하 아저씨 집을 찾아갔다.

"시가지가 온통 불바다라고? 어쩐지 잠시 전부터 길바닥에 사람들이 떼로 지나간다 생각했더랬지. 이놈들, 여기를 포기하고 남쪽으로 몰려 내려가는 거 아냐? 안 되겠어. 우리도 무턱대고 뭉기적거릴 때가 아닐세. 오늘 밤으로 집을 나서자고…… 저놈들, 순순히 물러가지는 않을걸. 무슨 뜻인지 알겠지?"

일본이 에스토르를 버리게 될 때는 지역내의 조선인을 모두 죽일 거라는 근거 없는 소문이 쫙 퍼져 있었다. 저 불평 많은 조센진은 일본이 망하는 걸 고소해 한다. 적군이 들어오면 쌍수를 들고 환영할 것이다. 뿐만이 아니고 평소에 곱잖게 대했던 일본인을 모조리 가려내어 도끼질을 할 게다. 화근을 남겨 놓아서는 안 된다.—이런 공론이 돌았다는 거였다.

간밤에 동식이가 찾아왔으므로 오하 아저씨와 함께 산으로 피신할 것을 약조한 바 있었다. 뒤편 산자락을 타면 학이 모여든다 해서 마이즈루(舞鶴)라 이름 붙여진 골 깊은 산으로 이어진다. 거기에 광산을 시굴한다고 법석을 떨 때 지은 바라크가 이곳 저곳에 널려 있어서, 시굴반이 손을 털고 나간 뒤 겨울 사냥패들이 두어 군데를 손질해서 산막(山幕)을 만들어 놓은 걸 알고 있었다. 여름철에는 나무가 울창해서 길을 없앴으므로 사람들의 기억에 지워져 버린 곳이었다. 눈썰미가 있던 오하 아저씨가 이 산막을 짚어서, 여차하면 그곳으로 숨어들자고 제의해서 모두 옳다구나 했었다. 옆으로 계곡물이 흐르겠다, 골이 깊어서 연기를 피운대도 쉬 알려지지 않을 테니 은신처로서는 안성마춤이었다.

"오늘 밤이야. 날씨가 이 모양이니 지척이나 분간할 수 있을까 걱정이네만. 동식이네 집도 미리 알려 주어야 할걸. 떠들어낼 필요는 없다는 말을 잊지 말게. 이웃지간의 정이 앞을 가리지만 이것저것 다 헤아릴 때가 아니잖나?"

훈이 좀이 쑤셔 오하 아저씨 댁에 오래 앉아 잊질 못하고 곧 돌아왔다. 어머니한테 밤 피신을 할 것이라는 말을 해두었다. 한 번쯤 동식이가 다녀갈 법한 일이었으나 어쩐 일인지 기척이 없었다. 큰길로 나온다면 쉬 올 수 있는 거리이나, 굳이 그 길을 피해 오자면 마을 뒤편으로 밭을 가로질러 올 수도 있을 터이다. 오후 내내 분대장으로부터 행동 지침이 전달되지 않았으므로 훈이 동식의 집을 찾아 나섰다. 밀밭에는 밀이 한창 익어들 가고 있었다. 그 말고도 파와 양배추가 골을 짓고 검은 땅을 초록 이랑으로 뒤덮어 놓았다.

동식이네 집에는 장씨 말고는 온 가족이 얼굴에 마른버짐 꽃을 달고서 모여 앉았다가 훈을 맞아들였다. 다카코도 이틀 전부터 점포가 문을 닫았기에 과자 공장 일도 휴무에 들어갔다고 했다. 훈이 동식이만을 따로 불러내어 오늘 밤 어둠이 내리면 산막으로 떠날 작정을 했으니 아버지한테 잘 말씀드리라고 일렀다.

"잘 생각했어. 비가 오진 말아야 할 텐데…… 그건 그렇고, 아버지가 전에 못 받은 노임 잔금을 받으시겠다고 야구장 동네엘 나가셨거든. 가시지 말랬어도…… 수리조합 하청을 받은 그 쪽바리 십장놈, 지금까지 뭉기적댄 심뽀가 뻔하잖아? 큰 소리 한번 쳐보지 못하고 돌아설 게 뻔한데 기를 쓰고 나가셨으니……."

"시내가 아수라장이 돼 버린 건 알고 있겠지? 기대 않는 게 좋을 게다. 괜히 빈 집만 두드리다가 돌아오실지 몰라. 오늘이 아마 그중 많이 빠져 나갔을걸."

"나도 알고 있어. 저네들이 자기 집에 불을 지르고 떠나는 거라구. 왜놈 집이란 게 얇게 쓴 판자로 집을 지어 놓았으니 불쏘시개나 다름없지."

이런 얘기를 나누고 있는 참에 후두둑하고 떨어지는 빗방울 소리가 들려왔다. 빗줄기는 금세 장대같이 굵어지더니 빗물이 마당을 적시며 물고랑을 만들었다. 소나기는 20여 분 동안 위세 좋게 퍼붓고 지나간 후에도 이따금씩 빗방울을 찔끔거렸다.

오후 7시. 시내에 나갔던 장씨가 소나기를 피하지 못했던지 젖은 옷으로 돌아왔다. 어이구, 흠씬 젖었던 게로군요. 잔금은 받았던가요? 이렇게 물어대는 곰실댁의 물음에는 대꾸조차 하지 않고 젖은 발로 마루로 올라앉으며 엉뚱한 말부터 늘어놓았다.

"여간 일이 아니더라. 무슨 방송이 있었다더라. 낸들 알겠냐만, 일인들이 낭패해 하더구나."

"어디 어디가 불에 탔어요?"

동식이가 제 궁금함부터 물었으나 거기엔 관심 밖인 듯 딴소리를 했다.

"십장은 벌써 삼십육계 줄행랑을 놓았나 보더라. 하는 수 없어 삽질을 함께 했던 노무라 녀석을 찾아갔지. 그놈도 짐을 챙기고 있어. 여편네는 급하게 김밥을 말고 있고. 오래 붙들고 얘기를 나눌 순 없었지만, 나보구 방송 듣지 못했느냐고 되묻던걸. 무슨 중대한 발표가 있었느냐고 물었더니 자기도 직접 듣지 못해서 잘은 모르겠다며 말을 얼버무리더라. 무슨 영문인지 알 수가 있어야지. 훈이 자넨 짐작되는 게 없나?" 훈이 시원한 대답을 못하자, 내 그럴 줄 알았다는 시늉으로 고개를 끄떡거렸다. "노무라 녀석, 저도 잘 모르니까 입을 다무는 건지…… 그런데도 이건 말해 주더구나. 이웃집이 시(市) 참사나리 댁인데 글쎄, 그 좋은 자리에 있던 사람이 대낮에 할복 자살을 했다는 얘기를 해주지 않겠나? 천황 폐하가 죽기라도 했단 말인가? 그런 경황이니 더 말을 붙여 볼 재간이 없었다. 갈 때는 혼도리를 지나갔지만 돌아올 때는 야구장 뒤를 돌아 강둑을 타고 빙 둘러 왔다. 제 배때기를 제가 가르는 판국이니……."

"잘하셨습니다. 그저 이럴 땐 저네들과 눈이 안 마주치는 게 상책입니다. 우리 마스라조오도 불뚱이 튈 거예요. 그 문제 때문에 동식이한테 얘기한 게 있으니 잘 생각해 보십시오."

"알고 있다. 벌써 채비는 다 차려 놓았지."

저녁때가 되었으니 숟가락을 들고 가라고들 했지만 훈은 자리를 털고 일어섰다. 돌아오는 길에 이 날의 중대 방송, 참사의 자결과 결부지어, 그 원인이 어디에 있을까 궁리해 보았으나 그럴싸한 해답이 떠오르지 않았다. 세계 최대의 전함 야마다호의 침몰, 도쿄의 공습, 인도지나 점령지의 붕괴, 히로시마와 나카사키에 떨어진 원자폭탄…… 그보다 더 충격적인 사태를 상상하기가 어려웠다. 천황의 급작스런 죽음? 그런 비상사태라면 또 모르지만…….

집에서는 어머니가 무척 초조하게 기다렸던가 보다. 얼굴을 보기가 바쁘게 옆집 쌍가매 할머니 내외가 조금 전에 일본인들에 섞여서 피란길에 올랐다고 놀란 목소리로 말했다. 이와키리는 그보다 일찍 집을 떠났다는 말을 들었다며, 그런 집이 부락 안에서만도 한두 군데는 더 있을 것 같다고 속삭이듯이 말했다. 왜 그것이 놀랄 일이란 말인가.

4

세 가족들은 그날 밤에 산막으로 향하지 못했다. 정작 어두워진 시간에는 박씨의 생각도 그러했지만, 두 딸을 건사하고 가야 하는 곰실댁이 막무가내로 버텼던 까닭이다. 이른 새벽에 길 떠나도 되지 않겠소? 이렇게 모여 있는데 간밤에야 무슨 일이 일어날려고? 저 컴컴한 산 속에 들어갔다가 산짐승한테 물릴 바에야 차라리 집에 앉아 변을 당하는· 게 낫겠다고 주저앉아 버텼다. 오하 아주머니까지도 뒷북을 쳤으므로 앞장을 섰던 오하 아저씨가 마지못해 여자들의 말을 들어 주었다.

이튿날 산막에 도착했을 때는 아침해가 산등성이로 한 발은 실히 떠올랐을 즈음이었다.

산막이라 하는 것이 명색이 바라크지 지붕을 함석으로 덮은 데다 마룻장이 깔린 정도였다. 외벽의 판자가 떨어져 나가 구멍이 숭숭 뚫린 곳이 많았다. 우선 여자들이 끼니를 짓는 동안 남자들은 마룻장을 쓸어내고 내려앉은 곳에 손질을 했다. 마침 두 곳이 그런 대로 몸을 누일 만해서, 한 채에는 남자들이 들고, 다른 한 채엔 여자들이 쓰기로 했다. 가져온 콩은 물에 한참 불려야 했으므로 넉넉치 못한 쌀을 아까워하며 늘려서는 수수를 넣어 지은 밥으로 끼니를 때웠다. 날씨는 여전히 흐렸기에 빗물이 샐 지붕부터 손보는 일이 급선무였다. 문제는 습기가 찬 마룻장이었다. 여름철이라 해도 산 속의 밤 기운은 한기가 돌 터이다. 볏짚을 구해 바닥에 깔면 제격이겠지만 그건 마음뿐이어서 모두들 나가서 마른 억새며, 지난해 가을의 잔부스러기로 기미처럼 들러붙은 덤불들을 긁어 와 바닥에다 깔았다. 어제 쏟아진 비로 습기찬 것이지만 마를 때를 기다릴 형편이 아니었다. 그런 일로 하루가 가고 말았다.

밤에는 석유를 아껴서 남포등 하나만을 여자들 산막에 켜 두었다. 불빛을 보고 모기가 모여들어 아우성을 치는 바람에 출입구 쪽에다 모깃불을 피워 줘야만 했다. 그러자니 어둠 속에 무료한 남자들도 이 켠으로 와 모깃불을 에워싸고 앉을밖에 없었다. 짬보 요시코가 먼저 마룻장 귀퉁이에 몸을 움츠리고 누웠다가 잠이 들자 여인네 중 몸이 튼실치 못한 곰실댁도 슬며시 그 곁에 누워 버렸다. 오하 아주머니, 박씨, 다카코가 어깨를 껴안듯이 하고는 마룻장 안에서 모깃불을 향하고 있어서 오하 아저씨가 실없는 농담을 했다.

"그렇게 목을 빼고 있어 봐야 낭군 만나기는 글렀지. 할멈, 영감은

214

작은댁으로 갈 터이니 그리 알고 잠이나 자게."

오십 줄 중턱에 앉은 오하 아주머니가 냉큼 받았다.

"큰애기도 있는데 별 소릴 다하네. 참새 씨나락 까먹는 소리란 이를 두고 하는 말일 테지. 그래, 작은댁 원앙 금침이 그렇게도 그립거든 어디든 가보오. 누가 서러운 신세가 되는가 보게."

"어따, 작은댁 운운하니 아주머니 말씨에 가시가 돋치네요. 아저씨가 꽤나 속을 썩였던가 보지요?"

장씨가 장난기가 동해 짓궂게 응대했다.

"천만에요. 마흔 끄트머리에 와 있던 처지에 만났댔으니 꿈이라도 꿨겠소? 나도 작은댁을 거느린 영감을 만나 팔자 좋은 마나님 신세가 되어 보았으면 원이 없겠소. 예나 이제나 조석 끓일 걱정만 해온 세월인데 그게 가상타구 말을 해도 저 모양이라우."

"늦복이 터졌다고 자랑하는 말 같습니다. 뭐니뭐니 해도 난봉기로 내자 속 썩이지 않는 서방 만나는 게 제일 큰 호강이랍디다."

장씨의 말에, 저켠에서 꼼지락대던 곰실댁이 귀 간지러웠던지 사돈 남 말하네 하고 비아냥을 던졌다.

"거 봐. 여편네란 예부터 오미구존(五味具存)이란 말이 있잖은가?" 오하 아저씨가 타이르는 듯한 어조로 말을 이었다. "그 말이 뭔고 하니, 마누라란 다섯 가지 맛에 견줄 수 있다는 거라네. 갓 결혼한 색시는 그 달기가 마치 꿀과 같다는 게야. 그러나 살림에 재미를 붙이기 시작하면 무 장아찌처럼 짭짤해졌다가 그 맛깔이 좀더 쇠면 시금털털한 개살구맛으로 변한다는 거지. 이때부터 톡톡 쏘는 매운 맛이 나기 시작하는데, 내가 저 할망구를 만난 게 이때쯤이었거든. 장씨도 아마 그 고개에 올라섰을걸. 보시오, 저 동식네 아주머니. 우리끼리 얘기니까 섭섭히 듣진 마시오. 알겠는가? 이때쯤 여편네 매운 맛이란 땅벌조차도 당하기 어렵다고 했네. 하지만 말일세, 이 매운 맛조차 없어지면 그때부터는 죽을 때까지 쓴 맛 한 가지뿐이라는 게야.

공자 말씀 아니고 뭔가?"

"참도 나이값 하는구려."

내자의 핀잔에도 아랑곳없이 오하 아저씨는 너털웃음을 치며 말을
계속했다.

"우리야 이제 좋은 시절을 다 보내고 말았지만 두 총각은 잘 새겨
두게. 우리 속담에 아내는 다홍치마 때, 자식을 열 살 안에 길들여야
한다고 했단 말일세. 루스케들한테 이런 속담이 없어 사내들이 낭패
를 보지만."

"그치들은 늙막에 마누라한테 구박이라도 받는단 말입니까?"

장씨가 귀를 쫑긋 세웠다. 그렇잖아도 붉은 군대가 밀려올 판국이
니 뭐든지 그네들에 대해서 하나라도 더 들어 두는 게 좋을 성싶기도
해서이리라.

"아까 매운 맛이라고 했는데, 개네들이라고 다를라고? 그보다 그
쪽 법이란 게 틀려 먹었거든. 맨 여자 편을 들도록 법을 만들어 놓았
다는 게야. 안댁이 남자를 패대기치는 건 아무렇지도 않고, 남편이
어쩌다 마누라에게 손찌검이라도 하는 날엔 법에 호소하게 마련이라
네. 그렇게 되면 판결이 불문곡직하고 남자에게 불리하도록 떨어진
다는 게야. 불알 하나만 달랑 차고 집에서 쫓겨난다고들 하대. 그러
자니 여편네 기가 세지. 사내들이 화풀이를 어디다 하겠어? 놈들, 싸
움 하나는 잘하는 것도 다 이유가 있단 말일세."

"저 영감, 루스케 여자 만나지 않은 걸 하늘에 감사해야지. 조선 여
자니까 어르고 받들어 주지…… 알기는 잘도 아는구려."

"어떻거나 저네들이 들이닥치면 아저씨가 수 나겠습니다. 루스케
말을 쓸 줄 아는 사람이 어디 흔하겠어요? 얘기를 잘하셔서 우리도
왜놈들이 버리고 간 번듯한 집 한 채씩 차고 앉도록 해주시죠."

동식이가 꾀를 낸다고 흰소리를 하자, 지금까지 흥에 겨웠던 오하
아저씨가 무춤해진 표정으로 받았다.

216

"그쪽 말을 지금까지 어떻게 외고 있단 말인가? 글쎄, 손짓 발짓을 한다면 모르지만…… 오히려 자기네들을 등지고 남하했다 해서 곱잖게 볼 걸세."

그리고는 입을 쩝쩝 다시는 품이 화제가 마뜩찮다는 기색이었다. 말머리를 이내 돌렸다.

"오늘은 대충이나마 잠자리를 손보았으니 내일부터는 토굴 파는 데 전념해야지. 포탄이 여기라고 떨어지지 말란 법이 없으니까…… 전쟁이 시가지에서만 벌어지는 게 아니거든. 유비 무환이라고, 두 군데로 파 들어가세. 아무리 막판 세상이 되었기로서니 남녀가 한 굴 속에서 치댈 수는 없잖은가?"

다들 그 제의에 동의했다.

다음날부터 훈과 동식이가 한 조가 되고, 오하 아저씨와 장씨가 또 한 조가 되어 토굴 괭이질을 시작했다. 커다란 바위가 묻힌 양 옆이 다행히도 굴을 파기 좋은 토질이었다. 힘이 좋은 동식이가 곡괭이로 벼랑을 찍어 내리면 훈이 삽으로 흙을 흩뿌렸다. 금방 땀이 방울져 내렸으므로 웃통을 벗어 던지고 작업을 계속했다. 오후에는 가랑비가 내렸지만 견딜 만해서 쉬지 않고 굴을 팠다.

사흘째가 되자 겨우 두어 사람이 움츠리고 들 만큼 곡괭이질이 진척되었다. 예정했던 바대로 서너 명이 운신을 하고 발을 뻗고 자려면 1주일은 족히 걸려야 할 성싶었다. 영락없이 고슴도치처럼 지내야 할 판이구나 하고 훈은 생각했다. 헛수고에 지나지 않을 일에 이처럼 매달리고 있지나 않을까 하는 회의가 들기도 했으나 만일을 모를 일이었다. 오하 아저씨의 말대로 전쟁터란 게 어디 어디일 거라고 예측되는 장소가 따로 있는 게 아니니까. 일본군이 밀리면 가라후도 전체가 포 사격권에서 벗어나지 못할 터이다. 소총, 기관총, 대포뿐만 아니라 로켓탄도 날아온다고 했다. 훈으로서는 그 이상의 폭발을 상상할 수가 없는 노릇이었다. 하물며 며칠 전에 히로시마를 할퀴고 간

전대 미문의 그 공습에 대해선 더욱.—8월 6일, 오전 8시 15분. 2대
의 폭격기가 상공에서 갈라지면서 3개의 낙하산을 토해 놓았는데,
그것들은 하늘을 등지고 활짝 퍼진 채 천천히 내려왔을 것이다. 불과
45초 후, 천지가 개벽하는 듯한 굉음과 함께 섬광이 번쩍했다. 순간
자색의 거대한 구름 기둥이 땅으로부터 솟아올라 송이버섯처럼 공중
에서 퍼졌다. 구름 기둥 밑 5킬로미터 주변의 지상은 불길과 열풍이
휘몰아치고 있었다.—어떻게 그런 일을 상상할 수 있을 것인가. 이에
관한 한 훈의 인식 능력은 실제로 고슴도치 이상이지 못했다.

　골안개가 자욱한 이른 새벽에 오하 아저씨와 장씨가 부락에 들러
보겠다며 길을 떠났다. 겉으로는 곰실댁이 미처 다 못 가져온 냄비며
그릇이 더 필요하다는 성화가 있기도 했고, 식량이 넉넉치 않아 감자
라도 캐 오겠다며 자루를 챙겨 가지고 나섰다. 하지만 내심으로는 바
깥일이 궁금해서 마냥 굴 파는 일에만 매달릴 수가 없어서였을 게다.
한낮이 되자 여자들은 산열매를 따러 가겠다며 바구니를 들고 계곡
을 따라 올라갔다. 요시코만 산막에 남아 있다가 혼자 있기가 무서웠
던지 훈과 동식이가 굴을 파는 곳으로 와 쪼그리고 앉았다. 꼭 같이
곡괭이를 휘둘렀음에도 저쪽보다는 일이 더뎌서 조바심이 났지만,
둘은 요시코가 온 걸 기화로 연장을 던져 둔 채 풀섶 위에 주저앉고
말았다.
　훈은 간밤에 울던 부엉이 소리를 되새겼다. 그저께부턴가 포성이
그친 듯했는데, 그 적막에 귀가 열리자 부엉이 울음소리가 비집고 들
었던 것이다. 산록으로는 자작나무와 오리나무, 그리고 조선의 현사
시 비슷한 둠나무가 혼재한 데다 칡덩굴이 덮고 있어서 여름철엔 사
람이 비집고 들어설 수 없을 정도로 울창한 수풀을 이루었다. 부엉이
는 어디선가 숨어서 울어댔을 것이다. 그 울음이 새삼스럴 것도 없겠
으나 사정이 이렇게 되고 보니 그것도 가슴을 저며들게 했다.

아무래도 옆의 굴만큼은 파 들어가야 할 듯해 다시 땀을 흘리고 있
는 사이에 사람 발자국에 의해 돌이 구르는 소리가 들렸다. 어머니가
벌써 돌아올 리가 없을 텐데, 하는 생각을 떠올리며 훈이 고개를 돌
렸더니 웬 낯선 남자 둘이 멈칫멈칫 산막 쪽으로 다가서고 있는 게
보였다. 누가 오나 봐, 낯선 사람들인데……. 동식이도 곡괭이를 쥐
고 돌아서서 그들을 보았다. 언뜻 본 눈으로라도 행색이 그들의 처지
를 십분 설명해 주었다.

둘이 산막으로 내려오자 그 중 한 사람이 먼저 인사를 차렸다.

"실례가 되었습니다. 지나는 걸음에 사람 사는 기척이 있어서……
혹시 조선 사람 아닌가요?"

서툰 일본말인 걸로 보아 그들도 조선인임이 분명했다. 동식이가
얼른 받았다.

"그런데요. 댁들은 뉘신지요?"

"네. 우린 도로에서부터 헤매 다녔수다. 아, 이런 곳에서 동족을 만
나다니……."

사뭇 감개 무량해 하는 어조였다. 뒤따르던 훈 또래의 젊은이가 거
들었다.

"여기선 에스토르가 가깝겠지요? 하긴 거기라고 사정이 어떤진 모
르지만."

"바로 지척이랍니다. 그런데 왜요? 도로에선 무슨 일이 있었어
요?"

"아이고, 말도 마십시오. 이렇게 목숨 하나 부지한 것만도…… 왜
놈들, 정신이 뒤집혀 버렸다구요. 형씨, 그 이야긴—어떻든 자초지
종 얘기는 나중에 하기로 하고 허기가 졌으니 우선 먹을 게 있으
면…… 염치 없는 노릇이지만 죽을 지경이랍니다."

짐작이 가는 일이었다. 그렇잖아도 점심때가 다다른 시간이어서
뱃속이 후줄근해 있던 참이다. 점심은 찐 감자로 때우라 했으므로 훈

이 요시꼬에게 일러 감자 광주리를 내오라 일렀다. 두 사내는 소금에 찍을 겨를도 없이 찐 감자를 입 속에 쑤셔 넣었다. 하도 허겁지겁 먹어대는 바람에 훈과 동식은 배고픔도 잊은 채 바라보기만 했다. 그들은 두서도 없는 말을 늘어놓으며 감자 몇 개를 넘기고는 그제서야 소금 종지를 보고서 제가끔 손으로 집어 입에 털어넣었다 목이 메는지 물을 벌컥벌컥 들이켰다.

"이만 해도 살았다 싶군요."

사내가 느릿느릿한 음성으로 말했다. 더 젊은 쪽은 트림을 해댔다. 노곤한 식곤증이 치받치는 모양이었으나 아까 했던 말끝이 상기되었던지 30대의 수염 숭숭한 사내가 말을 이었다.

"에스토르에선 어땠는지 모르지만……." 그러고는 다시 얼굴에 공포심을 드러냈다. "그그제 일이라오. 그러니까 일본이 항복을 했던 날로부터도 이틀이 지난 뒤지요."

"아니, 일본이 항복을 했다구요?"

훈이 기절 초풍이라도 하듯 놀라서 쉿소리로 다그쳤다.

"그것도 몰랐단 말이오? 하기야 그럴 수도 있을 테지만…… 우리도 어쩌다 귀동냥해 들었으니. 8월 15일에 천황이 방송을 했다고 그래요. 정오 때였다지요? 놈들이 사색이 되었더라구요. 위에선 두 손을 들었는데도 가라후도 제국 육군은 마지막까지 결전을 하겠다나 봅디다. 궁지에 몰리니까 제깐놈들도 영 엉망이 된 게죠."

우리만 이 엄청난 사실을 몰랐더란 말인가? 동식의 아버지가 야구장 동네를 다녀와 언질을 줄 때 알아차렸어야 마땅한 일이었다. 멍청이 같으니라구…… 찾아든 사람들 보기가 부끄러웠다.

……짐은 깊이 세계의 대세와 제국의 현상에 감하여 비상조치로써 시국을 수습코자 여기 충량한 그대들 신민에게 고하노라…… 그 침통한 음성을 어떻게 들을 수 있었단 말인가? 히로히토는 울먹이는 목소리로 자신을 신처럼 떠받들고 따르는 1억 신민을 향하여 마지막

일지도 모를 칙유를 혼신의 자제력으로 발표해 갔을 것이다. ……이 이상 교전을 계속하게 된다면 종내엔 우리 민족의 멸망을 초래할 뿐더러 결국에는 인류의 문명까지도 파괴하게 될 것이다. 여사히 되면 짐은 무엇으로 억조의 적자를 보하며 황조 황종의 신령에 사할 것인가. 이것이 짐이 제국 정부로 하여금 공동 선언에 응하게 한 소이이다. 짐은 제국과 함께 종시 동아 해방에 노력한 제 맹방에 대하여 유감의 뜻을 표하지 않을 수 없다…….

"그랬었구나. 어쩐지 그날따라 쪽타리들이 나이께 도로에 차고 넘친다 했더니……."

"그랬을 게요. 한데, 도로는 외진 산골 아니오? 탄광이 문을 닫고 난 뒤에도 조선 사람은 숱하게 많이 남았지요. 이런저런 일거리들이 있는 데다 살아온 집이랍시고 있으니…… 그날 일은 생각만 해도 오금이 저려듭니다만…… 네 시경쯤 되었을까? 순사놈들이 조선인 집집을 돌며 안전한 대피처로 옮겨 가게 될 터이니 폐광 앞으로 모두 모이라고 떵떵거립디다. 마을 초입께에는 헌병이 지켜 서 있고…… 그 서슬에 누가 버틸 수가 있나요. 이백 명 남짓 모였을 겁니다. 모두 모인 걸 확인하자 주임놈인가의 지시에 따라 사람들을 굴 속으로 몰아넣습디다. 저 사람과 나는 어쩐지 불길하다는 생각이 들어 똥이 마렵다는 시늉을 하고 수풀로 기어들어선 산 속으로 냅다 튀었지요. 가족이라도 있었다면 그렇게 하진 못했을 게요. 모르긴 하지만…… 아니오, 그놈들 눈이 까뒤집힌 형세로 보아 총을 갈겨댔던지, 굴을 아예 폭파시켜 버렸을 게 틀림없어요. 어찌 이런 일이……."

사내는 말끝을 맺지 못하고 느닷없이 울먹였다. 젊은 축도 어느새 눈알이 시뻘개진 채 고개를 숙여 버렸다.

"어떻게 그런 일이……."

훈이 중얼거리자,

"폭파시켰을 거라고?" 동식이가 얼굴이 하얗게 질리며 내뱉았다.

"그렇다면 저놈들한테 굽신거려야 할 것도 없지. 만나는 쪽쪽마다 패 죽이고 말 거야. 걸핏하면 뭐라구? 소란을 일으키는 짓은 제국 헌법을 위반하는 거라구? 개 뭣만도 못할 새끼들. 내가 이것들을…… 낫으로 목줄을 끊어 놓아야 이 분이 풀리지."

씩씩거리는 품이 한 달음에 에스토르로 쫓아 내려갈 기세였다. 사내가 소맷부리로 눈을 훔치고 나서 흡사 자신에게 타이르는 듯이 떠들거렸다.

"그렇게 됐다구요. 굴 속으로 들어간 사람 가운데는 내 사촌누이와 매부도 있었지요. 이 사람한테는 동향 친구도 있었고. 아, 다들 남들이랄 수야 없겠지. 망나니 같은 조선인도 없진 않았지만 이역 만리 땅에 등붙여 살던 이웃 사촌간이었지요. 그런데 몰살을 당했단 말이오."

"직접 눈으로 보지 않았으니 그렇게 단정하진 마십시오. 하늘이 무너져도 솟아날 구멍이 있다는데, 그 많은 사람이 한꺼번에 개죽음을 당하기야 하겠어요?"

젊은 축이 혹시나 하는 심정으로 하는 말이었다.

"형씨도 말은 그렇게 하지만 생각은 다르실 거요." 동식이가 젊은 사내를 향해서 고개를 내저었다. "이놈들이 그 마당에 조선 사람이 뭐가 귀하다고 피란시켜 주겠다고 용을 쓸까요? 그 지경이 된 조선 사람 처지는 말로 이루 다 형용할 수 없지만…… 화를 당하고 말았을 겁니다."

동식이가 확신에 차서 말하자 나이 든 사내가 두세 번 계속해서 고개를 끄덕거렸다.

"아무렴. 불을 보듯 뻔하지. 그런 일이 대명 천지에 다 일어나다니…… 그렇게 됐다구요."

매미 울음이 귀청을 들쑤셔 놓고 있을 때 부락에 내려갔던 오하 아저씨와 장씨가 돌아왔다. 그들도 도토 폐광촌의 참변 소식을 듣고는, 그 중 살아남은 사람은 하나도 없을 거라고 맞장구를 쳤다.

"우린 조선 부락까지 갔어도 시내에는 얼굴을 들이밀지 못했다. 며칠 사이에 아주 딴 세상이 되었을 테니."

장씨가 훈과 동식에게 말하고 있는데, 오하 아저씨가 여자들을 상대로 무슨 얘기를 해서 모두들 그쪽으로 시선을 돌렸다.

"아니, 부락민들을 저 밑에서 보았다구요?"

곰실댁이 무슨 말끝에 되묻는가 보았다.

"그렇다니까요. 여섯 집안 식구들이 오그르르 모여 겁만 잔뜩 집어먹고선 서로들 얼굴만 바라보며 지내더군요. 우리가 여기 있는 줄은 몰랐대요. 참, 쌍가매 할매가 아주머니와 가깝게 지냈더랬지요?" 오하 아저씨가 박씨한테 고개를 돌리며 말을 이었다. "그 어른 내외가 거기 함께 있습디다. 듣자 하니, 그 노인네가 겁이 많아 일찍 피란을 서둘렀던가 보지요. 그런데 나이로로 넘어가는 언덕 밑까지 왜놈들과 섞여선 갔다가 가슴이 벌벌 떨려 도저히 더 가질 못하고 죽을 결심으로 되돌아왔대요. 와 보니 앞뒷집이 비어 있는 걸 보았을밖에. 세상이 허허 참. 왜놈들도 패거리를 벗어나선 조선인과 마주칠까봐 전전 긍긍하고, 또 조선인은 왜놈한테 변을 당할까 피하게 마련이고…… 그렇게 돼 버린 모양이오. 그 할아버지도 무서웠던 게지요. 도로에서의 일이 여기서라고 벌어지지 말란 법은 없으니까…… 아직도 기차는 운행하는가 봅디다."

"그 할배는 돌아와서 어떻게 저 아래까지 오게 됐대요?"

"어디로 몰려가겠어요? 우리나 다 매한가지지. 앉아서 뭉기적댈 형편은 아니고, 그러자니 무턱대고 산으로 피신해들 가니 덩달아 따라와 모이게 되었다나 봐요."

"그렇게나 돌아오셨으니……."

박씨가 중얼거림을 그치자 수염 승숭한 사내가 끼여들었다.

"에스토르는 그나마 대처여서 조선 부락에다 대고 공공연한 행패
는 부릴 수가 없었던가 보지요?"

"거기처럼 외진 곳은 아니니까 그럴 만도 하겠지. 하지만 나이께
도로엔 곳곳에 까닭 모를 시체들이 널브러져 있다는군. 일가족이 포
개져 있다기도 하고. 있을 만도 한 일이지. 왜놈들 중에는 독살스런
불한당 놈들이 적지 않거든. 그러니 댁들도 행여 그들과 마주치지 않
도록 조심하슈. 뭣하면 조선 부락에서 밤을 보내고……."

"네. 무작정으로 큰길로 나설 순 없겠지요."

"우리도 며칠 안으로 산에서 내려가야 할 듯싶소. 당장에 먹을 것
도 떨어져 가는데 무슨 수로 남아 있겠소? 그때쯤이면 일본 종자는
씨도 안 남고 루스케들이 들어오지 않을까 싶네만…… 이렇게 숨어
있다간 공연히 그네들의 오해를 살 염려도 있지 않겠소?"

오하 아저씨는 도로에서 온 사람들이 내려가기 전에, 만일 붉은 군
대를 만나거든 이렇게 하라고 주의를 주었다. 무조건 소비에트란 말
과 함께 엄지 손가락을 세우라고 했다. 놈들은 소비에트, 프롤레타리
아를 제 성(姓) 자랑하듯 들먹이니까…… 그리고 나는 일본인이 아
니라 조선 사람임을 알려야지. 나는 조선 사람입니다라는 걸 저네들
말로는 '야 까리예츠'라 하거든. 야뽄예츠는 일본인을 뜻하고……
그래서 모두들 '야 까리예츠'란 말을 속으로 수없이 되뇌었다.

이튿날 오후에 아래쪽 계곡에 있다던 부락 사람 둘이서 산막으로
찾아왔다. 그 중 땅달보란 별명으로 불리우는 진천 태생의 조씨가 이
기죽거리는 말부터 던졌다.

"햐, 일찌감치 명당 터를 잡았던가 보지요? 그러시면 안 됩니다.
어딜 가면 간다, 이런 좋은 데가 있다, 그쯤은 알려 주고 떠났어야지
요."

"에따, 이 사람. 피란 떠나는 사람이 동네방네 떠들고 나서는 사람
이 어디 있겠누? 그쯤은 양해해 줘야지."

면구스런 마음에 오하 아저씨가 누긋한 음성으로 받았다.

"하여간에 잘 찾아 주셨네. 그렇잖아도 다시 내려가 볼 참이었지."

장씨가 거들어 말하자 땅달보는 젠체하며 목소리를 높였다.

"이렇게 파묻혀 있어서 무슨 수가 나려고…… 모두들 나와 함께 내려가지요. 푸짐한 잔치가 벌어지게 되었다구요."

이런 판국에 잔치라니! 그런데 얘기가 그게 아니었다. 어제 두 사람이 지나간 뒤에 다른 쪽으로 갔던 세 가족이 합류했던가 보았다. 그들의 얘기로, 외따로 떨어진 일본인 농가가 비어 있는데 외양간에 암소 한 마리가 매어 있더라는 거였다. 그래서 앞뒤 가릴 것 없이 그걸 잡자는 공론이 돌았던가 보았다. 오늘 새벽걸음으로 장정 네 명이서 그걸 끌어 와서는 지금 껍질을 벗기는 중이라고 떠들어댔다.

"그렇지. 그런 농가들이 더러 있지. 젠장, 도망가는 걸음에 황소인들 어찌 데려가겠는가? 그것 참 잘되었네. 조씨, 고마우이."

"그러니까 이웃이 좋다는 게지요. 여기 숨어 있다고 해서 누가 쇠고기 국물을 갖다 준답디까? 우리끼리 통째 삶아 먹어도 그만이겠지만, 사정 빤히 알고선 그럴 수 없습디다. 아저씨, 이놈 정성을 알아 주겠소?"

"알다마다. 사람이 정을 베풀면 북망산에 가서도 다 보상을 받는 걸세."

암소 한 마리를 잡아 놓았다는 말에 너나없이 군침이 돌았다. 소용되는 것이라곤 끓일 큰 솥과 소금, 된장이라는 말에 따라 그런 걸 챙겨서는 서둘러 산막을 떠났다. 어찌 어찌 만나게 되었든 간에 열두어 가구가 계곡에 널려 앉았으니 소풍 나온 형국이었다. 곳곳에 솥을 걸고 연기가 피어 올랐다. 토막이 진 육괴 덩어리가 끓는 물 속에 잠겨 들었다. 뒤늦게 경상도에서 건너온 아낙네는 일본말이 서툴어 고향 사투리로 기꺼움을 나타냈다.

"꼭 회채 나온 것 같제이. 내 살다 보다가도 요런 호강은 팽생 첨이라꼬."

"회채가 다 뭔당가유?"

충청도 태생인 땅달보 안댁이 흉잡아서 일부러 유 자를 길게 빼며 우스개를 떨었다. 먹을 걸 잔뜩 맹글어 갖골랑은 여엠 여자들이 들놀이 나강 것도 모르나? 사투리에 모두들 웃었다. 조선말을 눈치로 알아들을 정도인 훈으로서는 무슨 까닭인지도 모른 채 희벌쩍 웃음을 머금었다.

이 날은 쇠고기로 포식을 했다. 어른들은 술 한 잔을 아쉬워했고, 아이들은 배꼽께를 긁어대며 배 자랑을 늘어놓았다. 사오십대에 앉은 남정네들끼리 바위널에 앉아서 소 등뼈의 골을 빼먹고 있는데, 눈치가 빠른 땅달보가 불쑥 한마디를 뱉었다.

"내일은 다른 데를 찾아보면 암퇘지 한 마리쯤 몰고 올 수 있지 않을려나? 그 집이 비어 있을진대 다른 집이라고 별 수 있을까?"

"아예 부잣집 안방을 털지 그래. 금고를 통째 실어 오게. 꼬리가 길면 밟히지……."

"거 듣던 중 귀가 번쩍 뜨이는 말이네. 정말이지, 시내 왜놈들 집도 텅텅 비어 버린 게 아닌지 모르겠어. 쓸모 있는 게 많을걸."

그 한마디 말에 다들 흠칫했다. 장난말이라도 도둑질을 하자고 부추기다니. 사람이 살고 있든 없든 간에 남의 집을 월장해서 무단으로 재물을 취하는 건 도적이나 매한가지인 게 아닌가. 그렇잖아도 소 한 마리 끌고 온 것도 어쩐지 뒤가 구린 판인데 그럴 수는 없다고들 생각했다.

"쓸데없는 소린 그만 하라구. 감옥소엘 가지 않으려면…… 세상이 거꾸로 되었다고 법마저 거꾸로 되는 건 아니네."

쌍가매 할아버지가 나무라듯 말해서 땅달보도 머쓱해졌는지 고개가 움츠러들었다.

산막 가족들은 포식을 하고도 남은 쇠고기를 조금 챙겨서 늦은 시

226

간에 산길을 올랐다. 흡족스런 마음이었다. 땅딸보가 사람이 경솔한
듯싶지만 저렇게 인정을 쓸 땐 다른 면이 있구나 했다. 울창한 숲으
로 에워싸인 산 속인 탓인지 어둑발은 확실히 이르게 내렸다. 쇠고기
로 배를 채웠으니 끼니 걱정은 하지 않아도 좋았다. 모깃불을 피워
올렸다. 맞은편 산록은 그늘이 지는 곳이어서 어둠침침한 두께가 무
겹게 짓누르고 있었다. 기온이 한결 서늘해졌다. 어디선가 새가 날개
짓하는 푸드득거림이 은밀하게 들려왔다. 이 날 들은 귀가 있었던 탓
으로 토굴 파는 일은 슬그머니 팽개쳐 두고 말았다. 오래 산 속에 버
티고 있지 않을 바에야 굴은 더 파서 무엇하랴 싶었던 것이다.

훈은 무료한 참에, 산막 뒤켠으로 돌아간 곳에 장작을 패던 데로
갔다가 도끼가 꽂혀 있어서 나무를 쪼갰다. 발짐승이 얼씬거리지 않
도록 하려면 두 채의 산막 가운데에 모닥불을 피워 놓아야만 했다.
장작불에다가 썩은 큰 나무등걸 서너 개만 포개 놓으면 이튿날 새벽
까지 불길을 일궈 놓았다. 장작을 서너 토막 쪼갰을 즈음에 다카코가
나타났다.

"보이지 않는다 했더니 여기 있었네, 훈이 오빠."

그녀는 어깨에 스웨터를 걸치고 있었다. 그러고 보니 손에도 뭔가
를 둘둘 말아 쥐었다.

"계집애가 모기에 뜯겨서 좋을 일이 없다구. 두고 보렴. 곧 쏘아댈
테니……."

"계집애가 다 뭐야? 이젠 그런 말은 잊어버려도 될 때가 되었을 텐
데?"

훈이 도끼 자루로 시선을 옮겼기에 다카코가 눈을 하얗게 흘겼는
지 어쨌는지는 알 수가 없었다.

"네 말버릇부터 고쳐. 언제까지 반말투냐?"

다카코는 민망스런 탓인지 대꾸가 없다. 훈도 장난기로 말했던 것
인데 지나치게 야단치는 말씨가 되어 버린 게 미안했다.

"내가 장가들고 나서 고치겠다면 낭패 볼걸. 다카코, 그렇지 않냐?"

"흥."

그녀는 코웃음만 쳤을 뿐, 다른 응대가 없어 훈이 고개를 돌렸다. 그녀는 그의 등을 바라보고 있다가 눈이 마주치자 베시시 웃었다.

"오빠, 부탁이 있는데…… 좀 쑥스러워서" 했다.

"네 부탁이라면 뭐든 들어주지. 그래 뭐야?"

"목욕을 며칠 못 했거든. 개울로 혼자 내려가긴 무서워. 누구에게 부탁하기가 쉽잖고…… 그래서 오빠가 멀찌감치서 지켜 준다면 고맙겠는데."

"야, 야. 하필이면 왜 나냐? 어렵슈. 내 생각에는, 넌 가장 어려워해야 할 사람한테 부탁을 하고 있다구. 그렇잖나? 목욕하는 너를 내가 지켜 보라니."

"누가 지켜 보라구 했어? 멀찌감치 돌아앉아 있으라 했지. 그렇다고 아버지나 오빠에게 말할 순 없잖아?"

"돌아앉아 있으라곤 말하지 않았다. 그러겠다 하고선 숨어 본다면?"

다카코는 화가 난 모양이었다. 원망스런 눈초리로 바뀌더니 획 돌아서 버릴 자세였다.

"아냐, 아냐. 농담으로 한 말이었어. 걱정 말아. 내가 누구도 얼씬대지 않게 지켜 주지."

"진작 그럴 일이지. 물이 차가워 물 속에 들어앉진 못할 거야. 누구한테도 말해선 안 돼? 흉거리일 테니까."

산길을 내려갈 때 다카코는 수건 속에서 센베 과자를 꺼내 훈에게 건네 주었다. 바위 뒤로 돌아앉아 소리나게 큰 소리로 씹어야 해, 했다. 이 섬은, 어느 산 속 계곡이든 간에 사시사철 수량이 많았다. 겨우내 쌓였던 눈이 높은 산정에는 6월까지 남아 천천히 녹아 내려서 땅을 촉촉히 적셨기에 개울이 마르는 때는 결코 없었다. 이곳은 산 중턱에 위치했으나 비가 온 뒤끝이라 물살은 세차게 흘러내렸다. 물이 여간 차지 않을 텐데…… 다카코 년, 매몰찬 데가 있는 모양이다. 감기라도 걸리면 어쩔려구. 스웨터를 챙겨 갖고 나온 것도 다 요량이 있어서겠지.

바위 뒤편으로 물을 끼얹는 소리가 내처 들렸다. 어떻게 몸을 씻누? 그때 훈은 가요의 몸매가 뇌리에 떠올랐다. 따뜻한 체온도……. 다시금 찰싹이는 물소리를 듣자 다카코의 나체를 생각했다가는 황급히 지웠다. 20분쯤은 좋이 지났을 것 같았다.

돌아오는 길에 다카코는 훈의 팔을 붙잡고 매달리듯이 걸었다. 언뜻언뜻 물 냄새와 함께 체취가 전해졌다. 훈이 호주머니에 찔렀던 손을 빼내 그녀의 손을 잡아 주었다.

"고마워, 오빠."

다카코가 뺨을 그의 팔에 기대듯이 하며 낮게 속삭였다.

"고맙긴. 그만한 일로……."

"왠지…… 후후훗."

"실없이 웃긴."

"제법 근사하지 않아? 오빤 믿음직스러워. 나는 천녀(天女)가 된 기분이라니까."

"꿈 깨라구. 난 나무꾼 총각은 아니란 말이야."

"어머, 어머! 난 몰라. 어쩌면 그렇게 짓궂은 말을."

다카코가 주먹을 쥐고 그의 팔을 때려댔다. 훈은 그녀의 어깨를 잡으려 했다가 그만두었다. 어느새 장작 패는 데까지 오기도 했다. 모깃불의 매캐한 연기가 여기까지 맡아졌다.

민언은 이 날따라 몇 차례나 뒤껼으로 돌아가 목을 빼고선 탄광에서 내려오는 길을 올려다보았다. 얼마 전에 가게 앞으로 탄부 차림의 세 사내가 허겁지겁 지나가는 걸 본 후 더욱 조바심이 났다. 여보슈들, 어딜 그렇게 급하게 가시오 하고 묻자 사내들은 심상찮은 말을 두서없이 던지고는 횡하니 지나가 버렸던 것이다.

"함바에 난리가 났어요."

"일본이 전쟁에 졌다나 봐요. 조선인 노무자들이 들고 일어났답니다. 우린 그것밖에 모르오."

"알아서 몸을 피하시구려."

더 말을 붙여 볼 짬이 없었다. 신발을 꿰차고 나섰을 땐 그들은 저만큼 멀어져 갔다.

소란이 벌어져 통제가 불가능해졌다면 민행이 녀석은 재빨리 이리로 오겠거니 했다. 눈치가 빠르고 몸이 잽싸니까…… 17일 오후였지만 귀 밝은 민언도 천황의 항복 소식을 알지 못하고 있었다. 일본인 탄광 사무원 가족들이 무더기로 몰려 내려가는 걸 보고서 무슨 변이 생겼구나 하고 짐작은 했던 터였다. 이미 짐은 대충 꾸려 놓았으므로 동생의 안부에 조갑증이 났다.

빗방울이 떨어지기 시작하면서 깊은 벼랑 아래로 휘도는 나이부치 강은 안개로 자욱한 듯했다. 저쪽 철교 쪽에서 강물이 검다 해서 일본인들이 구로가와(黑川)라 부르는 물줄기 쪽은 아예 시야에서 지워져 버렸다. 9~10월에는 연어가 서로 겹쌓인 채 밀리며 바글바글 올라와 장관을 이루는 강이었다. 여느 때도 숭어가 수면으로 튀어오르곤 해서 눈을 즐겁게 해주었다. 그렇지만…… 이런 난리통에 비까지 쏟아져 성가심을 더하게 해주잖나. 그런데 얘는?

비 때문에 음식점 안 판대기 의자에 엉덩이를 올려놓고서 담배를 피워대고 있는데 엎어지듯 민행이 들어섰다. 숨이 턱까지 치받쳐 있었다.

"이제 왔구나! 널 기다리느라 안달이 나 있던 참이다."

방에서 화자가 젖먹이를 안고 뛰쳐나왔다.

"도련님, 어찌 되었소? 전쟁이 끝났다고요?"

"일본이 항복했대요. 형님, 그제 벌써 그런 방송이 있었다는데. 이놈들이 시치미를 떼고 있었던가 봅니다. 내 참, 그것도 모르고…… 다들 까막눈에 귀머거리가 되어 있었으니……."

"그래서?"

"오늘 아침부터 귓속말이 오가게 되었으니 누가 말을 듣겠어요? 지금. 아니 두어 시간 전부터 노무자들이 곡괭이며 몽둥이를 들고 헌병과 맞서기 시작했어요. 한 패거리들은 어느새 사택 쪽으로 밀려간 것 같아요. 공포를 쏘아대서 우왕좌왕하는 틈에 난 몸을 뺐지요. 지금쯤 많은 사람이 다쳤을는지 몰라요. 우리도 떠나야 해요. 참, 갈아입을 옷 좀 주세요, 형수, 한 시가 급해요. 형님, 이런 형편입니다. 어느 켠에라도 다치는 사람이 생기면 서로들 끝장을 내려고 할 겁니다. 일단은 피하고 보는 게 상수지요. 일본이 항복했다니까요."

"그래, 대충은 듣고 있다. 떠날 채비를 하고 너를 기다리고 있던 중이다. 얼른 옷이나 갈아 입어라."

빗줄기는 여전히 질척거려 푸른 산등성이마저 희뿌연하게 가렸다. 민언네 네 가족은 보퉁이를 메고 거머잡고 해서 오찌아이로 뻗은 길로 나섰다. 거기까지 가야만 기차든 버스든 뭐나 탈 수가 있겠거니 했다. 걸음을 빨리 하더라도 대여섯 시간 족히 걸릴 거리였다. 두 가닥으로 나누어진 지점에서 동해 쪽으로 나가는 길은 비포장 도로였다. 더러 일본인 가족이 앞뒤로 보이긴 했으나 서로를 의식치 않으려는 기색들이었다. 비에 젖었으므로 한기에 떨었지만 자정 가까운 시간에 오찌아이 기차역에 당도했다. 바다가 가까운 곳이어서 한결 더

서늘한 것 같았다.

　밤이 깊은 탓인지 역에는 생각했던 것보다는 사람이 많지 않았다. 그래도 역 구내는 물론이려니와 바깥 광장께에도 비에 젖은 짐보따리를 쌓아 놓은 피란민이 무더기 무더기로 모여 있었다. 매표소 창구는 닫겨 있어 어리둥절해 하는 군중 앞에서 정복을 한 역무원이 표는 필요가 없다는 것, 여섯 시에 열차가 닿을 터이니 재주껏 타 보라는 말을 했다.

　"시리도리에서 이미 만원이 되어 올 겁니다. 당 역에서는 되도록 많은 인원이 이용하도록 편의를 다해 줄 작정입니다. 정차 시간은 충분하니 열차 어디든지 자리를 잡아 보십시오. 안전 사고에는 책임질 수 없으니 그 점은 각자 유의해야 합니다."

　저런 역무원이 있다는 건 신통한 노릇이다. 이 밤중에, 차표가 없는 승객을 두고도 그는 직무를 다하고 있었다. 비는 이미 그쳤다. 젖은 옷도 치대다 보니까 웬만큼은 말랐지만 그 대신 시큼한 냄새가 났다. 이런 북새통에도 포플린으로 지은 투피스 차림을 하고 망사가 드리워진 픽처 해트 비슷한 모자를 쓴 하이칼라 여인이 보였다. 다만 그 여인은 찔끔찔끔 울고 있어서 차림새가 한결 우스꽝스럽게 비쳤다. 한 사내는 빽빽이 늘어앉은 사람들 틈에 우뚝 서서는 흡사 미친 사람이 주문을 크게 외치듯 뭐라고 떠들어댔다. 말소리가 분명찮아선지, 혹은 소란한 잡음에 묻혀서인지 알아들을 길이 없으나 아마도 '황국신민 맹세' 나 그 유사한 어떤 말을 복창하는 것이리라.

　지지미로 손수 웃옷을 만들어 입은 듯한 품으로는 가세가 넉넉해 보이진 않으나 뒷머리를 얌전하게 말아 올려 한껏 얌전해 보이는 일본인 여인은 화자를 향해 벌써 네 번째나 "우리를 내지로 무사히 돌아가게는 해주겠지요?"라고 묻고 있었다. 그녀는 세 번째 물을 때부터는 해맑간 웃음을 덧붙이기도 했다. 민언은 짜증이 치받치는 김에 "그렇다면 조선인은 반도로 무사히 돌아가게 해줘야지요" 하고 퉁명

232

스럽게 쏘아붙여 주고 싶은 걸 가까스로 참았다. 오찌아이 역은 패망한 일본의 벌거벗은 꼬락서니 그 이상도 이하도 아니었다.

민언네 가족은 우여 곡절 끝에 객차 변소칸 복도에 몸을 디밀어 넣을 수가 있었다. 이내 그쪽 통로에도 다른 가족이 비집고 앉았으므로 변소를 이용할 사람은 엄두를 낼 수가 없게 되었다. 정히 딱한 사람은 어깨를 타고 넘는 기막힌 재주와 모험을 하지 않을 수 없을 것이었다. 뿐만이 아니었다. 기차 지붕 위로도 숱한 사람이 올라가서 서로 부둥켜안다시피 해서 포개 앉은 형편이었다.

흐린 날씨로 인해 미명에 오찌아이 역을 출발한 열차는 고다니, 오다니 마을을 지나고부터 시야가 밝아졌다. 농사가 잘된다는 니유키를 거쳐 고미요카에 다다를 즈음 햇빛이 밝게 빛났다.

"도요하라에선 많이들 내리겠지요."

구석에 쪼그려 앉아 발을 펴지 못해서 낑낑대던 화자가 민언을 향해 기대를 품고서 물었다.

"내리는 사람이 없진 않겠지. 하지만 더 많은 사람이 타게 될걸."

"정말 그렇겠네."

화자는 실망해서 다른 말을 잇지 못했다.

"이나마 다행스럽게 생각해야지. 몸이 실렸으니까 오도마리에 가 닿지 않겠냐 말이야. 기차 지붕 위로도 올라가 매달려 앉은 사람을 생각해 봐, 참아야지."

민언이 주위 사람이 들을세라 나지막하게 속삭였다. 오도마리에 가 닿더래도? 화자는 아득한 심정이 되었다. 이 많은 사람이 그 한곳으로 몰려 어찌 다 연락선에 오를 수 있을 건가. 새삼 일본 여인이 거푸거푸 되묻던 말이 떠올라 오금을 펼 수가 없었다.

열차는 도요하라에서 한 시간 남짓 정차를 했다가 운행을 계속했으므로 오도마리 역에 닿았을 땐 정오를 조금 지난 시간이었다. 열차에 타고 난 후에 보퉁이에서 쑥버무리를 꺼내 입을 다셨을 뿐이므로 시장기가 심했다. 부두로 나가기 전에 요기부터 해야 할 성싶었다. 역 광장 변두리로는 이런 와중에도 좌판 음식가게들이 보였다. 오뎅이며 김밥, 일본 떡들을 살 수가 있었다. 여기에 이렇듯 사람이 북적거린다면 소오야 해협을 건널 소개선이 기다리는 부두의 아비 규환이 어떨지 쉬 상상이 되는 일이었다. 모르긴 해도 가라후도에서 피란을 생각하던 사람은 다 이리로 몰렸든지, 몰리고 있을 것이었다.

"이러고 어정거리며 있을 때가 아니다. 부두로 빨리 가야지. 배표부터 구해야 안심이 될 것 아냐?"

민언이 재촉해서 무거운 몸을 일으켰다. 역 반경을 벗어난 거리에도 사람은 저자거리처럼 붐볐다. 모두 차림새는 다를망정 행색은 한결같은 모양이었다. 며칠 동안을 지치고, 암담하고, 공포에 짓눌리고, 쫓기는 듯한…….

오도마리는 바다에 면해서 구릉을 이룬 언덕바지에 시가지가 길게 늘어서 있었다. 도로변엔 일본 주택이며 상점들이 간판을 매달고 있으나 문을 연 곳은 찾아보기가 어려웠다. 좌측으로 해군 시설부의 큰 건물이 바라보이는 지점까지 걸어오자 거기서부터는 더욱 인파가 북적거렸다. 소금기가 코끝으로 맡아지는 걸 보면 부두 가까이에 온 모양이었다.

"민첩하게 행동해야 한다." 민언이 아우한테 말했다. "배편이 하루 세 척이 뜬다더라. 여덟 시간 간격으로. 난 도해 허가증부터 받도록 하겠으니 네가 배표를 끊으렴. ……아니지, 우선은 허가증부터 알아보는 게 순서겠다."

네 가족이 사람들을 비집으며 부두로 들어섰다. 야, 이건 굉장하군. 자칫 잘못하면 밟혀 죽을지도 모르겠다. 민행은 걱정이 되어 아기를 업은 형수의 뒤를 가렸다. 자기도 모르게 어깨에 힘이 뻗쳤다. 부두 안쪽으로는 수십 채에 이르는 커다란 화물 창고들이 늘어섰다.

언뜻 본 눈으로도 빈 창고가 많았는데, 그 속에 사람들이 이런 경황에서도 어디서 구했는지 거적을 깔고 포개 앉거나 누워들 있었다. 창고 뒤편의 도로변에는 요정과 음식점 간판이 즐비했다. 색주집이 적지 않을 것이었다.

민언이 수차 물어서 도해 허가증을 발부하는 읍(마찌) 출장소가 있는 데를 알아냈다. 워낙 많은 인파가 밀리니까 현장으로 파견을 나온 직원이 신분증을 확인하고선 즉석에서 허가증을 발부해 준다는 것이었다. 해가 기웃한 무렵이 되어서야 민언 가족들도 종이 쪽지를 손에 쥘 수가 있었다. 그러나 배표를 구입하기가 난망한 노릇이었다. 부두에만 수만 명이 빽빽이 들어선 데다 선창가 매표소 앞에는 줄을 지은 사람들로 더욱 붐볐다. 왜 여기서만 배가 뜬단 말인가? 가라후도의 인구가 45만 명을 헤아린다는데, 내지로 건너가는 여객선은 이 항구에서만 뜨도록 했다는 건 이해할 수 없는 노릇이었다. 오도마리에서 홋카이도의 와카나이까지 가는 연락선은 두 항구의 이름을 따서 '와카도마리'라 했다.

"배표를 팔지 않습니까?"

민언이 매표소 쪽에 운집해 있는 한 사람을 붙들고 물었다.

"왜 팔지 않겠어요? 하지만 보시오. 연락선은 한정되어 있는데 탈 사람은 넘치니까 이 모양이죠."

그 일본인은 그제서야 묻고 있는 사람이 조선인이란 걸 알았든지,

"선표를 끊었다고 승선한다는 보장도 없다구요."

말투가 냉정해졌다. 아무래도 오늘 밤은 한뎃잠을 잘 도리밖에 없다고 생각했다. 창고 쪽을 기웃거려 보았으나 틈이 날 것 같지 않았다. 더러는 튼튼한 자물쇠로 문을 걸어 닫고 집총한 초병이 지키고 선 데는 아마도 곡식 창고이리라. 찬 이슬을 받는 난전이라도 엉덩이를 붙일 만한 곳을 찾아야만 했다. 사람은 한없이 넘치고 있으나 면식 있는 사람은 좀체 눈에 띄지 않았다. 대개가 아이를 주려낀 일본

인 부녀자들이었다. 색색의 복색을 한 여인들 틈에서 두 애띤, 아마
도 여학교 시절의 동창이었던가.

"어머나! 세스코, 셋짱 아냐? 얼마 만에 만나는 거니?"

"오, 욧짱이구나. 반갑다, 얘."

그 경황에도 서로 소녀시절의 애칭을 부르며 손을 맞잡았다. 이내
그들은 눈물을 글썽거릴 터이다. 좋았던 때가 상기되어 그러기도 하
려니와 지금 쫓겨 가는 신세가 한탄스러워 붙안고 울 수밖에 없겠지.

곳곳에 놀랄 일이 벌어지고 있었다. 북새통에 손을 놓아 버린 아이
를 애타게 찾는 소리, 도둑을 맞았다고 악다구니를 쓰는 중년 아낙
네, 뭣 때문인지 멱살잡이를 하고 싸우는 남자도 보였다. 난장판이란
데가 이를 두고 말하는 거겠지 싶었다. 이런 살풍경 가운데서도 한
켠에서는 풍로불을 피워 밥을 짓는가 하면, 집에서 마련해 온 도시락
을 들고 둘러앉아서 입을 우물거리는 가족도 볼 수가 있었다. 마땅한
자리를 찾지 못해 민언은 창고 저쪽 끄트머리로 가 보자고 했다. 사
람을 헤치고 나가는 일도 수월치 않았다. 생땀을 흘리고 나서야 겨우
몸을 디밀 장소를 찾아낼 수가 있었다. 거기에 네 사람의 장정이 허
탈한 표정으로 앉아 있다가 반가운 듯이 말을 걸어 왔다.

"조선 사람 아닌지요?"

"그렇소만…… 댁들도?"

"네. 배를 타려는 거겠지요? 오늘은 틀렸습니다."

사내가 그만쯤으로 말을 붙여 주는 게 고마웠다. 민언이 자기들의
처지를 얘기하고 나서 그들 옆에 자리를 잡았다.

"형씨들은 어디서 일했던가요?"

보퉁이를 한 켠에 챙겨 놓고 난 뒤에 민언이 그들을 향해 돌아앉으
며 물었다.

"바로 이 근처랍니다. 저기……." 다른 사내가 서글서글한 음성으
로 대답하고는 일어서서 손가락질까지 해보였다. "가려서 잘 안 보

236

이지만 저쪽에 비행장을 닦고 있었지요. 그 얘기 못 들었던가요? 굉장히 큰 군용 비행장인데…… 공기를 단축하느라 작년, 올해 조선 노무자 수천 명이 동원돼 왔지요."

"금시 초문입니다. 우린 저 북쪽 탄광에 있었으니까요."

"모를 법도 하지요. 원체 비밀을 좋아하는 족속들이니까. 우리가 삽질을 해서 작은 산 하나를 평평하게 골라 활주로를 만들지 않았겠습니까? 수십 명의 헌병들 감시를 받으며 신새벽에 일어나 어둑어둑해질 때까지 작업을 했더랬습니다."

그때까지 고개를 숙이고 있던 젊은이가 자조어린 말로 뒷북을 쳤다.

"쳇, 일본은 전쟁에서 곧 이긴다, 그러니 계속해서 일하라고 그렇듯 다그치더니 이게 뭐람! 때마침 완공된다 했더니 전투기 한 번 떠보지도 못하고 고스란히 소련놈들한테 바친 꼴 아니고 뭐람."

"한 번인가 두 번인가, 비행기가 내려앉아 보긴 했지."

"그래, 한두 번 착륙 시험을 해보려고 수 년간이나 큰돈을 들여— 아니, 우리 임금을 지급해 주지 않았으니 큰돈이 들어갔다고 말할 순 없겠네. 젠장, 우리네 엽전들만 속고 골탕먹고 말았지."

"그만두게나. 육시를 할 놈들이지만 저들도 꼴이 아니니까."

알 만한 일이었다. 저 북쪽에 가미시스카 비행장을 닦는다고 조선인을 많이 데려갔다는 얘기는 들은 적이 있으나 오도마리에서도 그런 큰 공사가 벌어진 줄은 몰랐다. 이곳 노무자들도 탄광과 마찬가지로 귀국시에 일시불로 지불해 주겠다며 노임을 지급하지 않았을 것이다. 쥐꼬리만한 용전으로 달래 가며…….

"고생이 많았겠소. 어딘들 그렇지 않을까만."

"무슨 설움 설움 해도 배고픈 설움보다 더할까요. 더러는 그토록 서슬이 시퍼런 규율을 어겨 가며 철조망을 기어 나와서 공사장을 상대로 하는 변두리 목로집에서 우동이며 국밥 가릴 것 없이 닥치는 대로 사 먹었지요. 돌아가던 길에 순시원에게 잡혀서 매질을 당하기도 했지만…… 그런 일들을 어찌 다 말로 하겠소."

"올 사월엔 대단했었지요. 경상도 부대에서 터졌던 일 말이오."

"워낙 굶주렸으니까. 여긴 경상도 부대다, 전라도 부대다, 충청도다 해서 도별로 편성하고 있었거든요. 그렇지, 4월 하순경이었어요. 경상도 부대에서 식사량을 늘여 달라며 단식 투쟁에 들어갔더랬어요. 물론 작업도 거부하고…… 그렇게 한 사흘 버티자 사사키 구미에서 병력 투입을 요청했지요. 이놈들, 그 왜 38보병총이라던가, 긴 개머리판으로 무자비하게 내리쳤더랬어요. 주모자를 가려내선 끌고 가기도 했고…… 그때 도망을 친 사람도 적지 않았는데, 어디로 도망을 가요? 마을로 들어가는 길목에 놈들이 지키고 있다가 쪽쪽이 붙잡혀 돌아왔지요. 그런 일이 있고도 나아지지 않습디다."

"해가 뉘엿하니 또 뱃속이 지랄을 떠는가 보이."

민언은 그네들 사정이 딱하기도 했지만, 자신들도 빈 속으로 밤을 넘길 수 없겠다 싶었다. 마침 자리잡은 곳이 축대 아래여서 냄비를 걸 화덕을 만들기가 쉬울 거라는 생각을 했다. 화자가 그릇과 쌀을 꺼내자 충청도에서 왔다는 노무자들은 잽싸게 돌팍들을 찾아내 와서 화덕을 만들어 주는가 하면, 불을 일굴 판자대기를 용케 구해 왔다. 재주들이 좋소 하고 민언이 치하를 하자, 이런 주변머리엔 이골이 난 사람들입니다 하고 대답했다.

밥을 지어서 내놓자 그들은 제가끔 숟가락을 가지고 있어서 머리를 맞대고 배를 채웠다. 아, 이런 찰진 밥을 언제 먹어 봤던가 싶소…… 객지에 와선 한 핏줄이란 인연도 예사로운 게 아님을 뼈저리게 알았습니다. 너무 고마워서 드리는 말입니다…… 그들은 마치 은인을 만난 듯이나 감읍해 했다.

긴 여름 햇빛도 어느새 거두어져 바다로 쭉 뻗은 잔교(棧橋)가 어둠 속에 묻혀 들고 있었다. 선객이 배에 오르내리기에 편하도록 바다

위에 목재로 다리를 놓은 구조물이었다. 정박한 배가 없음에도 거기에 사람들이 몰려 있었다. 민언 일행이 앉은 앞으로도 끊임없이 발자국이 밀려가고 또 서성거리는 패들로 법석들이었다. 천황은 항복 선언을 했다는데, 북쪽에서 전투는 여전히 벌어지고 있단다. 왜 그럴까? 알 길이 없었다. 루스케들이 포격을 가하니까 일본군도 대항한다는 말이 들리기도 했고, 이곳 주둔군 사령부에서 대본영의 뜻에 따르지 않는 탓이라고 말하는 사람들도 있었다. 노무자들이 귀동냥해서 듣고 와 전하는 말이었다.

해안이어선지 밤바람이 불어 왔다. 화자는 아이를 품에 앉고 보퉁이에 몸을 기대고 발을 뻗었기에 민행이가 담요로 덮어 주었다. 날씨가 이만해서 그나마 다행이지 하고 민언이 말했다가, 나이부치와 도요하라, 그리고 오도마리가 제가끔 셔츠 한 장 차이의 날씨라는 말을 되새겼다. 비록 바닷바람을 받고 있긴 하나 남쪽으로 내려온 탓으로 온화한 기온이 접해졌다. 마침내 볕이 하나둘씩 무심히 나돌기 시작했다.

이튿날 새벽에는 오도마리 부두에 짙은 는개가 자욱해서 열 걸음 앞도 분간할 수가 없을 지경이었다. 바다는 아예 장막으로 가려진 듯 어떤 기척도 느껴지지 않았다. 그것은 부두에 모여 배를 기다리는 사람들의 심경을 더욱 암울하게 만들었다. 날씨가 쾌청할 땐 홋카이도의 섬이 보인다고 했지만 이런 새벽에는 거기가 바다 끝같이 아득하기만 했다.

충청도에서 왔다는 노무자들은 앞이 보일 쯤하자 마냥 이렇게 앉아 있어서는 안 된다고 하며 자리를 털고 일어섰다. 간밤의 식사 대접으로 만족할 뿐, 더 폐를 끼칠 수 없음을 그들도 알고 있을 것이었다. 새벽에 뜰 배가 있다고 했지만 뱃고동이 울리는 소리가 들려오지 않는 걸로 보아 출항에 차질이 생긴 모양이었다. 민언은 얕은 새벽잠에 빠진 민행을 깨워 물부터 길어 오라고 일렀다.

는개가 웬만큼 걷히게 되자 형제는 어쨌거나 매표소 줄에 붙어서서 선표를 끊고 보자고 의논이 되었다. 그날 오후에 이들 가족도 표를 구할 수가 있었다. 이제는 배를 타는 선창 잔교에 자리잡는 일만 남았다. 나무다리는 바다를 향해 수백 미터는 실히 뻗어 나갔다. 일본도를 찬 순사들이 분주히 오가며 질서를 잡으려고 했지만 그들의 소리는 공허하기만 했다. 어린아이의 울음소리, 달래기에 지쳐서 신경을 곤두세우는 여인의 암팡진 소리가 압도해 버렸다.

민언 가족이 잔교 가까운 곳으로 비집고 들었을 무렵이었다. 마침 한 척의 소개선이 이동해서 접안하려는 시점이었다. 군중 속에서 술렁거림이 일었다. 당국에서 공포했다던 소개선 증편은 가망이 없다는 소문이 번진 것이었다. 잔교 위에서 아우성이 일기 시작하자 부두로 내려오는 경사진 길에 운집해 있던 인파가 순식간에 떠밀리기 시작했다. 곳곳에서 호각이 울리고 제지하는 고함소리가 터져 나왔다. 그것은 오히려 초조함을 부채질하는 상승 효과만 낳았다. 거대한 해일이 일듯이 인파가 밀려오자 흡사 파도 끝이 포말을 일으키며 무너져 내려앉듯 사람들이 앞으로 고꾸라지며 그 위를 첩첩히 덮었다. 민언이 있던 곳에서도 발뒤꿈치를 들면 그 광경이 다 바라보였다. 넘어진 사람 위를 타고 넘다가 뒤미처 밀리는 힘에 덩달아 쓰러지고, 그 위로 또 몸뚱이가 뒤덮었다.

이를 어째! ……저 사람들 다 죽는 게 아냐? ……어, 어, 여기까지 밀릴 판이야. 잔교 쪽에 몰려든 사람들도 공포에 질려 우선 이 난리는 피해야겠다고 부두 광장으로 몸을 피했다. 그 여파에 민언 가족들도 잔교 쪽을 벗어나서 밀려갈밖에 없었다. 그 소동은 30분 이상이나 계속되었다. 일대 참사였다. 밟혀 죽은 사람이 얼마나 될는지 모른다고 했다. 부상자는 눈짐작으로도 백 명은 웃돌 것 같았다. 그런 소요가 벌어지고 있음에도 승선은 이루어져 얼마 후에 그 배마저 점점 멀어져 갔다. 오후 배는 차례를 놓쳐 버렸으니 밤배나 내일 새벽배를 기대할밖에. 민언은 이렇게 생각하고 민행에게 일러 양식거리라면 무어든 사오라고 보냈다.

민행은 사고 뒷처리에 분망한 입구를 피해 창고 뒤를 돌아 대로변으로 올라갈 작정을 했다. 사람 틈새를 빠져 나가다 보니까 군데군데 조선인들이 집단을 이루고 있음을 보았다. 그들은 마분지에다 '시스카 조선인', '시리도리 조선 거주민' 따위로 글을 써서 팻말을 세워 두고 있었다. 이곳까지 내려오면서 헤어진 친지나 이웃을 찾으려 하는 안간힘일 터이다. 주의해서 살펴보았음에도 불구하고 조선인이 많이 살았던 에스토르나 도로의 팻말은 눈에 띄지 않았다. 그래도 이 넓은 부두 어느 켠엔 에스토르에서 온 얼굴도 적지 않겠거니 싶었다.

나중에 알았지만 19일 그날은 새벽에도 밤에도 소개선이 출항하지 않았다 한다. 새벽에는 짙은 는개 때문에 암초에 부딪칠 우려가 있어 소개선 항해가 불가능할 법도 했으나 오후의 그 한 척 말고는 밤배도 결항을 한 것은 심상찮은 노릇이었다. 게다가 근거도 없는 해괴한 소문이 난무했다. 배는 한정이 되어 있고 탈 사람이 많으니, 일본인만 태울 거라는 등, 노약자와 여자를 우선해서 승선시킨다는 등의 말이 떠돌아다녔다. 때문에 민언은 가족들을 앉혀 놓고, 만일 함께 타지 못하는 경우가 있을라치면 누가 먼저 가든 와카나이 부두에서 기다려야 한다고 다짐을 두었다.

밤을 새우고 나자 인파는 위켄 도로까지 넘칠 지경에 이르렀다. 벌써 전날부터 배표를 구하기가 하늘에 별따기 같아서 이 날은 그걸 구하지 못해 발을 동동 구르는 사람이 수만 명을 헤아릴 거라는 소문이었다. 민언은 낮 동안에 에스토르에서 왔다는 조선인 두 가족을 만날 수가 있었다. 먼저 만난 가족은 하마시가이 쪽에서 왔기에 처가 집안을 몰랐으나 두 번째 사람은 야마시가이의 조선 부락 사람이어서 그 쪽의 소식을 들을 수가 있었다. 훈이네 가족은 자기네들이 마을을 떠나오기 전에 이미 어디론가 가버렸더라고 그들이 일러주었다.

"우리가 떠날 때만 해도 반 너머 집이 비었지요. 아마 그날 거의 떠났을 겁니다. 우리가 나설 때만 해도 다섯 가구가 함께 움직였지요. 그 댁이 나이로로 나왔다면 우리가 알았을 텐데, 글쎄 어디로 갔는지 그건 모르겠소."

이 말을 전해 들은 화자는 더 참지 못하고 눈물을 떨구었다. 오빠가 먼저 귀국했으니 친정 식구들도 틀림없이 여기에 왔을 거라고 확신했었다. 떠난 날짜를 헤아려 보자 자기들보다 한 날 앞선 듯해서, 지금까지 눈에 띄지 않은 걸 감안하면 운 좋게 배를 탄 성싶기도 했다. 어쩌면 와카나이에서 만날 수도 있는 일이었다.

21일 낮 소개선이 닿았을 땐 민언 가족도 잔교 위로 줄을 차지할 수가 있었다. 승선이 시작되어 모두가 보퉁이를 챙겨들고 앞으로 밀려 나갔다. 날씨는 좋아서 바다도 한껏 잔잔한 양했다. 바닷갈매기가 수없이 끼룩거리며 배 브릿지 주위를 맴돌며 돌았다. 배고픔 같은 것도 의식하지 못할 만큼 가슴이 조마조마한 순간이었다. 도해 허가증은 가족 단위로 한 장에 끊은 것이어서 앞선 민언이 챙겨들었고, 선표는 제가끔 손에 쥐었다. 승선하는 트랩이 있는 곳에는 험상궂은 표정으로 헌병이 대여섯 명 지켜 섰고, 검표원이 일일이 확인하고는 통과시켜 주고 있었다. 민원의 앞에는 대여섯 살난 아들의 손을 잡은 일본 여자가 커다란 트렁크를 힘겹게 들고서 검표원 앞을 막 지나갔다. 민언의 차례였다. 그도 통과했다. 그런데 어쩐 일일까, 그 다음에 아기를 업은 화자가 선표를 내밀자 헌병 하나가 손을 내저으며 제지를 했다. 그러고 보니 아까부터 헌병들 곁에 서 있던 양복 차림을 한 젊은 사내가 민행의 저 뒤편으로 줄을 선 일단의 패거리들과 손짓 신호를 보냈던 걸 기억해낼 수가 있었다.

헌병은 검표원에게 이렇게 말했다.

"잠깐 중지. 저쪽 분들부터 먼저 태워요. 국가를 위해 애쓴 기관원 가족들이니까. 자, 거기부터 이리로 오시오!"

민행이 얼른 항의를 하려고 했으나 입이 떼지질 않았다. 저들이 타고선 자기네도 곧 배에 오르려니 해서였기도 했다. 그런데 그 뒷줄이 줄곧 이어졌으므로 애간장이 탔다. 민언은 트랩에 한쪽 발을 올려놓고선 어쩐 일인가 싶어 뒤돌아보고 있었다. 뒤를 따르던 승선객에게 짐이 방해가 되었으므로 어쩔 수 없이 떠밀려 오를 도리밖에는. 마침내 민행의 뒤켠에 줄을 섰던 일본인이 나서서 삿대질을 해댔다. 검표원이 중년의 사내를 향해 허가증을 보이라고 해서 사내가 내주자 그들 가족도 지나갔다. 이번엔 민행이가 나서서 검표원에게 우리도 보내 달라고 볼멘소리로 외쳐댔다. 그는 역시 허가증 제시를 요구했으므로 민행은 앞서 통과한 형이 보여주지 않았느냐고 상기시키며 손가락으로 선상을 가리켰다. 그때 마침 선상에 있을 형의 얼굴은 보이지 않았다.

"어떻게 됐다구? 형이 가지고 먼저 올랐단 말인가?"

"그렇습니다. 저 일행이 타기 직전에…… 잘 아시잖습니까?"

민행의 얼굴이 홧김으로 붉게 상기되었다. 헌병 한 명이 둘을 보다가는 강퍅한 목소리를 던졌다.

"불평 많은 반도인이구나! 넌 타지 못해. 더 이상 떠들면 신상에 좋지 않을 게다."

그것으로서 그만이었다. 화자가 나서서 울먹이며 애소를 했으나 헌병은 물론 검표원조차 들은 척도 하지 않았다. 민행의 눈이 까뒤집혀지고 말았다.

"이런 법이 어디 있단 말이오? 월권을 하고 있잖소? 이렇게 선표까지 있는데 이게 보이지 않는가요?"

"월권이라고?" 눈알을 부라렸던 헌병이 한 걸음 앞으로 나섰다.

"알량한 선표를 구입했다 그 말이지? 이봐, 그 선표 좀 보자구!"

헌병은 민행이가 내민 선표를 받아쥐고는 화자 것까지도 내놓으라고 했다. 그는 두 장을 천천히 훑어본 다음 침착한 동작으로 그걸 포개서는 한 번, 두 번 찢었다. 작은 종이 조각이 된 선표는 그의 손을 떠나 바다의 수면으로 하늘하늘 떨어져 내렸다.

"이제 월권이 어떤 건지 똑똑히 보았겠지? 보았다면 썩 꺼져! 이 멍텅구리야!"

하얗게 질린 민행과 화자는 승선이 마감될 때까지 비루먹은 망아지 꼴로 그 자리에 붙박혀 서 있었다. 아까부터 뱃전 난간에 붙어서서 뭐라고 외쳐대던 민언의 고함도 드디어는 뱃고동에 묻혀 버리고 말았다. 스크루우가 발동하는 요란스런 음이 들린 후 배는 잔교를 차면서 미끄러져 나갔다.

23일이 되자, 어제 날짜로 가라후도에서도 일소 양 군 사령부의 정전 협정이 성립되어 전투가 종식되었다는 소식이 부두에 퍼졌다. 아마 이 날까지도 실낱 같은 희망을 품어 왔던 일본인이 있었던지, 창고 앞쪽에서 황궁을 바라보고 절을 한 후에 비수로 배를 긋고 쓰러진 자가 돌보는 이 없이 나뒹굴어져 있었다.

민행과 화자는 그날까지 선표를 구하지 못하고 하릴없이 부두 언저리를 배회했다. 코 옆으로 사마귀 같은 붉은 혹점을 매단 헌병의 손에 의해 선표가 찢겨져 나갈 때 이미 운명은 물 건너간 셈이었다. 민행은 내가 볼멘소리를 한 탓이려니 해서 고개를 들지 못했다. 화자가 위로를 해야 할 지경이었다.

"길이 있을 거예요. 이쪽에서 옴쭉달쑥 못 한다는 걸 알면 형님이 무슨 수를 써서 돌아오기라도 하겠지요. 너무 상심하지 말아요."

하지만 어떤 길이 있을 것인가? 가지도 못하는 곳에서 되돌아오다니! 설상 가상으로 내일부터 소련 해군에 의해 해상이 봉쇄된다는 말이 들려왔다. 그래도 오도마리 부두에는 수만의 사람이 남아 있었으므로 쉬 포기를 못 하고 뭉기적거렸다.

244

민행은 밤중임에도 형수와 조카를 창고 안의 빈 자리에 자리잡게 하고는 잔교 쪽으로 나와 보았다. 마지막 소개선 한 척이 접안해서 선택된 행운의 티켓을 기다리고 있었다. 많은 사람이 갑판으로 무리지어 올라갔고, 그보다 더 많은 사람들이 지켜 보며 더러는 손을 흔들어 보이기도 했다. 밤 열 시경은 되었을 것이다. 잔광이 아직도 남아 있어서 민행은 먼 눈으로이지만 트랩 쪽의 동정을 읽을 수가 있었다. 승선이 끝났는가 할 무렵에 헌병에 의해서 몇 사람의 남자가 등을 떼밀리며 내려오는가 싶었다. 그러자 잔교 쪽에선 또 다른 헌병의 보호를 받으며 여러 아이들을 거느린 여인네 몇이 배에 올라탔다. 반도인을 끌어내었군, 옆에서 누군가 중얼거렸다.

선수에 서 있던 헌병이 뭐라고 고래고래 고함을 질러댔다. 그래도 트랩 아래로 타겠다는 사람이 몰려 있어 명령을 받은 자가 밧줄을 풀지 못했던 것이리라. 헌병이 군도를 빼들고 몇 걸음 떼놓더니 배 위에서 밧줄을 내리쳐 끊어 버렸다. 등이 떼밀려 소개선에서 내린 몇몇 조선인 남자들은 국가 총동원령에 따랐던 황국신민으로서, 마지막 배신으로 그 동안 피땀에 대한 보상을 받았을 것이다.

초저녁부터 발길을 돌리는 자가 적지 않았지만 정박해 있던 배마저 떠나가고 빈 해면만 출렁거림을 보고는 이곳 저곳에서 여러 말들이 쏟아져 나왔다.

"오도마리에선 배 한 척도 출항할 수가 없다 한다."

"대본영이 남은 사할린 주민을 버렸다. 모든 도시로 이제 소련군이 진주했던지, 하게 될 터이다."

"마오카로 가면 배가 있단다. 오타루까지 가게 된다던가?"

"그래, 마오카로 가자!"

민행도 마오카 얘기를 듣고는 부리나케 창고로 돌아와 형수를 재촉했다.

"역에 기차는 다니지만 배 타기보다 더 어렵대요. 그 많은 사람들이 오늘 하루 동안에 다 몰려갔으니…… 우린 며칠 걸리더라도 걸어가지 않으면 안 됩니다. 그러는 사람이 부지기수니까요."

오도마리를 등지고 마오카로 빠지는 지방도로에는 조선인들을 자주 만날 수가 있었다. 이미 깜깜해졌으므로 조선인들은 가급적이면 떨어지지 않고 무리를 지으려 했다. 길은 자동차 한 대가 지나갈 정도로 좁았는데, 산으로 들어서자 포장이 안 된 길로 바뀌었다. 일행 중에는 나이부치 탄광에서 왔다는 젊은이가 셋이 끼여 있어 한결 든든했다. 일본 잔군이 나타나서 어떤 행패를 가할는지 알 수 없는 노릇이었다. 그들은 모두 대구 인근 장정으로 싱가료 합숙자들이었다.

산길 옆으로는 마냥 어두컴컴한 숲이 이어졌다. 이쪽으로는 골이 깊어서인지 그 흔한 밭뙈기며 산간 움집들조차 보이지 않았다. 남자들은 너나없이 나무 막대기를 하나씩 만들어 들었다. 산길을 걷는 행렬은 끊이지 않았으나 내지인은 내지인끼리, 조선인은 또 그들끼리 서로를 확실히 알지 않고선 말을 붙이려 들지 않았다.

한참 가던 중에 또 한 패거리의 조선인 장정을 만났다. 서해안 어디에서 도로 공사장 인부로 일했다는 그들은 마오카에 대해서 조금은 알고 있었다. 거기선 화물선이 많이 오가곤 했다는데 사람을 태울 배가 있을 것인지는 확언할 수 없노라는 말을 했다.

"마오카에선 조선의 청진으로 직항하는 배가 있다고 들었소."

나이 지긋한 남자가 말하자 동행 중의 누군가가 받았다.

"좋았던 때 얘기겠지요. 항복을 한 마당에 뭣 때문에 그 먼 데를 가겠어요? 그런 배나 있다면, 가라후도 청(廳) 장관의 철수 명령을 받들어 사람을 태워서 가길 바라야겠지요."

"그런 배도 더러 있을 거네."

그들의 말을 듣자 새로운 희망이 솟구쳐 올랐다. 어느 시점에서인지는 알 수 없으나 도요하라에 청을 둔 장관이 긴급 피란 명령을 내렸다는 얘기는 들은 바가 있었다. 그렇다면 배가 있는 한 한 사람이라도 더 소개시켜야 함이 마땅할 터이다.

이윽고 먼동이 트자 길 옆으로 모닥모닥 앉아 쉬는 사람들이 눈에 띄었다. 화자가 발이 부르텄으므로 민행이가 잠시 쉬었다 가자그 제의했다. 모두 풀섶에 앉아 다리를 뻗었다. 일행 중에 여자라고는 화자 말고는 50대의 나이든 아주머니 한 사람뿐이어서 화자는 조금 떨어져 앉아 아기한테 젖을 물렸다. 먹는 게 신통찮으니 젖이 나올 리 없어 아이는 생떼를 썼다. 오도마리에서 쌀을 좀더 사 두었지만 지금은 몇 움큼밖에 남아 있지 않았다. 장정들과 얘기를 하던 민행이 가까이 다가왔으므로 둘은 생쌀을 꺼내 소리나지 않게 씹었다.

"도로 공사장에서 온 패들, 여간내기들이 아니에요. 형수, 뭔가 좀 다른 것 같지 않던가요?"

민행이 물었다.

"왜요? 외간 남자를 눈여겨볼 수가 있나요?"

"엄청난 일을 저질렀다는군요. 거기선 전쟁이 끝났다는 것도 사나흘간 모르고 있었대요. 오야가다가 조선인인데도 제 흑심만 차려 쉬쉬했다나요? 그게 느지막히 알려지자 인부들이 분격해서 오야가다를 개패듯이 해서 때려 죽였다고 그럽디다. 그때는 눈에 뵈는 게 없어 일을 저질러 버렸지만 지금은 아무래도 꺼림칙한가 봐요. 보라구요. 모두 상판들이 돌처럼 굳어 있다구요."

"같은 조선인끼리?"

"그러니까 오히려 더 미웠던 게죠."

이야기를 나누고 있는데, 싱가료 패 중의 한 사람이 처량하게 노래를 흥얼거리기 시작하자 모두들 묵묵히 귀를 기울이는 듯했다. 화자나 민행이도 아는 '누가 고향을 잊으리'라는 전쟁 전의 유행곡이었으니까.

꽃 따던 들녘에 해는 저물어
서로서로 어깨동무하고서
노래노래 부르며 돌아오던 길
어릴 적 정답던 이 친구 저 친구
아아, 누가 고향을 잊으리.

마을의 갑순이 시집간 날 밤
시냇가 언덕에 홀로 앉아
두 눈에 눈물짓던 그리움이여
어릴 적 정답던 이 산아 저 강아
아아, 누가 고향을 잊으리.

　마냥 앉아 있을 수는 없어 일행은 뒤를 털며 일어섰다. 간밤에 두어 개 마을을 지나왔었다. 만일 쉬지 않고 걷는다면 해 안으로 당도할 수 있을는지 모른다고 했다. 하지만 밤늦게 마오카에 도착하고 보니 그렇듯 기를 쓰고 올 필요도 없었다. 많은 사람들이 허탈에 빠져 부두고 언덕이고 도로고 간에 퍼질러 앉아 있을 따름이었다. 여기서도 어제부터 화물선마저 끊겼다는 것이다. 소문이란 게 얼마나 허망한가를 발이 부르튼 사람은 뼈저리게 느꼈다. 조금쯤의 위안이 전혀 없는 건 아니었다. 여전히 일본 돈은 위력이 있었고, 돈을 가진 사람은 배를 채울 수가 있었기 때문이었다. 다행히도 민언은 집을 나서면서 돈을 세 사람 각자 나누어서 간수하게 했더랬다. 악착스레 일해서 뭉쳐 놓았던 돈이므로 액수가 적지 않았다. 그렇더라도 바다가 가로놓인 채 이산가족이 되어 버린 이런 형국을 그 돈이 메꾸어 줄 리 만무했다.
　고생을 참고 참았던 화자가 펑펑 울음을 쏟기 시작했다. 천 길 낭떠러지로 떨어지는 기분이었으나 민행이가 억지로 침착을 가장했다.

"머지않아 형님을 만나게 될 겁니다. 아무래도 우린 오도마리로 돌아가 있어야 할 거예요. 행상을 하든가, 주먹밥을 지어 팔든가 부두 가까이서 기다려야겠지요. 형님이 돌아올 때까지…… 오늘 밤은 어차피 여기서 쉬었다 가기로 하구요."

제4장 격변

1

산막으로 피란을 갔던 세 가족들은 산 속에서 엿새 밤을 지내고 하산을 했다. 지금쯤이라면 일본인들에 의한 몹쓸 짓은 없으리라는 판단이 들었고, 붉은 군대가 진주해 있다면 어차피 마주치게 될 상대이리라 싶어서였다. 다른 길로 내려가는 게 지름길이 되었으나 아래쪽 계곡의 사정이 궁금해 그쪽으로 돌아서 갔다. 부락을 떠날 때도 쉬쉬했던 게 마음에 걸렸는데, 쇠고기 추렴에까지 불러 준 판국에 더더구나 못 본 체할 수가 없었다.

많았던 가구 중에 어제 두 집이 부락으로 돌아갔고, 오늘 아침엔 땅달보네도 좀이 쑤신다며 내려왔다 했다.

"그저 마음만 졸일 뿐이오. 가야 좋을지 좀더 머물러 있는 게 옳은지. 이렇게들 돌아가는 걸 보면 우리도 오늘 내일로 집으로 가게 될 게요. 어차피 작정하고 내려왔을 테니 내처 가시오."

이런 얘기에 밀려 짐을 싸 드니 그제서야 중늙은이 내외가 우리도 함께 가겠네 하며 따라붙었다. 길도 없어서 계곡을 따라 내려오다가 어떻게 해서 오솔길을 찾아냈다. 이쯤에선 어려울 바가 없었다. 남자 어른들은 나무를 하러 곧잘 이곳까진 오곤 했었다. 산림계로부터 곤욕을 당하지 않으려면 고사목이나 죽은 잔가지를 쳐와야 하겠지만 땔감으로는 성에 차지 않아 곧잘 생목을 베어 넘어뜨리기 일쑤였다. 그걸 몇 토막으로 잘라 지고 내려오면 한 시름을 놓을 수가 있었다. 여인들은 골이 깊은 데다 산채를 뜯던 등성이가 아니어서 생소한 곳이리라. 아이들이라면 가재를 잡으러 왔다가 길을 잃고 애를 태운 기억들을 갖고 있을 터이다.

"루스케들 땅이 될 줄 알았다면 아저씬 옛날 살았던 곳에서 그냥 계셨을 걸 그랬어요."

산길을 내려오며 동식이가 오하 아저씨한테 말을 걸었다.

"그래도 일본놈들 밑에서 일하는 게 벌이가 나았지. 혁명이 끝나서 노동자들의 나라가 되었다고 하지만 저쪽은 맨 국가 건설이다, 미래를 위해 오늘을 희생하자 하며 구호만 외쳐댔지 뭐 하나 나아지는 게 있었어야지."

"그때, 조선 사람들이 많이 있었던가요?"

"꽤 되었지. 대개가 연해주로 일찌감치 넘어갔던 함경도 사람이 많았네. 백위군이다 적위군이다 하며 저네들끼리 갈라져 전쟁을 하니까 가시방석에 앉은 듯했지. 그런 와중에서 많이들 돈 벌기 좋다는 사할린으로 배를 타고 왔지. 더러는 전쟁 끝에 뒤가 편찮은 사람들이 건너오기도 했고. 오하만 아닐세. 50도선 조금 위쪽에 알렉산드롭스크(알렉산드르 사할린의 약칭)라는 군항이 있는데 거기에도 많이 주저앉았었네. 그 이름이 하두 말하기가 어려워 조선인들은 지금도 아코(亞港)라고 부르지. 하마시가이에는 이곳에서 내려온 사람이 더러 있다는 말을 들었어."

"이 풍진 세상이라더니. 아저씬 젊은 날에 활개치며 다니셨겠네요.

좋은 구경하시면서."

"좋은 구경? 그런 배부른 소리 하지 말게나."

산을 빠져 나와서는 밭둑을 지나 부락으로 들어섰다. 몇 집이 돌아왔다는 말을 들었으나 죽은 듯이 조용했다. 먼 발치로라도 보았다면 나와서 손짓쯤은 할 텐데 방 속에 틀어박혀 있는 모양이었다.

저저끔 헤어져서 각자의 집으로 향했다. 훈은 떠날 때 바깥 미닫이 문짝에 대못을 두 개나 박아 두었으므로 그걸 빼내는 데 적잖은 공을 들여야만 했다. 손재주가 없던 탓에 문짝이 상해 버려 박씨가 속을 상해 했다. 집 안을 대충 정리하고 보니 부락을 돌아보고 싶었다. 누구네 집이 그 동안을 지키고 있었고, 또 달리 돌아온 집이 있을까 해서였다. 셔츠를 갈아 입고는 바깥방에서 바닥으로 내려서서 게다를 찾아 신었다. 막 바깥문으로 내딛으려는데 오하 아저씨가 들어섰다.

"부락에는 그저 우리가 알고 있는 사람들뿐인데. 그래 봐야 우리와 매한가지로 아무것도 모르고 있더구나."

"루스케들이 들어왔대요?"

"낸들 알겠나? 혼도리에 나가 보지 않았으니. 이 보게, 지금 나와 함께 모도마치에 나가 보지 않겠나? 거기도 영락없이 텅 비어 있을 것 같으이."

박씨가 펄쩍 뛰었다. 자청해서 불쏘시개 지고 불길에 뛰어들 간 큰 일일랑 하지 말라고 손을 내저었다.

"그렇지 않아요. 우리 민간인을 누가 다치게 하겠소? 단 게 먹고 싶어 환장이 들 것 같은데, 빈 상점에서 그걸 구할 수 있을는지도 모를 일이지요."

훈의 생각에도 그럴싸 하다 싶었다. 단 것을 얘기하니까 침이 꿀꺽 삼켜지기도 했다. 어쩌면 모도마치 상점거리가 텅 비어 있을지도 모를 일이었다.

"아저씨, 나가 봅시다. 운이 좋으면 뭔가 울러메고 올 수도 있을 듯

싶네요."

훈이 맞장구를 쳐서 둘이서 집을 나섰다. 등 뒤로, 루스케 말을 할 줄 안다고 저러다가 봉변을 당하시지 하는 어머니의 말이 들렸다. 훈은 듬직한 동식이가 함께 있으면 힘이 될 듯싶었으나 거기까지 찾아가 일부러 불러낼 엄두는 나지 않았다. 큰길로 나와서 도심 쪽을 바라보았으나 눈에 띄는 게 없었다. 주위를 두리번거리며 다리 위를 걸었다. 거기선 모도마치 거리가 한눈에 바라보였는데, 거리엔 인적이 느껴지지 않았다.

"없어. 개새끼 한 마리도 얼씬거리지 않잖아?"

"피란 간 집도 적지 않겠지만 더러는 문을 걸어 닫고 있기도 하겠지요. 그런데 소련군이 왜 보이지 않을까요?"

"모를 일이지. 이봐, 모도마치 초입께의 곤토오(近藤) 상점까지 가 보세. 사람이 없으면 물건을 손에 넣을 수 있을 거네. 어떤가?"

"사람이 없어도 폐문은 했겠지요."

"그럼 잘됐지. 여하튼 따라와 보게."

곤토오 상점은 야마다 미곡상을 지나 조산원을 사이에 하고 자리 잡았다. 미곡상은 철제 샷시가 내리워져 있어 기웃거려야 별 뾰족한 수가 생길 것 같지 않았다. 그보다 거기 있던 양곡이 모두 옮겨 갔다는 걸 이미 알고 있음에랴. 그러므로 작은 규모의 식료품 잡화상인 곤토오 상점이 좋은 표적이 되었다.

그곳도 길에 면한 출입구가 미닫이 덧문으로 닫혀져 있었다. 둘은 골목으로 돌아 안채 대문을 두드렸다. 서너 번을 계속해서 주인을 찾아도 안에선 아무런 기척이 없었다. 울짱이라고 해야 낮은 나무판자를 잇댄 것이어서 그걸 타고 넘어 상점으로 들어가 문의 자물쇠를 돌로 내리쳤다. 사람이 있었다면 이런 경황에 내다보지 않을 리 없으리라. 훈은 가슴이 세차게 뛰고 긴장감으로 호흡이 가빠졌다. 도둑질을 한다는 옥죄임이 들긴 했으나 스스로, 버리고 간 물건을 조금 챙겨 가질 뿐이라고 애써 자신을 타일렀다. 상점 안은 어두웠으나 조금 남은 밀가루며 설탕 포대들은 구별해낼 수가 있었다.

"이런! 지게를 가지고 왔으면 좋았을걸. 자넨 밀가루 한 포대는 울러멜 수 있겠지? 난 설탕 두 포대를 챙기겠네. 이것만 해도 요긴하게 쓸 게 아닌가."

훈은 오하 아저씨가 시키는 대로 따랐다. 둘이서 제가끔 포대자루를 짊어지고 대로로 나섰다. 아직 이른 저녁 시간이었다. 대로는 쥐 죽은 듯이 조용했지만 아랫도리는 덜덜 떨렸다. 다리 근처까지 나오자 아뿔싸! 아까까지만 해도 인기척이 없었더랬는데 거기에 이상한 총을 어깨걸이로 멘 두 명의 군인이 지켜 서서 이쪽을 보고 있는 게 아닌가. 오하 아저씨가 얼른, 루스케들이야 했다. 이미 엎질러진 물이었다. 창백하게 질린 얼굴로 비칠비칠 그들 앞으로 다가섰다. 이상한 군복에다 빨간색인지 노란색인지 구별이 안 되는 견장을 단 둘 중의 한 명이 손짓을 하며 뭐라고 말했다. 오하 아저씨가 설탕 포대를 내려놓고는 그들 앞에서 허리를 굽신거렸다. 그는 손가락으로 자기의 가슴을 가리키며,

"야 까리예츠, 야 까리예츠"를 연발했다. 군복들은 싱글거리며 웃었다. 아마도 "너희들은 조선인이라고?" 하는 듯했다. 먼저 말을 걸었던 군인이 야뿐예츠 어쩌구 하다가는 느닷없이 어깨에 멘, 총신이 짧고 방아쇠 쪽에 둥근 원판이 달린 총을 빼선 두 손으로 거머잡고 겨냥을 했다. 오하 아저씨가 질겁을 해서 "녜엣, 녯(아니오)" 하고 손을 가로저었다. 그들은 서로를 마주 보며 크게 한바탕 웃어제쳤다.

군인은 걱정하지 말라는 손짓을 했다. 야뿐예츠라면 이렇게 타타탕 갈겨멜 것이란 뜻이었다. 까리예츠라면 문제될 일이 없다는 투였다. 다른 군인이 오하 아저씨를 향해 뭐라고 물었다. 오하 아저씨는 손짓 발짓을 해가며 의사를 통해 보려고 애를 썼다. 뽀스예트, 블라디보스톡이란 말이 나오고, 발음이 안 돼 한참 더듬거리다가 그들의

254

도움을 받아 뭐라고 겨우 말하고선 사할린 오하 따위 지명을 들먹였다. 그들은 사칼린? 하며 눈을 휘둥그레 뜨고 놀라는 시늉을 했다. 오하 아저씨는 연신 '다(네), 다'라며 고개를 끄덕거렸다.

무료했던 때문인지, 아니면 진주군으로서 아량을 보이고 싶었던지 그들은 가까이 오라는 손짓을 하고는 저들도 다리 난간으로 뒷걸음쳐 엉덩이를 기댔다. 처음으로 말을 건넸던 키가 큰 군인이 군복 윗주머니에 손을 넣어 쌈지 같은 걸 꺼냈다. 이걸 좋아하느냐는 뜻으로 묻는가 보았다. 오하 아저씨가 하라쇼, 하라쇼(좋다) 했다. 군인은 쌈지를 풀고 살담배 한 움큼을 집어내서 오하 아저씨의 손바닥에 얹어주었다. 키 작은 군인이 옆에서 너털웃음을 치며 훈에게로 눈짓을 했다. 훈은 아니라고 손을 내저었다. 군인과 오하 아저씨는 종이로 담배를 말아 불을 붙였다. 담배 연기가 둘 사이에 뿜어져 나왔다. 둘은 아주 친해진 성싶었다. 키 작은 군인이 군모를 벗고 이마를 닦았다. 머리카락이 노랬고, 지금에야 눈여겨보니 눈알이 파랗고 컸다. 그는 땅바닥에 놓인 포대를 가리켰다.

오하 아저씨가 저것은 먹을 식료품이란 뜻으로 손가락을 입 속에 넣는 시늉을 해보였다. 그들은 또 빙그레 웃었다. 아저씨는 내친 걸음에 먹을 게 아무것도 없다며 배가 고프다는 흉내를 장황하게 지어 보였다. 야쁜예츠, 까리예츠를 또 들먹이는 걸 보니 일본놈들 등쌀에 오래도록 굶주려 왔다는 점을 설득시키고 있는 모양이었다. 아저씨는 조선 부락을 가리켜 보이며 다른 집들도 모두 식량이 떨어졌다고 덧붙이는가 보았다.

놀랄 일이었다. 그때까지만 해도 훈은 가지고 오던 걸 빼앗기지나 않을까, 벌을 받지 않을까 해서 조마조마했더랬는데 결과는 딴판으로 나타났던 것이다. 그들은 스푼질과, 모도마치를 가리켜 보이고는 무언가를 많이 주겠다는 시늉을 지어 보였다. 오하 아저씨는 스빠시바(감사합니다)라는 말을 필요 이상으로 거푸 발음하며 잽싸게 설탕 포대를 들어 안았다. 훈에게도 어깨에 울러메라고 했다. 여전히 난간에 기대 선 두 군인 앞을 떠나 다리를 건너며 아저씨는 흥분한 어조로 떠들었다.

"우린 운수 대통이야. 좋은 녀석들을 만났거든. 식량이 떨어져 고생을 한다니까 쌀을 얼마든지 주겠다면서 빨리 갔다 오라는 거야. 아마 내일이면 자기네들도 인심을 쓸 수 없을는지 모르는 것 같아. 어서 가세. 자네가 뛰어가 동식이는 물론, 장씨도 지게를 지고 나오라고 일러. 발채를 얹어도 좋고…… 그래도 어떻게 말문이 열려 다행일세."

훈의 집에는 지게가 없었으므로 그는 어머니한테 쌍가매 집의 지게를 가져다 놓으라고 이르고는 달음박질쳐서 동식의 집으로 달려갔다. 아마 그 군인들은 이 도시에 진주하게 된 부대의 전초병일 게 분명했다. 알곡식이라곤 한 톨이 남아 있지 않은 이런 때에 쌀가마니를 들여 놓게 되었으니 이런 다행이 없었다.

동식의 아버지는 훈의 얘기를 듣고서 좀체 믿으려 들지 않았다. 금쪽 같은 쌀을 거저 주겠다고? 필시 무슨 함정이 있을 게다. 말은 그렇게 했으면서도 혹시나 싶었던지 그럴 바에야 지게보다 리어카가 나을 거라고 혼자말로 중얼거렸다.

"안동 양반 댁에서 쓰던 게 헛간에 처박혀 있을 게다. 밭에 거름을 져나르곤 했지. 얼마 전에 손질해 두었던 것도 보았다. 거저 주겠다니, 여러 포대를 싣고 와야 하지 않겠나?"

훈은 왜 리어카를 생각지 못했던가 스스로를 타박했다. 안동 양반 댁의 리어카는 다행히도 온전했다. 두 부자가 여전히 반신 반의하는 얼굴로 훈을 따라 집에 돌아오자 발채까지 얹은 지게 앞에 서 있던 오하 아저씨가 기뻐했다.

"역시 장씨 머리가 잘 돌아가네. 리어카를 가지고 온 것 말이네. 한

포대 얻거나 열 포대 얻거나 간에 공짜일 바에야 많을수록 좋을 테
니……."

"괜히 웃음거리가 되고 마는 게 아닌지 모르겠소. 아니면 일을 시
키려는 수작인지."

"그런 건 아닐 걸세. 자초 지종 얘기를 하자면 기네만."

박씨도 그 사이에, 기대를 잔뜩 품고선 지게뿔이 한 쪽 부러져 나
간 걸 섬돌에 기대 놓고 있었다. 그러다가 지게와 리어카에 쌓일 양
에 생각이 미쳤던지 이럴 게 아니라 리어카를 가지고 오겠다고 했다.
누구네한테 그런 것이 있는지는 잘 알고 있을 것이었다. 오래지 않아
과연 박씨는 리어카를 구해다 길에 세우며 아무래도 이것이 지게질
보다 나을 거라고 했다. 그러고도 연신 이런 야밤중의 홍두깨라면 얼
마든지 얻어맞아도 좋겠노라며 언감생심 눈을 빛냈다.

"내 머리카락 나고 이런 경우는 처음이오. 루스케들은 쌀을 먹지
않는가? 그렇지 않고서야……."

장씨가 오하 아저씨한테 던지는 말이었다. 눈꼬리에 잔주름을 잡
았다. 상대방은 이미 리어카를 끄는 걸음으로 대꾸했다.

"그렇다면 그런 줄이나 알게. 그 인종들은 속내가 흉측스런 데도
있지만 남이 어려운 걸 보면 못 본 체하진 않는 성미거든. 제 것도 아
닌 걸 갖고 선심을 쓰겠다는 게 하등 놀랄 일도 아니지."

"아무려나?"

"내가 야살을 좀 떨었네. 울지 않는 아이한테 젖 주지는 않으니
까."

"하여간 아저씨 재주가 용하시오. 음덕이 이번 한 번뿐일까만요."

"허허, 너무 그러지 말게."

오하 아저씨는 더 뻐기고 싶을 것이나 뒷감당을 생각하곤 몸을 사
렸다. 그런 한편 머릿속으로 재빨리 생각을 굴렸다. 만일 리어카 둘
에 다 싣게 해준다면? 보자, 여덟 포대씩, 아니 아홉, 열 포대쯤이 되

었으면 좋으련만. 그만큼 싣게 해주지도 않겠지만 실리지도 않을 터이다. 어떻든…… 공평하게 삼등분이 되어선 안 되지…… 먼 데 있는 군대 창고는 아닐 것이다. 그렇다면 정부양곡 창고일 게 분명하겠지. 묵묵히 뒤따르는 일행의 앞장에 서서 다리를 건널 때까지 이런 생각에 몰두했다.

다리 난간에 아까처럼 기대 서 있던 두 명의 군인들은 오하 아저씨가 끌고 온 리어카를 보고서 희한한 거라며 호기심을 보였다. 저들끼리 한참 손짓을 해가며 껄껄 웃어댔다. 훈은 그제서야 그들의 군복이 아주 남루하다는 것, 한여름임에도 두꺼운 카키색 낡은 제복을 입고 있어서 단추를 서너 개씩 풀어헤친 차림새로선 도저히 전승군답지 않다는 걸 깨달았다. 단정한 일본군 복장이나 엄한 규율과는 거리가 멀었다.

나중에 듣게 된 말이지만 그들이 어깨에 멘, 총신이 짧고 뭉툭한 느낌을 주는 무기는 조선인들 사이에 따발총이라 불리워졌다. 두 명의 군인은 그 총을 거꾸로 메고선 느릿하게 난간에서 몸을 뗐다. 예의 그 키 큰 군인이 따라오라는 손짓을 하고 앞장서 걷기 시작했다. 모도마치를 지나면서 피부 빛깔이 흰 그 키 큰 군인이 뒤돌아보며 오하 아저씨한테 뭐라고 떠들어댔다. 아저씨는 잘 알아듣지 못하는 데다 그나마 대답할 말도 막혀 버려 난처해 하자 군인이 걸음을 멈추고 서서 또박또박 말을 끊어 가며 되풀이 말해 주었다. 그제서야 아저씨는 짐작이 되는 것 같았다.

"이런 말인가 보네. 이네들은 우리 조선인을 잘 알고 있다는 게야. 자기네 부대에만 해도 조선인이 있다고 했지, 아마. 눈짐작으로 그렇게 새겨들었네. 하긴, 소련 땅에는 우리 쪽 사람들이 많이 건너갔으니 그럴 게 당연하고 말고."

군인들이 데려간 곳은 역시 시내의 정부양곡 창고였다. 이곳 말고 쌀 자루가 쌓인 데가 달리 있을 것 같지 않았다. 창고 앞마당에는 초병 세 명이 방심한 자세로 앉아 있다가 키 큰 군인을 보자 몸을 일으켰다. 그때, 둘러서 있는 군인 중에서 군복 칼라에 갈색 직사각 바탕에 빨간 줄 둘이 붙은 견장(실은 계급장이었다)을 달고 있는 사병은 그 키 큰 군인뿐임을 알았다. 초병들은 별다른 관심을 나타내지 않았다.

창고 속에는 훈도 양곡 운반대로 일했던 적이 있었으므로 거의 빈 상태였으나 그래도 안쪽에 수백 포대는 족할 쌀자루가 쌓여 있었다. 그제서야 아저씨가 군인에게 리어카 두 대를 가리켜 보이며 묻는 시늉을 했다. 가득 싣고 가도 좋겠느냐고 물었을 것이다.

먼저 장씨가 리어카를 들이밀자 훈과 동식이가 쌀 포대를 내려 싣기 시작했다. 거름을 퍼내던 리어카이기에 작은 게 아니어서 두 포대가 온전히 놓였다. 채곡채곡 네 겹을 얹자 리어카는 찌그러질 듯 기우뚱했다.

두 번째 리어카에도 아까와 마찬가지로 여덟 포대가 실렸다. 장씨가 긴장한 얼굴로 오하 아저씨 쪽을 바라보았다. 거저 주는 쌀이니 위로 한 포대 더 얹으면 어떻겠느냐고 물었다. 이 리어카는 우리 부자가 끌겠다는 말을 덧붙였다. 아저씨는 잠시 머뭇거리다가,

"한 포대를 더 얹게. 밀고 갈 수만 있다면야."

했다.

동식이와 훈이 각기 손잡이를 잡고, 장씨와 오하 아저씨가 뒤를 밀며 창고 앞마당으로 리어카를 끌고 나왔다. 키 큰 군인이 그들 앞에 나서서 무슨 말을 했으므로 오하 아저씨가 나섰다. 좀체 가닥이 잡히지 않는지 아저씨는 심히 곤혹스런 표정을 지을 따름이었다. 군인이 아저씨의 옷자락을 끌어 앉히며 땅바닥에 무슨 글자인가를 써 보이기까지 했다. 오하 아저씨의 겁 뜨었던 얼굴이 그제서야 펴졌다. 이들을 바라보고 있던 여섯 개의 눈등자도 마찬가지였다.

두 군인이 앞장서 걷는 뒤를 따르면서 훈은 불안한 심정으로 나카지마조오로 힐끔 시선을 던졌다. 저 멀리 삼거리 쪽—하마시가이와

가미 에스토르(上惠順取) 군 병영으로 갈라지는 곳에 많은 병력이 트럭에서 내리고 있는 게 눈에 띄었다. 후진 병력이 속속 도착하고 있다는 걸 쉽사리 알 수가 있었다.

두 군인은 다리까지 앞장서 와선 손을 흔들어 주었다. 네 사람은 인사를 하는 둥 마는 둥하고는 리어카를 끌고 다리를 건넜다. 이때쯤에는 힘이 부쳐서 땀은 비 오듯 했고, 얼굴은 벌겋게 달아올랐다. 다리 콘크리트 노면에선 바퀴가 잘 굴러 주었으나 도로는 움푹진 데가 많아 힘이 들었다. 젖먹이 때의 힘까지 짜내서 가까스로 부락 앞 골목으로 접어드는 곳에 이르러 그제서야 쉬며 땀을 훔쳤다.

"이게 꿈인가 생시인가 싶소. 저 군인들이 뒤쫓아와 그냥 갈 작정이냐며 손을 내밀까봐 내내 살얼음판 걷듯 했어요. 한두 포대도 아니고……."

장씨가 긴 숨을 토해낸 끝에 안도의 말을 했다.

"그렇잖아도…… 하여간에 좋은 사람을 만났던 걸세."

오하 아저씨는 다른 생각에 골똘한 듯했다.

"우리만 이처럼 쌀을 얻게 되었으니…… 부락 사람들이 모르진 않을 걸세."

"도둑질한 것도 아닌데요, 뭘."

"그래도 경우가 그렇지 않네. 여기 것에서 떼내 나누어 줄 수도 없는 일이고. 이렇게 하세. 여하튼 빨리 집에다 부린 후에 몇 포대란 말은 하지 말고 재주껏 창고 쌀을 얻어 보라고 일러는 주세. 그래도 우리 경우를 떠벌일 필요는 없네. 그리고 자, 이게 모두 얼마나 되지? 먼저 훈이 집이 가까우니 다섯 포대를 내려놓도록 하지."

다시 용을 써서 훈의 집 앞까지 리어카를 끌었다. 그때까지 부락의 어느 집에서도 고개를 내민 사람은 없었다. 여기까지 요행이랄 수 있지만 동식이네 집까지 가는 동안엔 어떨까? 훈은 급한 마음에 쌀 포대를 문 안쪽 흙바닥에다 아무렇게나 포개 놓고는 오하 아저씨네가 부리는 것까지 도와주고서 집으로 돌아왔다. 어머니가 호들갑을 떨어댔다.

"세상에…… 세상에. 쌀 다섯 포대가 그냥 생기다니. 밤손님 들라. 누가 본 사람이 없겠지?"

"보긴 누가 봐요."

"그래도 군인들은 봤을 게 아냐? 하긴…… 부락에도 빈 집만 널린 건 아니란다. 먼 눈으로 봤을지 몰라."

"그만해 두세요."

훈도 긴장된 끝이라 온몸의 힘이 쭉 빠져 버린 듯했다. 자기의 힘으로는 혼자서 한 포대를 겨우 들까 할 하얀 쌀이 다섯 포대나 생겼다니…… 참, 우리집으로 곧바로 모인다고 했지. 아저씨가 무슨 말을 하고자 해설까. 까닭을 캐 보려 해도 딱히 잡히는 게 없었다. 공치사를 듣겠다는 정도면 그만이련만. 훈은 셔츠를 마루 위로 벗어 던지고 펌프 곁으로 가 세숫대야에 손을 담갔다. 얼굴을 씻는데 어머니가 붙어 앉아서 속삭였다.

"좀 전에 옆집 아주머니가 다녀갔다. 아까 것은 두 집만 알고 있자더구나. 설탕은 한 포씩 나누고, 밀가루는 반반으로 하기로 했다. 애, 이런 재수가 어디 있나?"

"나도 뭐가 뭔지 모르겠어요."

"아저씨 댁은 쌀이 몇 포대 가나?"

"제발 그런 덴 신경쓰지 마세요. 열 아니라 스무 포대가 되더라도…… 아시겠어요?"

"그렇다마다. 다 아저씨 덕인걸. 내가 별다른 뜻으로 한 말은 아니다."

훈이 수건으로 얼굴을 닦고 다시 셔츠를 걸쳤다. 다시금, 왜 아저씨가 모이라고 했던가…… 군인이 아저씨를 다잡고 여러 얘기를 했던 게 되살아났다. 대수로운 일은 아니겠지. 박씨는 문득 생각이 났는지, 아까 저 아래쪽에 한 가족이 더 돌아오는 걸 봤다고 했다.

"잘은 모르지만 돌아온 집이 적잖을 겁니다."

훈이 이렇게 대꾸하는데, 오하 아저씨 내외의 기척이 바깥에서 들려왔다. 비밀을 함께 감추고 있는 얼굴이 만났을 때처럼 뿌듯해진 마음 한편으로 또 섣불리 떠들었다가는 재액이 끼여들는지도 모른다는 우려가 섞인 표정으로 대면했다. 그럴 리야 없겠지만, 만일 일본놈들 세상으로 뒤바뀔라치면 어떤 곤욕을 치르게 될 것인가. 동식이네 부자까지 나타나길 기다렸다가 오하 아저씨는 아주 긴요한 말을 하겠다고 서두를 떼고는 이렇게 이었다.

"야마시가이엔 붉은 군대가 어제 저녁 나절에 왔다는군. 내일이면 대부대가 들어올 모양이야. 그러니까 집집마다 흰 천을 깃대 끝에 달아서 문 쪽에 세워 놓으라는 거야. 항복한 집이란 표시니까 총질을 면할 게라더군. 그리고 또…… 내가 제대로 쓸 수 있을까? 문짝에 '까레이스키 돔'이라 써 붙이면 더욱 좋다고…… 이 말인즉 '조선인의 집'이란 뜻이거든. 개발 새발로 그릴 수가 있을 것 같네."

둘러앉은 사람들이 제가끔 의문나는 것을 묻기 시작했으나 오하 아저씨도 실상 더 아는 것이 없나 보다. 하여간 일본놈들은 쥐죽은 듯이 숨어 버렸고, 다시 나타난대도 기를 쓰지 못할 거라고 했다. 본래 이 땅이 루스케들의 땅이었던 만큼 소련 나라가 되어 버렸다는 말을 의미 심장하게 말했다.

훈이 양면괘지와 서랍 속을 뒤져 간신히 찾아낸 크레용 짜투리를 마루로 내오자 오하 아저씨는 그림을 그리듯 뭐라고 썼다. 여러 장을 만들어선 훈과 동식에게 한 장씩 나누어 주고는 곧바로 문에 붙이라고 했다. 이 사이에 박씨는 조급한 마음에 낡은 적삼 등받이를 가위질해서 죽창의 끝에 매달고 있었다. 그걸 보고는 다들 마음이 급해졌다.

오하 아저씨가 장씨를 보고 은근한 어조로 말했다.

"장씨는 나하고 얘기 좀 하세. 동식이는 얼른 집으로 가서 흰 기를 매달도록 하고……. 아주머니, 오늘 일진은 그다지 나쁘지 않지요? 우리 이만 갑니다."

끝말은 박씨에게 던지는 인사였다. 늦은 밤이었지만 이제야 어둑 발이 내리고 있었다. 여느 때와 다르게 훈네 가족들은 골목길까지 따라나와 배웅을 했다. 동식은 큰길로 내려가고, 오하 아저씨와 장씨는 아저씨네 집 쪽을 향하고 있었다. 오늘은 여러 모로 참으로 길고 별난 하루였다.

날이 갈수록 진주군 숫자는 늘어갔다. 군모에 붙은 붉은 별, 어깨로 엇맨 가죽 벨트와 혁대, 긴 장화의 복색이 그들 얼굴처럼이나 낯설었다. 대개들 키가 컸고, 어깨의 견장이 요란했으며, 또 색색 머리카락들이었다. 그래서 박씨 같은 사람은 루스케란 말을 썼다간 큰일이라도 날 것처럼 여기는지 노랑머리가 어떻구 하는 식으로 그들을 지칭했다. 사실 자기네들은 소비에트군 또는 붉은 군대라고 내세웠지만 러시아어를 모르는 조선 사람들은 그 말에 익숙치 못했다.

마을 사람들은 하루가 지남에 따라 귀가하는 가호가 늘어났다. 더러는 훈이네처럼 무턱대고 산 속으로 들어가 야영을 했는가 하면, 나이로까지 나갔다가 기차를 타지 못해 배회하다가 배만 잔뜩 주린 채 돌아온 집도 있었다. 끝내까지 열두어 가호가 돌아오지 않은 걸 보면, 혹 재수가 좋은 가족은 소개선을 탔을는지 모르겠으나 아마도 도요하라나 오도마리에 주저앉았을 터이다. 하지만 돌아온 사람들이 보이지 않는 이들을 부러워하지만은 않았다. 어쩌면 길바닥에서 변고를 당했을 수도 있겠기 때문이었다. 한동안의 화제가 길 옆에 버려진 시체들을 두고 설왕 설래했으니까. 죽어 나자빠진 시체는 한눈으로도 조선인이 분명했다구. 금세 눈구멍이며 콧구멍에 구더기가 버글버글 끓어. 개죽음이지. 그렇게 말하는 사람이 있는가 하면, 나이로에서 들었다면서 저 위에서는 조선인들이 패를 지어 일본인 악질 분자를 모진 매질을 하여 송장으로 만들어 놓곤 했다는 것이다. 위에 란 뜻은 조선인이 많이 살았던 북쪽의 시스카를 말하는 것일 게다. 나이로에선 걸어서도 너댓 시간이면 닿을 거리였지만 거긴 에스토르 못지않게 큰 항구 도시였다.

이와 함께 조선인들이 시내의 일본인 빈 집에서 물건들을 털어 오는 게 공공연한 일들이 되고 있었다. 2, 3일간 부쩍 심했다가 진주군이 그런 사정을 알고 엄포를 놓을 때까지 무법 천지가 되었다.

그로부터 며칠이 지나자 이젠 거꾸로 노랑머리 군인들이 조선 부락을 기웃거리며 지나다니는 때가 잦아졌다. 그네들은 말이 통하지 않으니까 대개 두 명씩 짝을 지어 저들끼리 손가락질을 하며 웃어댔다. 산 속에서는 일본 패잔병이 더러 총질을 한다는 얘기가 들렸으나 시내에서는 그런 일이 없는지 그들의 경계심은 아주 태만했다. 특별히 순찰 임무를 띤 것 같지도 않은 걸 보면 낯선 마을에 대한 호기심 때문인 것으로 추측되었다.

오하 아저씨는 평상에 걸터앉아 있거나 마당에서 서성거리다가도 그들이 지나칠 것 같으면 어김없이 나와서 인사를 했다. 그런 식으로 안면을 넓혀 가더니 마침내는 시내를 다녀오기까지 했다. 그가 나들이에서 돌아오면 그 집 마당은 으레껏 반상회라도 열린 것처럼 부락 사람들이 모여들었다.

"붉은 군대는 걱정하지 않아도 됩니다. 그들은 프롤레타리아 군대 거든요. 이 말이 무슨 뜻인가 하면, 가난하고 천대받는 노동자 농민을 위한 군대라 이 말이오. 그네들은 돈을 가진 부자와 위세를 부리는 높은 사람을 원수로 여깁니다. 우리 부락 사람이야 모두 어렵게 살아온 노동자 계층 아니오? 이제는 마을을 떠난 사람이지만 이치키 씨나 이와키리만 빼놓고선 말입니다. 그러니까 우리 같은 사람을 그들은 동무로 삼는다오."

오하 아저씨는 자신 있게 말했다. 검고 깡마른 얼굴에 가늘게 패인 눈망울에 지혜가 가득 찬 듯이 보였다. 부락 사람들은 오하 아저씨가 있으므로 한결 든든하다고 자위하기에 이르렀다.

"시내에 군인이 많이 들어와 있어요. 참, 가미 에스토르에 있던 군 사령부는 소련 해군 병영이 되었다 해요. 하마시가이 앞바다에 큰 군함이 여럿 와서, 거기서 내린 병력이래요. 그리고 혼도리에 있는 헌병대는 육군이 차지하고요. 해군이 더 위세가 있다던가? 듣자 하니 그쪽에 더 높은 계급의 지휘관이 있다 했어요. 쪽바리들은 볼썽사납게 되었지요. 한 놈도 남지 않고 다 도망가 버린 듯했지만 사실은 더러는 집 속에 숨어 있었던가 봐요. 하기야 머리 큰 놈들은 일찌감치 꽁무니를 빼버렸겠지만…… 돌아온 자들도 지금쯤은 숨도 제대로 쉬지 못하고 부들부들 떨고 있겠지요."

세상은 며칠 사이에 격변한 것이 사실이지만 행정적으로나 혹은 제도상으론 좀체 새로운 기미가 보이지 않았다. 진주군이 들어온 지 너댓새가 지나고 있었으나 별다른 조치도 내려지지 않고 흡사 네들 마음대로 살아라 하는 듯이 내팽개쳐 둔 꼴이었다. 어쩌다 군마를 탄 장교들이 기세 좋게 나이께 도로를 지나칠라 치면 사람들은 고개를 빼들고 구경에 여념이 없었다. 그 말들은 틀림없이 일본 헌병대 소속의 것으로 그 또한 전리품의 하나일 것이다.

오하 아저씨가 붉은 군대에 대하서 아주 듣기 좋게 일러주었던 말은, 문에 내건 흰 깃발이 여름 햇볕에 바래 가는 것처럼 차츰 사람들의 마음에서 변질되고 있었다. 조선 부락에선 몰랐지만 시내에 자리 잡은 일본집 여염 여자들이 밤에 군인들한테 봉변을 당한다는 것이었다. 그것도 하룻밤만 그 지경을 당하는 게 아니라 두 놈이 다녀간 이튿날에는 또 다른 두 놈이 찾아오는 걸 보면 서로 귀띔을 해주는 것 같다고 했다. 그렇지 않고선 어떻게 젊은 여자가 있는 집을 꼭 찍어낼 수가 있겠느냐는 거였다.

　그 말이 전해지고부터 조선 부락에서도 부녀자를 둔 집에서 좌불
안석이 될밖에 없었다. 점령군들도 이 마을은 조선인 부락이란 것,
못 사는 동네인 줄은 잘 알고 있을 터였다. 루스케 군인들이 민간인
집의 물건들도 어지간히 챙겨 간다는 말이 돌았는데, 그런 것이라면
이 부락에 손길이 미칠 리 없겠으나 여자라면 문제가 달라진다. 소문
으로는 루스케 군인들이 손목시계를 좋아한단다. 어떤 녀석은 왼쪽
오른쪽에 두세 개씩 시계를 차고서 자랑하면서 다닌다고 했다. 그런
말을 듣고선 훈도 차고 있던 시계를 풀어 책꽂이 뒤로 감추어 두었
다.

　그런 나날이 지나고서 마침내 조선 부락에도 밤중에 노랑머리가
나타났다는 얘기가 파다하게 퍼졌다. 두 놈이 총을 디밀며 뭘 달라고
윽박지름을 놓더라 했다. 두 양주만 살고 있던 그 집엔 세간살이가
변변찮아서, 안댁이 젊은 날부터 간수해 오던 은비녀와 은가락지를
내놓았고, 바깥사람은 엉겁결에 전날 일본인한테서 구했던 낡은 가
방을 내밀자 그것도 가지고 나가더라는 것이었다. 부락 사람들은 비
록 가죽으로 만든 것이긴 해도 모서리가 닳고 잠금장치가 망가진 그
여행용 가방을 기억하고 있었다. 일본인들은 그걸 슈트케이스라 했
다(하지만 이 가방은 이튿날 다리 밑으로 내던져져 뻘에 처박힌 채 발견되
었다).

　같은 날 밤에, 빈 집으로 자물쇠가 채워져 있던 이와키리의 집이
고스란히 털렸다. 이웃집에선 자물쇠 깨뜨리는 소리와 저벅거리는
군화 발자국을 들었으면서도 오금이 저려 내다보지 못했다는데, 뭐
뭐를 가져갔는지조차 알 길이 없었다. 값진 것이라면 주인이 이미 챙
겨 가지고 떠났을 테지만.

　그 다음날 밤엔 노총각 서씨가 건넌방 벽에 걸어 두었던 바지와 셔
츠를 도둑맞았다고 얘기했다. 그는 도로 공사장 인부로 오래 일해 왔
던 사람으로 나이가 서른셋이 되도록 장가를 들지 못했다. 우편 배달

266

부로 일하던 김씨 성을 가진 집에서 건넌방 하나를 빌려 자취 생활을 했더랬는데, 주인 식구가 마오카로 가 보겠다며 떠난 뒤 돌아오지 않았으므로 자기가 안방에서 지내며 건넌방을 비워 뒀었다고 했다. 그 얘기가 알려지자 부락 사람들은 더욱 기가 질려 버렸다.

"에그, 홀애비 속곳까지 뒤져 가는 판이라면 누구네 집에서도 손재를 당하지 말란 법이 없잖겠나?"

"낮에 루스케들이 골목 골목을 쏘다니며 가족이 호젓한 집을 고르는 것 같애. 봐, 다들 그런 집이거든."

"총을 가진 놈들인데 뭐가 무서워서. 열 가족인들 대항할 수 있을 건가?"

"등잔을 켜 두는 게 좋겠지. 사람이 안 자고 있는 걸 보여주는 게 신상에 이로울 걸세."

"치사하기도 해라. 목숨을 걸고 싸운 군인 놈이 그래, 고작 가난한 집 농 속에나 눈독을 들이다니…… 아직 사람을 다치지 않았으니 그나마 행으로 여겨야 할까."

"화적패나 다름없는 그런 군대가 독일과는 어떻게 싸웠누?"

"하여간에 이 혼란기를 탈 없이 넘기도록 애써 볼밖에. 전쟁이 끝난 후에는 으레껏 파렴치한 행패가 따르게 마련이거든. 겁간도 예사로이 벌어지고…… 이거 원, 입에 올려서는 안 될 말을 하고 말았군. 어쨌건 수 일간만 잘 넘기면 저네들도 규율을 세우려 들겠지. 명색이 노동자 농민의 편이라는 군대이니."

이런 말들이 무성히 오갔다.

쌀 포대를 그저 얻게 되었을 때어 기꺼워했던 훈의 감정도 어느새 가셔지고 뜨악한 느낌으로 바뀌어 갔다. 그것은 극과 극의 차이만큼이나 판이한 현상이었다. 게다가 밤에 나타나는 놈들은 그야말로 치마만 둘렀다면 개코도 몰라 보는 식이란다. 젊은 여인이 많지 않은 조선 부락이지만 누구라도 마음놓고 있을 형편이 아니었다. 우리집은 이에 관한 한 상관이 없지 않은가 하고 안도감을 가졌다가다도 뒤통수로부터 불안한 느낌이 안면으로 퍼져 오는 걸 떨칠 길이 없었다.

시내 여염집에 루스케가 침방한다는 말이 돌았을 때 훈은 치에코의 안부가 심히 궁금했다. 마지막에 만났을 때의 사정으로 보아선 피란을 떠난 것 같지가 않았다. 형부가 탄광 기사로 있다 했으니 도로에서 돌아왔대도 서둘러 떠날 수가 없을 성싶었다. 그렇다면? 그 골목 안 집에 여인 둘만 지키고 있는데 번득이는 눈을 피할 수가 있었을 것인가? 훈은 치에코의 갸름한 얼굴과 희디흰 목덜미를 떠올려 보았다. 아! 미끈거렸던 혀와 이빨끼리의 마주침도…… 내 여자이지는 않아도…… 군인이 덮쳐 누르는 불길한 상상이 되새겨질 때마다 그럴 수는 없다고 고함을 치고 싶은 충동에 사로잡혔다. 그런 한편으로, 나와는 무관한 일본 계집일 뿐이잖은가. 그렇게 젖혀 두고자 애를 써 보기도 했다.

또 다른 한 가지는 여전히 사그러들지 않는 사노에 대한 적개심이었다. 때로는 그가 개인적 원한이 있어서가 아니라 나름대로는 충직성의 발로이지 않겠느냐고 너그러이 이해해 보려고 노력해 보기도 했다. 하지만 그놈은 지나치게 가혹했다. 훈에게뿐만 아니라 전부터 악평을 달고 다녔었다.—스포츠 형의 두발, 꿈틀대는 굵은 눈썹과 심술궂게 늘어진 볼, 불룩한 배, 어디 한 군데라도 불쌍히 여겨 줄 구석이 없었다. 훈은 사람이 악감을 품으면 스스로가 다치게 마련이라는 격언을 믿고 따랐으나 사노에 대해서만은 예외로 돌렸다. 악은 용서할 수 있어도 비겁은 용납될 수 없는 일이잖은가 하면서 덜미의 갈기를 추켜 세웠다.

부엌에서 저녁 설거지를 끝낸 다카코는 동생 요시코와 쓰는 건넌방으로 가려다가 요시코의 목소리가 안방에서 들렸으므로 무심코 안방문을 열었다. 8월 하순이 되었으니 저녁 시간에도 방문을 열어 놓고 지낼 만했으나 어머니가 모기만 끓을 뿐이라고 해서 문을 닫고 지내던 터였다. 그러나 그런 이유보다는 처녀가 있는 집이어서 바깥에 드러나지 않게 하기 위함인 줄은 잘 알고 있었다.

곰실댁은 저녁 밥상머리에서도 애바른 군소리를 늘어놓았었다.

"다카코는 올 봄에 치웠어야 했는데…… 가시나 나이가 열아홉이면 조금도 빠를 게 없지. 여보, 그렇게 생각지 않소? 하마시가이의 그 청년과 말이 있을 때 서둘렀던 게 옳지 않았을까 하고……."

"쓸데없는 소릴. 다 지나간 얘기를 갖고 떠들어 뭐하겠다는 거야?"

장씨가 버럭 역정을 내는 바람에 곰실댁은 무춤해져 버렸다. 성질머리는…… 딸애한테 잘해 주자는 얘기도 못 해, 어쩌구 하며 혼잣말로 웅얼거렸다. 장씨는 아내 말을 못 들은 척해 버렸고, 숟가락을 들던 다카코는 입을 삐쭉거리고 말았더랬다. 장씨는 벽에 등을 기대고 종이에 말은 담배에 불을 붙여 문 참이었고, 곰실댁은 요시코에게 저쪽 끝자락을 붙들게 해 조선 다리미로 다리미질을 하고 있었다.

"오빠는?"

다카코가 누구에게랄 것도 없이 오가는 다리미에 눈길을 주며 물었다.

"제 방으로 건너갔겠지. 그 애도 일거리를 손에 놓고부터는 게을러졌어. 두더쥐처럼 방 속에서 뭉기적대기만 하니까."

곰실댁이 대답하면서 방문께로 시선을 주었다. 동식은 군불을 때야 할 철에는 안방에서 부모와 함께 지내지만 여름 한 철은 안채 좌측으로 따로 세운 광에 잇대어 넣은 명색이 토방인 별채를 거처로 삼았다. 곰실댁이 고개를 든 것도 그 방에 갔을 거라는 표시였다. 굴들인 광목 치마를 다 다렸는지, 곰실댁은 치마를 구김질이 가지 않게 개어 밀쳐 놓고는 다른 다림질감을 챙겨들었다.

"네 회사에선 문 연다는 얘기가 없나? 그래 봐야 나다닐 형편은 아니지만."

곰실댁은 식구들이 모두 일손을 놓고 있는 게 못마땅해서 한 말이
었다.
"과자 따위는 안 먹고도 살 수 있어!"
장씨의 타박이었다.
다카코가 요시코를 밀쳐내고 대신 다리미질감을 두 손으로 맞잡았
다. 그녀는 집안일 가운데서도 이 일이 가장 하기가 싫었다. 힘이 들
어서 그런 것도 아니고…… 아마도 어머니의 잔소리를 내내 들어야
하기 때문에 그럴 것이다. 마침 아버지가 곁에 있으니만큼 어머니의
말수는 줄어들 터이다. 어쨌거나 진작 일본 다리미를 샀어야 이 노역
에서 풀려났을 텐데…… 아궁이 잿불에서 담아 온 숯불이 이내 흰
재로 사그러들어 불길이 시원찮았으므로 속곳을 다리고 나서는 곰실
댁이 다리미를 치우라고 했다. 다카코는 섬돌로 내려서면서 부엌 아
궁이에 쏟을 생각을 했으나 펌퍼 곁으로 질퍽거리는 곳이 있어 거기
에다 재를 부었다. 잠깐 희끄무레한 연기가 풀썩 일었다가는 스러졌
다. 일어서는데 울짱 바깥에 두 명의 군인이 자기에게로 눈길을 주고
있음을 보았다. 그녀는 비명을 지를 겨를도 없이 부리나케 안방으로
뛰어들었다.
왜? 무슨 일이냐? 곰실댁이 놀라서 물었지만 가슴이 떨려 대답이
나오지 않았다. 조금 있다가 군인 둘이…… 저기서 보고 있었어요
라는 말만 간신히 입 밖에 낼 수가 있었다. 장씨가 얼른 일어나 방문
을 열며 "동식아, 뭘 하고 있노?" 하고 큰 소리로 별채를 향해 물었
다. 별채 방문은 반쯤이 열려 있었기에 필요 이상으로 큰 소리였다.
이때엔 바깥의 군인의 모습은 보이지 않았다. 동식이가 대답하며 얼
굴을 내밀자, 어디 나가지 말고 집에 있거라. 밖에 누가 얼씬거린단
다 하고 소리쳤다. 동식이도 짚이는 바가 있어서 큰 소리로 몇 마디
대꾸를 보냈다.
다카코는 밤 열한 시쯤 되어 부모가 자리에 눕는 걸 보고서야 제

270

방으로 건너갔다. 그것도 문을 삐쭈름히 열어 밖의 동정을 살핀 후에 야행성 살쾡이가 숲 그늘로 빠지듯 그렇게 몸을 사려 가면서…… 누워서도 여느 밤과는 달리 눈을 말똥말똥 뜨고 귓불도 쫑긋 세운 채였다.

자정 무렵이었을까? 섬돌 밑에서 저벅거리는 군화 발자국 소리가 멎더니, 아주 생소한 말씨로 사람을 찾는 음성이 들려왔다. 다카코는 이미 문짝이 삐걱대며 열리는 소리를 듣고 있었다. 두 번째로 그네들 말이 들렸을 때 선잠에서 깬 아버지의 대답이 들리고 안방문이 열렸다. 그네들이 계속해서 뭐라고 하자 아버지는 동식이는 뭘 하나? 하며 아들을 불러댔다. 잠이 깊이 들었단 말인가? 다카코는 이불을 덮어쓰고 있어서만은 안 되겠다 싶어 민첩하게 문종이가 찢어진 틈새로 눈을 갖다 댔다.

장씨가 느닷없이 큰 소리를 쳐대었기 때문일까. 군인 한 녀석이 어깨에 걸고 있던 총을 냉큼 풀어 들고선 총구를 안방으로 향하게 했다. 장씨는 마치 총알을 피하기라도 하듯 잽싸게 상체를 방 안으로 디밀고는 문을 닫았다. 총을 빼든 군인은 그 자리에 섰고, 다른 한 놈이 군화를 신은 채로 마루로 올라서서 홱 나꿔채듯이 방문을 열어 젖혔다. 방 안에 두 양주만 겁에 질려 후닥닥 물러앉는 모습을 보았을 것이다. 군인이 마당에 선 자에게 뭐라고 얘기하자 이번엔 둘이서 건넌방 쪽으로 다가가 아까와 마찬가지로 문고리를 잡아당겼다. 다카코가 안에서 문고리를 걸었기에 쉬 열리지 않자 두 손으로 잡아 힘을 썼으므로 문은 기다렸다는 듯이 활짝 열렸다.

한 놈은 밖에서 여전히 총구를 들이댄 상태로 서 있고 다른 한 녀석이 얼굴을 감싸쥔 다카코를 내려다보았다. 달빛이 비쳐들어 사람을 분간하기는 어렵지 않았을 게다. 요시코도 이미 기척을 들어서 잠이 깬 뒤 이불을 덮어쓰고 몸을 한껏 웅크리고 있던 판이었다. 침입자는 이불을 거칠게 들쳤다간 아이임을 알아보았다. 그는 돌아서며 다카코의 손목을 우악스럽게 잡아 일으켜 끌다시피 하여 방문을 넘어섰다.

이때에 장씨는 마루 위로 나와 있었고 동식이도 재빨리 신발을 찾아 신고서 마당에 내려선 참이었다. 그는 그 경황에도 문짝 옆에 세워 둔 쇠스랑을 곁눈질하고 여차하면 그걸 거머쥘 작정을 했다. 섬돌까지 끌려나온 다카코는 비명을 질러대며 나자빠졌다. 놈들도 이 한밤중에 외쳐대는 처녀의 비명소리엔 당황해 하는 게 역력했다. 그 순간 동식이가 쇠스랑을 꼬나들고 삽짝 문께를 막아섰다. 장씨가 마루에 선 채로 안 돼! 이놈들아, 그런 법은 없어 하고 외쳤다. 다카코의 손목을 틀어쥔 군인은 잠시 동작을 멈췄고, 총을 겨눈 군인은 장씨를 바라보다가 이내 돌아서서 동식에게로 향했다.

이웃집—서로 허리에도 못 미칠 싸릿대 울을 사이에 두고 지붕이 맞닿을 것 같은 집이 이어져 있건만 이 난리에도 문을 여는 집이 없었다. 동식은 어찌하겠다는 명징한 의식도 없이 쇠스랑을 양손으로 든 상태였다. 총구가 이켠으로 향해지자 아뜩해지며 귀에서 이명이 크게 울렸다. 이제 죽게 되는가 보다. 총알에 맞지는 않았는가? 1, 2초에 불과했을 시간이 아주 긴 것처럼 생각되었다. 제발 잘 해결되길…… 절박한 심정에서도 그런 바램이 강하게 스쳐 갔다.

총을 든 군인이 나지막하나 힘이 든 목소리로 지껄여대며 비키라는 시늉으로 총구를 좌로 두 번 제꼈다. 그와 동시에 다카코의 손목을 여직껏 잡고 있던 군인이 손목을 다른 손으로 바꿔 선 허리를 감으며 번쩍 들어올릴 기세를 했다. 동식은 저도 모르는 사이에 죽여버릴 테다, 놔 두지 못해! 하고 소리치며 쇠스랑을 어깨 위로 치켜들었다. 한 발자국, 아니면 두 발자국을 옮겨 디뎠을 때 총성이 타탕하고 두 번 울렸다. 동식에게선 확실히 감각보다는 청각이 우선했다. 총을 쏘았단 말이지? 귀가 멍멍하지 않나? 내게로 쏘았을까? 왼쪽 팔이 불길에 쏘인듯 화끈거린다는 의식은 그러한 의문들 틈에 스며

들었다간 총성과 함께 잦아들은 것으로 느껴졌다.

쇠스랑을 치켜든 팔이 허물어지듯 내려졌다. 쇠스랑이 둔탁한 소리를 내며 땅에 떨어질 때 그의 오른손은 무의식적으로 왼팔을 거머쥐고 있었다. 그 왼손바닥에 질척거리는 액체가 감촉되자 다리 쪽의 근육과 힘이 이완되며 제풀에 풀썩 주저앉고 말았다. 놀란 사람은 장씨와 다카코만이 아니었다. 방아쇠를 당겼던 자도, 동료가 일을 저질렀다고 판단한 군인도 갑자기 실색을 했을 터이다. 그들은 누가 앞서랄 것도 없이 후닥닥 튀어 쪼그려 앉은 동식의 앞을 지나 삽짝을 빠지며 사라져 갔다. 점점 낮아지는 발자국 소리만 남기고선……

장씨가 맨걸음으로 덮치듯 쫓아오고 곰실댁이 방문을 열고 보다가 애야, 어찌 됐냐? 응, 무슨 일이 있었어? 하면서 비칠걸음으로 다가서고 있을 때 이웃집에서도 방문이 열리며 고개가 내밀어졌다. 먼 데서 개 짖는 소리가 파장을 일으키며 높아짐과 비례해서 그 옆집, 또 그 다음 집에서도 사람들이 웅성거리기 시작했다.

곰실댁은 장씨의 성화를 받고서도 한참을 움직일 생각을 못 하다가 겨우 정신을 차리고는 동식의 방에 있던 남포를 가지고 되돌아왔다. 이때 양조장 일꾼으로 일해 왔던 이웃집 박치기가 무슨 일이 일어났소 하며 나타났다. 밀양 박씨이기도 하지만 싸움질에서 박치기를 잘한 데서 사람들은 별명으로 부르는 위인이었다.

"루스케 놈들이 왔다네. 총질을 해서 이 모양이야…… 한쪽 팔이 피투성이가 되어 버렸네."

"어서 겨드랑 아래를 단단히 묶어야 합니다. 피를 많이 흘리게 해선 안 되거든요." 박치기는 곰실댁한테서 남포를 뺏어들며 얼른 옷고름을 뜯으라고 했다.

"야밤중이라도 병원엘 데려가야지요. 고바야시 병원이 문을 닫지 않은 걸 알고 있어요. 문을 두드려 의사를 깨워야지요."

그가 숨가쁘게 말했다.

2

훈은 방문을 열고선 아직도 안개가 걷히지 않았군 하고 생각했다. 심란한 나날이 되풀이되고 있으나 어떻든 시간은 남아돌았다. 〈작곡의 실제〉라는 표제가 붙은 책이 머리맡에 놓여져 있으나 좀체 손이 가지 않는 이즈음이었다. 공부하는 데에는 이르고 늦은 게 없다고 스스로를 다독거려 보았지만 마음뿐이었다. 장조, 단조에 생각을 쏟으려 해도 어느새 형님은 어떻게 지내고 있을까, 루스케들 세상에서 무엇을 해야 할까 따위에 신경이 쏠리고 말았다.

곰보 윤씨가 골목길을 지나다가 문턱에 나앉은 그를 향해 말을 던졌다.

"동식이 얘기 듣지 못했는가? 자네가 한가하게 앉았을 사람이 아닌데?"

"무슨 일이 있었길래요?"

"허, 참. 저런……." 곰보는 허리춤에 두 손을 찌르며 집 쪽으로 다가섰다. "누가 알려 주지 않았던가? 하긴 나도 지금 막 들었으니까. 간밤에 말일세……."

훈은 곰보 윤씨의 말을 들으면서, 저럴 수가? 아, 이게 아닌데…… 앞으로 어떻게 돌아간다는 게냐 하는 느낌이 들어 머리가 아찔할 지경이었다. 절망의 컴컴한 구덩이 속으로 떨어지는 기분이었다. 그런 줄도 모르고 아침에 태연히 밥알을 삼켰고, 어머니와는 간밤에 고양이가 물어 갔을 마른 대구 동강이를 두고서 한가한 잡담을 나누었더란 말인가. 어느 병원이랬지요? 대답을 기다릴 사이도 없이 나들이 바지로 바꿔 입었다.

"그 댁에선 쉬쉬 하는 것 같으이. 제삼자들은 괜스레 숙덕거리는 걸 좋아하니까. 지금 병원에 있다니까 들러 보게. 어쨌거나 자네와는 별난 사이이니 알려 주네만……."

병원은 아침 나절이어선지 조용했다. 동식이는 왼팔에 붕대를 싸맨 채 병상에 누워 있고, 장씨가 벽 쪽에 붙은 긴 나무의자에 앉아 눈을 꾸무럭거리고 있었다. 나이 어린 간호원이 환자의 입에 찔려 있던 체온기를 꺼내 살펴보고는 열은 괜찮은 듯해요, 곧 선생님이 나오실 거지만 링거를 구할 수가 없어 여간 걱정이 아니네요라는 말을 남기고 나갔다. 칸막이를 한 저켠에도 환자가 있는지 부스럭대는 소리가 들려왔다.

동식은 곧바로 병원으로 옮겨져선 의사를 깨워 치료를 받을 수 있었다고 했다. 총알은 뼈를 일부 짓찧으며 관통했다는 것이다. 의사는 외과 전문의가 아니었지만 성의를 다해 뼛가루 파편을 걷어내고 양쪽으로 찢겨나간 총상 부위를 꿰매 주었다고 했다. 나중에는 마취기가 떨어져 무척 고통을 받았던가 보다. 그래서일까, 동식이는 창백한 얼굴로 잠에 빠져 있었다.

장씨는 의사 칭찬을 했다. 그는 피란 갈 생각도 않고, 이런 난리 중에도 병원문을 열어 환자를 받아 왔댄다. 루스케들도 이런 일본인에겐 호의를 보여주는 것 같다는 말까지 했다. 훈은 이러한 양질의 일본인이 적지 않다는 걸 알고 있었다. 그네들이 한때 경도되었던 휴머니즘, 박애주의 사상의 여파는 분명히 지금에도 미치고 있을 것이었다.

동식 아버지가 밤을 꼬박 세운 듯해 훈은 자기가 병상을 지키고 있을 테니 돌아가 쉬시라고 권했다. 술과 노름에 빠져 가족을 내팽개쳤던 그도 역시 가장임에는 예외가 아니었다. 병실을 나서는 뒷모습이 퍽이나 처량하고 느닷없는 횡액을 한탄하는 듯이 보였다.

훈은 동식이가 잠에서 깨어 환자식을 들 때 소반을 앞가슴에 받쳐주었다. 입 속이 깔깔하다면서도 동식은 게눈 감추듯 소량의 그릇을 비웠다. 다시 누워서는 통증 때문인지 미간을 찌푸렸다.

"새끼들이…… 분해서 어떻게 말을 해야 할지……."

눈꼬리에 물기가 비쳤다.

"자세히 들었다. 얘기하지 마."

"그래."

손가락이 저리다면서 옮겨 달래기에 편하도록 고쳐 주었다. 왈칵 에테르 냄새가 맡아졌다. 한때는 병상에 누워 보고 싶은 허황된 감상에 빠져 본 적이 실풋 상기되었다.

오후 2시가 지날 무렵, 동식의 부모가 나란히 나타나서 훈에게 그만 돌아가라고 했다. 병실이 좁아 병원측에서도 여럿이 지키는 걸 마땅찮게 여긴다는 것이다. 훈이 다시 한 번 동식한테 위로의 말을 하고 문 쪽으로 나오는데, 동식의 아버지가 곁으로 왔다.

"다시 더 올 것도 없네. 내일이면 퇴원을 할 테니까."

"네. 선생님한테서 들었습니다. 집에서 약을 바르고, 가끔 통원 치료를 하면 된다더군요."

"그러니, 남한테 떠벌릴 건 없네. 저절로 알게 되겠지만."

모도마치엔 일본인 상점들이 반 너머 문을 열고 있었다. 소련 병사들도 눈에 띄었지만 거리에 나다니는 일본인도 더러 보였다. 천지가 개벽할 듯하더니 그런 기미는 기우에 지나지 않을 일일는지도 모른다. 왕자제지는? 그런 큰 기업체가 생산 가동을 하기는 쉽지 않으리라. 동식은 그만한 게 천행이랄 수 있겠으나 완치가 되어도 전 같을 수는 없을 거라고 의사는 암시했었다. 신경계통에 지장이 있을 테니 오른팔처럼 힘을 쓰기는 어려울 거라고. 녀석이 힘 자랑을 자주 하더라니…… 아침에 그렇듯 자욱했던 안개는 흔적조차 없이 지워져 버렸다. 곧 닥칠 초가을을 알리듯이 햇빛이 조용히 길바닥에 널려 있었다.

다리께로 오니까 군인 네 명 앞에서 팔을 분주히 움직이며 뜻이 통하고자 애쓰는 오하 아저씨를 보았다. 훈을 보자 조그맣게 째진 눈빛이 빛났다.

“병원엘 갔다더니 이제사 돌아오는가? 이 사람들한테 간밤의 일을 알려 주던 참이네. 참, 이 군인을 알고 있겠지?”

오하 아저씨는 전날의 그 키 큰 군인을 가리켰다. 그 군인이 알아보고선 손을 내밀었다. 손이 컸다.

“이 고마운 군인은 하사라던가. 이름이 니꼴라이 뭐라구. 아주 마음씨가 착한 루스케인 게야. 못된 짓거리하는 또랑이와는 본판이 달라. 그런 놈이야 또랑이가 아니라 똥개 발싸개지만. 이 사람이 상부에 보고하겠대나 보이. 조선 부락에 그런 불상사가 일어나지 않도록 말일세.”

아저씨는 조금 흥분해 있는 양했다. 훈이 가만 있어선 안 되겠다 싶어 억지로 웃음을 만들어 보이면서 두어 번 고개를 숙여 감사를 나타냈다. 오하 아저씨는 손풍금을 키는 시늉을 지어 보인 뒤 훈을 가리키고는 엄지손가락을 세웠다. 얼굴이 붉어졌다. 니꼴라이는 알아들었다는 뜻으로 빙그레 웃었다.

“옳지. 자네 그 손풍금을 가지고 오게. 이 사람들한테 솜씨를 보여주게나. 아암, 잊어선 안 되지. 그 호의에 보답하는 게 도리 아니냐 그 말이야.”

이 아저씨, 도에 지나치고 있지 않나? 입을 다물고 있으려다가 이네들이 일본말을 알 턱이 없다는 데 생각이 미쳤다.

“그걸 이 많은 눈들 앞에 내오라구요? 안 됩니다. 아코디언이 얼마나 비싼 것인 줄 알고나 하시는 말이에요?”

아뿔싸, 키 큰 군인이 아코디언? 하고는 아까 오하 아저씨가 흉내냈듯 두 손을 저어 보였다. 그러고는 뭐라고 말하며 엄지손가락을 그 또한 세웠다.

“걱정하지 않아도 되네. 이 군인은 본판이 다르니까…… 지금 뭐라고 말하는가 하면, 자기네들도 손풍금, 참 아코디언이랬지? 그걸 좋아한대. 제일 듣기 좋다고 손짓을 해보이지 않던가? 괜찮네. 지금

곧바로 가져와 켜 보이게. 내 그 뜻을 전하겠네.”

훈이 말릴 틈도 주지 않고 오하 아저씨는 군인을 향해 훈의 등을 치면서 아코디언 연주를 해보일 거라고 전했다. 땅바닥을 손짓하면서 일본말로(엉겁결에 나왔을 테다) “지금 당장에 한다는 말이오”를 덧붙였다. 두 군인이 박수를 쳤고, 다른 두 군인도 구미가 동하는 얼굴을 지었다. 되돌이킬 수가 없는 일이 되고 말았다. 될 대로 되라, 어떻든 우리에게 은혜를 입힌 자들이 아닌가.

다리 쪽에는 여전히 인적이 드물고 조용했다. 하기는 전날에도 나이로로 향하는 차량이나, 시내를 오가는 조선인들만 보였던 길이었다. 훈이 집으로 가 깊이 숨겨 두었던 아코디언을 가지고 돌아오자 군인들은 희희낙락하며 벌써 구두머리로 박자를 맞추기까지 했다. 키 큰 군인은 케이스의 상표를 들여다보다가 일제냐는 뜻으로 물었다. 오하 아저씨가 훈에게 되물어보고는 그렇다고 고개를 끄덕였다. 니꼴라이라는 군인은 한 번 더 상표를 주의 깊게 보았다.

오면서 생각했더랬지만 악기를 손에 잡고도 마땅한 곡목이 떠오르지 않아서 고심했다. 일본 노래는 이네들이 달가와 하지 않을 터이다. 그렇지, 이탈리아나 영국 쪽 노래는 이들도 알 것 같았다. 러시아 민요에도 두어 곡은 가능했으나 본바닥 사람 앞에서는 자신이 서지 않았다.

훈은 ‘먼 산타루치아’, ‘라 팔로마’와 스코틀랜드 민요 따위를 연속해서 연주했다. 처음 곡을 킬 때는 한 군인이 따라서 노래를 부르더니 세 번째 곡에서는 합창을 하면서 손뼉까지 쳐댔다. 그 중 누군가가 뭐라고 훈에게 떠들어댔지만 알아들을 수가 없었다. 아저씨도 곁에서 눈만 끔벅거릴 따름이었다.

훈은 건성으로 고개를 젓고는, 이 곡이라면 다 알 테지 싶어 ‘소나무’를 연주하기 시작했다. 그로서는 잠에 빠져들면서도 건반을 누를 수가 있을 곡이었다. 그때였다. 마스라조오 앞을 지나 달려오던 군용

278

지이프 한 대가 훈의 뒤로 멈춰 섰다. 이미 그쪽을 흘낏거리던 군인들이 자세를 바로잡으며 선임 승차자에게 경례를 부쳤다. 훈이 뒤돌아보았을 때는 하얀 제복을 입은 선임 승차한 군인이 답례의 손을 내리던 참이었다. 소련 해군 장교임을 직감했다. 그들 사이에 몇 마디의 말이 오가고, 해군 장교가 한 곡 더 연주해 달라는 청을 했다. 이탈리아 곡을 더 연주했다.

해군 장교도 박수를 쳤다. 그러고는 난간 쪽의 보병들을 향해 무슨 말을 했다. 조금 지난 후에 니꼴라이가 아저씨한테 은근하고 호의를 나타내는 몸짓을 해가며 한참을 설득시키는 모양이었다. 마침내 아저씨도 알아들었다.

"저 장교분이 말이네. 자네의 솜씨에 반했다는 거야. 저 차를 타고 함께 가서 친구들 앞에서 연주해 준다면 톡톡히 사례하겠다는 말인 것 같애. 내 보기에는…… 거절해서는 안 될 것이네. 그럴 수도 없고." 그러고는 또 니꼴라이에게 묻고는 훈에게로 향했다. "가는 데는 해군 지휘부라는군. 일본군 사령부가 있었던 가미 에스토르 말일세. 나도 함께 탈 테니 자, 따라가 보세."

아저씨가 등을 밀치는 바람에 훈도 어쩔 수 없이 차에 올랐다. 차바퀴가 움직일 때 세 명의 군인은 멍청한 얼굴로 바라보고 있었으나 니꼴라이는 손을 흔들어 주었다.

정문과 연병장을 지나 큰 건물에 들어서서 복도를 한 번 꺾여 돈 후에 한 사무실로 들어섰다. 제법 널따란 방이었다. 안쪽 벽을 등지고 대형 책상이 놓였고 거기에 역시 흰 제복의 장교가 앉은 채 경례를 받았다. 책상 위로는 두세 대의 전화기가 놓였고, 등 뒤 벽에는 액자에 넣어진 두 개의 사진이 걸려 있었다. 훈도 그 얼굴이 레닌과 스탈린임을 알아차렸다.

이리로 데려온 장교는 거수 경례를 한 후 오하 아저씨와 훈을 문 가까이에 남겨 두고 책상 앞으로 뚜벅뚜벅 다가가 몇 마디 보고를 하는 모양이었다. 그런 후에 이켠을 손짓해 보이며 다시 뭐라고 지껄여 댔다. 말씨가 워낙 빨랐지만 대충 알 만한 일이었다. 방 주인 장교가 훈을 바라보고는 씩 웃었다. 젊은 장교는 저 젊은이가 조선인이라고 가르쳐 주는 듯했다. 상대방은 고개를 끄덕이고 일어서서 제복 밑을 아래로 잡아당겨 매무새를 손질한 다음에 다시 자세를 바로잡고 앉았다. 젊은 장교가 돌아서서 도어를 밀고 나가자 방 주인은 우두커니 서 있던 둘에게 저쪽 의자에 앉아서 기다리라는 뜻으로 말과 함께 손짓을 했다. 얼굴이 둥글고 붉었으며, 체격이 장대하다 해도 좋을 만큼 컸다. 웃음을 띠고 나서 오른쪽 눈을 윙크하듯 찡긋거리는 건 버릇인가 보았다.

잠시 후에 그 젊은 장교 뒤를 따라 여러 명이 들어와 방 주인에게 경례를 했다. 그 중에는 붉은색이 도는 머리카락의 여군도 끼여 있었다. 서양 인형처럼 눈이 크고 코가 오똑했다. 첫눈에도 놀랄 만한 미인이었다. 저런 여자가 군인이 되어 전쟁터에 나왔다는 건 믿기지 않는 일이었다. 넓은 실내의 창문께로 긴 책상이 세 개 잇대어져 있어 거기에 마주 보며 여섯 개의 의자가 각각 놓여졌다. 새로 들어선 군인들이 제가끔 의자를 차지하고 앉자 방 주인 장교도 책상 가까운 창켠 의자에 앉았다. 젊은 장교가 훈에게 저쪽 빈 공간으로 나오라는 손짓을 하고선 오하 아저씨를 향해 몇 마디 했다.

"이보게, 아까처럼 그걸 놀아 보라고 하네. 맘껏 뽐내 보게."

훈은 이런 자리에선 경쾌한 곡이 어울릴 듯해 아까 연주했던 이탈리아 민요 가운데 순서를 달리해서 건반을 누르기 시작했다. 그들은 박수를 치며 흡족해 했다. 앙콜이 쏟아졌으므로 '라 팔로마'를 연주하자 군인들도 이따금씩 가사를 붙여 노래로 따라 부르기도 했다. 박수가 끝나자 얼굴이 붉은 방 주인 장교가 큰 소리로 말했다. 오하 아저씨가 훈의 곁으로 달려와, 저 장교가 러시아 노래도 아는 게 있느냐고 묻네 했다. 훈은 얼른 일본 젊은이들 사이에도 유행했던 '카츄샤'가 떠올랐다. 잘 해낼 수 있을까? 잠시 망설이다가 시작했는데 그들이 환호성을 지르는 걸 보고는 당황해서 잠시 헷갈렸다. 저런, '볼가강의 뱃노래'를 택했어야 하는 건데…… 그런 후회가 일면서 손가락이 무춤했다. 좌중은 흥이 고조되던 참에 멜로디가 끊어졌으므로 실망스런 내색이 스쳤으나 그래도 책상을 치고 박수를 보냈다. 격려의 뜻이리라. 훈이 마음을 가다듬고 저네들 민요 첫 소절을 생각해냈다.

그 곡이 시작되자 얼굴 붉은 장교가 자기 자리로 돌아가 전화 다이얼을 돌려대는 게 곁눈질로 보였다. 노래가 끝났을 때, 장교는 훈에게로 시선을 준 채 수화기에다 대고 여전히 말하다가는 자기 곁으로 오라고 손짓을 했다. 손바닥을 위로 두어 번 끄떡였지만 훈이 못 알아듣자 수화기에서 입을 떼고는 오하 아저씨를 향해 말했다. 다시 한 번 키라는 말이네—아저씨가 소리쳤다. 훈이 다시 연주를 계속하자 큰 덩치의 장교는 수화기를 들고 훈의 곁으로 와서 왼쪽 팔로는 어깨를 감싸 안으며 수화기를 아코디언 앞에 갖다 대었다. 잠시 후에 그는 훈의 연주를 막으며 자리에 가 앉으라고 한 후 전화 상대방과 몇 마디 얘기를 더했다.

이때는 아마 오후 다섯 시는 지났을 터였다. 얼마 후 둘은 젊은 장교의 안내를 받아 다른 방으로 들어서게 되었는데, 거긴 이미 20여 명의 제복들이 모여 있었다. 식당인가 보았다. 한 켠으로 넓은 빈 공간을 만들었고, 길다란 식탁으로는 병사들이 술과 음식을 차리고 있는 중이었다. 아하, 영화에서 본 바대로 이네들이 파티를 벌이려는 것으로 짐작되었다. 다른 벽면으로도 의자가 띄엄띄엄 놓여 있어서 젊은 장교는 둘을 의자에 앉도록 권했다.

음식상이 차려지고, 30명 가까운 군인들이 좌정한 자리 한 켠에 오하 아저씨와 훈도 나란히 앉았다. 야채가 나오고 수프가 앞앞에 놓여졌다. 바구니에 흰빵이 가득 담겨 있어서 훈은 맛있게 빵을 뜯어 먹었다. 쇠고기 스테이크도 나왔다.

"이렇게 제대로 된 러시아 음식을 먹어 본 게 언제였던가?"

오하 아저씨가 감개 무량해서 속삭였다. 술잔에 술이 채워졌으나 훈은 입에 대지 않았다. 그때, 아까 훈이 감탄해 마지않았던 여군이 그의 곁으로 다가왔다. 그녀 말고도 다른 여군이 서너 명 더 보였으나 그녀는 잠시 시야에 벗어나 있었더랬다. 가까이 와선 웃음을 머금고 손을 내밀었다. 얼떨결에 손을 맞잡았다. 무슨 말인가를 하고는 악보 두 장을 내밀었다. 영문을 몰라 오하 아저씨한테로 눈길을 돌리자 그녀가 다시 차근차근하게 말하기 시작했다. 눈만 큰 게 아니라 속눈썹이 길쑴하고 피부가 분가루가 떨어질 것처럼 뽀얬다. 역시 가죽 벨트를 어깨걸이로 걸었는데, 스커트가 허리의 조인 데서 하체로 펑퍼짐하게 퍼져 나간 부위가 압도적이었다. 팔을 내젓거나 몸을 틀 때마다 강한 향수 내음이 풍겨났다. 그녀는 다시 빙그레 미소를 보내고는 제자리로 돌아갔다.

"히야, 자네한테 썩 호감을 보이는데? 그 여자 이름이 나딸리야라 했네. 나타샤라 불러도 좋고…… 저네들은 같은 이름을 귀엽게 부른다고 달리 쓰기도 하거든. 하여간에 자네 재주에 쏙 빠졌다는 거며, 그래서 이걸 챙겨 왔다는 게야. 하나는 아까 자네가 켜다가 그만둔 노래라 하고 다른 하나는…… 뭐라고 들었는데 잊어버렸네. 말인즉, 나중에 다시 아코디언을 켤 기회가 있을 터인데 그때 도움이 될 거라는군."

장황한 설명이 끝났다. 둘의 모습을 옆의 군인이 보고 있다가 악보를 보자고 했다. 그의 입에선 '스쩬까라진' 또 뭐뭐란 말이 똑똑히 발음되었다. 그제서야 훈이 악보를 받아 한 소절을 흥얼거려 보았더니 앞의 것은 귀에 익은 곡들이었다.

식사가 끝나고 난 뒤, 훈의 아코디언 연주에 따라 군인들은 술을 마시고 춤을 췄다. 오하 아저씨가 옆에서 악보를 펴들어 주어 두 곡을 거푸 연주할 때는 모두들 일어나 두 줄로 늘어서서 질서 있게 춤을 추었으므로 무도회장이 되어 버렸다. 반 가까운 숫자는 나중에 술로 걸음이 어지러울 지경이었다. 나타샤가 붉은 얼굴의 장교와 짝이 되어 블루스를 추면서 훈 앞을 지나갔다. 등이 가려 훈의 얼굴을 볼 수가 없게 되었으므로 엇나갈 때 고개를 내밀어 예의 흰 이빨이 드러나게 방긋 웃었다. 훈은 화답해 주고 싶은 열의가 솟았으나 그건 마음뿐이었다. 훈이 요한 스트라우스의 곡으로 바꾸자 여군 네 명이 나와서 제가끔 장교와 짝을 짓고는 우아한 스텝을 밟아 나갔다. 훈은 일순이나마 문명인, 혹은 문명 세계를 접했다는 경이감에 사로잡히기까지 했다.

아홉 시 반쯤이 되어서야 파티는 끝났다. 군인들이 취한 걸음으로 뿔뿔이 나서고 있는 와중에 둘을 이리로 데리고 왔던 젊은 장교가 초록빛 군대 행낭 하나씩을 선물로 주었다. 훈의 것이 훨씬 불룩하고 무거웠다.

바깥으로 나오자 젊은 장교가 아까 타고 왔던 차량에 타게 했다. 운전병에게 집까지 잘 데려다 주라는 명령을 내렸을 것이다. 훈은 나타샤라는 여군을 한 번 더 볼 수 있을까 기대했었지만 연회가 끝나고선 어디론가 가 버렸다. 불룩했던 앞가슴, 희뿌얀 목덜미는 한여름 밤의 꿈이었을 따름이다. 영문을 나서서 나카지마조오에 이르는 도로변은 초지가 이어지며 어둑했다. 군용차는 삼거리에서 오른쪽으로 꺾여 혼도리로 들어섰다. 이따금씩 순찰병인가, 두 명씩 짝지은 군인의 모습이 눈에 띄었지만 행인은 아무도 없었다. 조선 부락으로 들어서는 골목 입구에서 둘은 차를 내렸다. 훈은 여직 흥분이 가시지 않았다. 행낭이 무겁기도 해서 아저씨에게 잠시 자기 집에 들렀다 가시라 했다. 아저씨는 순순히 응했다.

어머니에게 대강의 전말만 들려주고선 행낭의 것을 쏟아내 보았

다. 군용 담요 2장, 담배 두 보루, 종이에 싼 쇠고기덩이, 그리고 각
종 통조림이 일고여덟 개 들어 있었다. 오하 아저씨가 머쓱해 하는
표정이었으므로 거긴 뭐뭐가 들어 있는지 보라고 했더니, 아저씨 행
낭에도 담요와 담배가 각각 하나씩, 그리고 통조림이 큰 것 하나와
작은 것 2개가 나왔다. 훈은 작은 통조림 2개를 나눠 주고, 내일 쇠
고기도 나눠서 보내 드리겠노라는 말을 했다.

　오하 아저씨가 돌아가고 난 뒤, 박씨는 가지고 온 물건들을 다시
꼼꼼히 챙겼다. 이건 뭐라는 거냐? 생선 그림이 있는 건 알겠고……
응, 이건 생선알인가 보다. 명란젓 같은 걸까? 이 큰 건 아무런 딱지
도 붙어 있지 않으니 알 도리가 있나? 어떻거나 귀한 물건들이다. 담
요만 해도…… 꽤 값이 나가겠지? 그 아저씨가 옆에 있어서 의짓대
가 된 게다. 어머니가 군말을 늘어놓는 동안 훈은 지나간 시간들의
토막토막 영상이 뇌리를 스쳐 갔다. 그녀의 향기에 생각이 미치면 가
슴이 후끈했다. 이러노라고 자정 시간을 넘겼다.

　이튿날 땅거미가 내릴 무렵에 두 명의 군인이 훈의 집 문짝을 두드
렸다. 건넌방에서 인기척을 듣고 훈이 밀창문을 열었다. 밖에 서 있
던 군인 중에 얼굴에 주근깨가 눌러붙었으며 나이가 어려 보이는 군
인이 한 걸음 나서며 아코디언을 보자고 했다. 훈은 직감적으로 녀석
들이 그걸 탐해서 나타났다는 걸 알아차렸다. 그 군인은 어딘가 얼굴
이 천해 보였고 군복은 물론이려니와 긴 가죽 장화가 딱해 보일 만큼
헤어진 걸 신고 있었다. 무엇 때문에 그러느냐며, 그럴 수 없다고 뻗
댔으나 말이 통하지 않았다. 녀석은 무작정으로 그걸 내보이라고 손
짓을 했다. 훈이 게다를 신으며 말이 통하는 오하 아저씨를 불러 오
겠다고 이웃집을 가리켜 보이며 납득시키려 애를 썼다. 그가 문 밖으
로 발을 내디디려 하자, 다른 한 명의 군인이 총을 어깨에서 풀어 겨
누었다. 그때까지 바깥방에서 이 광경을 보고 있던 박씨가 놀라서 뛰

284

쳐나왔다.

"시키는 대로 해라. 동식이 꼴 돗 봤냐? 그게 뭐라구…… 나중에 도로 찾을 길이 있을 게다."

"어머니는 들어가 계세요."

훈이 어머니의 등을 떠밀어 들어가게 한 다음, 주근깨한테 사정을 했다.

"아코디언은 해군의 높은 장교가 또 찾을 거요. 물건이 필요하다면 내 시계를 주겠어요."

그는 아코디언을 키는 시늉을 하고 손을 내저은 다음에, 왼 팔목을 가리키면서 그걸 주겠다고 흥정을 했다. 주근깨는 고집스런 얼굴로 안 된다며 자기네들은 단지 그것만 요구한다고 떠들었다. 오하 아저씨라도 불러 올 수 있다면…… 어머니도 이심 전심이었던지, 내가 아저씨를 데려올 게 하면서 일어서자 군인의 총구가 그쪽으로 향하며 안 된다고 소리쳤다. 빨리 안 내놓으면 쏘겠다고 방아쇠에 손가락을 걸기까지 했다.

박씨는 하얗게 질려 다리를 와들와들 떨었다. 어머니의 그런 모습을 보자 훈은 체념해 버렸다. 일단은 내주어서 위기를 모면하고 볼 일이었다. 오하 아저씨와 해군 사령부를 찾아가 사정을 하면, 그들이 나서서 되찾아 줄 게 아닌가. 훈은 제 방으로 들어가 아코디언을 가지고 나왔다. 주근깨는 그걸 받아들면서 기쁨을 숨김없이 드러냈다. 몸을 돌리기 전에 몇 마디 말을 했지만 알아들을 수가 없는 노릇이었다. 그들이 문 밖으로 나간 뒤에 훈이 집 앞으로 나가 보았다. 놈들은 바쁘지 않은 걸음으로 골목길을 벗어나 한 번 뒤를 흘낏 뒤돌아보고는 곧장 다리께로 사라져 갔다.

훈은 그들의 모습이 보이지 않자 한 달음에 오하 아저씨네로 뛰어 갔다. 오하 아저씨는 자초 지종을 듣자 그 사단이 자기 탓이거니 해서인지 여간 낭패해 하지 않았다.

"그 악기가 값진 것 아니냐? 이런 천하 무도의 도둑놈들."

"수 년 전에 오백 원을 주고 샀더랬어요. 돈도 돈이지만 이젠 구하기도 어려운걸요. 무슨 방도가 없을까요?"

오하 아저씨는 작은 눈매를 더 가늘게 좁혔다. 꾀를 궁리하느라 그럴 것이다. 아주머니가 옆에서 듣고 있다가 참견을 했다.

"영감이 나서서 그걸 내보이게 했다면서? 호사 다마라고…… 쌀이 공으로 생겼다 했더니 그만한 값을 톡톡히 치르고 말았지 뭐요? 재주껏 찾아 주구려."

"그런 줄 누가 알았느냐 말야." 오하 아저씨는 입을 쩍쩍 다시곤 담배를 말기 시작했다. "낭패로군. 오늘은 어차피 틀렸구, 내일 함께 가미 에스토르로 가보세. 그 양반들을 만날 수 있다면 되찾기가 어렵지 않을 것 같으니."

"그 고급 장교들이 우릴 만나 줄까요? 이름도 직책도 모르시잖아요?"

"다 모르는 건 아니지. 우릴 데리고 갔던 장교나, 그 여자 군인 이름은 알고 있거든. 어떻든 내일 찾아가도록 하세."

오하 아저씨는 말은 그렇게 하면서도 아주 자신이 없는 목소리였다. 이름만 대고 면회가 성사될는지, 또 정문의 위병이 많은 장교들 가운데 그 한 사람을 꼭 찾아서 연락을 해줄까도 의문이었다.

둘이서 이튿날 해군 지휘부를 찾아갔지만 오하 아저씨의 말이 서툰 탓인지 정문의 위병은 가당치 않다는 표정을 짓곤 상대조차 하려 들지 않았다. 물론 전전날에 그들이 통과했을 때의 위병도 아닐 것이었다. 아코디언이란 말과, 높은 사람을 뜻하는 손짓만으로는 그들이 관심을 가져 줄 턱이 없었다. 드미트리, 나타샤를 들먹여도 가소롭다는 듯이 웃기만 했다.

낫과 망치가 도안이 된 붉은 기가 연병장 게양대에서 펄럭였다. 정문 벽에는 거리에서 본 소련군 당국의 벽보가 잔뜩 나붙어 있었다. 총

286

을 든 소비에트 군대와 곡괭이를 든 젊은 농군이 나란히 그려진 포스터 밑에 낯선 문자가 구호를 외쳐대는 양했다. 건물의 벽면에는 펄럭이는 적기(赤旗)를 배경으로 미소를 띠는 듯한 스탈린의 반신상이 커다랗게 걸려 눈길을 끌었다. 그것은 병영내에 울리는 힘찬 군가와 썩 어울렸다. 차량이 분주하게 오가고 그때마다 위병이 경례를 부치든지, 다가가 검문을 하기 때문에 더 이상 말을 붙여 보기가 어려웠다.

"아저씨, 장교를 만나기는 가망이 없을 듯싶습니다."

훈이 딱한 마음에 돌아가자고 한 말이었다.

"그렇다고 헛걸음할 수야 없잖은가? 이렇게 기다리고 있으면 저쪽에서 알아볼 수도 있겠지. 기다려 보세."

"글쎄요. 그런 데에 신경을 써 줄 만큼 한가할 것 같진 않습니다."

"모를 일이지."

둘이 이렇게 얘기를 나누고 있을 때 이들을 상대해 주었던 위병이 얼씬거리지 말고 떠나라고 했다. 길 건너편에 가서 서 있었지만 그는 한껏 눈을 부라리며 아예 돌아가라고 고함을 쳤다. 그 서슬에 둘은 병영을 등질 수밖에 없었다.

"기회를 보세. 어쩌면 시내 같은 데서 마주칠 수도 있을 테니."

훈은 오하 아저씨가 미안해서 하는 말이려니 하고 건성으로 들었다. 사실, 이후에 그 장교를 만날지라도 그 얼굴이 그 얼굴 같아서 식별이 가능할까도 미심쩍었다. 다만 나타샤라는 그 여군이라면 알아볼 수 있으리라. 그녀가 장교인지, 또 군복 색깔이 달랐으니만큼 해군 소속인지 그것조차 불분명했으나.

조선 부락으로 돌아오자 훈은 아저씨와는 헤어져 동식의 집으로 갔다. 총상이 어떤가도 궁금했지만 울적한 심정으로 집에 들어가고 싶은 마음이 없었다. 동식은 조금 전에 병원에서 항생제 주사를 맞고 돌아온 참이라고 했다. 왼팔 전체가 욱신거리고 열이 받친다면서 울상을 지었으므로 자신의 액운을 꺼내기가 어줍잖았다.

"그 고바야시 선생님, 어지간히도 상처 부위를 꼼꼼히 소독해 주더라. 여름철이어서 곪을 우려가 있다고 걱정을 해주면서 말이야. 덧나기라도 한다면 오래 간대. 오늘 치료비도 못 가져 갔는데, 이 다음에 한꺼번에 계산해도 좋다고 하잖겠어?"

"그런 의사가 있다는 게 얼마나 다행한 일이냐?"

"그렇고 말고. 젠장, 이런 일이 생길 줄 알았다면 목욕이라도 깨끗이 해두는 건데. 간호부가 붕대를 풀 땐 얼굴이 화끈거리더라구." 울상을 짓던 얼굴을 잠시 펴며 낄낄거렸다. "참, 소련군들이 일본인을 속속 잡아들인대더라. 누구 누구인지는 몰라도—하긴 대강은 알만하지. 헌병 새끼들, 고관 나리, 못된 짓거리를 했던 쪽바리들이겠지. 고소하지 않아? 생똥을 싸게 될걸."

훈은 잠시 사노의 얼굴이 떠올랐다. 놈은 위세를 부린 산림계원인데다 부자였다. 소련군들도 나름대로의 정보망을 가지고 있을 것이었다. 사노놈이 그 굴레를 벗어날 것 같진 않았다. 이 에스토르 바닥에 있는 한..

훈이 동식의 방 문턱에 줄곧 걸터앉아 있었음에도 다카코의 얼굴은 보이지 않았다. 코가 석 자나 빠져 구들목 지키는 신세가 되어 있겠지. 동식이와는 돌아온 마을 사람들의 얘기로 화제를 바꿨다. 일어날 즈음에 훈은 아코디언 얘기를 했다. 그는 자신의 우환은 젖혀 두고 갑자기 노기를 띠었다.

"씨팔, 저놈들은 제국 황군보다 더 무지막지한 것 아냐? 순 날강도라니까. 제 물건 맡겨 놓은 듯이 내놓으란다고? 이러다가 어디까지 가게 될까?"

"종전 초기에는 으레 그러게 마련이라고 하니까 두고 봐야지."

"싹수가 노래. 누굴 잡고 하소연이라도 해볼 데가 없으니…… 그래도 일본놈들 밑에선 법대로 한댔으니 기대 볼 언덕이나 있었지. 지금 법이 어디 있어?"

288

동식의 울분은 좀체 누그러들 기색이 아니었다.

"그렇게 흥분하지 말아. 상처에 해로울 테니…… 다들 피해자가 되고 있어. 죽은 사람을 생각해 봐. 이 정도는 액땜을 한 거라고 넘겨버려야지."

팔을 싸매고 있는 친구한테 이런 말이 무슨 도움이 될 것인가? 훈은 자기의 음성이 공명통(共鳴桶)에서 되울려 오는 것처럼 자신에게도 공허하게 들렸다.

그달이 지날 무렵에 소련군에 의해 일본인 검속이 속속 진행되고 있다는 소문이 접해졌다. 민간인을 가장하고 숨은 헌병, 경찰, 악질 분자를 색출하여 체포한다고 하는데, 그 중에서도 투항한 군 부대에서 이탈한 자를 가려내는 데 우선한다는 것이었다. 이제야 알려졌지만 가라후도 장관이나 헌병 대장 등 고위층들은 항복이 있기 전에 이미 비행기로 도망가 버렸다고 했다.

오하 아저씨는 행여나 그 키 큰 하사를 만날 수 있을까 해서 군화 발자국 소리만 들려도 고개를 내밀곤 하는가 보았다. 자기에게 호의를 베풀어 준 탓에 훈의 아코디언 문제를 부탁하기 위함에서이리라. 그 군인이라면 돼먹잖은 하급 병졸의 파렴치한 강탈을 모른 체하진 않을 것 같은가 보았다. 악기에 전혀 책임이 없다고는 할 수 없을 테니까. 오하 아저씨가 이런 생각을 하고 있었음에도 그 하사는 다른 곳으로 배속되어 갔는지 전혀 모습을 볼 수가 없었다.

그 대신 연해주 출신이라는 한 조선인 소련군이 조선 부락에 나타났다. 나이는 30대 초반임직한 그는 조선말이 서툴어 흡사 오하 아저씨가 러시아어를 하는 정도로 떠듬거렸다. 그래도 그가 조선 사람이라고 자기를 내세웠을 때 부락 사람의 반가움은 이루 말할 수 없었다. 자기의 이름은 이고르라 했다. 노인들이 조선의 성이 뭐냐고 묻자 '텬'이라고 발음했다. 사람들이 잘 알아듣지 못했으므로 오하 아저씨가 나서서 흙바닥에 온전 전(全) 자와 밭 전(田) 자를 써 보이며 이런 성이 아니냐고 물었으나 그는 고개를 갸웃둥하며 웃기만 했다. 혹시 일천 천(千) 자일 수도 있겠다 싶어 마을 사람들은 그를 '천선생'이라 불렀다.

　이고르는 처음에 조선 부락에 들려서 자기 소개를 하고 간 후 두 번을 더 찾아왔다. 그때마다 사람들이 불러들여 밥상머리에 앉게 했지만 뜻밖에도 조선 음식엔 익숙치 않은 것 같았다. 젓가락질은 아주 부실해서 김치 한 가닥 건져 올리기를 어려워했고, 김치를 입에 넣고는 맵다고 우거지상을 지었다. 어디서 태어났어요? 집에선 조선 음식을 해먹지 않았단 말이오? 부모가 있소? 아버지, 어머니가 살아 계시냐는 뜻이오. 노인네들이 궁금해서 물어댔다. 둘러앉은 사람들이 무슨 말을 들을 수 있을까 해서 목을 뺐다. 대충 정리해서 들은 말로는 그는 오래 전에 시베리아로 이주해 온 이주민 3세라 했다. 지명을 어디라고 댔는데 알 길이 없고 추운 북쪽이란 것만 눈치챌 수가 있었다. 아버지는 일찍 죽은 모양이었고, 그래서 자기도 일찌감치 군에 입대했다는 것이었다. 에스토르에 진주한 군인 중에 또 조선인이 있느냐고 묻자, 자기가 아는 바로는 한 사람이 있지만, 그는 하마시가 이에 있어서 이곳으로 나오긴 어려울 거라고 했다. 가끔 함경도의 억센 사투리가 섞여 나와서 그나마의 조선말도 알아듣기가 어려웠다.

　그가 돌아간 후에 늙스구레한 이들은 흉을 보느라고 한때 품었던 반가움을 스스로 반감시켰다.

　"순 쌍놈이던가? 아니면 소련 땅이란 게 그런 데란 말인가? 제 성도 제대로 모른다니. 아무렴 애비란 작자가 본관도 가르쳐 주지 않았던가 보다. 그래서는 조선 사람이 아니지. 우리도 창씨 개명을 해서 성명 삼 자를 버렸다지만 저저끔 제 본색 표시는 내고 있거든. 보라구, 저 하리모토(張本)는 장씨임을, 그리고 미야키(宮本)도 전주 이씨란 걸 나타내 주고 있잖나? 턴이 뭐야, 설령 그렇게 부른다 해도 한

290

자로 어떻게 쓰는 줄은 알고 있어야지."

"보니까 골상만 조선 사람 같지…… 된장 냄새도 마다하고, 김치가닥에도 어정쩡하잖아요? 조선 사람이 어디 가 있대도 된장, 김치 안 먹고 살겠어요? 하긴 우리도 일본놈 앞에선 김치 먹은 입을 봉하며 살아왔으니 막말을 못하겠네요."

"그래도 그런 게 아니오. 어린애도 아니고…… 그 나이에 아무렴 우리말을 그렇게도 잊어먹는단 갈이오? 보아하니 편모 슬하에서 본데없이 자란 탓이겠지. 어른 앞에서 예의란 것도 모르는 것하며…… 그놈, 처음에는 꼭 원숭이를 대하듯 했잖으냐 말이야."

"꼭 나쁘게만 생각할 일이 아니오. 깜냥으로는 반색하는 기색이 보입디다. 핏줄이 같은데 왜 안 그러겠어요. 두고 보시오. 그런 군인이 한 사람쯤 있어서 도움이 될는지 모르니…… 찬찬히 뜯어보니까 성미가 차분하고, 순실한 사람인 것 같아요. 원체 낯설어 서먹해진 탓일 거요."

"글쎄, 두고 볼 일이지."

말이 조금만 잘 통한다면 얼마나 좋을 것인가. 부락에선 밀어닥치는 격랑에 휘몰리면서 알고자 하는 게 너무나 많았다. 앞으로 세상이 어떻게 될까? 일거리는? 배급은? 그리고 무엇보다 언제쯤 조선 사람들을 조선 땅으로 돌아가게 해줄 것인가.

이런 어느 날, 어디론가 사라져 버렸다고 알았던 터에 뒤늦게 조선 부락으로 돌아왔다는 박용한 씨가 훈의 집을 찾아왔다. 그는 산뜻한 여름 남방 셔츠 위에 양복과 파나마 모자까지 써서 여전히 신수가 괜찮은 듯했다. 박씨가 기쁜 내색으로,

"아이구, 초카이기인 어른이 웬일이십니까? 오래 뵙지 못했는데…… 이리로 올라오시지요."

하고 바깥방에 오르길 권했다.

그는 모자를 벗어들며 박씨가 가리키는 자리에 걸터앉았다. 훈도

건넌방에서 기척을 듣고 나와서 공손하게 인사를 했다.

"별일 없으셨죠? 아주머니도." 박용한 씨는 민망스럽다는 듯 얕은 너털웃음을 지었다. "이젠 의원이 아닙니다. 행여 그렇게 부르지 마십시오. 보시는 바와 같이 소비에트 나라로 바뀌었단 말입니다."

훈이 인사말 삼아 근황을 물었다.

"어르신 댁엔 다들 평안하시죠? 걱정이 되었습니다만."

"두고 볼 일이지. 내가 의원이었대서 문제삼을 수도 있겠으나 우선 당장엔 점령군들도 협력자를 필요로 하고 있으니까…… 아무렴, 잘될걸세. 왠고 하니, 하마시가이에 친하게 지내 왔던 친구가 있는데, 그 사람은 옛날 연해주에서 백계군 장교를 지낸 터여서 저네들 말에 능통하거든. 자네만 알고 있게. 그 사람은 혁명 후에 이쪽으로 쫓겨 건너온 사람이라네. 벌써 이십여 년 전의 일이니까 새삼 그런 걸 따지지는 않겠지. 하여간에 그 사람이 소련군과 연줄을 갖기 시작했어."

역시 폭이 넓은 위인이구나 싶었다. 세상이 뒤바뀐 지금에 이르러서도 어느 한 구석이 위축되었다거나 근심스런 빛이 접해지지 않았다. 훈이 그 사이에 일어났던 일을 대충 얘기해 주었는데 그 대개는 듣고 있었던 모양이었다. 그 사이 어디에 가 있었던가에 대해선 말이 없었다. 그의 집이 마스라조오내에서도 일본인 거주지 쪽에 가까이 있는 탓에 조선 부락과는 소원하게 지내던 터였다. 훈은 아코디언 얘기는 빼놓고 동식의 우환을 두고 장황하게 설명했다.

"그만쯤 된 것도 불행 중 다행일세. 목숨보다 귀한 게 어디 있겠나?"

"참, 형님이 귀국한 건 알고 계시죠?"

"알다마다."

대화가 잠시 끊어졌다. 박용한 씨는 무슨 생각에 잠긴 듯 다다밋방에 걸터앉은 채 구두 끝을 바라보기만 했다. 과묵한 훈이 입을 열밖에 없었다.

"천황의 항복 방송이 있던 날이었지요? 저 앞이 대단했더랬습니다. 소나기가 퍼붓는데 피란 가는 일본인들이 울고불며 떠밀려 내려갔으니까요. 우리 부락에서도 길을 나섰다가 되돌아온 집이 있습니다."

박용한 씨는 알 만하다고 고개를 끄덕였다.

"그 비가 패망한 일본인의 눈물이라네. 그럴 만도 하지…… 원래 이 땅이 러시아 것이었거든. 자넨 보지 못했나? 그때 빗물이 빨갛지 않던가?"

"……?"

"빨갛다는 뜻을 모르겠는가? 원래의 주인을 맞아들이게 되었으니 소비에트의 붉은 빗물이 될 수밖에."

아, 이 양반이 이렇듯 유연한가? 제국하에선 명색이 시의원이었던 신분이 이처럼 순식간에 표변할 수가 있다니. 훈은 복잡한 심경에 사로잡혀 그를 흘끔 바라보았다. 그 겉모습에서 속 깊은 내면을 읽어내기는 미상불 어려운 일이었다.

3

조선인 부락에선 식량이 바닥난 집이 적지 않아 쉬 배급이 나오지 않으면 지레 앉아서 죽을 판이라는 푸념이 늘어 갔다. 소련군 당국에 의해 민정서(民政署)가 조직되었으니 배급이 있을 거라는 말만 돌았다. 그에 발이라도 맞춘 듯이 대륙으로부터 소련 민간인이 속속 들어온다는 거며, 그들 사이에 조선인도 섞여 있다는 소문이 들렸다.

박씨는 이웃집에서 양식 걱정을 할 때마다 천정 다락에 쌓아 놓은 쌀 포대를 생각했고, 어쩌면 쌀 걱정을 하는 저네들도 어딘가에 먹을거리를 숨겨 두고는 능청을 떠는 거려니 하는 쪽으로 마음을 다잡았다. 그렇지 않고서는 편하게 이웃을 대면할 수가 없는 노릇이니까.

시내에는 내지로 건너가지 못해 돌아온 일본인들이 거의 제 집을 찾아든 시점이었다. 그들이 난장판이 된 집 안과 맞닥뜨리고선 낙심할 정황이 눈에 선했다. 문짝은 뜯겨져 나뒹굴고 변변한 다다미는 걷어가 버려 잠자리조차 서글플 게다. 쓸 만한 세간살이라곤 남아 있지 않는 집이 적지 않을 것이다. 호강을 누렸댔으니 제놈들도 옹색한 꼴을 당해 봐야지. 조선 부락 사람들이 짐짓 고소하게 여기고자 했으나, 여느 때는 그런 게 있는지조차 몰랐던 양심이란 것이 이런 땐 객쩍게 꿈틀거리며 솟아올라서 조금쯤은 무안스러워지기도 했다.

9월 중순이 될 무렵까지 귀환하지 않은 일본인 집은 사분의 일쯤이 된 듯했다. 그 동안에도 가옥이 남루했던 조선 사람들이 빈 일본인 집을 차지하고 앉았다가 주인이 돌아온 바람에 집을 내어 준 경우가 있는가 하면, 이맘때까지 돌아오지 않았으면 귀환할 가망이 없다 싶어 냉큼 자기 집으로 삼는 가구도 심심찮게 생겨났다. 이런 걸 보는 일본인들의 눈이 고울 리가 없을 테지만 주눅이 들 대로 든 그들인지라 남의 일에 나서서 경우를 따지려 들지는 않았다.

돌아온 일본인들에 의해 도시가 예전대로 조금씩 제 모습을 찾아가고 있었다. 영업집이 문을 여는가 싶자, 조그만 소규모의 생산업체들이 일을 하기 시작했다. 왕자제지는 상층 경영진 간부들이 잠적해 버려 조업이 이루어지지 않지만 소련 당국의 점령지 행정 시책에 따라 금명간 정상 가동이 이루어질 듯한 조짐을 보였다.

그런 어느 날이었다. 청부업에서 손을 놓아 바쁠 일이 없을 듯해도 조선 부락에선 자주 얼굴을 마주칠 수가 없었던 박용한 씨가 훈을 찾아왔다. 아침에 어디엔가 출타하는 길에 들른 것이리라. 웃을 때면 둥그스름하고 붉은 얼굴 어딘가에 소년티가 배어나는 그 표정은 예나 다름이 없었다.

"내 긴히 할 얘기가 있어 자네를 찾았네. 무슨 얘긴고 하니, 지금 우리는 점령군 치하에 있다는 말일세. 내가 그들의 신임을 사서 중책을 맡게 되었지. 일본의 패전으로 엉망이 되어 버린 치안을 바로잡고, 에 또, 일본 제국주의의 앞잡이 노릇을 했거나 우리 조선인을 무도하게 박해했던 자들을 처벌하는 일에 협조하게 되었다는 말이네. 이런 일을 하기 위해 인민경찰대가 피압박 민족이었던 조선인으로 조직하기에 이르렀다네. 우리말로는 민경(民警)이라고 생각하면 될 걸세.” 탁용한 씨는 잠시 말을 끊고 훈의 반응을 떠볼 속셈인지 가만히 쳐다보았다. “자네도 아다시피 우리 부락에서 배운 사람이 많지 않네. 손꼽아 봐야 상점 회계일을 보았던 신지로군(君)이나 몇뿐일세. 가오루, 아니지. 이 젠 그따위 일본 이름은 필요가 없어졌네. 자넨 조선 이름대로 훈이라 불러야 마땅하지. 어떤가? 나와 함께 일해 보지 않겠는가?”

느닷없는 제의였다. 감으로 느끼기엔 순사가 되라는 말이 아닌가? 내가 그런 일을 할 수 있을까?

“어르신 말씀이어서 거역하기가 어렵습니다만, 그런 분야엔 전혀 생소해서요. 잘 아시지 않습니까? 저는 전기 선이나 만지고, 재주라 해봤자 음악을 좋아하는 것뿐이니까 어떻게 그런 일을 맡겠습니까?”

“알겠네. 자넨 심성이 고우니까 사람을 잡아들이고 닦달하는 건 적 성에 맞지 않을 것이네. 그런 걱정은 하지 않아도 좋아. 우리는 민경 이라 하지만 사법권은 없어. 체포, 구금은 모두 루스케들이 맡아 할 테니까. 그저 경계나 서고, 이곳 물정에 밝지 않은 붉은 군대를 도우 는 일만 하면 되네.”

“글쎄요. 전 회사에 매인 몸이기도 하고……..”

“허, 참 자네두. 이젠 세상이 여지 없이 뒤바뀌었다는 걸 모르나? 봉급이며 배급 때문에 목줄을 죄는 시대는 지났네. 회사가 문을 열어 도 돈 찾기는 글렀단 말이네. 자네가 어찌 혁명 정신을 알까만……. 그래도 일본인 악질 분자가 밉지 않는가? 그놈들을 찾아내 응징해야 할 게 아닌가? 또, 해방되던 무렵에 그 난동을 치러냈는데, 당면의 문제는 너나없이 나서서 치안을 바로잡는 게 시급한 사안이 되었네.

자네 같은 젊은이가 당연히 나서 줘야지."

훈은 박용한 씨의 말을 듣고 있는 동안에 문득 사노의 얼굴이 떠올랐다. 갑자기 피가 얼굴로 치솟는 듯했다. 놈을 내 손으로 죽일 수는 없다 하더라도 거리에 활보치게 해서는 안 된다. 어떻든 잡아다가 유치장에 처넣어야 할 일이었다. 그는 당장에 임금은 지불할 처지가 아니지만 젊은이다운 정의감과 의분으로 나서라고 종용했다. 훈은 쉽게 마음을 바꾸었다.

"어르신이 모처럼 당부하시니 그저 어르신을 따르겠습니다. 그런데 도오쇼쿠를, 참 동식이도 함께 일할 순 없을까요? 아시다시피 눈치도 빠르고 몸이 민첩합니다. 실은 저보다 그 친구가 이런 일에 적격이라고 생각되는데요."

"그렇지. 그 사람도 긴요히 쓰일 거네. 내 그렇게 알고 있겠네. 이쯤 알고, 저녁참에나 내일 또 만나세."

박용한 씨는 만족한 표정을 지으며 일어섰다.

그 일은 빠르게 진척되었다. 이튿날 아침에 박용한 씨가 나타나 곧바로 옷을 챙겨 입고 따라오라고 했다. 어딜 가느냐고 묻자 경찰서로 간다며, 이제부터는 자기가 시키는 대로 따르기만 하라고 말했다. 경찰서로 간다는 건 어쩐지 꺼림칙했으나 이미 각오한 일이었다. 어떤 옷을 입어야 할지 몰라 망설이자 국민복 따윈 집어치우고 평상복 아무 거나 입어도 된다고 했다.

모도마치로 나가는 길에 박용한 씨는 자신이 임시 인민경찰대장직을 맡았노라고 그제서야 말해 주었다. 내가 경찰서장이 되었단 말이네. 인생는 새옹지마라는 말이 있네만, 하여간에 팔자에 없는 소임을 맡게 될밖에 없는 경우도 있거든. 그의 말에는 약간의 자괴심, 또는 자격지심이라고 할, 스스로에 대한 조소를 깔고 있는 듯싶었다.

경찰서 정문에는 으레껏 보였던 일본인 순사나, 그 아니면 붉은 군대는 한 사람도 보이지 않고 면식이 있는 조선인 젊은이 한 사람이

서 있다가 상대를 알아보고 깍듯이 경례를 바쳤다.

복도를 지나면서 박용한 씨는 혼자말처럼 훈에게 말했다.

"가브리엘이 있으려나? 조선인이지만 옛날 이름을 되찾았거든. 언젠가 말했던 하마시가이의 친구 말일세. 러시아어를 한다는…… 내 통역 일을 맡고 있으니 그 사람부터 인사를 해두세."

어느 사무실 문을 밀치고 들어갔을 때, 한 중년 사내가 큰 책상을 마주하고 앉아 있다가 일어섰으므로 박용한 씨는 그와 악수를 나누었다. 그리고는 훈을 인사시키며 잘 지도해 달라는 당부를 하고는 문을 나섰다. 가브리엘은 면식이 없는 사람이었으나 호인다운 일면이 보여 이내 친숙한 느낌이 들었다. 그는 자기의 의자 옆에 놓인 간이 의자에 앉도록 권했다.

"당신에 대해선 잘 알고 있소. 언젠가 하마시가이에서 공연을 했을 적에 간 적도 있고……. 박선생도 재주가 아까운 청년이라고 찬사를 했지만서도……."

"앞으로 잘 부탁합니다. 말씀을 낮추시고요."

훈이 겸양을 보이며 고개를 숙였다.

"대충 들어서 알고 있겠지만…… 참, 말은 놓겠네. 우린 이제부터 전승국 소련을 위해 일한다는 걸 명심하게. 우리 조직을 러시아 말로는 나로드나야 밀리쯔야라고 부른다네. 책임 장교는 도망병, 순사, 헌병뿐만 아니라 악질 일본인 오야가다도 다 잡아들이라는 거네. 물론 우리 손으로 직접 잡는 건 아닐세. 그런 자를 알아내고 정브를 주면 루스케들이 체포해 오겠지. 오늘은 우선 우리 대원들과 인사나 하고, 보직은 박선생, 보직이라야 별 거일까만 어떻든 그분이 서장이 되었으니까 의논해서 결정하겠네."

가브리엘이란 이름으로 통하는 통역관은 훈을 데리고 다니며 몇 사람과 인사를 시켰다. 신지로라고 불렸던 전씨 말고도 조선 부락 사람으로 이영춘이 있었으며, 시내 쪽에 살았던 조선인들도 대개는 안면이 있거나 인사쯤은 하던 사람들이었다. 훈은 역시 동식이가 옆에 있어 주었으면 하고 간절히 원했다. 그러나 어제 본 바로도 녀석은 팔의 상처가 다 낫지 않아 옷고름 팔걸이 신세를 못 면하고 있었다. 저런 꼬락서니를 하고선 박용한 씨 앞에 세울 수는 없을 듯해 더 이상 부탁을 하지 않았었다.

그날 하루는 경찰서내의 익숙치 않은 냄새로 인해 더욱 이방인이 된 느낌이었다. 기름 냄새가 밴 왕자제지 발전기 부서와 너무 동떨어진, 차고 으스스한 냄새였다. 하루 내내 가브리엘의 옆에서 서성이며 체포의 대상이 되는 명단을 챙기고 정서하는 일로 보냈다.

훈은 지하 유치장으로 향하는 계단을 내려가며 자신의 왼팔에 두른 완장을 한 번 더 내려다보았다. 며칠 전에 소련군 책임 장교의 지시에 따라 붉은 천에 러시아어 종이 자판을 얹어서 흰 페인트를 칠한 민경 완장이었다. 처음에 둘렀을 때는 으쓱해지는 기분이 없지 않았으나 날이 지날수록 어줍잖게 여겨졌다. 길에서 주운 남의 훈장을 가슴에 매단 것처럼 데면데면한가 하면, 자신의 운명을 엉뚱한 곳에 쑤셔 박은 듯한 느낌이 들기도 했다. 그보다 우선 강렬한 붉은색이 불안감으로 신경을 갉았다.

어제부터 유치장 감호 요원의 직책이 주어졌었다. 8시간씩 하루 3교대로 감시조가 편성되었다. 처음에는 지하에 2명이 배치되었다. 날이 갈수록 수감자가 늘어났기에 지금은 4명으로 증가시켰다. 2명은 입구 쪽에, 그리고 다른 2명은 복도를 맡았다.

훈은 새로 입감되는 일본인 틈에 사노가 끼여 있기를 갈망했다. 막상 맞닥뜨린다 해서 어떻게 해보리라고 작정한 것은 없지만, 눈여겨보았음에도 그 특유의 카이젤 수염이 눈에 띄지 않을 때는 마음이 초조했다. 놈이 여기 들어온다면 하루 종일 물 한 모금 마시지 않게 할 수는 있을 게 아닌가. 물을 달라고 애소를 할 때 비웃어 주는 것만으로도 얼마만큼의 보상을 받을 것 같다. 철창 안으로 들어가는 뒷덜미를 나꿔채서 뺨을 두어 대 갈겨 주고 엉덩이를 세게 걷어찬다? 과연 내가 그렇게 할 수 있을까? 이런 생각을 하면 피가 솟구쳐 오르고 주먹이 절로 불끈 쥐어지기도 했으나 정작 실제 상황이 되었을 땐 어떨는지 알 수가 없었다. 마주치게 되는 순간에 자연스레 반응하겠지, 훈은 소극적인 대처로 한 걸음 물러섰다.

유치장엔 나날이 수감자가 불어나고 있었다. 대개가 일본인이었지만 개중에는 조선인도 없지 않았다. 평판이 나빴던 청부업자, 청루를 운영했던 자, 헌병 병조, 그 앞잡이 노릇을 한 하수인 따위였다. 교대자를 올려 보내고 난 후 복도를 따라 철창 안을 들여다보았으나 찾고자 하는 얼굴은 역시 보이지 않았다. 그의 발자국 소리를 듣고 각 감방에서 앉아 있거나 서 있던 수감자들이 규칙대로 열을 지어 서며 차렷 자세를 취했다. 아무래도 민간인보다 제복 차림을 했던 자들이 동작도 빠르고 자세도 엄정했다. 훈이 오히려 그들의 절도 있는 병렬에 기가 질려 대충 둘러보고는 복도 끝으로 되돌아오고 말았다.

저네들이 곧잘 멍텅구리 바보라고 조소했던 조선인들이라면 저렇게 비열해질 수는 없으리라는 생각이 들었다. 비록 따귀를 얻어맞는 한이 있더라도 저처럼 싹싹하게 굴종하는 자세로 표변할 리 만무하지. 원체 규율을 존중했던 만큼 사정이 급전직하하니 역반응을 보이는 것 또한 쪽바리답군. 훈은 전쟁이란 것이 얼마나 큰 변화를 불러일으키며, 패전 국민이란 이유 한 가지만으로도 힘들이지 않고 거꾸로 세워 놓을 수도 있겠다 싶었다.

박용한 씨는 확실히 유능한 데가 있었다. 에스토르 일본 거주자의 면면들을 잘 아는 시내 쪽의 조선인 청년을 가려서 정보원으로 풀어 놓았다. 붉은 완장을 찬 그들이 나타나면 일본인들은 순치된 노예처럼 고분고분하게 군단다. 더러는 제 발이 저려, 이쪽에서 찾고자 하는 인물의 거취를 먼저 알려 주는 자가 적지 않은 모양이었다. 그러

면 이 정보원의 안내를 받아 점령군 무장 군인이 덥썩 덜미를 잡아왔
다.

　훈은 어제 왕자제지 총무과에 들렀던 일을 되새겨 보았다. 그 전부
터 회사 직원들이 회사로 출근하기 시작했다는 걸 듣고는 있었다. 이
미 회사에 사직서를 내기로 결심한 바이지만 왠지 썩 내키는 발걸음
이 아니어서 미루어 오다가 마침내 깨끗이 정리하기로 하고 찾아간
것이다. 총무과 인사 담당은 붉은 완장을 찬 그를 보자 얼굴이 하얗
게 질려 버렸더랬다. 회사의 직원인 줄 모르지 않을 터인데도 어쩐
일로 오셨는가 하면서 쩔쩔매는 시늉을 보였다. 훈으로서도 불필요
한 위압감은 원치 않았기에 아무런 말이 없이 ‘사직원’이라고 겉봉
투에 쓰인 걸 내밀었다. 인사 담당은 이미 저간의 사정을 짐작하고
있었겠지만 너스레를 떨었다. 유능한 직원이 빠져 나가는 건 우리 회
사의 돌이킬 수 없는 손실이라고 재고를 요청하기도 했다. 훈이 완곡
하게 사양한 후, 퇴직에 따른 정산 관계를 문의하자 상대방은 더욱
몸둘 바를 몰라 했다. 지금으로서는 어떤 조치나 금전의 집행이 불가
능하다는 것, 회사가 정상화되면 곧 주거지로 통보가 갈 것이라는
것, 그때까지 관대한 아량으로 기다려 주면 더없이 감사하겠다는 말
을 과장되게 늘어놓았다. 알 만한 일이었다.

　총무과를 나와서 전기 파트에나 들러 보고, 관물함에 있을 작업복
등속을 챙겨 올까 했다가는 귀찮다는 생각이 들었다. 동료의 얼굴을
대면하는 게 서로가 부담스러울 것이었다. 작업복이라 해야 기름때
가 잔뜩 묻은 걸레 조각이나 다름없는 것이고 지까다비 작업화나 각
반도 이젠 쓸모가 없어졌다 싶었다. 더구나 그 판에 박은 듯한 군국
주의 표본인 모자 따위야.

　처음 왕자제지 신입 사원으로 입사할 때의 기꺼워했던 장면이 되
새겨졌다. 발전부 통틀어 조선인으로서 정식 사원 채용은 처음이라
하지 않았던가. 어머니와 형님이 아주 대견스러워했었지.

"네가 돈 써서 공부한 보람이 있다. 이 부락 조선인들이 오지(王子)
에 매달려 밥벌이를 하고 있지만 맨 임시 노무직이 아니냐? 넌 그래
도 기술직원이다. 우리 가족도—그래 봐야 너와 나만 해당되겠지만
배급도 오지 직원 배급소에서 통장 거래로 할 수 있겠지. 두고 봐라.
노무자들이 조선 부락 배급소에서 타는 것과는 천양지차일 게다."

훈은 지금처럼 완장 차는 입장이 되지 않았더라도 회사와는 끝장
을 냈을 거라고 상념하며, 자신의 어느 한 켠에서 고개를 내미는 섭
섭함을 달랬다.

복도 끝에서 감호 보초를 서고 있는 동안에도 네 명의 일본인이 끌
려와 철창으로 들어갔다. 유치장의 희뿌연 백열등에 불이 들어왔을 때
소련 군인이 가브리엘과 함께 나타나 두 명의 수감자를 끌어내 갔다.
끌려가는 두 명이 풍채가 좋은 걸로 보아 고위직에 있던 관리임이 분
명했다. 왜 데려가는지, 어떻게 처리되는지에 대해선 알 길이 없었다.
그들이 나가고 난 뒤, 부락 사람인 전씨가 다가와 귓속말로 속삭였다.

"지금 끌려나가는 놈들은 군(軍) 유치장으로 이감되는 거라는군.
여기 있을 때가 천당이었다고들 해. 알 만한 일이지. 참, 저 복도 끝
왼쪽 감방을 보았나? 경찰서장을 두 놈이나 잡아다 놓았어. 한 놈은
우리에게도 낯이 익을 법한 이 에스토르 시(町)의 서장이고, 또 하나
는 친나이 경찰서장이란 게야. 한번 보고 와."

"그래요? 경찰서장이 두 명이나……."

훈은 멍청해져 버렸다. 믿을 수 없는 일이 바로 눈앞에 또 벌어져
있지 않은가. 경찰서장이라면 종전까지는 감히 쳐다볼 수도 없는 높
고 무서운 신분이었다. 그들이 내가 지키는 이 지하 유치장의 수감자
로 들어와 있다니! 보지 않아도 참담한 얼굴로 고개를 숙이고 코가
석 자나 빠져 있을 게 분명했다. 전씨의 말에 따라 한번 끌이나 봐둘
까 하는 생각을 했다가는 이내 지워 버렸다.

"차차 보죠. 구경날 일도 아닌데요, 뭐."

훈이 벽에 면해 놓인 의자에 앉으며 무심히 말했다.
"그야 자네 마음대로지만. 여하간에 천지 개벽이 된 거네."
전씨가 낮게 중얼거렸다.

점령군 당국에 의해 첫 배급이 나왔다. 역시 쌀과 콩, 설탕과 간장을 타 가게 했다. 배급을 받아 가면서 조선 부락 사람들은 모처럼 얼굴의 주름을 걷어내며 걸음을 빨리 했다. 어디서 누구로부터 들었는지 이런 말을 숙덕거리기도 했다. 가라후도에선 두세 해 양식 걱정이 없다는 거야. 일본군이 비상 식량을 워낙 많이 비축해 놓았던 만큼, 군 창고에 쌓인 것만으로도 넉넉하다거든. 소련은 해방군으로 진주했으니 그 양곡들을 해방민을 위해 쓴다고 한다네—믿거나 말거나 이겠지만 믿어서 나쁠 건 없었다.

배급이 나온 탓인지 조선 부락 민심이 상당히 누그러졌다. 전날까지만 해도 자기가 가진 걸 나눠 주게 되는 경우가 있을까봐 지레 움츠러들었었고, 보다 많은 물건들을 떳떳치 못하게 쌓아 놓은 집을 향해 혀를 끌끌 찼던 노인들도 더 이상 입을 삐쭉거리려 들지 않았다. 감자 부침개 정도는 쟁반에 담아 이웃집에 보내기도 했다. 더 우스운 일도 심심찮게 벌어지고 있었다. 왕자제지 야적장에서 나무껍질 벗기는 노무에 종사했던 땅달보는 약탈이 횡행했던 며칠간 놀랍게도 발틀 싱가 미싱을 여섯 대나 긁어다 모아 놓았단다. 그 밖에도 전기에 꽂아 들을 수 있는 축음기가 2대, 또 당장엔 긴히 소용도 되지 않을 스토브 하며 어지간히도 욕심을 채웠다더니, 남들이 하나둘 돌려준다는 얘기를 듣고는 자기도 알 만한 일본인 집을 돌며 미싱을 돌려주는 일로 바쁘게 되었다는 것이다.

훈이 근무를 마치고 집에 돌아오면 어머니는 부락 안에 일어난 일이라곤 그것밖에 없는 듯이 흉을 보곤 했다.

"오늘은 땅달보가 사진관 집과 모도마치에서 약국을 하는 노무라 안댁에게 미싱을 돌려줬다더구나. 얼굴이 두껍대두 부끄러웠을 게다. 뭐라고 말할려나? 보나마나, 남들이 설쳐대는 판국이라 버리고 간 것이려니 싶어 갖다 놓았던 거라고 둘러대겠지. 너도 봤겠지? 우리 부락에 일본 사람들이 피우는 골덴밧트라나? 그런 담배 피우는 사람도 다 그때 털어 온 것이라더라. 라디오를 가져온 집도 적잖구. 그런 사람 때문에 조선인 모두가 덤터기로 욕을 먹게 되었다. 그렇잖아도 죄 도둑 심보라고 의심을 받아 왔던 터에……."

이럴 때 박씨는 훈이 가져온 설탕이며 밀가루에 대해선 까맣게 잊고 있는 모양이었다. 만일 방에 깔린 다다미가 낡았다면 박씨도 덩달아 새 다다미를 뜯어 오지 않고선 못 배겼을 것이다.

"그 고생하며 돌려주긴 왜 돌려준대요. 모른 체하고 있지."

"그런 게 아니다. 누구에게나 다 양심이 있는 법이니까."

어머니는 가슴을 쓸어내리는 손짓을 해보이다가는 공연히 저고리 옷고름을 매만졌다. 해방이 된 뒤로는 날씨 탓도 있겠으나 부적 한복을 챙겨 입는 때가 많았다. 그건 이제부터는 일본과는 아무런 상관이 없는, 조선 사람일 뿐이라는 강한 의지의 표현이기도 할 법했다.

"생각해 봐라. 헛간 가지고는 안 되니까 뒷간에 기대 포개 놓았으니 그게 꼴이나 되겠느냐구. 비라도 맞게 되면 고철이 되고 말 테지. 어디다 팔아 치우기라도 할 데가 있겠냐? 일 삼아 그냥 저냥 돌려줄 수밖에는. 사람이 분에 넘치게 욕심을 부렸다간 저렇듯 망신살이 들게 마련이다."

"참, 동식이는 어떻다던가요? 얘기 듣지 못했어요?"

"이제 상처는 아물었다더라. 점심참 때 다녀갔다. 원체 나대는 성미라서 집에 붙어 있기가 서방 잃은 계집이 동지섣달 긴 밤 보내는 듯한가 보더라."

"그렇겠지요."

동식이네 부자간도 웬만한 사람이 아니어서 그 북새통에 실속을 실히 채웠으리라 했다. 굳이 알고자 하지 않아서 그 사정이야 덮어 두고 있지만, 동식의 아버지는 석탄까지도 실어날라 헛간을 다 채워 놓았다는 얘기였다. 아마도 쌀이 있겠다. 직장 가리지 않고 골고루 배급이 나오겠다. 당분간은 일하지 않고도 등이 따뜻하다는 얘기겠 지. 다카코는 다시 과자 공장에 나가고 있다 했다. 루스케들이 단 것 을 좋아해서 과자 재료를 대지 못해 낭패해 한다는 거였다. 한자로 이름이 고자(高子)였으나 우리 이름으로는 적당치 않다 해서 순녀라 고 바꿨다 했던가.

에스토르의 가을은 짧아 이내 나뭇잎들이 노랗게 물들어 가더니 날 지나고 보면 땅에 낙엽이 깔렸다. 이러다가는 곧 눈발이 흩뿌려지 기 시작할 게다. 10월도 다 가고 있었다. 훈은 근무에서 풀려나자 경 찰서를 빠져 나와선 팔에 두른 완장을 빼서 자켓 호주머니에 질러 넣 었다. 전날의 신토미자(극장) 앞을 지나면서 불현듯 아폴로 악단 단 원들 면면들이 떠올랐다. 극장은 음산한 날씨 속에서 한결 을씨년스 런 자태를 드러냈다. 점령군 환영대회가 열린 이래 쓸모 없이 내팽개 쳐 두었기에 벽면이 온통 바래져 흉물스럽기까지 했다. 온통 ‘스탈 린 동지 만세’ 비라가 모자이크로 나붙었을 따름이었다. 커다란 간 판 그림이 걸리고 트럼펫 소리나 영사기 돌아가는 소리가 들리던 시 절이 오래 전의 일처럼 되새겨졌다.

금융조합 서기인 가쓰라는 영영 돌아오지 않았다. 아마도 일찍 피 란을 떠나 내지로 돌아갔으리라 짐작되었다. 카페 아까다마 주인인 사이고오는 며칠 전에 길에서 만난 적이 있었다. 말수가 적어졌을 뿐, 별로 경계하는 기색은 아니었다. 훈이 반가워하며 단원들에 대해 두루 안부를 묻자 아는 대로 얘기해 주었다. 기다니는 일찌감치 홋카 이도로 건너갔다는 거며 상회 주인 마쓰모토와 알토를 맡았던 마사 코는 에스토르에 남아 있다고 했다. 그는 도심에 자리잡고 있어 들을 귀가 많을 터였다.

304

타치바나 에이조상은 어떻게 됐어요? 하며 김영삼의 안부를 묻자,
그 대목에서 사이고오는 잠시 망설임을 보였다.

"그건 내 눈으로 본 것이 아니니까…… 들리는 말로는 오도마리에
머물고 있다는 걸세. 그 선생이 아주 불행하게 되었다는군. 듣지 못
했는가? 함포 사격이 있던 날…… 그런 집이 한둘이겠는가만……
포격으로 집이 날아가서 부인이며 아이까지 몽땅 잃었던가 보네. 참
사람이 무던한 이였는데…… 어찌 그런 사정을 모르고 있었던가?"

"저런! 금시 초문입니다. 저럴 수가…… 가족을 다 잃었다구요?"

"유감스럽게도 그런가 보네. 그 일이 벌어진 게 저녁 무렵이라던
가…… 하여튼 타지바나씨는 학교에 있었다더군. 이런 불행한 소식
은 못 들은 게 오히려 나을 텐데. 오도마리에서 돌아온 사람한테 우
연히 듣게 되었다네."

훈은 온몸의 힘이 다 빠져 나간 듯 어깨가 절로 처져 내렸다. 김영
삼 씨의 어디에 그러한 재앙의 그림자를 달고 있었던가? 훈이 망연
자실해 함을 본 사이고오는 다음 또 만나세라는 말을 남기고 총총히
걸음을 옮겼다. 벼락을 맞은 기분이어서 악수를 나누는 것조차 잊어
버렸다.

왜 이 모양인가? 아시카가 선생이 그랬고, 그토록 선하고 조심스
럽게 세상을 바라보았을 그마저 날벼락을 맞고 말았지 않은가. 내 주
위에서 그나마 은은한 인간성을 보여주었고 따스한 말을 건네 주었
던 이들을 마치 가려 뽑아 내듯이 절벽에서 굴러 떨어지게 했잖은가.
그가 오도마리 낯선 바닥에서 시든 옥수수 같은 몰골을 하고 방황하
고 있을 건 불을 보듯 뻔했다. 훈 자신에게 별나게 잘해 주었던 건 없
을는지 몰라도 어떻든 영혼에 대해서, 어떤 절대자의 존재에 대해서,
굳이 이해하려 들진 않았으나 구원의 문제에 대해 얘기해 준 최초의
사람이었고 유일한 조언자였었다.

훈은 자신이 어디로 가고 있는지조차 모른 채 한기가 받치는 하오,

찌푸려진 하늘 아래를 걸었다. 방망이로 호되게 얻어맞은 것처럼 머릿속이 멍멍했다. 어디랄 것 없이 주먹질을 해대고 싶은 심정이었다. 자기도 모르는 새 걸음을 멈추고 있기에 주위를 돌아보았다. 거북 목욕탕(龜湯) 모서리에 서 있음을 그제야 깨달았다. 영업을 한다면 목욕에 필요한 자잘구레한 소용물을 담은 작은 대야를 옆구리에 낀 부인네들의 오갈 자리였지만 그런 기미는 느껴지지 않았다.

이게 치에코의 집으로 들어가는 길 아닌가? 그제서야 종종 그녀의 모습이 떠올랐고, 한 번 찾아가 보고 싶은 열의에 매달렸던 순간들이 기억되었다. 훈은 그 자리에 서서 망설였다. 골목길로 접어들 것인가? 문을 두드려 볼까? 그래서 어쩌겠다는 말이냐? 스스로 자문 자답하던 끝에 몸을 돌이켰다. 부질없다는 생각이 바늘 끝이 찔러 오듯 의식을 쪼았던 탓이다. 그보다 영삼씨의 불행을 전신에 검댕이 쓰듯 하고서 그녀를 찾는다는 게 역정스럽기까지 했던 것이다. 곧 눈발이 흩날릴 듯한 날씨였다.

유치장 입구의 책상에 턱을 괴고 있던 훈은 머리를 설레설레 내저었다. 오후로 접어들어 비상 대기실에 앉아서 별명이 내릴 때를 기다려 무료하게 지내고 있는데, 문서 보관실에서 박용한 씨를 돕고 있던 동료가 나타나 손짓을 하길래 우르르 따라 나갔었다. 박용한 씨는 자리를 떴는가 보았다. 동료는 장탁자 위에 따로이 챙겨 놓았던 서류철 하나를 펴 보였다.

"우리 조선인 중에 헌병 앞잡이 노릇을 한 놈이 많은 줄은 알고 있었지만 이 사람 좀 보라구요. 모리모토 이찌로가 이런 줄은 누가 알았겠어요? 정보계 밀대짓을 했으니 말이오. 이 보고서들…… 가랭이를 찢어 죽여도 시원찮을 놈!"

모두 고개를 내밀고 펼친 파일을 들여다보았다. 주로 에스토르 거주 조선인의 동향 보고서였다. 어느 장에는 구체적으로 누가 어디서

누구를 향해 유언비어를 날조하여 유포했는가 하는 사례를 기록했
다. 그 당사자가 작년에 이곳으로 불려 와서 장기간 취조를 받고 검
찰에 송치되었던 사실을 모르는 사람이 없었다. 그는 결국 2년형의
언도를 받고 도요하라 감옥에 처넣어졌던 것이다.

훈은 동창생의 얼굴을 떠올리고는 이내 그와 만났던 장면을 상기
했다. 평소에 유대를 갖고 있거나 별달리 친근하게 지낸 적이 없어
그때마다 의례적인 수인사만 나누었던 게 천만 다행이었다. 자신의
입에서 모가 진 불평스런 말이 나올 리 없을 테지만 어떻든 다행이었
다. 한 장씩을 넘길 때마다 어느 입이랄 것이 없이 제가끔 한 마디씩
욕설을 해댔다. 불러 온 동료가 강개한 목소리로 탄식을 쏟아냈다.

"꿈에선들 생각했겠느냐구요? 우린 그저 착실한 상공회의소 직원
인 줄로만 알았지요. 쪽바리 여편네를 얻고 살기에 호감이야 갈 리
없었지만…… 이따위로 제 동족을 고발하다니! 항복 전날인가 걸음
아 날 살려라 하고 여길 떴다지요. 하기야 이런 짓하고 태연스레 남
아 있을 미련한 놈은 아니지요. 이놈, 그때 떠나선 내지로 건너가지
못했을 거예요. 오도가도 못 하는 신세가 되어 남의 눈을 피해 숨어
있을 게 분명해요. 불쌍하고 치사스런 인간!"

훈도 그 자리에서 더 이상 뭉기적거리다간 누군가의 기억에 따라
동창임이 밝혀져 입장이 난처해지고 싶지 않았다. 돌아와 의자에 앉
았노라니 가슴속이 지글지글 끓어올랐다. 그런 밀대짓을 하지 않고
선 상공회의소에 붙어 있을 수가 없었던가? 아니면 자발적으로 제국
의 국태 민안을 위해서 협조했던 걸까? 아니지. 그 녀석은 단지 일본
인에 동화되었다는 걸 증명해 보이고 싶어서 개짓을 했을 것이다.

내지로 건너가지 못했을 거라는 말이 되새겨지자 새삼 나이부치의
누나 가족이 어떻게 되었을까 걱정스러웠다. 형님은 일찍 떠났으니까
관부연락선을 탔을 게 틀림없었다. 어머니는 이즈음 노상 화자네는
어떻게 됐을까? 루스케들이 내려오는 판에 이쪽으로 되올라올 리는

만무하고…… 이서방이 굼뜬 사람이 아니니까 일찌감치 짐을 꾸렸을 텐데. 바다를 건너기는 했는가? 그렇잖으면 인편으로라도 풍문이 접해질 게 아니냐? 이런 푸념을 아침 저녁으로 늘어놓았다. 도요하라와 오도마리에서 돌아온 부락 사람이며 시내의 알 만한 얼굴이 적지 않음에도 누구도 누나네 가족 얘기를 전해 준 사람이 없었다. 수중에 적잖은 돈을 지니고 있을 테니 귀국을 서둘렀을 성싶기도 했다.

다섯 시가 지나고 있었다. 교대 근무가 임박해 가는 시점이어서 훈은 천천히 몸을 일으켜 철창문을 열고 유치장 복도로 들어섰다. 감방들은 거의가 만원이었다. 수감자들은 그 사이에 눈치가 는 탓인지 근무자 발자국 소리가 들려도 긴장하거나 요란스런 반응을 보이지 않았다. 그래도 가족에게 어떤 말이나 전할 수 있을까, 무슨 정보라도 들을 수 있을까 싶어 창살에 얼굴을 갖다 붙이는 작자는 수두룩했다. 꼭 동물원 우리 속의 원숭이 꼴이로군.

훈이 복도 끝에 이르렀다. 거기에는 도로의 경찰서장도 붙잡혀 와서 서장 세 명에다 경찰 고위직만 수감된 방이었다. 훈이 그 앞에 서자 그네들은 약속이나 한 듯 세 명이 몸을 벌떡 일으켜 세우고는 차렷 자세를 취했다. 어처구니없기도 하고 민망스럽기도 해서 얼른 몸을 돌이키려 했다. 에스토르의 서장이 다급하게 그를 손짓했다.

"긴상. 저 부탁 말씀이 한 가지 있습니다만……."

훈은 뜨악한 낯빛으로 그를 향해 돌아섰다. 긴(金)상이라고 했겠다. 저 자들이 내 성을 어떻게 알까? 그 순간 전씨가 우쭐거리며 하던 말이 생각났다.—저 서장놈들을 한 번 윽박질러 줬지. 자네를 들먹이지 않겠나? 아마도 인정이 있어 보였던지. 저 젊은이가 어떻구 하길래 내가 단박에 면박을 주었지. 이제 우리를 그따위로 부르지 말라고 말이야. 젊은이가 아니라 김선생이라고 쏘아댔지. 놈들은 머리카락을 긁적거리며, 하, 실례가 되었소이다. 그러면서 벌벌 떨지 않겠어라고 했던 말이.

"무슨 부탁인데요?"

전직 경찰서장이 허리를 꼿꼿이 세운 채 그를 향해 꾸벅 절을 했다.

"이거, 참으로 죄송한 부탁입니다만…… 담배가 몹시 피우고 싶습니다. 우리 셋이 다 애연가였던 터라…… 어떻게 온정을 베푸셔서 시키시마나 킨시 뭐든지 좋습니다. 두어 갑을 넣어 주신다면 그 은혜를 결코 잊지 않겠습니다. 긴상, 인상이 좋아 감히 청을 드리는 겁니다. 어려우시다면 한 갑만이라도."

"……."

훈은 어떻게 대답해야 옳을지를 몰랐다. 그 음성이 너무나 애처롭게 들렸던 까닭이다. 패전 전이라면 자신이 감히 말을 붙여 보기는커녕 쳐다볼 수조차 없었던 그들이 저처럼 슬픈 어조로 하소연을 하다니…… 기다려 보시오 하고는 발걸음을 떼놓았는데 기분이 아주 우중충해져 버렸다. 함께 근무조가 된 동료에게 잠시 자리를 뜨겠다는 말을 남기고 훈은 부랴부랴 경찰서를 나섰다.

그는 담배를 사 주지 않고선 도무지 마음이 편할 것 같지 않았다. 그래, 몇 갑이라도 사 주마. 담배를 피우지 않는 훈으로선 일본 담배 이름 정도만 알고 있을 뿐이었다. 시내에 담배 파는 가게가 적지 않음도 알고 있었으나 종전 후에 문을 연 가게에서 담배를 팔고 있는지에 대해선 자신이 없었다. 나카지마조오 쪽으로 어슬렁 걸어가면서 담배집 두 군데에 들러 보았으나 벌써 전부터 담배 공급이 중단되었다고 했다. 돌아설까 하다가는 영문 모를 부아가 끓어올라 한 집만 더 찾아보기로 했다. 이시하라 여관 곁에 작은 구멍가게에 담배 판매소 간판이 보였다. 구멍에 얼굴을 대고 물었더니 일본 담배는 없지만 소련제 봉지 담배 마호르까가 있다고 했다. 그 한 봉지와 성냥 세 갑을 달라고 했다. 이때 자신이 좀 우스꽝스럽게 느껴졌지만 이내 그런 생각을 털어 버렸다.

담배 가게를 벗어나려는 참에 길 저쪽 편에서 마주 오는 남녀의 모습이 시야에 비쳤다. 소련 해군 복장을 단정하게 차려 입은 키가 큰 장교 옆에 고개를 숙인 채 따르는 일본 여성에게 무심코 눈길이 갔다. 이들을 바라본 순간, 훈은 질겁을 했다. 그녀는 가요였던 것이다. 옷도 낯익은 오렌지색 투피스였다. 머리를 감색 머플러로 싸매고 있었지만 저녁 어스름 속에서 동그란 얼굴 윤곽을 똑똑히 보았다. 충격 때문에 그는 발길을 멈추고 멀어져 가는 남녀의 뒷모습을 넋을 잃고 바라보았다. 그녀는 훈을 보지 못했으리라. 장교는 그녀에게 무슨 말인가를 하는가 싶더니 팔을 뻗쳐 어깨를 감싸 주었다. 만일 가요가 훈을 알아보았다면 팔을 감싸게 하도록 놓아 두지는 않을 성싶었다.

훈은 머릿속이 욱신거려 와서, 담배를 살 때만 해도 비상 대기실의 묵은 신문철에서 몇 장을 떼내 담배말이 종이도 함께 넣어 주겠다던 생각을 잊어 먹고 말았다. 지하 유치장으로 내려와 끝방으로 가 아무 말 없이 살담배 한 봉지와 성냥곽들을 내밀었다. 에스토르 서장이 그걸 받고는 90도로 깍듯이 고개를 숙였다.

"정말, 대단히 고맙습니다. 고맙습니다."

훈의 귀에는 그 말조차 들리지 않았다. 이런 제기랄, 가요상이 소련군 장교의 정부가 되었다니…… 점령군이 들어온 지 불과 두 달 사이에 말이다.

4

올 들어 눈이 두 번째 내린 날, 박씨가 그토록이나 애가 타게 소식이 있기를 기다렸던 화자 내외가 갑자기 들이닥쳤다. 점심을 막 먹고 난 때였다. 민언은 낡은 신사복에 어울리지 않는 중절모를 쓰고 트렁크 하나를 들었다. 화자는 볼이 퍼렇게 언 딸아이를 어깨걸이 멜빵으로 업고 있다가 박씨가 달려나와 아이를 받아 안으려 들자 멜빵을 풀었다. 어머니가 다급하게 그간의 사정을 물었으나 천천히 애기하죠 하며 스토브 가로 다가앉았다.

"에그, 벌써 날이 이렇게 추웠던가? 시퍼렇게 얼었네. 애 이름이 뭐라 했었지?"

"이제 선희라고 부르세요. 그렇게 부르기로 했으니까요."

"오라, 선희야. 할매다. 울긴 왜 울어? 둥둥개야…… 자, 착하지. 애가 말귀는 알아듣냐?"

"글쎄요. 낯이 설어서 어떨지."

박씨가 아이를 달래며 앉자, 민언이 퍼질러 앉은 아내를 일으켜 세워 큰절을 올렸다. 피부가 거칠고 수척해진 것이 그 사이의 고생을 짐작케 했다.

"그 동안에 어디에 있었더냐? 수소문을 했어도 들을 수 없었으니."

"말도 마세요. 곡절이 많았다구요. 지금까지 오도마리에 있었더랬어요. 돌아갈 때까지 거기서 터 잡고 살 작정으로요."

"오도마리에 있었다면 진작 오지 않고선. 네들도 배를 타지 못했던가 보구나. 쯔쯧."

"옛날같이 쉬 오고갈 형편이 되나요? 여하간에 복잡한 사연이 있었어요. 오빠네는 무사히 조선으로 갔다나 봐요. 확실히 본 건 아니지만 그런 말을 해준 사람이 있었거든요."

훈은 이 날 몸이 아프다는 핑계로 인민경찰대에 나가지 않았다. 그 직에는 열의를 잃고 있었다. 정확하게 애기하자면, 감방에 갇힌 경찰서장이 담배를 부탁하면서 애소하는 걸 보고는 왠지 이곳이 자기가 있을 데가 못 된다는 걸 알았다. 혹시 사노를 마주칠 수 있을까, 또는 그놈을 잡아다 처넣을려나 하는 기대로 발을 들여 놓긴 했으나 그런 가망도 없어져 버린 터라 더구나 마음이 내키지 않았다.

박씨가 부엌으로 내달아 서둘러 밥상을 차려 내왔다. 흰 쌀밥을 보고 화자는 어쩐 영문이냐고 물었다.

"그런 얘긴 하등 급할 게 없다. 훈이 창고에서 다섯 포대나 얻어 왔었다. 그땐 루스케들도 인심을 쓰느라고…… 당분간 양식 걱정이 없으니 눌러 있다 돌아가도록 해라."

박씨는 말해 놓고서 무심코 천장 다락을 올려다보았다.

상을 물리고 나서 민언이 그간에 일어났던 길고 긴 사연의 말문을 열었다. 이산가족이 될 판에 기적적으로 가족이 재회했던 전말에 다들 넋을 놓았다.

8월 23일, 민언만 와카나이로 향하는 배를 탔다. 열 시간이 넘어 걸린 항해 중에 선상에서도 심상찮은 일이 벌어졌다고 했다. 어떤 조선 사람이 사소한 자리다툼으로 일본인과 언성을 높였는데, 상대방이 너 조선 사람이지 하고 따져들었다 한다. 사내가 엉겁결에 그렇다고 하자, 곁에서 이를 바라보던 일본인들이 떼를 지어서 너희 무리들이 제국에 등을 돌려 전쟁에 지고 말았다면서 번쩍 들어올려 뱃전 밖 바닷속으로 내던졌다는 것이다. 민언은 그런 일을 보고부터는 사색이 되어 구석에 쪼그려 앉아 큰 숨도 쉬어 보지 못한 채 주눅이 들어 갔노라고 했다.

와카나이 부두에 내려 여관을 찾아갈 엄두도 나지 않아 사흘 밤낮을 창고에서 잠자며 뒤에 올 배를 기다렸다. 이튿날과 그 다음날에 몇 척인가가 닿고는 소개선이 끊어졌다. 하는 수 없이 여관 합숙방에서 새우잠을 자며 나흘을 더 기다렸으나 떨어진 가족이 뒤따라오리라는 기대가 틀려 버린 줄을 너무나 잘 알았다. 부두에는 자기처럼 가족을 기다리며 바다 쪽을 하염없이 바라보는 사람이 수천 명쯤 북적거렸다.

그는 세 가족을 두고서 자기만 움직일 수는 없다는 결론에 다다랐다. 조선 사람도 더러 만나게 되어 저 남쪽에서도 귀국선의 어려움을 짐작할 수가 있었다. 시모노세키에 귀국을 희망하는 조선인이 운집해 있다는 거며, 야마구치현 센자키와 그곳 말고도 하카타에서도 암선(闇船)이나 타볼 수 있을까 해서 몰려든 사람이 적지 않다는 말이었다. 그 암선이란 말에 민언의 귀가 번쩍 뜨였다. 와카나이에서도 오도마리로 되돌아가는 암선이 있을 법한 노릇이었다. 부두에는 이런 이해 관계에 매달린 사람들로 난장을 이루고 있기에 얼마 가지 않아서 끄나풀을 잡기에 이르렀다. 밤을 이용해 가라후도로 되돌아가고자 하는 사람을 모아 몰래 잠행하는 밀선이 있다는 것이었다. 배삯을 다섯 배나 부르는데 그것도 나날이 오른다고 했다. 돈이 문제가 아니어서 어떻든 그런 배를 찾고자 노력했다.

민언이 와카나이에 내린 지 꼭 열이틀이 지났을 때 암선을 타게 되었다. 배가 크지 않아서 몇 시간이 걸릴는지 알 수가 없으며, 오도마리 쪽에는 소련 군함들이 지키고 있기에 그쪽으로 갈 수가 없고 마오카 남쪽 가까운 섬에 내려줄 수 있을 뿐이라는 조건으로 태웠다. 나요시라는 그 섬에선 어선들이 수시로 뭍으로 왕래하는 형편이어서 제 가고 싶은 곳으로 갈 수가 있다는 말을 믿을 수밖에 없었다.

배는 하루가 꼬박 걸린 다음 야밤중에 그 섬에 닿았다. 민언은 거기서 마오카로 나와 또 하루 낮을 걸어서 혼토에 이르렀다. 혼토에서는 요행히 차편을 얻어 탈 수가 있어, 가족들이 필시 자기가 돌아오길 기다리고 있을 오도마리로 되갔다는 얘기였다.

"참 희한한 경우도 다 있는가 보다. 애어멈이 오도마리에 눌러 앉았을 걸 알았던 게 장하다."

"엄마두. 그 경황에 어딜 가겠어요? 우리도 행여나 그런 배를 찾을 수 있을까 안달이 났지만, 아무래도 이이가 돌아올 것 같더라구요. 시동생 생각도 같았었고요."

민언이 장모를 보며 우쭐대고 싶은 심정으로 덧붙였다.

"집사람이 그런 배를 찾지 못한 게 행이지요. 오도마리에선 암선이 있을 리 만무할 테지만. 부두에는 조선 사람이 많아서 금방 창고에 임시 거처를 삼고 있는 집사람을 만날 수가 있었습니다. 다들 용하지

요. 민행이가 어디서 함석 조각이며 볼박스를 뜯어와 칸막이 방을 꾸
려 놓았습디다. 흡사 죽은 사람이 돌아온 듯이나 울고불고 야단이 났
더랬지요."

"그렇지 않겠는가? 언제 돌아갈 수 있을는지 기약이 없는 판이
니…… 그건 그렇고 사돈 총각도 잘 있는가? 왜 함께 오지 않고선."

"우리도 뭘 해서 먹고 살아야지요. 부두 근처에 국수 가게를 차렸
답니다. 민행이가 지키고 있어야죠."

"엄마, 전에는 오도마리에 조선 사람이 별로 눈에 띄지 않았다잖아
요? 이젠 그렇지가 않아요. 비행장을 닦던 조선인 인부들 중 돌아가
지 못한 사람들이 남아서 그쪽으로 가는 목초지에 바라크를 하나둘
씩 세우더니 지금은 제법 마을을 이루었답니다. 우리 가게도 거기서
부두로 나오는 길목에 있어요. 조선인 뜨내기들이 오가며 들러요. 죽
으나 사나 돌아가는 날까진 우린 거기에 자리잡고 살 거예요."

화자가 장사에 익숙해졌는지, 자신에 찬 음성으로 말했다.

"누나, 조선 사람들이 들른다구요? 그렇다면 혹시 타치바나 에이
조란 사람 알지 못해요? 이곳 하마시가이에서 교사로 있었던 조선인
인데, 조선 이름으론 김영삼 씨라고 하는……."

"김영삼 씨? 응, 그런 이름을 들은 듯도 한데, 잘은 모르겠다. 남자
들이야 네 자형이 잘 알겠지만 가게 차리느라 경황이 없었던 게지.
왜? 잘 아는 사이냐?"

"그냥 물어봤던 거요."

좋은 얘기가 아니므로 굳이 화제를 늘일 필요는 없겠다 싶었다.

오후에는 옆집의 오하 아저씨, 쌍가매댁 내외가 다녀가더니 늦은
참에는 동식이가 와서 자리를 함께 했다. 그는 팔의 외상은 다 아물
었고 뼈도 후유증이 없는 듯하지만 해 넘기기까지는 조심을 해야 한
다고 우울하게 말했다.

사람들이 돌아가고 밤이 깊었으므로 훈은 자형에게 자리에 드시라

314

하고 제 방으로 건너오며, 짐꾸러미에서 꺼내 놓은 어제 날짜의 〈가라후도 신문〉을 챙겨 가지고 왔다. 패전한 후에도 여전히 일본 신문은 발행이 되고 있었던 것이다. 저녁 후에 나무를 지펴 피운 스토브는 불씨가 남았던지 여직 온기를 전해 주었다. 석탄은 구할 수가 없고, 이 정도의 날씨에는 땔감을 아껴야지 싶어 그냥 잠들기로 했다. 요이불 속에 파고들었다가 남포 심지를 올리고는 엎드린 채 신문을 펼쳤다. 그걸 뒤적거리던 중 작은 광고에 눈길이 미쳤다. 도요하라 방송국에서 악단을 재편성하게 되었으니 능력자의 참여를 바란다는 구인 광고였다. 광고주의 이름은 전 교향악단의 제1바이올리니스트였던 미우라 고로(三浦梧樓)였다. 그 사람은 언젠가 에스토르어도 들른 적이 있었는데, 그때 훈이 인사를 나눌 기회가 있어서 자신에게 격려의 말까지 해주었던 위인이었다.

훈은 그 광고를 오래토록 내려다보았다. 도요하라 방송국에서 악단원을 구한다고? 심장이 얼어붙는 듯한 흥분에 감싸였다. 구석에 세워 놓은 기타에 눈길이 갔다. 방송국 교향악단엔 좋은 아코디언도 갖추었을 터이다. 가슴속이 아릴 정도로 음악에 대한 그리움이 움텄다. 그렇다, 도요하라로 나가야 한다. 기회는 바로 지금이다. 나로드나야 밀리쯔야가 뭐람. 박용한 씨한테 양해를 구해야지. 하지만 잠들기 전까지 어머니가 앞을 가려 줄곧 몸을 뒤척여야만 했다.

이튿날로 훈은 경찰서에 나가 박용한 씨를 찾아서 자신의 결심을 말했다. 마침 도요하라 방송국에서 악단원을 구하고 있으니 이 기회를 놓치고 싶지 않다는 걸 강조했다. 박용한 씨도 훈의 재능과 음악에 쏟는 열성을 알고 있던 터라, 젊은이의 앞길을 가로막을 수는 없는 일이라며 선선히 응낙해 주었다. 서장실을 나와선 눈에 띄는 대원들과 헤어지게 되었다는 말을 하고 악수를 나누었다. 그것으로 인연에 닿지 않던 경찰서와는 작별이었다.

누나 가족들은 이틀 밤을 지내고선 사흘째에 오도마리로 되돌아갔다. 겨울을 나려면 오두막집이라도 지어야겠기에 돌아가는 길로 곧 지금의 바라크 자리에 통나무로 벽을 쌓고 함석을 올리는 공사를 시작하겠다고 했다. 화자는 눈물을 글썽거리며, 귀국을 하게 된다면 어차피 오도마리로 나와야 할 테니 그때 다시 보게 될 것이라고 어머니를 위로했다. 그것이야말로 얼마나 터무니없는 기대감이었으랴. 이듬해 여름엔 코르사코프란 러시아 이름으로 도시명도 바뀌어지며 소련의 군항으로 비공개 지역이 될 줄은 짐작치도 못했던 탓이다. 뿐이랴, 귀국이라고?

그들이 떠나던 날, 훈도 함께 동행해 가고 싶은 마음이 간절했으나 어머니한테 차마 입이 떼어지질 않았다. 우선, 어머니를 혼자 남겨 두는 불효를 무엇으로도 변명할 길이 없으려니와 음악을 하는 건 밥 굶기가 십상이라고 믿는 어머니를 설득시킬 자신도 없었다. 화자 누나에게 슬쩍 귀띔을 해보았지만 그런 태평스런 생각일랑 꿈에라도 갖지 말라는 타박만 들었다.

사나흘을 혼자서 끙끙 앓다가 갑갑한 마음을 달래 보기라도 할 양으로 고무장화를 꺼내 신고 동식이를 찾아갔다. 녀석은 겨울이 닥쳤으니 작년에 재미를 보았던 이불장사를 다시 해볼까 하는 궁리에 파묻혀 있던 중이었다. 전날의 가구점을 찾아가 보았으나 도요하라의 이불 공장이 재료를 구하지 못해 문을 닫고 있으니 지금으로선 부지하세월이란 말만 들었단다. 만일 소련 민정서에서 활로를 열어 준다면 어떨까 한다는 실낱 같은 희망만 듣고 온 모양이었다.

"뭣 하나 되는 게 없어. 시절은 오히려 좋은데 말이야. 무슨 말인가 하면 피란길에 이불 보퉁이를 버리고 돌아온 집이 적잖을 테고, 남겨 놓은 것마저 털리고 말았으니까. 언제는 조선 부락을 상대했어? 에스토르 인구가 3만 명이었댔는데, 줄어들었자 얼마나 줄었겠어? 상품 조달만 된다면 한몫을 잡을 수가 있겠는데……"

동식이는 아쉽다는 듯, 그러나 조금쯤은 쑥스러워하며 웃음을 흘렸다. 훈으로선 친구가 보여주는 여전한 삶의 의욕이 그저 대견스럽기만 했다. 저런 적극적인 태도가 필요하다. 어떤 일에 마음을 정하고 나면 그 당장에 소매를 걸어붙이고 나서는 실천력이…… 그런데 나는 이처럼 엉거주춤하고 있지 않은가.

"인민경찰대를 그만뒀으니 뭘 할 작정이야? 오지에 다시 들어가기도 틀렸을 게구. 응?"

"그래서 이처럼 심란해 있다구." 훈은 까무잡잡한 얼굴에 눈이 가늘게 째진 친구의 얼굴을 쳐다보았다. "너만 알고 있어. 도요하라로 나가 볼 작정을 했거든. 그런 계기가 생겼으니만큼."

훈이 저간의 사정을 들려주었다. 오직 어머니한테 고할 용기가 나지 않아 잠을 설칠 지경이라는 말도 덧붙였다. 눈을 깜박이며 듣고 있던 동식이가 뭐가 대수냐는 듯 퉁명스레 받았다.

"까짓것, 일을 저질러 놓고 보는 거지 뭐. 너는 음악을 해야 돼. 이때를 놓쳐선 죽도 밥도 안 된다구. 몰라? 그래도…… 그냥 달아나는 거야. 양심이 켕기면 죽을 죄를 지었다는 편지를 남겨 두고서 말이야. 이름을 빛내고 어머니를 모셔 갈 테니 그때까지만 참아 달라고 심청이 편지를 쓰는 거야."

"심청의 편지?"

무슨 뜻이지 모르겠지만 그 말이 그럴싸하게 들리긴 했다.

"인당수에 몸을 던지기 전에 불효 심청이가 어쩌구 저쩌구 했다잖아? 말하자면 그런 식으로 불효를 용서해 달라고 쥐어짜는 거지. 네가 먼저 가서 자리를 잡으면 나도 불러 달란 말이야. 설마 불알 친구를 잊기야 하겠어? 나도 드럼의 명수가 되고 싶은 마음이 고래 아니면 굴뚝이야. 잘됐다. 튀는 거야."

"구구 절절이…… 그런 편지를 써두고는 말이지? 넌 참 묘수 풀이의 달인이다."

　그러고는 둘이 헛웃음을 터뜨렸다. 석탄으로 군불을 지폈는지 방바닥이 따뜻해서 일어설 생각을 잃었다. 값비싼 석탄으로 집안을 데우는 집은 조선 부락에서 박용한 씨나 배급소 주인 말고는 이 집뿐일게다. 부자지간에 리어카를 끌고 밀며 석탄을 실어 날랐을 광경이 눈에 훤했다. 하지만 훈은 이런 생각에 잠겨들 때가 아니라고 마음을 다잡았다. 그렇다! 떠나고 보는 거다. 돈은 조금 간수해 둔 것이 있지만 그것으로는 마음이 놓이지 않았다. 그때, 좋은 묘안이 번개처럼 머릿속을 스쳐갔다.

　"임마, 너 이불장사를 해보겠다고 그랬지? 어차피 그런 계획을 갖고 있으니 날 좀 도와주렴."

　동식은 무슨 뚱딴지 같은 소리냐고 의아해 했다. 그제서야 훈은 자기한테 소련군 장교한테 선물로 받은 담요 두 장을 상기시켜 주며 그걸 우선 사달라고 했다. 동식이가 거절할 친구가 아니어서 선선히 부탁을 들어주었다. 뿐만이 아니고, 훈이 어머니한테 차마 돈을 달랠수가 없으니 꾸어 갔다며 되돌려 받을 작정을 하고선 장사 밑천으로 뭉쳐 두었던 돈을 더 내놓았다.

　이로써 훈이 급작스레 결정한 도요하라행의 여비는 쉽사리 마련이 되었다. 이제는 떠날 날짜를 잡는 일만이 남았다. 에스토르를 떠난다? 그건 어머니의 슬하를 벗어나는 것과 이음동의어였다. 이제부터는 홀로서기가 시작되는 데 대한 이상한 두려움과 설레임이 자신을 짓눌러 왔다. 보다 나은 미래를 열어 나가려면 껍질을 깨뜨리는 아픔이 수반되지 않으면 안 된다. 어느 책에서 읽었을 법한 문구를 자신의 운명으로 비끄러 맸다.

　트렁크 하나 가득 짐을 꾸려 넣으면서 우연히 아폴로 악단 단원 주소록이 눈에 띄길래 혹시 필요할 때가 있을까봐 악보 갈피에 꽂아서 챙겼다. 양식이 귀할 때인 만큼 쌀도 넣는 걸 잊지 않았다. 소련군이준 행낭이 쓸모가 있어 거기에 쌀과 통조림 따위를 채웠다. 어머니는 눈치조차 못 채고 있었다. 다만 한 가지 걱정스러웠던 건, 혹시 그 동안이라도 박용한 씨가 집 앞을 지나다가 우연히 어머니를 만나 자신의 결심이 알려질까 저어했지만 다행히 그런 일은 일어나지 않았다.

눈이 푸짐하게 내리는 날이었다. 훈은 아침부터 기타를 꺼내들고 아무 가락이나 머리에 떠오르는 대로 줄을 튕겨 보고 있던 참이었다. 어머니가 문을 열고는 건성으로 말을 던져 왔다.

"저, 윤씨 아저씨 회갑이 내일이라 일을 봐주러 나간다. 좀 늦을 게다. 눈이 많이 쏟아지니 그치거든 집 앞을 쓸도록 하렴."

훈의 대답도 듣지 않고선 문을 닫았다. 벌써 이 극성이니 올 겨울엔 설해(雪害)를 얼마나 입게 될까. 그저 눈 인심 하나는 후하거든. 혼자말로 중얼거리며 바닥으로 내려서 신발 끄는 소리가 들렸다. 이내 밀창문을 여닫는 소리가 이어졌다.

훈은 하나의 생각이 뇌리를 날카롭게 스쳐가는 걸 깨우쳤다. 어둑한 숲 속 오솔길에서 햇빛 한 줄기가 나뭇잎새를 뚫고 비쳐드는 것 같은 느낌이었다. 근육과 신경이 팽팽히 수축되면서 그는 무릎을 펴고 일어섰다. 지금이 바로 그 순간이지 않은가. 우선 내의부터 갈아입고, 단벌 겨울 출입복을 차려 입었다. 이제 망토는 필요가 없어졌을 테지. 오버를 꺼내 그 위로 걸쳤다. 미리 써 놓았던 편지를 어디에 둘까 망설이다가 안방 여닫이문 안쪽 다다미 위에 놓았다. 한 손에 가방을, 또 한 손엔 기타를 들고 모처럼 구두를 꺼내 챙겨 신었다. 공연히 누군가와 마주칠까봐 가슴이 콩당콩당 뛰었다. 밀창문을 닫고 나서자 눈이 구두가 잠겨들 만큼 쌓였다. 내리는 눈발로 몇 걸음 앞조차 분별키가 어려울 지경이었다.

이런 날씨엔 그나마 간헐적으로 다니는 버스편도 끊어졌을 게 분명했다. 훈은 빠른 걸음으로 골목을 빠져 국도를 따라 나이로 방향으로 걷기 시작했다. 인적이 끊긴 길이어서 자기의 발자국만 점점이 찍히는 걸 뒤돌아보았다. 그건 이상하게도 마음을 조급하게 만들었다.

어떻든 조선 부락을 지나고 볼 일이었다.

산 모퉁이를 돌기 전에 에스토르에서 나오는 군용 트럭 한 대가 눈에 띄어 손을 들었더니 고맙게도 세워 주었다. 소련군 운전병이 혼자 핸들을 잡고 있었다.

"야 까리예츠. 미안하지만 나이로로 가지 않는지요? 좀 태워 주었으면……."

일본말로 말했지만 애띤 얼굴의 운전병은 눈웃음을 지었다.

"나이로?"

"다(네)."

타라는 시늉을 했다. 그가 운전석 옆에 올라앉자 운전병은 기타를 가리키며 뭐라고 했다. 훈은 웃음으로 답했다. 트럭이 다시 눈발 속을 헤집고 나아갔다. 분주하게 윈도우 브러쉬가 눈발을 지우며 회전했으나 시야를 이내 가리게끔 눈이 들러붙었다. 운전병이 고개를 가로저으며 또 뭐라고 떠들어댔지만 알아들을 길이 없었다.

아! 이렇게 에스토르를 떠나게 되는구나. 열아홉 해의 세월을 살아온 고장을 이런 방식으로 등지게 되리라고는 상상치 못했었다. 내 입장은 어떠한가? 도피자나 개척자라 이름 붙일 수는 없을 터이다. 어떤 이름이 붙여진다면 그건 내일, 혹은 미래의 몫이겠지. 그렇지만 이 산하에 가득히 내리는 저 눈발, 차창에 내려앉는 눈발로 불투명한 시계(視界)나 다름없는 곳으로 자신의 운명을 밀어넣고 있다는 의식만은 명료했다.

산 모퉁이를 두어 번 돌았을 때 운전병은 군복 호주머니에서 담배를 꺼내선 한 대를 권해 왔다. 훈은 피우지 못한다는 손짓을 한 뒤, 그가 성냥을 그어 불을 붙이는 모습을 다정하게 바라보았다.

〈제2권으로 이어집니다〉